Mattias Edvardsson

DER UNSCHULDIGE MÖRDER

W0014808

MATTIAS EDVARDSSON

Der unschuldige Mörder

ROMAN

Deutsch von Annika Krummacher

blanvalet

Die Originalausgabe erschien 2016 unter dem Titel
»En nästan sann historia« bei Bokförlaget Forum, Stockholm.

Das Zitat von Doris Lessing auf S. 5 stammt aus »Unter der Haut.
Autobiografie 1919-1949«, übersetzt von Karen Nölle-Fischer,
Hoffmann und Campe Verlag, Hamburg 2013.

Sollte diese Publikation Links auf Webseiten Dritter enthalten,
so übernehmen wir für deren Inhalte keine Haftung, da wir uns
diese nicht zu eigen machen, sondern lediglich auf deren Stand
zum Zeitpunkt der Erstveröffentlichung verweisen.

Penguin Random House Verlagsgruppe FSC® N001967

1. Auflage 2021
Copyright der Originalausgabe © 2016 by Mattias Edvardsson
Published in the German language by arrangement with
Bonnier Rights, Stockholm, Schweden.
Copyright der deutschsprachigen Ausgabe © 2019 by Limes Verlag
in der Penguin Random House Verlagsgruppe GmbH,
Neumarkter Str. 28, 81673 München
Redaktion: Friederike Arnold
Umschlaggestaltung: www.buerosued.de
Umschlagmotiv: mauritius images/MARKA/Alamy; www.buerosued.de
BL · Herstellung: eR
Satz: Vornehm Mediengestaltung GmbH, München
Druck und Bindung: GGP Media GmbH, Pößneck
Printed in Germany
ISBN 978-3-7341-1009-2
www.blanvalet.de

Von allem Geschriebenen liebe ich nur Das, was Einer mit seinem Blute schreibt. Schreibe mit Blut: und du wirst erfahren, dass Blut Geist ist.

Friedrich Nietzsche

Ohne jeden Zweifel vermittelt die Fiktion das treffendere Bild der Wahrheit.

Doris Lessing

Für Kajsa

Der unschuldige Mörder

von Zackarias Levin

Vorwort

Die Wahrheit muss ans Licht.

Einer der größten Schriftsteller Schwedens ist verschwunden, und ein unschuldiger Mann wurde als sein Mörder verurteilt. Nach zwölf Jahren beginnen die Leute zu vergessen, aber es gibt andere, die nie vergessen werden.

Adrian Mollberg vergisst nie. Und auch ich werde nie vergessen.

Einst war Adrian mein bester Freund. Wir hatten eine gemeinsame Wohnung, ein gemeinsames Leben und dieselben Träume. Bevor er wegen eines Verbrechens verurteilt wurde, das er nicht begangen hatte und bei dem die Leiche fehlte. Es war, bevor Adrian Mollberg als Mörder abgestempelt wurde.

Nach zwölf Jahren werde ich ihn wieder aufsuchen. Diesmal werde ich die Wahrheit herausfinden und alles aufklären.

Aber wo fängt man eigentlich an?

Alle, die es zu irgendetwas bringen, haben den Mut aufgebracht, den ersten Schritt zu tun. Es braucht Mut, um mit dem Erzählen anzufangen, und nicht selten ist es am einfachsten, man beginnt dort, wo man gerade im Leben steht. Das habe ich in jenem schicksalsträchtigen Herbst 1996 gelernt, als ich gegen die Einwände meiner Mutter ein Studium in Literarischem Schreiben an der Universität Lund begann.

Da setze ich ein.

August 2008

Es war ein beschissener Sommer.

In derselben Woche, in der Caisa mich verließ, wurde ich zu einem Meeting gerufen, in dem der Chefredakteur mir eröffnete, dass einem Drittel der Angestellten gekündigt werden würde. Das allgemeine Zeitungssterben hatte die Hauptstadt erreicht. Die Leute wollten kein Geld mehr für Nachrichten ausgeben, die schon einen Tag alt waren. Das Internet quoll über von Klatsch und Tratsch und kontroversen Ansichten von rechts und links. Ich war überflüssig geworden.

Das Ganze kam nicht völlig unerwartet, traf mich aber dennoch ins Mark. Caisa sagte, sie habe sich innerlich von mir entfernt und brauche etwas Stabileres, etwas Dauerhaftes mit Zukunftspotenzial. Schon vor Mittsommer war sie ausgezogen, und die Kündigungsfrist in der Zeitung betrug zwei Wochen.

Ich verschlief die Vormittage und versoff die Abende. Nachts trieb ich mich in Straßencafés und Nachtclubs herum, schlief auf der Rückbank eines Taxis oder bei einer reichlich angetrunkenen Frau ein. Wenn ich am nächsten Morgen erwachte, fühlte ich mich einsam und antriebslos und versuchte, die Panik im Zaum zu halten.

Als meine Mutter anrief, schwindelte ich hemmungslos. »Geht alles seinen Gang. Läuft wie immer. Nichts Neues. Keine Probleme.« Dann aß ich Eis zum Frühstück, direkt aus der Zweiliterpackung, saß nackt auf dem Sofa mit den dreckigen Füßen auf dem Tisch, während ich mich durch die Onlineversion der Zeitung klickte, die bis vor Kurzem mein zweites Zuhause und meine Herzensangelegenheit gewesen war. Jetzt füllte ich die Kommentarfelder mit höhnischen Andeutungen und expliziten Beleidigungen. Im Suff sandte ich Caisa die letzten erbärmlichen Liebesbezeugungen, bevor sie mich auf allen Kanälen blockierte. Ich schickte meinen Lebenslauf an einige Redaktionen, bei denen ich mir vorstellen konnte zu arbeiten, und an andere, bei denen ich nicht im Traum daran dachte, auch nur einen Fuß hineinzusetzen. Eines Nachmittags radelte ich nach Långholmen und fläzte mich auf eine Sonnenliege – zusammen mit zwei Kollegen, die mein Schicksal teilten.

»Wie geht es dir?«, fragten sie. »Was hast du vor? Was Neues in Sicht?«

Und ich behauptete, ich wolle es eine Weile etwas ruhiger angehen lassen, vielleicht umsatteln, mich selbstständig machen oder mich auf die literarischen Träume meiner Jugendzeit besinnen.

»Du hast gut reden«, sagten sie. »Du hast ja auch keine Familie und kein Haus, das du abbezahlen musst.«

Die beiden trieben sich in den großen Medienhäusern herum, priesen sich an wie im Schlussverkauf und waren bereit, den Begriff Journalismus so weit zu fassen, dass sogar ein Klatschreporter die Nase gerümpft hätte.

Erst im August erwachte ich aus meinem Sommerschlaf und begriff, dass ich irgendetwas tun musste. Ich war mit der Miete im Rückstand, der Anrufbeantworter war voll mit empörten Nachrichten meines kleinlichen Vermieters, in meiner Stammpizzeria konnte ich nicht mehr anschreiben lassen, und die Rastlosigkeit brauste wie ein immer stärker werdender Sturm in meiner Brust.

Einige E-Mails und Gespräche später war mir klar, dass die Jobsituation in der Stockholmer Medienlandschaft mehr als prekär war.

»Was haben Sie bisher gemacht?« (Der Redakteur irgendeines Blattes)

»Kolumnen, Glossen, Veranstaltungstipps.« (Ich)

»Wie war noch mal Ihr Name? Zackarias irgendwas?« (Wieder der Redakteur)

»Zackarias Levin. Aber die meisten nennen mich einfach nur Zack.« (Ich, schon ein bisschen resigniert)

»Einfach nur Zack?« (Der Redakteur, kurz vor Ende des Gesprächs)

Und als mein abscheulicher Vermieter schließlich so laut an die Tür haute, dass der Chihuahua des Nachbarn im Falsett bellte, hatte ich genug und rief meine Mutter an.

»Endlich!«, rief sie, als ich anfragte, ob ich eine Weile bei ihr wohnen dürfe.

»Immer mit der Ruhe. Das ist wirklich nur eine Übergangslösung.«

Ich setzte mich in die Küche und googelte ein bisschen, bevor ich in den verschiedenen Redaktionen Südschwedens herumtelefonierte. Nicht eine Sekunde kam mir in den Sinn, dass ein einziges Provinzblatt mit nur ein wenig Selbstachtung einen relativ bekannten (na ja) Journalisten aus Stockholm ablehnen würde, der schon für die ganz großen Zeitungen geschrieben hatte.

Ich hatte mich geirrt.

»Wir kriechen schon auf dem Zahnfleisch und müssen etlichen Kollegen kündigen.«

»Die Internetzeitungen ziehen unsere Printleser ab.«

»Die Leute heutzutage wollen eigentlich nur Mist lesen.«

Ich sah erst ein Licht am Ende des Tunnels, als ich den Feuilletonchef und zugleich den einzigen Kulturredakteur der Provinzzeitung erwischte, die jeden zweiten Tag erschien und bei der ich vor langer Zeit meine Karriere begonnen hatte.

»Aha, und du willst also wieder nach Hause ziehen?«

Er bemühte sich nicht einmal, die Schadenfreude in seiner Stimme zu verbergen.

»Nur vorübergehend«, erklärte ich.

»Kannst du eine Glosse pro Woche liefern? Du weißt schon, solche albernen Betrachtungen, die die Leute so richtig provozieren. Fünfhundert plus Sozialabgaben ist das Standardhonorar. Mehr kann ich dir nicht bieten, auch wenn du es bist, Zack.«

Fünfhundert. Ich würde auf Kosten meiner Mutter leben müssen, bis ich irgendwann in Rente ging.

Trotzdem ließ ich die Sache noch offen. Ich versprach, mich zu melden, und behauptete, ich wolle erst ein paar andere Möglichkeiten durchspielen. Ich konnte den Feuilletonchef vor mir sehen: ein Lächeln so breit und schadenfroh, dass der Speichel vom Kautabak nur so herunterlief. Hab ich's nicht immer schon gesagt und so weiter.

»Womit willst du eigentlich dein Geld verdienen?«, fragte meine Mutter, als ich sie für ein Flugticket nach Südschweden anpumpte.

»Das steht noch nicht richtig fest.«

»Willst du nicht ein Buch schreiben? Du hast doch immer davon gesprochen, dass du ein Buch schreiben willst.«

Sie zahlte mein Flugticket. Ich wollte schon am nächsten Tag fahren und dachte erst über ihre Worte nach, als ich am letzten Abend in Stockholm im Bett lag und mich in der klebrigen

Sommerhitze zwischen den Laken herumwälzte. Meine Mutter hatte natürlich recht. Ich würde ein Buch schreiben.

Es ist schon seltsam. Manche Dinge werden von einem Augenblick auf den anderen komplett auf den Kopf gestellt, während andere für immer und ewig bestehen, vollkommen unangetastet vom Zahn der Zeit. Ich fuhr zu meiner Mutter und betrat das Museum meiner Kindheit: dieselben bestickten Wandbehänge, die Kupfergefäße an der Küchenwand und die alten, vergilbten Plakate. Es roch noch immer nach Früchtekuchen und braunem Zucker. Sie saß in Großvaters mottenzerfressenem Schaukelstuhl und war lange vor der Zeit gealtert, wusste noch immer nicht, wie man sich in den Arm nahm, hatte aber schon die Kaffeebohnen in die Mühle gefüllt, die wie ein Sägewerk auf der Küchenbank vor sich hin ratterte.

»Jetzt erzähl mal. Was hast du angestellt?«

Sie saß mit verschränkten Armen da und schaute mich wütend an. Ich fühlte mich wieder wie damals mit zwölf.

»Ich habe nichts angestellt!«

»Irgendwas musst du doch angestellt haben, damit sie dir kündigen? Ich weiß wirklich nicht, wie oft ich gesagt habe, dass du aufhören sollst, solche Dummheiten zu schreiben. Normale Leute ärgern sich über so was. Man sollte sich nicht für was Besseres halten, nur weil man in die Hauptstadt gezogen ist und beim *Aftonbladet* arbeitet.«

»Ich habe doch noch nie beim *Aftonbladet* gearbeitet.«

»Sei nicht so haarspalterisch.«

Sie starrte die Kaffeemaschine an, bis sie mit einem demütigen Piepsen kapitulierte.

»Und was ist dann passiert?«

»Hör mal, Mama, ein Drittel der Belegschaft hat eine Kündigung gekriegt. Diejenigen, die du die normalen Leute nennst, die lesen nicht mehr Zeitung. Sie gehören dieser verdammten Geiz-ist-geil-Generation an und wollen für Qualität nichts zahlen.«

»Qualität?«, wiederholte sie und flüsterte dann ihr ewiges Gott bewahre und Himmelherrgott vor sich hin.

Wir hatten noch immer unsere alten Sitzplätze am Tisch. Der Kaffee musste mit reichlich Milch verdünnt werden, doch er schuf eine befreiende Oase von Schweigen und Nachdenken.

»Und Caisa?«, fragte meine Mutter schließlich.

»Das hat nicht mehr gehalten. Wir haben uns voneinander entfernt.«

Ich hatte versucht, nicht an Caisa zu denken. Jetzt öffnete sich der Schmerz erneut wie eine schwärende Wunde.

»Voneinander entfernt? Manchmal muss man kämpfen, Zackarias. Eine Beziehung ist ein Geben und Nehmen.«

»Du mochtest Caisa doch gar nicht?«

Sie tat so, als hätte sie es nicht gehört.

»Du bist jetzt über dreißig. Als ich in deinem Alter war ...«

»Mama!«

Nun begab sie sich doch aus der Deckung. Ihr Blick triefte vor bitterer Enttäuschung.

»Irgendwann will man doch auch mal Oma werden. Hier sind alle Oma oder haben zumindest eine Schwiegertochter mit Kindern aus erster Ehe. Ich bin als Einzige übrig geblieben, und das ist wirklich nicht schön.«

Jetzt erkannte ich sie wieder. Same old, same old. Eine halbe Stunde in Skåne, und schon hatte ich die Nase wieder gestrichen voll. Ich begann, über das Bücherschreiben nachzudenken, sortierte in meinem Kopf die Ideen, die sich während des Flugs formiert hatten. Ein Buch zu schreiben konnte doch nicht so schwer sein. Wenn ich mich ranhielt, sollte es bis zum Frühjahr fertig sein. Das Schreiben selbst würde etwa einen Monat dauern, einen weiteren veranschlagte ich fürs Redigieren, dann kamen Druck, Produktion und Marketing. Das Frühjahrs-programm war ein realistisches Ziel, die Taschenbuchausgabe würde kurz vor dem Weihnachtsgeschäft erscheinen.

»Hast du Tomaten auf den Ohren?«, fragte meine Mutter, und ich zuckte zusammen. »Du hörst ja gar nicht zu. Hast du Drogen genommen, oder wie? Du bist völlig abwesend und hast ganz rote Augen.«

»Jetzt hör schon auf. Was hast du eben gesagt?«

Sie verzog das Gesicht zu einer mürrischen Grimasse.

»Ich habe von Mädchen gesprochen. Dass es vielleicht eine gibt, mit der du dich mal treffen könntest.«

»Wie jetzt? Hier in Veberöd?«

»Genau. Die Niedliche mit den Sommersprossen, die in deiner Klasse war. Sie ist inzwischen geschieden und hat zwei Kinder, aber den Mann sieht man nie. Wie hieß sie noch mal?«

»Malin Åhlén? Sprichst du von Malin Åhlén?«

Sie sprach schon seit 1985 von Malin Åhlén.

»Richtig, Malin.«

»Mama, das mit Malin Åhlén war in der achten. Außerdem weiß ich nicht, ob ich im Moment überhaupt so ein Techtel-mechtel brauche.«

Sie schenkte mir nach, bis der Kaffee überschwappte.

»Nein, ich glaube auch nicht, dass du ein Techtelmechtel brauchst. Was du brauchst, ist eine Frau.«

Ich konnte nicht mehr. Während meine Mutter weiterredete, holte ich mein Handy heraus.

»Hast du es mal mit Internetdating probiert?«, fuhr sie fort. »Evelyns Junge hat auf diesem Weg eine neue Freundin gefun-den. Sie sieht nett aus und wirkt ganz normal. Und einen Hau-fen Geld scheint sie auch zu haben.«

»Hör auf, Mama. Ich muss mich eine Weile auf mich selbst konzentrieren.«

»Dich auf dich selbst konzentrieren? Macht man so was in Stockholm? Du bist bald zweiunddreißig.«

»Ich weiß, wie alt ich bin. Aber es ist nicht so wie in deiner Jugend.«

»Nicht so wie in meiner Jugend?«

»Es ist anders heutzutage.«

»Vielen Dank auch«, sagte sie und pustete in ihre Tasse, ehe sie einen Schluck Kaffee trank. »Das habe ich schon gemerkt.«

Noch am selben Abend schloss ich mich in meinem alten Jugendzimmer ein und skizzierte die besten Buchideen. Meine Mutter hatte mein Zimmer in einen Abstellraum verwandelt und die Regale mit dem gesamten Sortiment des Verlags Bra Böcker aus den Achtzigerjahren bestückt. Doch an der einen Dachschräge hing noch mein altes Bon-Jovi-Plakat wie eine bewusste Normabweichung, die vermutlich gar nicht so weit von den ästhetischen Idealen eines perversen Einrichtungsbloggers entfernt war.

Im Bett hackte ich in Rekordzeit eine Kurzzusammenfassung in den Laptop. Es konnte doch nicht so schwer sein, etwas Spannendes zusammenzuzimmern, wenn man sich wirklich bemühte.

Schlagartig wurde ich zurückgeschleudert in mein Studium des Literarischen Schreibens. Große Teile des Handwerkszeugs waren noch da. Es war wie beim Radfahren. Wenn ich nur die richtige Story fand, würde ich die Sache schon hinkriegen.

Doch die Erinnerungen an jenen Herbst in den Neunzigerjahren in Lund drängten sich weiter auf und nahmen schon bald mein ganzes Bewusstsein in Anspruch. Ich konnte nicht mehr an meine Romanfiguren denken. Ich dachte an Adrian und Fredrik. Ich dachte an Leo Stark, den berühmten Schriftsteller, der einfach verschwunden war. Ich dachte an unsere Dozentin Li Karpe, die postmoderne Dichterprinzessin. Vor allem aber dachte ich an Betty. Und das tat weh.

Ich legte eine Pause ein und surfte im Internet herum, weil ich wissen wollte, wie sie jetzt aussahen, zwölf Jahre später. Doch ich stieß weder auf Betty noch auf Adrian. Das Internet war zwar voll von Texten über den Schriftstellermord, von Spekulationen und Gerüchten und allgemeinen Meinungsäußerungen, aber nirgends gab es Informationen darüber, was Betty oder Adrian inzwischen machten, was aus ihnen geworden war. Erst als ich nach Fredrik Niemi suchte, sah ich mich plötzlich mit dieser Zeit in meinem Leben konfrontiert, die alles verändert hatte, vor der ich geflohen war und die ich über ein Jahrzehnt verdrängt hatte. Es fühlte sich so weit weg an, beinahe wie ein Traum.

Das Foto von Fredrik katapultierte mich zurück. Er hatte sich nicht sehr verändert. Vom Typ her eindeutig obere Mittelschicht, die Haare etwas dünner und die Brille etwas teurer, ansonsten war er derselbe geblieben. Eine seltsame Wiederentdeckung nach so vielen Jahren.

Ich wusste, dass er in der Buchbranche tätig war, und nachdem ich ein bisschen recherchiert hatte, fand ich heraus, dass er als Lektor in einem Kleinverlag in Lund arbeitete.

Das war beinahe zu gut. Zumindest war es zu gut, um diese Gelegenheit ungenutzt zu lassen.

Ich stand früh auf und rief ihn an. Fredrik Niemi schien überrumpelt, als ihm aufging, wer ich war.

»Zack Levin? Das ist ja schon ewig her!«

Dann hatte er es ziemlich eilig, im Hintergrund waren Stimmen zu hören, und er musste zu einer Sitzung. Ob ich ihm einfach eine Mail schicken könne? Aber ich blieb hartnäckig und journalistisch penetrant, bis wir eine Verabredung zum Mittagessen hatten. In der Markthalle – falls ich mich daran erinnerte.

»Natürlich«, sagte ich und merkte, wie alles zurückkehrte. Die alten Rollen, die Machtbalance, lauter Dinge, die nicht zu greifen waren und nichts mit Arbeitslosigkeit oder Heimkehrerblues oder anderen alltäglichen Niederlagen zu tun hatten.

Während meine Mutter das ganze Haus putzte, als stünde eine große Feier oder ein Maklerbesuch bevor, entwarf ich probehalber ein paar Romanideen. Ich kritzelte die Charakterzüge eines Antihelden hin, der ohne Weiteres eine ganze Romantrilogie würde füllen können, blätterte in einem Namenslexikon und suchte nach den perfekten Namen für meine künftigen Romanfiguren.

Etwas widerwillig lieh mir meine Mutter ihr Auto, und ich fuhr nach Lund, stellte den Wagen auf dem Mårtenstorget ab und spazierte langsam zwischen flatternden Tauben und Hackenporsches herum, während das scharfe Spätsommerlicht auf die hundertjährigen Gebäude fiel.

Fredrik Niemi saß schon im Restaurant der Markthalle. Sein Händedruck wirkte gestresst, und ich bemerkte sein nervöses Augenzucken, das ich so gut kannte.

»Ich habe ein paar von deinen Glossen gelesen«, sagte er.

Wir blätterten in der Speisekarte, und ich wartete auf eine Fortsetzung, eine Art Anerkennung, wenigstens aus Höflichkeit, aber Fredrik sagte nichts weiter.

»Lange nichts gehört«, stellte er fest und lächelte etwas zögerlich.

Dann fragte er, wie lange ich bleiben wolle, und ich schwindelte und behauptete, ich brauche einfach etwas Urlaub von Stockholm, dass alles hier etwas näher sei und etwas langsamer und das momentan genau das Richtige für mich sei.

»Es ist so interessant, wie die Leute einen hier anschauen.

Als ob sie einen genau unter die Lupe nehmen, ja, analysieren wollten. In Stockholm wechselt man kaum einen Blick.«

Fredrik nickte gleichgültig.

»Es ist wegen einer Frau, oder?«

»Unter anderem.«

»Ich weiß noch, damals warst du wegen dieser ganzen Sache mit Betty völlig am Boden zerstört.«

»Dieser ganzen Sache mit Betty?«

Er lächelte etwas schief.

»Was heißt schon am Boden zerstört«, sagte ich. »Wir waren ja noch Teenies.«

»Stimmt auch wieder.«

Ich bestellte mir ein Entrecote, medium rare gebraten. Die Kellnerin lächelte falsch und spielte mit dem Kugelschreiber herum, während Fredrik weiter in der Speisekarte blätterte.

»Ist das Entrecote zart?«

»Klar, es ist völlig in Ordnung.«

Heimlich warf mir die Kellnerin einen einvernehmlichen Blick zu, kratzte sich am Schlüsselbein und gähnte.

»Für mich auch ein Entrecote, aber bitte well done«, sagte Fredrik, und sie kritzelte irgendetwas in ihren Block und ging davon.

»Der Magen«, sagte er und sah mich an, als würde es mich wirklich interessieren.

Fredrik Niemi hatte sich erschreckenderweise kaum verändert. Die Brille und der Seitenscheitel und diese trockene Haut, die in mir die Lust weckte, mit meiner Hand fest über seine rauen Wangen zu fahren. Vor mir sah ich denselben unsicheren jungen Mann, der vor zwölf Jahren eine Schreibmaschine zum Literarischen Schreiben mitgeschleppt hatte.

Nach jenem Herbst 1996 hatte er ein Jahr in Dublin Literaturgeschichte studiert und war auf Leopold Blooms Spuren gewandelt. Er klang nicht einmal ironisch, als er davon erzählte. Zurück in Schweden hatte er einen Job in einem Indieverlag in Göteborg gefunden und war auf einem Broder-Daniel-Konzert seiner großen Liebe Cattis begegnet. Dann hatte alles seinen Lauf genommen. Die Zeit verging, und er folgte ihr. Jetzt saß er in einem Einfamilienhaus in Bjärred mit einer Tochter, die demnächst in die Schule kam, und einem Jungen, der bald fünf wurde. Seit mittlerweile zwei Jahren hatte er in dem Verlag in Lund die Programmleitung Belletristik inne und übersetzte nebenbei französische Prosalyrik, die niemand las.

Ich erzählte nicht viel aus meinem eigenen Leben, und Fredrik stellte keine Fragen. Als die Kellnerin unsere Entrecotes brachte, kam ich zur Sache.

»Ich will ein Buch schreiben.«

Fredrik stocherte mit der Gabel im Fleisch herum und sagte: »Das ist genau das Richtige.«

»Wie meinst du das?«

Er hielt in der Bewegung inne und sah mich erschrocken an.

»Na ja, ich meine, es gibt doch keine bessere Therapie, als einen Roman zu schreiben, oder? Einen verbitterten Liebesroman mit einem raffinierten Racheplan.«

Er lächelte vorsichtig, aber ich schüttelte nur den Kopf.

»Ich bin nicht verbittert. Und ich brauche keine Therapie. Ich brauche Geld.«

Fredrik kaute mühsam und blickte aus dem Fenster. Meine Geradlinigkeit war ihm sichtlich unangenehm.

»Und an dieser Stelle kommst du ins Spiel«, fuhr ich fort und schnitt mir ein Stück blutiges Fleisch ab. »Du kennst dich auf dem Buchmarkt aus.«

»Na ja, da wäre ich mir nicht so sicher. Ich glaube, es gibt niemanden, der sich wirklich auf dem Buchmarkt auskennt. Der führt nämlich ein Eigenleben.«

»Aber du hast Insiderwissen. Viel mehr als ein Normalleser.«
Er wand sich.

»Was genau hast du denn vor?«, fragte er dann.

Ich leckte mir die Sauce von den Lippen und nahm einen großen Schluck Staropramen.

»Ich will einen Bestseller schreiben, den neuen *Da Vinci Code*, die neue Millenniums-Trilogie. Der Buchmarkt ist jetzt reif für etwas Neues, was bisher gefehlt hat und wonach sich die Leute sehnen. Man muss nur im richtigen Moment die richtige Idee haben und sie als Erster herausbringen.«

Fredrik säbelte an seinem Entrecote herum.

»Ich fürchte, so simpel ist es nicht«, sagte er, ohne mich anzusehen. »Meine Arbeit wäre sehr viel einfacher, wenn man auf dem Buchmarkt alles vorhersehen könnte. Aber sie wäre auch ein bisschen langweiliger.«

»Gut, natürlich vereinfache ich die Sache ein bisschen. Aber du verstehst, was ich meine. Ich habe schon ein paar gute Ideen, die du dir anschauen könntest.«

»Ich weiß nicht so recht.«

Endlich hatte er ein Stück Fleisch abgeschnitten, das er nun langsam zwischen seinen Backenzähnen zermalmte.

»Mir kommt es so vor, als würdest du am falschen Ende anfangen«, murmelte er zwischen den Bissen. »Du solltest beim Schreiben von dir selbst ausgehen, also dort graben, wo du stehst, wie man so schön sagt. Was für ein Buch willst du schreiben? Was willst du erzählen?«

Ich lachte.

»Jetzt klingst du genau wie Li Karpe.«

Er hörte auf zu kauen und sah mich abwartend an. Binnen weniger Sekunden hing ihr Name wie ein Schwergewicht zwischen uns.

»Du bist Li Karpe geworden!«

»Von wegen!«, protestierte Fredrik und verzog den Mund zu einem Lachen. »Aber sie hatte schon was. Trotz allem.«

»So ein Projekt ist das nicht«, erklärte ich. »Ich will nicht so ein Buch schreiben.«

Er kratzte sich unter dem Arm.

»Was meinst du?«

Ich legte das Besteck auf den Teller und wischte mir das Kinn mit der Serviette ab.

»Es geht nicht um Qualität. Ich will keinen Literaturpreis gewinnen. Ich bin bereit, irgendwas zu schreiben – Hauptsache, das Buch landet ganz oben auf der Bestsellerliste und sorgt dafür, dass ich bei meiner Mutter ausziehen kann.«

Er starrte mich an, als hätte ich ein Sakrileg begangen.

»Es geht hier nicht um literarisches Schreiben«, fuhr ich fort. »Wir sind keine neunzehnjährigen Romantiker mehr.«

Fredrik lächelte nachsichtig.

»Es gibt vermutlich kein einfaches Erfolgsrezept, Zack. Außerdem beschäftige ich mich hauptsächlich mit Literatur, die sich in Auflagen von fünfhundert Exemplaren verkauft. Chinesische Poesie, rumänische Erzählkunst. Lauter prätentiöses Zeug.«

»Ach, komm schon! Gib mir einen einzigen konkreten Tipp. Ein Genre, ein Thema, was auch immer. Wonach schreit denn der Markt im Moment?«

Er seufzte, lehnte sich zurück und ließ den Blick zwischen seinem hoffnungslos durchgebratenen Fleischstück und mir hin- und herwandern.

»Schreib was Autobiografisches, was Sensationelles, was Aufsehen erregt. Es darf ruhig unverschämt und provokativ sein. Stell dich selbst und alle in deinem Umfeld bloß und schrecke nicht vor Spekulationen zurück. Übertreibe maßlos und ergänze das Ganze mit schmuddeligen Details.«

»Tatsächlich?«

»So was verkauft sich.«

Ich dachte an das, was ich im Internet über Betty und Adrian gelesen hatte, an die sensationslüsternen Spekulationen über den verschwundenen Starautor Leo Stark und den legendenumwobenen Mordprozess.

»Sprichst du von …? Denken wir an dasselbe?«

Fredrik sah erstaunt aus.

»Meinst du, ich soll über uns schreiben?«

»Nein, nein, gar nicht! So habe ich es überhaupt nicht …«

»Aber indirekt hast du genau das gesagt. Schreib über den Schriftstellermord!«

»Keineswegs«, sagte Fredrik scharf. »Es gibt keinen Grund, in dieser alten Geschichte herumzuwühlen.«

Ich sagte nichts, denn ich hatte nicht vor, mit ihm zu diskutieren. Ich hatte mich schon entschieden. Im selben Moment, in dem der Gedanke geboren wurde, hatte mein Entschluss festgestanden. Am liebsten wollte ich sofort loslegen.

»Hast du noch Kontakt zu Adrian?«, fragte Fredrik.

Ich schüttelte den Kopf.

»Du?«

»Nein, gar nicht.«

Ich sah Adrian im Gerichtssaal vor mir, die Schatten auf seinem Gesicht, den ausweichenden Blick. Sehr deutlich erinnerte ich mich an die Verlesung des Urteils. Die Tränen und die Schreie, das Gefühl von Unwirklichkeit.

»Er wohnt anscheinend noch hier in der Gegend«, sagte Fredrik. »Irgendwo in Richtung Bjärred, habe ich gehört.«

Ich konnte mich kaum noch auf Fredrik konzentrieren und dachte stattdessen über das Buchcover und den Titel nach, sah suggestive Bilder vom Hauptgebäude der Universität in Lund vor mir, mit dem großen Springbrunnen, in Schwarz und Grau gehalten, vielleicht mit ein wenig Rosa zur Aufmunterung. *Der unschuldige Mörder.*

»Ich denke nicht einmal mehr daran«, fuhr Fredrik fort. »Eine Weile hatte ich jede Nacht Alpträume, aber jetzt nicht mehr. Mir ist es gelungen, die Sache zu vergessen.«

Ich schüttelte den Kopf.

»Keiner von uns wird es je vergessen. Das geht nicht.«

Vielsagend sah Fredrik auf seine Armbanduhr.

»Ich muss weiter«, sagte er und lächelte abschließend.

Der Titel zog sich wie ein Neonband durch meinen Kopf. *Der unschuldige Mörder.* Ich sah mich selbst auf der Buchmesse, neben dem Bestsellerautor Jan Guillou, mit hochgekrempelten Hemdsärmeln, vor mir die langen Schlangen von Lesern, die sich mein Buch signieren lassen wollten. Anschließend saß ich in Talkshows und durfte auf irgendeiner Kulturseite die Bücher meiner Konkurrenten rezensieren. Sogar die Literatursendung *Babel* würde bei mir anrufen.

Fredrik räusperte sich und holte mich wieder in die Gegenwart zurück. Wir erhoben uns und schüttelten uns die Hand. Kein Wort von einem Wiedersehen. Fredrik hoffte vermutlich, dass ich die kindische Idee mit diesem Buch wie die meisten so schnell wie möglich fallen ließ. Wie oft hatte man nicht schon Leute sagen hören, sie wollten ein Buch schreiben?

Doch er unterschätzte mich.

Der unschuldige Mörder

von Zackarias Levin

1. Kapitel

September 1996

Als ich Adrian Mollberg zum ersten Mal sah, saß ich auf einer Bank vor der Unibibliothek, deren begrünte Mauern gerade die ersten herbstlich bunten Farbtupfer bekommen hatten. Ich blätterte in einem Buch, war aber zu nervös, um mich auf die Lektüre zu konzentrieren, als er sich wie ein großer Schatten in meinem Gesichtsfeld aufbaute.

»Es war kein Selbstmord. Das weißt du, oder?«

Er erschreckte mich beinahe. Der flatternde Mantel, das abstehende Haar. Sein Körper wirkte eigenartig schief, als wäre das eine Bein länger als das andere.

»Kurt Cobain meine ich«, sagte er und zeigte auf mein Nirvana-Shirt. »Courtney hat ihn erschossen.«

Ich beschattete meine Augen mit der Hand und beobachtete ihn, wie er eine Zigarette aus einer zerdrückten Marlboroschachtel hervorzauberte.

»Es gab keine Fingerabdrücke auf dem Gewehr«, murmelte er und versuchte, sein Feuerzeug anzumachen. »Wie zum Teufel schießt man sich selbst in den Kopf, ohne Fingerabdrücke zu hinterlassen?«

Hektisch schüttelte er das störrische Feuerzeug und erzeugte schließlich eine kleine, zittrige Flamme, in die er rasch seine Zigarette tauchte.

»Was studierst du?«, fragte er und hielt mir die Zigarettenschachtel hin.

Ich klopfte eine Zigarette heraus, zögerte aber mit der Antwort. Bisher hatte ich kaum jemandem erzählt, was ich studieren wollte, und ich war von meiner Entscheidung auch nicht ganz überzeugt. Vor nur wenigen Minuten hatte ich auf der Bank gesessen und erwogen, meine Pläne in den Wind zu schießen und mich bei der Studienberatung zu erkundigen, ob es nicht noch freie Plätze im Bibliothekars- oder Lehramtsstudiengang gab.

Meine Mutter hatte vermutlich recht, als sie mein Vorhaben als verlorene Zeit und Verschwendung des staatlichen Studiendarlehens abgetan hatte.

»Ich werde hier studieren …«, sagte ich und zeigte aufs Institut für Literaturwissenschaft.

Er folgte meiner Bewegung mit der Zigarette im Mund und ließ den Rauch in Kringeln zum wolkenlosen Himmel emporsteigen.

»Litwiss?«, fragte er enthusiastisch.

»Ja, wobei … Ja.«

»Da werde ich auch studieren! Du bist Erstsemester, oder?«

»Ja, ich habe im Frühling Abi gemacht.«

»Nervös?«

»Quatsch«, sagte ich und lächelte ängstlich.

Er trat vor und drückte meine Hand.

»Ich heiße Adrian«, sagte er. »Ich bin gestern erst hierhergezogen, deshalb kenne ich noch nicht so viele Leute.«

»Ich heiße Zackarias, aber alle nennen mich Zack.«

»Warum das?«

»Wahrscheinlich weil es einfacher ist.«

»Ich mag das Einfache nicht. Warum haben die Menschen solche Angst vor der Komplexität?«

Er drückte die Zigarette an der Schuhsohle aus, setzte sich neben mich und schlug die Beine übereinander. Mit großen Augen und breitem Lächeln sah er mich an.

»Für welchen Kurs hast du dich angemeldet, Zackarias?«

Am liebsten hätte ich es ihm verschwiegen.

»Literarisches Schreiben.«

»Wirklich wahr? Bei Li Karpe? Literarisches Schreiben bei Li Karpe?« Adrian war so begeistert, dass seine Stimme einen feierlichen Singsang bekam. »Ich studiere auch Literarisches Schreiben! Dann sind wir wohl Studienkollegen, Zackarias.«

»Ja, sieht ganz so aus.«

Ich versuchte, eine vorsichtige Freude zum Ausdruck zu bringen, obwohl ich noch nicht davon überzeugt war, dass die Nachricht eindeutig positiv war.

»Ich mache es natürlich nur wegen Li Karpe. Wenn sie nicht wäre, hätte ich mich nie hier eingeschrieben«, erklärte Adrian.

»Na ja, ich bin da eher zögerlich. Ich dachte mir, ich schau mir erst mal an, wie es so ist. Im Notfall kann man ja immer noch abspringen.«

»Nein, nein, solange Li Karpe den Kurs macht, bleibe ich.«

Ich nickte. Natürlich würde ich nie zugeben, dass Li Karpe ein vollkommen neuer Name für mich war. Adrians Augen leuchteten, als er sagte:

»Ich bin ein bisschen besessen von Li Karpe, wie du sicher schon gemerkt hast. Wenn du mich fragst, ist sie die bedeutendste schwedische Vertreterin der Postmoderne. Ein verdammtes Genie. Ansonsten bin ich bei solchen Schreibstudiengängen eher skeptisch, aber wenn ich fünf Tage pro Woche mit Li Karpe zusammen sein kann, würde ich sogar einen Kurs über die Geschichte der Philatelie belegen.«

Er lachte laut und ungezügelt, und nachdem ich ihn einen Augenblick wie ein Idiot angestarrt hatte, konnte ich nicht mehr widerstehen und stimmte in sein Lachen ein, und bald erfasste meinen ganzen Körper eine unbeherrschte Wildheit.

Ebenso plötzlich, wie das Lachen ihn überkommen hatte, erstarrte Adrian wieder, wischte jede Spur von Ausgelassenheit aus seinem Gesicht und stieß mir mit dem Ellenbogen in die Seite. Er zeigte quer durch den Park zum Kiesweg zwischen den Bäumen, und ich folgte seinem Finger mit dem Blick.

Dort schwebte sie entlang, langbeinig, mit hohen Absätzen, das Haar wie eine Fahne im Wind, mit geradem Rücken und den Blick in die Ferne gerichtet. Sich fortzubewegen schien ihre gesamte Aufmerksamkeit zu erfordern.

»Li Karpe«, sagte Adrian. Ihr Name klang wie ein zart schmelzendes Bonbon in seinem Mund.

»Ist sie das?«

Obwohl ich keinerlei tiefere Einsichten in die Postmoderne als Phänomen hatte, verfügte mein Bewusstsein offenbar dennoch über eine gewisse Vorstellung, wie eine Vertreterin der Postmoderne auszusehen hatte. Und Li Karpe entsprach diesem Bild ganz und gar nicht.

»Wahnsinn, was für eine Aura«, sagte Adrian.

Unsere Blicke klebten an ihrem Körper, während sie durch den Park ging. Vor dem roten Ziegelgebäude Haus Absalon, in dem das Institut für Literaturwissenschaft untergebracht war, blieb sie stehen, warf die Haare nach hinten, drehte sich um und sah uns direkt in die Augen.

August 2008

Er war wie vom Erdboden verschluckt. Ich durchforstete das gesamte Internet, fand aber weder Adresse noch Telefonnummer. Ich rief beim Finanzamt an und erfuhr, dass es keinen einzigen Adrian Mollberg in Schweden gab.

»Angeblich wohnt er irgendwo außerhalb von Lund, in Richtung Bjärred, habe ich gehört.«

Die Frau im Finanzamt klapperte auf ihrer Tastatur herum, und dann musste ich mir eintönige Wartemusik anhören, ehe sie wieder am Apparat war, abermals mit einem negativen Bescheid.

»Jetzt habe ich überall nachgesehen. Es gibt keinen Adrian Mollberg, der in Schweden gemeldet wäre, weder in Lund noch in Bjärred oder anderswo.«

»Könnte er seinen Nachnamen gewechselt haben?«

»Das könnte natürlich sein.«

Es hatte keinen Sinn. Also beschloss ich, meine Suche auf Betty zu verlagern. Ich setzte Kaffee auf und drehte die Lautstärke des Lokalsenders auf, während meine Mutter die Pflanzen auf der Fensterbank goss, bis sie badeten.

»Am besten kaufst du den Geranien Schwimmwesten.«

Sie starrte mich an.

»Willst ausgerechnet du mir beibringen, wie man Blumen pflegt? Dabei kenne ich außer dir niemanden, der einen Kaktus vertrocknen lassen kann.«

Um ihre Kompetenz zu unterstreichen, bedachte sie jede einzelne Pflanze mit einem weiteren Strahl Wasser.

»So, jetzt ist gut.«

Ich goss den dampfenden Kaffee in unsere Tassen, meine Mutter nahm mir gegenüber Platz, und ich klappte meinen Laptop für die nächste Rechercherunde auf.

»Aha«, brummte meine Mutter. »Ja, ja.«

Ich schrieb »Betty Johnsson« ins Suchfeld und scrollte die Liste der Ergebnisse hinunter. Eine hatte einen Preis bei einem Pferderennen gewonnen, eine andere war eine amerikanische Schauspielerin mit Dreadlocks, und es gab eine Vierzehnjährige aus Schottland mit diesem Namen, die behauptete, sie würde für Justin Bieber sterben.

»Musst du wirklich mit diesem Ding da rummachen, während wir Kaffee trinken?«

Meine Mutter rührte in ihrer Tasse und starrte wütend meinen Computer an, als beleidigte er sie persönlich.

»Sorry, ich hab nicht gedacht, dass ...«, sagte ich und klappte meinen Laptop wieder zu.

»Gibt es wirklich so viel Interessantes in diesem Kasten? Es ist dieses Facebook, oder? Karla ist auch Mitglied bei Facebook. Sie sagt, es ist die einzige Art, mal ihre Enkel zu Gesicht zu bekommen.«

»Nein, Mama, es ist nicht Facebook.«

Dass ich jetzt erst darauf gekommen war! Ich klappte den Laptop gleich wieder auf.

»Sag mal, Junge, kannst du nicht eine einzige Minute ohne?«

»Mama, du bist ein Genie!«, sagte ich.

Sie starrte mich an.

»Das weiß ich doch.«

Ich lachte und trug Bettys Namen ins Suchfeld bei Facebook ein. Es erschien eine ganze Reihe von Gesichtern. Ich scrollte immer weiter runter, und am Ende fand ich sie.

Sie hatte als Facebook-Namen Betty Writer gewählt, aber sie war es, zweifellos. Genau wie ich sie in Erinnerung hatte, als wäre kein einziger Tag vergangen. Die Zeit hatte keinerlei Spuren in ihrem Gesicht hinterlassen. Das Leuchten ihrer Augen, das ungezügelte Freiheitschaos ihrer Haare und die schmalen lachsrosa Lippen.

Trotz all der Jahre, die verstrichen waren, hatte ich das Gefühl, ein Pflaster von einer blutenden Wunde zu reißen. Erinnerungen und Gefühle brachen hervor. Alles, von dem ich gedacht hatte, es sei längst vergessen, hatte offenbar nur direkt unter der Hautoberfläche geschlummert.

»Was ist los mit dir?«, fragte meine Mutter.

Ich musste mich am Riemen reißen, um nicht zusammenzubrechen.

Laut Facebook wohnte Betty noch immer in Lund, und ich schrieb ihr eine kurze Nachricht.

Ich habe vor, ein Buch zu schreiben. Willst du mir helfen?

Der unschuldige Mörder

von Zackarias Levin

2. Kapitel

September 1996

Wir waren in einem Keller untergebracht. Der einjährige Studiengang Literarisches Schreiben. Oder nach der Definition meiner Mutter: eine Verschwendung von Steuergeldern. Und laut Adrian Mollberg: ein leicht prätentiöser Zeitvertreib unter der Leitung des schönsten Genies der Welt.

In unserer ersten Übung sollten wir uns selbst beschreiben. Adrian und ich saßen ganz vorn im schmutzig weißen Kellerraum, wo die Rohre unter der Decke verliefen und das Isolierungsmaterial zwischen den Abschlussleisten hervorquoll. Es juckte einen, wenn man bloß hinsah, und der muffige Geruch drang einem in die Nase. Li Karpe ging langsam zwischen den Tischen auf und ab.

»Lasst eurer inneren Kreativität freien Lauf. Denkt um, denkt neu, denkt groß!«

Ihre Stimme war ähnlich gemächlich wie ihre Schritte. Nichts geschah in Eile, alles schien wohlüberlegt zu sein.

»Ich hab es doch gesagt«, flüsterte Adrian. »Sie ist ein Genie!«

Vorsichtig drehte ich mich um, als sie an uns vorbeiging. Ein schimmernder Zuckerduft umwehte sie. Ihr Haar fiel in fein geformten Korkenzieherlocken über ihre Schultern, die Jeans saßen weit oben an der Taille und eng über den Oberschenkeln. Ihre Absätze waren mindestens zehn Zentimeter hoch.

»Wer bist du? Wer bist du eigentlich?«, fragte sie und blickte in vierzehn reglose Gesichter.

Dann legten wir los. Ich griff nach meinem neuen Kugelschreiber – den ich mir eigens fürs Literarische Schreiben zugelegt hatte – und blickte auf die erste leere Seite in meinem neuen Notizbuch mit schwarzem Ledereinband. Adrian seufzte schwer. Jedes Mal wenn er eine neue Mine aus seinem Druckbleistift drückte, brach sie ab und fiel heraus. Nachdem er eine Weile verärgert vor sich hin gemurmelt hatte, gab er auf. Er drehte sich um und lieh sich bei einer Mitstudentin einen Bleistift. Schweigend saß er da und starrte den Stift an. Schließlich beugte er sich zu mir.

»Sag mal, Zackarias? Könntest du mir wohl ein Blatt Papier leihen?«

Widerwillig riss ich eine Seite aus dem Notizbuch, das ich im selben exklusiven Laden gekauft hatte wie den Kugelschreiber und das mittelfristig für den ersten Entwurf des schlagkräftigsten Romandebüts seit Ulf Lundells *Jack* vorgesehen war. Immer noch betrachtete ich die leeren Linien auf dem Papier. Um mich herum war das Kratzen eifriger Kugelschreiberspitzen zu hören, und ganz hinten das Klappern eines langsamen Zeigefingerwalzers. Dort saß der einzige männliche Teilnehmer des Kurses, abgesehen von Adrian und mir. Er hatte schlechte Haut, mausbraunes, seitlich gescheiteltes Haar und eine runde Nickelbrille. Auf seinem Tisch stand eine Reiseschreibmaschine, und es schien ihn nicht zu stören, dass die anderen ihn verwundert anschauten.

Zehn Minuten später hatte ich noch immer keinen Strich in meinem Notizbuch zustande gebracht. Verstohlen sah ich über die Schulter und versuchte zu lesen, was Adrian geschrieben hatte. Er fing meinen Blick auf und lächelte zufrieden.

Mit langsamen Bewegungen schrieb ich meinen vollständigen Namen oben auf die Seite.

»Noch zehn Minuten«, sagte Li Karpe.

Stoßseufzer erklangen, und die Geschwindigkeit der Kugelschreiber auf dem Papier stieg. Ich blickte mich ein letztes Mal um und schrieb dann:

Zackarias Bror Levin

Ich werde im Dezember neunzehn Jahre alt und weiß nicht richtig, wer ich bin. Das ist vermutlich ziemlich normal. Ich glaube, dass ich ziemlich normal bin.

Ich bin in einem kleinen Dorf bei meiner Mutter aufgewachsen. Sie ist nicht ganz so normal. Mein Vater ist Seemann im Persischen Golf, und als ich kleiner war, kam er jeden zweiten Monat nach Hause, aber später besuchte er uns nicht mehr.

Ich habe niemandem von diesem Kurs erzählt. Dort, wo ich herkomme, glaubt niemand, dass man Schriftsteller werden kann. Also bin ich wohl doch nicht ganz normal.

Ich mag gute Musik und bin nachts gern lange wach. Schreiben ist vermutlich das Einzige, worin ich mehr als mittelmäßig bin. Deshalb möchte ich damit weitermachen.

»Hört zu«, sagte Li Karpe und legte den Kopf schief. »Mein Vorschlag ist, dass ihr jetzt die Präsentationen der anderen lest, damit ihr eure neuen Mitstudenten kennenlernt.«

Adrian und ich wechselten Blicke.

»Ihr könnt doch mit demjenigen beginnen, der neben euch sitzt«, sagte Li Karpe.

Adrian lachte und gab mir sein Blatt Papier. Ich reichte ihm mein Notizbuch.

Und so beschrieb Adrian Mollberg sich selbst:

Ich bin nicht du.

»Ist das alles?«, fragte ich.

Er nickte.

»Über das Komplexe muss man sich nicht lang und breit auslassen. Im Kleinen ist das Große bereits enthalten.«

Während er meinen Text überflog, las ich seinen Satz immer wieder durch und versuchte zu verstehen, was da stand. *Ich bin nicht du.* Sollte ich das als Distanzierung verstehen? Oder war es nur eine einfache Feststellung? Ich traute mich nicht zu fragen.

»Ich mag deine Wiederholung des Wortes normal«, sagte Adrian nachdenklich, nachdem er meine Präsentation gelesen hatte. Nicht mehr. Nichts über meinen Schriftstellertraum oder meine Eltern.

»Jetzt nehmt ihr eure Präsentationen«, sagte Li Karpe, »und wählt jemanden aus, der euch interessant erscheint, jemanden, den ihr näher kennenlernen wollt, und bittet ihn darum, seine Präsentation lesen zu dürfen.«

Mein Magen verkrampfte sich. Adrian erhob sich und wedelte mit seinem Papier, aber meine Beine waren so schwer wie die eines Nashorns.

»Los jetzt, Zackarias.«

Ich zwang mich aufzustehen. Ein kurzer Schwindelanfall, dann folgte ich Adrian. Zwei Blondinen standen kichernd in der Ecke, ein Mädchen mit ängstlichem Gesicht drückte sich an die Wand. Wir waren vierzehn Auserwählte, vierzehn von mehreren Hundert, wenn die Gerüchte stimmten. Elf Frauen und drei Männer, alle im Alter zwischen achtzehn und fünfundzwanzig. Sorgfältig ausgewählt nach Textproben in verschiedenen Genres: Prosa, Lyrik und Drama. Literarisches Schreiben war einer der wenigen Studiengänge, die mir trotz meines mittelmäßigen Abiturs offengestanden hatten.

Li Karpe musste eine von denen gewesen sein, die mich ausgewählt hatten. Sie hatte meine Texte gelesen und ein gewisses Potenzial entdeckt. Jetzt stand sie lächelnd vor mir und wollte mir helfen, jemanden zu finden, dem ich meine Präsentation zu lesen geben konnte.

»Dort hinten«, sagte sie und zeigte quer durch den Raum auf ein Mädchen mit Tanktop im Camouflagelook, Baggyjeans und roten Doc Martens. »Sprich mit ihr.«

Li Karpe reckte sich und winkte dem Mädchen zu, das nicht sonderlich beeindruckt wirkte.

Adrian war schon in ein angeregtes Gespräch mit einer jungen Frau vertieft, die wild gestikulierte. Ich drückte mich vorbei und gab dem Mädchen im Camouflagetop die Hand.

»Betty«, sagte sie verbissen.

Ihr Händedruck war schlaff und unengagiert. Sie sah mir nicht einmal in die Augen.

»Wollen wir tauschen?«, fragte ich und hielt ihr mein Notizbuch hin.

»Oh, ein ganzes Buch.«

Sie schlug die erste Seite auf und begann zu lesen.

»Und was ist mit deiner Präsentation?«, fragte ich, bekam aber keine Antwort.

Erst nachdem sie den Text gelesen hatte, hob sie den Blick. Sie sah erstaunt aus, als hätte sie Schwierigkeiten, das Geschriebene mit der Person zusammenzubringen, die vor ihr stand.

»Ach ja, richtig«, sagte sie und reichte mir ein DIN-A4-Blatt mit schiefen Zeilen und hinkenden Krakelfüßen.

Ich bin das Scharfe in deiner Kehle
ich bin der Eiter in der Wunde, die nie heilt
ich bin die Erbse unter der Matratze
ich bin der Stein in deinem Schuh
Ich bin das nächtliche Rauschen in den Ohren
ich bin eine tickende Zeitbombe
ich bin die verwehrte Wiederkehr
ich bin eine abgerissene Oberleitung
Ich bin der Schatten unter dem Bett
ich bin das Skelett in deinem Schrank
ich bin die Narben in deinem Herzen
ich bin das Messer in deinem Rücken
Ich bin Milliarden von Hirnsynapsen
und fünf Liter Blut
Wer bist du, verdammt?

Ich musste den Text zweimal lesen.

»Verdammt gut«, sagte ich.

»Ach was«, sagte sie nur und riss mir das Papier aus der Hand.

Wir standen schweigend da und betrachteten verstohlen die Schuhe des anderen. Abwartend, ohne eigentlich auf etwas zu warten.

»Ich komme auch aus so einem Dorf«, sagte sie schließlich und hielt den Blick immer noch gesenkt. »Wo man nicht glauben darf, dass man was Besonderes ist.«

»Ich hasse solche Orte. Sobald ich ein Wohnheimzimmer kriege, werde ich aus Veberöd abhauen und nie zurückkehren.«

»Das verstehe ich«, sagte sie. »In meiner Jugend bin ich voller Angst durch die Gegend gelaufen und habe gedacht, dass das Leben immer so weitergehen würde. Ich habe nicht begriffen, dass man neue Chancen bekommt und von vorn beginnen, sich für ein anderes Leben entscheiden kann.«

»Ein anderes Leben?«

Betty nickte nur. Sie schaute mich an, verwundert, vielleicht irritiert. Es war mir unangenehm, aber ich wusste nicht, was ich tun sollte. Nach einer Weile, die sich wie eine halbe Ewigkeit anfühlte, sagte sie schließlich:

»Du weißt schon, dass es nicht so war, wie allgemein behauptet wird?«

Ich kapierte nicht, was sie meinte. Mir wurde schwindlig, meine Gedanken drifteten ab.

Betty zeigte auf mein T-Shirt.

»Kurt Cobain«, sagte sie. »Es kann kein Selbstmord gewesen sein.«

August 2008

Ich wartete an der Straßenecke vor dem Hotel Lundia auf sie. Jedes Mal wenn eine Frau vorbeikam, die nur die entfernteste Ähnlichkeit mit ihr hatte, zuckte ich zusammen und griff mir ans Herz.

Noch am selben Nachmittag hatte Betty auf meine Nachricht geantwortet. Äußerst widerwillig hatte sie sich zu einem Kaffee bereit erklärt, und ich fühlte mich wie ein Eindringling.

Aus dem Augenwinkel sah ich einen Typen, der auf einem Skateboard angefahren kam. Blonde Locken flatterten unter seiner Basecap. Er sprang ab, trat auf das Skateboard, sodass es hochschnellte, und klemmte es sich unter den Arm. Dann ging er direkt auf mich zu.

»Bist du Zack?«

»Wer fragt?«

»Betty schickt mich. Sie wartet in ihrer Wohnung auf dich.«

Er gab mir die Hand und sagte, er heiße Henry. Dann stellte er das Skateboard wieder auf den Boden und signalisierte mir, dass ich ihm folgen solle.

»Betty geht tagsüber lieber nicht raus.«

»Warum denn nicht?«

Aber Henry antwortete nicht und rollte davon. Ich musste laufen, damit ich mit ihm Schritt halten konnte. Wir kamen am Clemenstorget und an der Sozialhochschule vorbei, wo einer meiner ältesten Freunde aus Veberöd eine Abschlussarbeit über die kontaktschaffende Funktion von Rollenspielen geschrieben hatte. Er bekam einen Job bei Framfab und strich während des großen IT-Booms ein Jahresgehalt pro Monat ein.

Vor einem roten Haus am Markt blieb Henry stehen.

»Hier ist es«, sagte er und zeigte auf das Gebäude.

Der Fahrstuhl knirschte, und wir drückten uns an die Wand der Kabine. Henry musterte mich ungeniert von oben bis unten.

»Lange her bei euch, oder?«, fragte er.

»Lange her?«

»Na du und Betty. Ihr kennt euch schon lange?«

»Ja, aber wir haben uns schon ewig nicht mehr gesehen.«

Warum hatte sie den Typen vorgeschickt? Vertraute sie mir nicht? Henry hielt die Fahrstuhltür auf und ließ mich vorgehen. An der Tür stand Westergren, direkt darunter klebte ein handgeschriebener gelber Zettel mit dem Namen B. Johnsson. Es roch nach Bratfett und Waschmittel.

»Komm rein«, sagte Henry und streifte in der Diele seine Sneakers ab.

Es brauchte eine gewisse Präzision, um sich einen Weg durch das Schuhwirrwarr in der engen Diele zu bahnen. Wir gelangten in die Küche, wo eine Frau am Tisch vor einem leer gegessenen Teller saß. Sie drehte sich zu mir um, aber es dauerte einen Augenblick, bis ich sie erkannte.

»Betty?«

Sie presste die Lippen zusammen. Ihre Augen glänzten feucht.

Ich konnte nicht glauben, dass sie es war. Die Einsicht sank wie ein schwerer Stein in meinen Körper. Ich wusste nicht, wo ich hinschauen sollte. Mir war klar, dass man mir ansah, was ich dachte.

»Ist schon okay«, sagte Betty. »Ich weiß, wie ich aussehe.«

Sie hatte eine Fleecehose und einen ausgebeulten grauen Kapuzenpulli an. Ihre Wangen hingen herab, das Kinn und der Hals schienen zusammengewachsen zu sein, unter den Armen, den Brüsten und dem Bauch wabbelte es. Aber es war nicht nur das Gewicht. Ihre Haare waren strähnig und stumpf, und ihre Haut hatte rote Flecken. Ihre Augen sahen müde aus.

»Wohnst du nicht in Stockholm?«, fragte sie. »Ich habe deinen Namen in der Zeitung gesehen.«

Ich bemühte mich, sie nicht anzustarren.

»Mir ist gekündigt worden. Ich bin nach Hause zu meiner Mutter gezogen.«

Es fühlte sich völlig natürlich an, so geradeaus zu sein. Als würde die Situation es erfordern.

»Das heißt, du wirst jetzt Schriftsteller? Wie damals, in der guten alten Zeit?«

»Ach, das weiß ich noch nicht. Es ist nur ein Projekt.«

Plötzlich fühlte es sich albern an, darüber zu sprechen. Vor mir saß Betty. Wenn sich einer von uns literarisch betätigen sollte, dann mit Sicherheit nicht ich. Vielleicht sollte ich es einfach bleiben lassen.

Betty gab ein Grunzen von sich und verzog das Gesicht zu einer Grimasse, während sie sich mit beiden Armen auf dem Tisch abstützte und aufstand, um mir Platz zu machen.

»Ich vermute, du bist enttäuscht«, sagte sie. »Das Foto auf Facebook ist ein paar Jährchen alt. Ich will es lieber nicht aktualisieren.«

Ich wusste nicht, was ich sagen sollte. Enttäuscht war nicht das richtige Wort. Natürlich war ich angesichts Bettys Metamorphose schockiert, aber in erster Linie empfand ich eine große Wehmut. Nicht unbedingt weil Betty so zugelegt hatte, sondern weil ihr Leuchten verschwunden war, das Mürrische, Kantige. Damals konnte sie wie ein hochgehaltener Mittelfinger aussehen. Jetzt wirkte sie nur müde und ausgelaugt.

»Betty Writer?«, sagte ich und nahm auf ihren Facebook-Namen Bezug. »Hast du geheiratet?«

»Ich?« Sie lachte. »Ganz im Gegenteil. Das ist nur eine Art, sich zu verstecken.«

Auf einmal drehte Henry den Wasserhahn auf, und das Wasser donnerte ins Spülbecken.

»Wollt ihr einen Kaffee?«, fragte er mit lauter Stimme, während er die Kanne unter dem Hahn füllte.

»Es ist Henrys Wohnung. Ich bin nur seine Untermieterin«, erklärte Betty. Wir nahmen Henrys Kaffeeangebot an.

»Du hast mir nie geschrieben«, sagte ich.

Es klang vorwurfsvoll, und Betty sah mich verständnislos an.

»Du hast gesagt, du würdest mir Briefe schreiben«, fuhr ich in etwas versöhnlicherem Ton fort. »Nach dem Gerichtsprozess. Als ich nach Stockholm gegangen bin.«

»Ich habe mir gedacht, es wäre am besten, es nicht zu tun. Am besten für alle.«

»Und Adrian? Was ist mit dir und Adrian?«

Betty seufzte schwer. Dann wandte sie den Blick ab, als wollte sie lieber nicht antworten.

»Redet ihr noch miteinander?«, fragte ich.

Sie schüttelte den Kopf.

»Wir haben uns ein paar Mal getroffen, nachdem er aus dem Gefängnis raus war. Aber das ist auch schon mehrere Jahre her.«

Aus irgendeinem Grund fühlte sich das gut an.

»Was hast du denn nach dem Gerichtsverfahren gemacht?«

Betty erzählte, dass sie Adrian mehrmals im Gefängnis

besucht habe. Sie hätten über die Zukunft gesprochen, Pläne geschmiedet, seien trotz allem zuversichtlich gewesen. Sie hatte ihm einen neuen Anwalt besorgt, einen jungen skrupellosen Staranwalt, der es wohl als Karrierechance angesehen hatte, Adrian Mollberg zu vertreten und im besten Fall freizubekommen – den Mann, der wegen Mordes verurteilt worden war, obwohl es keine Leiche gab. Die Medien waren mit einem Mal aufmerksam geworden und hatten eine Reihe Artikel zum Thema Rechtsskandal und Justizmord publiziert, aber sehr viel mehr war nicht daraus geworden.

»Milch und Zucker?«, fragte Henry, als er den dampfend heißen Kaffee in eine Tasse mit dem Konterfei von Che Guevara goss.

»Zucker, bitte«, sagte ich. »Zwei Stücke.«

Er sah mich an, als hätte ich sie nicht mehr alle.

»Aber dann haben wir uns eine längere Zeit nicht mehr gesehen«, fuhr Betty fort. »Adrian wollte nicht mehr, und ich wurde krank. In den letzten Jahren habe ich ihn gar nicht mehr besucht. Bis zu seiner Entlassung, meine ich.«

Henry stellte eine Packung mit einer plastikartigen Biskuitrolle auf den Tisch. Betty wischte das Brotmesser mit einer Serviette ab.

»Selbst gebacken?«, bemerkte ich.

Aber der Witz kam nicht gut an. Betty starrte mich nur an und schob sich ein großes Stück Kuchen in den Mund.

»Weißt du, wo er inzwischen wohnt?«

»Glaub schon«, sagte Betty. »Nach seiner Entlassung hat er hier angerufen. Er klang verzweifelt, hatte keine Bleibe, und ich habe ihm geholfen. Oder besser gesagt, Henry hat ihm geholfen. Sein Onkel besitzt ein verfallenes Haus auf dem Land.«

»Das heißt, Adrian ist da eingezogen?«

Jetzt nahm ich die Witterung auf. So nah war ich Adrian

Mollberg seit zwölf Jahren nicht gewesen. Gedankenverloren schnitt ich ein Stück Biskuitrolle ab.

»Er wohnt noch immer da. Es ist eine richtige Bruchbude, wo es reinregnet und nach Schimmel riecht. Aber er hat da draußen seine Ruhe, und das scheint für ihn das Wichtigste zu sein.«

»Wo liegt das Haus?«

»Im Niemandsland, also richtig weit draußen. Etwas nördlich von Flädie, in Richtung Bjärred.«

Ich jubelte innerlich. *Der unschuldige Mörder.* Ich würde ihn ausfindig machen! Es würde doch etwas werden aus meinen Buchplänen.

»Wirst du zu ihm fahren?«, fragte Betty.

»Nun, vielleicht kann er mir ja mit meinem Buch helfen.«

Sie sah skeptisch aus und stopfte sich noch mehr Biskuitrolle in den Mund. An den Lippen blieb etwas Schlagsahne hängen. Ich wartete darauf, dass sie es merkte.

»Kommst du mit?«, fragte ich unüberlegt.

»Ich? Nein, ich glaube nicht. Ich gehe inzwischen nur noch selten raus. Mir geht es nicht gut, ich nehme starke Medikamente, verstehst du?« Dann sah sie mir wieder in die Augen. »Was willst du denn für ein Buch schreiben?«

Ich räusperte mich. Henry starrte mich an.

»Einen Roman über unser Studium in Literarischem Schreiben. Über Li Karpe und Leo Stark. Über dich und mich, Fredrik und Adrian.«

Ich erklärte, dass ich schon begonnen hätte.

»Diesmal habe ich ein Ziel, eine Botschaft. Li Karpe wird stolz sein.«

Betty verzog keine Miene. Henrys Blick huschte zwischen uns hin und her, als erwarte er ein großes Drama.

»*Der unschuldige Mörder*«, sagte ich und gestikulierte herum.

»Das Buch, das die Wahrheit über den geheimnisumwitterten Schriftstellermord und den größten Rechtsskandal unserer Zeit offenbart.«

Ich wischte mir Krümel von der Oberlippe und lächelte breit. Ein für alle Mal würde ich Adrian Mollbergs Namen reinwaschen und obendrein Millionär und gefeierter Bestsellerautor werden.

Betty zündete sich eine Zigarette an und blies einen Schwall Rauch geradewegs über den Tisch. Plötzlich war das Mürrische und Kantige zurückgekehrt, die Augenbrauen, die sich zusammenzogen, der starre Blick.

»Vergiss es«, sagte sie. »Vergiss die ganze Idee, das Buch, alles. Es wird nichts draus werden.«

Ich hustete und wedelte den Rauch weg.

»Was meinst du damit?«

»Adrian ist nicht unschuldig. Er hat mir gegenüber alles zugegeben.«

Der unschuldige Mörder

von Zackarias Levin

3. Kapitel

September 1996

»Nur noch diesen Abschnitt! Das ist der eigentliche Kern des Romans.«

Wir ließen ihn gewähren. Adrian Mollberg verstellte seine Stimme und stieß die Wörter mit übertriebener Betonung hervor. Dabei beugte er sich tief über den Tisch, als würde er an einem verglühenden Lagerfeuer Gespenstergeschichten erzählen.

»Bret Easton Ellis«, sagte er und schloss das Buch. »Merkt euch diesen Namen. Ehe unsere Zeit auf Erden um ist, wird dieser Typ mindestens einen Nobelpreis bekommen haben.«

Fredrik Niemi verzog sein Gesicht zu einer Grimasse.

»Ich finde, das sind die reinsten Gewaltorgien.«

Mir ging auf, dass ich Fredriks Stimme bis zu diesem Zeitpunkt kaum je gehört hatte. Sein Dialekt war schwer einzuordnen, aber auf jeden Fall war er ein ganzes Stück südwärts gezogen, um Literarisches Schreiben in Lund zu studieren. Er hatte seine Reiseschreibmaschine auf den Stuhl neben sich gehievt, und als Betty ihn fragte, warum er diesen Koloss mit sich herumschleppte, bekamen seine Wangen eine schweinchenrosa Färbung. Er nahm seine runde Brille ab und kratzte sich im Augenwinkel.

49

»Ehrlich gesagt habe ich gedacht, dass alle auf der Maschine schreiben.«

Wir warfen uns über den Tisch hinweg einen Blick zu und brachen in so lautes Gelächter aus, dass der Kellner seine Zeitung sinken ließ und verärgert zu uns herübersah.

»Was für einen Herbst wir vor uns haben!«, sagte Adrian und wiegte das Bierglas hin und her, bis es überschwappte. »Ich bin so glücklich, dass ich ausgerechnet mit euch hier sitzen darf. Und Li Karpe! Ich kann es noch gar nicht fassen, dass Li Karpe unseren Kurs leitet. Ist das nicht ein Traum?«

Es war Adrians Verdienst, dass wir dort im Keller saßen und abgestandenes Bier tranken. Wäre Adrian nicht gewesen, hätten wir diesen Abend mit größter Wahrscheinlichkeit jeder für sich allein verbracht. Wäre nicht Adrian Mollberg nach unserem allerersten Seminartag auf der Treppe vor dem Institut für Literaturwissenschaft stehen geblieben und hätte mich am Pullover gezogen, und hätte ich nicht zufällig erwähnt, dass Betty seine verschwörungstheoretische Sicht auf Kurt Cobains Tod teilte. Wäre nicht Fredrik mit seiner Reiseschreibmaschine stehen geblieben und hätte wie ein Kind ausgesehen, das seine Eltern verloren hatte.

Ich empfand einen starken Rausch. Nicht vom Bier, sondern durch das Gemeinschaftsgefühl, aufgrund der Erwartungen, der Hoffnung auf etwas Neues, um das meine ganze Sehnsucht gekreist war. Adrian stieß sein Glas gegen meins und nannte Li Karpes Namen zum ich weiß nicht wievielten Mal.

»Es klingt beinahe so, als würdest du sie kennen«, sagte Betty.

»Natürlich kenne ich sie. Wir haben eine ganz besondere Beziehung.«

»Inwiefern besonders?«

»Ich weiß quasi alles über sie, aber sie weiß nicht einmal, dass ich existiere.«

»Jetzt weiß sie es«, bemerkte ich.

Adrian lächelte.

»Du hast recht, Zackarias. Von heute an gibt es mich in Li Karpes Sinnenwelt. Bisher hat es meiner Existenz an Wert gemangelt, die ersten neunzehn Jahre meines Lebens waren ein einziges Warten auf diesen Moment. Ich bin von heute an neugeboren. Lasst uns darauf unsere Gläser erheben!«

Er stieß sein Glas gegen das von Fredrik und lachte laut. Betty lehnte sich zu mir herüber.

»Kennst du diesen Typen eigentlich?«, flüsterte sie. »Ein bisschen unangenehm, oder?«

Sie legte ihren Arm auf den Tisch und drehte an ihren Stoffarmbändern.

»Ich hab ihn heute Vormittag zum ersten Mal gesehen.«

»Ich traue ihm nicht eine Sekunde über den Weg. Nur dass du es weißt. Jetzt bist du schuld, wenn was passiert.«

»Was kann schon passieren?«

Sie fixierte mich mit dem Blick, und erst jetzt fielen mir ihre Augen auf. Sie bestanden aus Regenbogen. Kurze Streifen und Striche in allen Farben des Himmels. Als könnten sie sich nicht richtig entscheiden.

»Er könnte uns zum Beispiel Schlafmittel ins Bier tun, damit wir später in seiner Wohnung zusammenbrechen. Vielleicht erschlägt er uns mit der Axt und schändet unsere Leichen.« Sie holte tief Luft. »Falls das passiert, ist es deine Schuld.«

Sie sah mich an, ohne eine Miene zu verziehen.

»Ich glaube nicht, dass er so einer ist«, sagte ich.

»Nicht?«

»Ich glaube, er will uns lebend haben. Er sperrt uns in ein dunkles Kellerloch und zwingt uns, unseren eigenen Urin zu trinken, damit wir überleben.«

Unser Lachen blieb uns im Halse stecken, als Adrian uns

plötzlich direkt ansah. Ich räusperte mich und kratzte mich an der Nase. Betty warf ihr Haar nach hinten.

»Jetzt gehen wir«, sagte Adrian.

»Wohin?«, fragte Betty.

Nicht einmal in meinem bierseligen Zustand hatte ich das Gefühl, dass es eine gute Idee war. Aber Adrian gab nicht klein bei. Mitten auf einer Straßenkreuzung blieb er stehen und streckte den Zeigefinger aus.

»Trädgårdsgatan«, sagte er. »Das muss hier irgendwo sein.«

Auf dem Touristenstadtplan, den er aus seiner Tasche gezogen hatte, war die Stelle mit einem großen schwarzen Kreuz markiert.

»Du hast dir tatsächlich herausgesucht, wo sie wohnt?« Betty schüttelte den Kopf.

»Ich habe wirklich kein gutes Gefühl«, sagte Fredrik, der sonst noch nicht sonderlich viel von sich gegeben hatte.

»Du bist ja total besessen«, sagte Betty.

Lachend stieß Adrian Zigarettenrauch in den hohen Himmel.

»Besessen? Bist du noch nie richtig verliebt gewesen, Betty?«

Wir schlenderten durch die Gassen und kamen schließlich in den Stadtteil Nya stan. In der Nachkriegszeit hatten sich die kleinen Häuser zu heiß umkämpften Objekten auf dem Immobilienmarkt entwickelt, und in dem ehemaligen Armenviertel wohnten mittlerweile gut verdienende und beruflich erfolgreiche Leute. Die Stadt befand sich noch im Sommerloch, das sich breitmachte, sobald die akademischen Zugvögel Lund verlassen hatten, doch der Studentenherbst mit seinen Partys, Bällen und Examensfeiern stand kurz bevor. Die Abende waren noch immer kurzärmlig lau, und der Duft der Stockrosen, die sich an den ungleichmäßig verputzten Fassaden emporrankten, erinnerte uns an den Hochsommer.

»Hier ist es!«, rief Adrian plötzlich.

Er stand im schwachen Licht einer altmodischen schwarzen Straßenlaterne und zeigte auf ein hübsches emailliertes Schild: Trädgårdsgatan.

»Und jetzt?«

Betty warf ihm einen fragenden Blick zu, und Adrian sah tatsächlich ein wenig verwirrt aus. Sein Blick wanderte zwischen dem zerknitterten Stadtplan und der Häuserreihe hin und her. Wir standen um ihn herum, als die Stille plötzlich durch das hämmernde Geräusch von Absätzen auf dem Kopfsteinpflaster unterbrochen wurde. Ein Stück entfernt auf dem Gehweg waren die farblosen Konturen zweier Gestalten zu erkennen.

»Geh nicht weg! Bitte, hör mir zu!«

»Lass mich in Ruhe!«

Die Stimmen schallten durch die Gasse, zwei Tauben flatterten von einer Regenrinne empor. Die eine Gestalt überquerte die Straße und entfernte sich. Eine junge Frau. Der eine Absatz gab ein wenig nach, und sie ging stolpernd und staksend weiter, während sie sich linkisch ihre Jeansjacke anzog.

»Komm zurück!«, rief die andere Frau und machte einen großen Schritt auf die Straße hinaus. Abrupt blieb sie stehen und streckte die Arme in die Luft. Als sie sich umdrehte, fiel das Licht der Straßenlaterne auf ihr Gesicht.

»Das ist sie! Das ist sie, verdammt!«, zischte Adrian und stieß mich an.

»Aber das kann doch wohl nicht …«, setzte Betty an, ehe sie sich selbst unterbrach. »Doch, sie ist es wirklich.«

Es war Li Karpe, die Dichterin der Postmoderne, unsere neue Dozentin und Objekt von Adrian Mollbergs verrückter Verliebtheit. Einen Moment sah sie uns abwesend an. Dann machte sie kehrt, trat auf den Gehweg zurück und verschwand in einem Haus, das ein Stück entfernt lag.

»Habt ihr es gesehen?«, fragte Adrian.

Seine Stimme war deutlich verändert. Die Ausgelassenheit war ebenso verschwunden wie seine Selbstsicherheit.

»Ja«, sagte ich und nickte.

Betty nagelte mich mit dem Blick fest, und Fredrik schüttelte den Kopf.

»Was habt ihr gesehen?«

»Das Veilchen«, sagte Adrian.

September 2008

Ich sah ihn durchs Fenster. All die Jahre, die vorbeigerast waren. Das verfilzte Haar hatte graue Stellen, und die Wangen wiesen Narben auf. Er saß in einem Sessel und las. Seine Hände waren groß und sehnig. Sie gehörten einem Mann, der gelebt hatte.

Nachdem ich ausgestiegen war, schloss ich das Auto meiner Mutter mit der Fernbedienung ab. Sie glaubte, dass ich unterwegs war, um mir einen Job zu besorgen, und in gewisser Weise stimmte das ja auch. Ich ging hinters Haus und schob das Gartentor auf. Es quietschte. Im Carport stand ein schrottreifer Volvo, der in Löwenzahn und Disteln versank. Ich musste durch wuchernde Heckenrosen und brusthohe Brennnesseln steigen, um zum Haus zu gelangen. Gerade als ich die Hand hob und anklopfen wollte, öffnete sich die Tür.

»Zackarias?«

Verblüfft sah er mich an. Dann trat er einen Schritt vor und schien mich in den Arm nehmen zu wollen, überlegte es sich aber anders und sagte stattdessen:

»Was machst du hier?«

»Wir müssen reden.«

Er nickte, als hätte er die ganze Zeit nur darauf gewartet, als wäre dieses Treffen quasi unausweichlich.

»Wie hast du mich gefunden? Über Niemi, oder?«

»Betty«, sagte ich. »Über Betty.«

Sein Gesicht gab nichts von seinen Gedanken preis, als er mich in das Zimmer führte, in dem er eben gesessen und gelesen hatte. Eine Zigarette qualmte in einem übervollen Aschenbecher vor sich hin, leere Coladosen lagen neben Pizzakartons, Büchern und CDs. An den Wänden hingen Plakate von Tourneen, Wahlwerbung, Brillenreklame. Adrian schien nicht über einen Staubsauger zu verfügen.

»Hier hältst du dich also auf«, sagte ich – in erster Linie, um die Stille zu durchbrechen.

Er sah mich erstaunt an. Smalltalk war noch nie unser Ding gewesen, und er glaubte sicherlich, dass ich mich verstellte.

»Ich mag die Stille«, sagte er. »Hier draußen herrscht eine andere Stille. Man kann sie regelrecht hören.«

Er hielt sich die Hand hinters Ohr, und ich tat so, als würde ich ihn verstehen.

»Sonst passiert hier nicht viel. Der Raps ist wunderschön, der blüht aber nur alle drei Jahre. Bei den Nachbarn wurde im Juli ein Fohlen geboren, und ich habe geweint, als es zum ersten Mal aufgestanden ist. Verstehst du das, Zackarias? Ehrlich, ich habe geweint.«

Wir lächelten beide.

»Ein gutes Versteck hier draußen, kann ich mir vorstellen.«

»Das beste von allen«, sagte er, beugte sich vor und nahm die Zigarette aus dem Aschenbecher. »Hier lassen sie einen in Ruhe.«

Er sog am Glimmstängel, und der Rauch quoll aus seinen Nasenlöchern. Ich wusste nicht mehr weiter. In zwölf Jahren passiert so viel. Ich kannte diesen Mann nicht mehr, wusste nicht, was ich sagen sollte.

»Wie geht es dir denn?«, fragte ich.

Die Frage war so unüberlegt, dass ich um Entschuldigung bat, noch ehe er sie beantwortet hatte. Adrian ging ein wenig zerstreut zu einem verschlissenen Fledermaussessel und hielt ein zerlesenes Taschenbuch in die Höhe.

»Hast du Houellebecq gelesen?«

Ich erwog eine Notlüge, aber das würde nicht funktionieren. Nicht bei Adrian.

»Nein, ich glaube nicht.«

Die letzten Jahre hatte ich kaum mehr gelesen als Internetblogs, die Bedienungsanleitungen für die neuesten Applegeräte und wütende E-Mails von Lesern, die mit Beleidigungen, Großbuchstaben und Ausrufezeichen gepfeffert waren.

»Nimm es mit«, sagte er und reichte mir das Buch. »Hast du Franzen gelesen? Cormac McCarthy?«

Ich schämte mich ein bisschen, aber Adrian lächelte nachsichtig. Schon immer war er bei allem vorne dran gewesen. Das gefiel ihm.

»Auf einmal hast du mich nicht mehr besucht«, stellte er fest und setzte sich in den Sessel.

»Du wolltest doch gar nicht, dass ich dich besuche?«

Ich blickte mich um, aber es gab keinen weiteren Sitzplatz. Deshalb setzte ich mich auf den Boden.

»Vielleicht hast du recht«, sagte er. »Ich habe mich geschämt. Dass meine Freunde mich so sehen könnten, das war mir irgendwie zu viel. Ich konnte nicht mehr ich sein.«

»Das heißt, du wolltest uns verschrecken, indem du dich wie ein Schwein benommen hast?«

»Ungefähr so.«

Als ich das letzte Mal in Tidaholm gewesen war, hatte er beinahe den Besucherraum des Gefängnisses zertrümmert. Zwischen Flüchen und Erniedrigungen hatte er mehrmals

ausgespuckt. Eine effektive Art, eine Freundschaft zu beenden.

»Und jetzt? Wovor versteckst du dich jetzt? Es war wirklich
nicht leicht, dich zu finden.«

»Ich habe den Geburtsnamen meiner Großmutter angenommen. Weißt du, Zackarias, die Leute haben ein verdammt gutes
Gedächtnis, wenn es um Mörder geht. Und das Interesse ist
enorm, auch wenn man seine Strafe abgesessen hat. In einem
Internetforum gibt es einen Thread über mich mit über acht-
hundert Posts.«

Ich nickte. Ich hatte das meiste davon gelesen.

»Ich würde gern eine Flasche Wein öffnen«, sagte Adrian.
»Aber ich habe mit dem Weintrinken aufgehört. Seitdem es im
staatlichen Alkoholladen keinen Vino Tinto mehr gibt, trinke
ich nur noch Cola und Wasser.«

Er erhob sich und ging durchs Zimmer. Die eine Wand war
mit Holzregalen bedeckt, in denen so viele Bücher standen,
dass sie jeden Moment zusammenbrechen konnten und einen
literarischen Haufen auf dem Boden hinterlassen würden.

Ich holte tief Luft und nahm Anlauf.

»Ich will ein Buch schreiben.«

»Ein Buch?«

Ich erahnte einen kleinen Funken von Interesse in seinen
Augen. Adrian griff nach einer leeren Konservendose und
drückte seine Zigarette darin aus.

»Du willst also endlich Nutzen aus unserem Studium ziehen? Weißt du was? Jedes Mal wenn ich deinen Namen in den
Revolverblättern gelesen habe, für die du schreibst, habe ich
Trauer empfunden. Was für eine verdammte Verschwendung
von Talent, habe ich gedacht.«

Ich lächelte und zögerte etwas. Ich wusste nicht, wie ich es
ihm beibringen sollte. Zwar hatte ich einen Plan gehabt, aber

jetzt fühlte er sich einfach nur falsch an. Adrian würde Spontanität und Aufrichtigkeit vorziehen.

»Na ja, es ist nicht unbedingt so ein Buch.«

»Nicht?« Er sah mir direkt in die Augen, und der Funke in seinem Blick verwandelte sich nun in hektische, bedrohliche Flammen. »Was ist es denn dann?«

Die Worte verhedderten sich in meinem Hals. Adrian starrte mich an, und ich überlegte mir jedes einzelne Wort.

»Ich will über uns schreiben, über alles, was in jenem Herbst vor zwölf Jahren passiert ist. Ich werde die Wahrheit offenbaren.«

Er rührte sich nicht vom Fleck.

»Ich werde dich rehabilitieren«, beeilte ich mich zu sagen. »Das Buch soll *Der unschuldige Mörder* heißen. Wie findest du den Titel?«

Adrian sah nachdenklich aus. Er fuhr sich mit der Hand durchs Haar und fixierte mich weiter mit dem Blick. Sein Kopf bewegte sich leicht auf und ab. Sollte das eine Art Segen sein?

»Das klingt großartig«, bemerkte er, ohne mit der Körpersprache seine Aussage zu bestätigen.

Das beunruhigte mich. Adrian war immer ein Freund großer Worte und Gesten gewesen. Jetzt erschien er mir nahezu abgestumpft.

»Das ist eine glänzende Idee, Zackarias«, sagte er, als wollte er meine Zweifel zerstreuen.

Gleichzeitig konnte ich nicht aufhören, an das zu denken, was Betty gesagt hatte. Womöglich gab es einen ganz anderen Grund für Adrians eher gemäßigten Enthusiasmus. Angenommen, er hatte Betty gegenüber tatsächlich den Mord zugegeben? Dann müsste ihm doch wohl klar sein, dass Betty mir davon erzählt hatte. Einen Moment erwog ich, ihn direkt danach zu fragen, doch dann entschied ich, dem Ganzen etwas mehr Zeit zu geben. Ich kannte Adrian nicht mehr, wusste überhaupt nicht, wer er war, und wenn man nur der Hälfte der Gerüchte im Internet Glauben schenkte, gab es Anlass zur Vorsicht.

»Ich habe schon angefangen zu schreiben«, sagte ich. »Es ist unglaublich, wie gut das Gedächtnis funktioniert, wenn man sich wirklich bemüht.«

»Das heißt, du schreibst über uns? Über das Literarische Schreiben und Li Karpe? Erinnerst du dich denn wirklich an alles?«

»Es fühlt sich noch immer so an, als wäre es gestern gewesen. Aber mir ist schon klar, dass die Erinnerung unzuverlässig ist.«

»Ich erinnere mich auch an das meiste. Obwohl ich versucht habe, gewisse Teile zu verdrängen.«

Ich nickte verständnisvoll.

»Du hast doch sicher schon vom Phänomen der falschen Erinnerungen gehört, oder? Es gibt eine Menge Forschung zum Thema, die zeigt, dass Menschen ihre Erinnerungen häufig selbst konstruieren – Ereignisse, die nach unserer Überzeugung tatsächlich stattgefunden haben, die aber im Grunde nur Hirngespinste sind.«

Er hob die Augenbrauen.

»Faszinierend, Zackarias. Wirklich.«

»Aber in diesem Fall sind wir ja zu mehreren, mindestens zu dritt oder viert, und können die Bilder unserer Erinnerungen vergleichen.«

»Vergleichen?« In seinem Blick leuchtete Neugierde auf. »Wolltest du uns in den Schreibprozess miteinbeziehen? Mich und Betty? Fredrik Niemi?«

»Gern! Das würde die Sache enorm erleichtern.«

»Das heißt, wir dürfen das Manuskript lesen?«

»Selbstverständlich! Das hoffe ich doch sehr.«

Wir nahmen wieder Platz. Adrian im Sessel und ich im Schneidersitz auf dem Fußboden. Er bot mir eine Zigarette an, und ketterauchend riefen wir uns die Ereignisse ins Gedächtnis zurück, versetzten uns in jenen Herbst in Lund, der unser aller Leben so entscheidend beeinflussen sollte. Ein wenig zugespitzt, wie es meine journalistische Art ist, erzählte ich von meinen Begegnungen mit Fredrik und Betty und brachte eine gewisse Beunruhigung zum Ausdruck, dass keiner von ihnen auch nur annähernd ein solches Interesse an dem Buchprojekt gezeigt habe wie Adrian. Ich berichtete, wie Fredrik mir sogar davon abgeraten hatte. Doch ich hätte schon mit dem Schreiben begonnen und wollte nicht auf Fredrik Niemi Rücksicht nehmen. Dennoch waren Adrian und ich uns einig, dass das Projekt sich einfacher durchführen ließe, wenn Betty und Fredrik mit von der Partie wären.

»Ich habe mich an Fredrik gewandt, weil ich ihn um Rat bitten wollte. Er arbeitet schon jahrelang in der Buchbranche und müsste wissen, wie der Markt funktioniert. Weißt du, was er gesagt hat?«

»Nein, erzähl!«, sagte Adrian mit leuchtenden Augen.

»Er hat mir geraten, mich selbst und alle anderen im Buch lächerlich zu machen und bloßzustellen. Schmuddelig und spekulativ, so was verkauft sich. Aber das war natürlich, bevor er wusste, dass ich über uns schreiben will.«

Adrian lachte. Auf einmal war es genau wie früher, als wäre die Uhr in dem Moment vor zwölf Jahren stehen geblieben, als das Urteil verkündet wurde. Mir kam es so vor, als hätten Adrian und ich zusammen in einer Art Parallelwelt gelebt, unberührt vom Schicksal, als wäre all das nicht passiert. Erneut trotzten wir allen Voraussetzungen, kämpften gegen die Konventionen und leierten Verse von Bob Dylan herunter, zitierten Öijer und Östergren, Hagman, Stig Larsson und Bukowski, und alles fühlte sich genauso bedeutungsvoll an wie damals. Wir ließen uns von der trügerischen Nostalgie verführen und lachten zusammen über die Bücher, Filme, Lieder und Nächte in der Grönegatan. Für einen Moment gelang es mir, ganz und gar zu vergessen, dass ich ein Zweiunddreißigjähriger ohne Arbeit und ohne Freundin war, dass ich zurück zu meiner Mutter nach Veberöd gezogen war und meine einzige Hoffnung auf einem noch nicht geschriebenen Bestseller ruhte.

Ich plapperte über die Partys in Stockholm, die Literaturpreisträger, mit denen ich einen trinken gegangen war, die Kulturjournalistinnen, mit denen ich im Bett gewesen war, und die Rezensenten, mit denen ich mich gestritten hatte. Schließlich schlief Adrian ein. Ich stellte mich neben ihn und sah zu, wie er immer tiefer im Schlaf versank und wie seine Träume die Augenlider zum Flattern brachten. Kurz darauf begann er, sich ängstlich und ruckartig herumzuwälzen. Nicht einmal im Schlaf entging Adrian Mollberg seinem Schicksal.

Ich beugte mich vor und pustete ihm ins Gesicht. Keine Reaktion. Dann ging ich in die kleine Küche, wo an mehreren Schränken die Türen fehlten. Die Herdplatten waren voller Ruß und die Spüle von Tellern, Gläsern, Konservendosen und Kartons belagert. Mitten in dem Chaos stand ein halb voller schwarzer Plastiksack. Für Adrian war Mülltrennung anscheinend ein Fremdwort. Erst jetzt nahm ich einen schärferen Geruch wahr, der sich unter dem dichten Dunst aus Zigarettenrauch verbarg und sich in ein Haus hineinfrisst, dort sesshaft wird und Schädlinge anzieht. Und nun, da ich ihn bemerkt hatte, war es mir unmöglich, ihn wieder loszuwerden. Also atmete ich tief ein und hielt mir die Nase zu, während ich ins Schlafzimmer ging.

Das Rollo war heruntergelassen, und ich musste die Taschenlampen-App meines Handys benutzen, um etwas erkennen zu können.

Eine Matratze mit einer Bettdecke lag auf dem Boden,

ein Überwurf aus Fleece obendrauf. Daneben stand ein halb ausgetrunkenes Glas, in dem das Wasser schon trüb wurde. Ansonsten war das Schlafzimmer leer, bis auf ein paar Taschenbücher mit großen Eselsohren und einige ausgerissene Seiten, auf denen die eine oder andere Zeile mit rotem Textmarker gekennzeichnet war.

Dann die Wand.

Ich musste ganz dicht rangehen. Die Wand hinter der Matratze war von der Decke bis zum Boden mit blassen Ausdrucken, Schwarz-Weiß-Fotos und Zeitungsausschnitten tapeziert. Ich las einen Text, es war eine Art Kulturreportage, vielleicht aus einer Literaturzeitschrift. Daneben klebte eine schlampig ausgeschnittene Rezension aus einer Boulevardzeitung. Der besprochene Roman stammte von Li Karpe. Ich zoomte meinen Blick wieder weg und versuchte mir einen Überblick zu verschaffen, eine Panoramaperspektive einzunehmen, und es dauerte nicht lange, bis ich begriffen hatte, was ich da vor mir sah. Die Wand war eine große Kollage über die geniale Schriftstellerin der Postmoderne, Li Karpe.

Der unschuldige Mörder

von Zackarias Levin

4. Kapitel

September 1996

»Was macht eine gute Romanfigur aus? Was unterscheidet eine gut geschilderte Figur von einer schlechten oder mittelmäßigen?«

Li Karpe stand nicht eine Sekunde still. Die Worte verließen ihren Mund wie frisch geschlüpfte Vogeljunge, während sie langsam zwischen den Tischreihen im Literaturkeller hindurchging. Es war ein langsamer Tanz, ein geschickt aufgeführtes Schauspiel, an der Grenze zur dramaturgischen Perfektion.

»Eine Figur sollte nicht flach sein, sondern mehrdimensional.«

»Sie muss aus Fleisch und Blut sein. Sie muss lebendig wirken.«

Die Antworten kamen von den Mädchen ganz hinten. Adrian drehte sich um und lächelte sie an – sein Lächeln war so vielschichtig, dass es für seine Beschreibung einen geschickten Autor gebraucht hätte, und die Reaktionen reichten von freundlich glitzernden Augen bis zu aggressivem Grinsen.

»Wiedererkennen«, sagte eine brünette Kommilitonin mit einer Zitronenscheibe auf dem Sweatshirt. »Der Leser muss sich in der Figur wiedererkennen können.«

Li Karpe nickte zustimmend, erweckte aber zugleich den Eindruck, als fehle ihr etwas. Sie hatte versucht, das Veilchen mit einer dicken Schicht Schminke zu verbergen, und vermutlich hätte ich es nicht bemerkt, wenn ich nicht davon gewusst hätte.

»Ihr habt natürlich recht mit euren Äußerungen, aber wie wird eine Figur wirklich interessant? Was macht eine Figur so einzigartig, dass sie den Leser dazu bringt, mit ihr zu weinen und zu leiden, ihretwegen seine gesamte Moral auf den Kopf zu stellen und sie noch Wochen, Monate, ja, Jahre nach der Lektüre zu vermissen?«

Ungeduldig rutschte Adrian neben mir auf seinem Stuhl herum, als würde ihn etwas kitzeln. Wir hatten uns ganz vorn im Kellerraum hingesetzt. Hinter uns saßen Betty und Fredrik, der seine Schreibmaschine heute zu Hause gelassen hatte.

Adrian meldete sich.

»Man muss sich trauen, seine Figuren zuzuspitzen«, sagte er, ohne darauf zu warten, dass Li Karpe ihn drannahm.

Als sie die Augenbrauen hob, trat das Veilchen noch ein bisschen deutlicher hervor. Ich selbst war im vergangenen Sommer mit einem solchen Bluterguss herumgelaufen, weil ich etwas unreflektiert, aber gestärkt von Elephant-Bier und Himbeerlimes, einem aufgeblasenen Bodybuildertypen in Bomberjacke erklärt hatte, dass der Versuch, seine mangelnde Intelligenz zu kompensieren, jegliche Form von Subtilität vermissen lasse.

»Meiner Meinung nach«, sagte Li Karpe und machte drei Schritte rückwärts, damit alle sie sahen, »sind die allermeisten Menschen, sagen wir zwischen neunzig und fünfundneunzig Prozent, ziemlich mittelmäßig. Graue Gestalten, die weder gesehen noch gehört werden und niemals auffallen. Diese Gestalten sollten nicht unsere Texte bevölkern, solche Figuren machen keine große Literatur aus. Bei jedem Muster, bei jeder

Regelmäßigkeit sind gerade die Anomalien entscheidend. Deshalb sollten wir genau darüber schreiben.«

Der intensiv blaue Blick glitt durch den Kellerraum, und ich konnte mich des Gedankens nicht erwehren, dass sie in diesem Moment erkannte, wer von uns möglicherweise in diese exklusive Gruppe besonders interessanter Menschen passen könnte. Einer oder höchstens zwei von uns, wenn ihre Statistik stimmte.

»Wenn wir große Literatur schreiben wollen, können wir nicht nur vom Durchschnittsschweden aus einem Durchschnittsort mit einer ganz normalen Arbeit, einer ganz normalen Familie, einem normalen Alltag und normalen Gedanken erzählen. Wir müssen die Perspektive erweitern und diejenigen beschreiben, die sich außerhalb des sogenannten Mainstreams befinden.«

Adrian nickte zustimmend, während ich den Blick senkte. Wie sicherlich einige andere hier befiel mich ein Gefühl der Unzulänglichkeit. Seit jeher war ich von der Vorstellung geprägt, dass man sich nicht von der Menge abheben oder gar denken sollte, man sei etwas Besonderes. Und deshalb war ich ähnlich exzentrisch wie ein Laternenpfahl auf einem langweiligen Marktplatz in einer beliebigen schwedischen Kleinstadt. Große Literatur? Literarische Figuren, die sich von der Masse abheben? Ich hatte wirklich nichts dazu beizutragen.

In einer Pause standen wir im septemberfarbenen Park am Allhelgonabacken, während die Radfahrer ohne Rücksicht auf Verluste vorbeizischten. Betty und Adrian rauchten, Fredrik hustete, und ich blinzelte zum Kirchturm, wo die Herbstsonne hing, orange wie eine Apfelsine und müde vom langen Sommer.

»Wer war denn die Frau gestern Abend?«, fragte Adrian. »Meint ihr, sie hat Li das Veilchen verpasst?«

»Vielleicht ihre junge Liebhaberin?«, schlug Betty vor und

formte einen Rauchkringel, vor dem sich Adrian ducken musste.

»Dann kommt mir das Verhältnis der beiden allerdings nicht ganz harmonisch vor«, antwortete er.

»Stimmt.«

Auf einmal machte Fredrik eine ruckartige Kopfbewegung und starrte an uns vorbei. Wir drehten uns um und entdeckten sie, nur wenige Meter von uns entfernt. Die hohen Absätze ein wenig ins Gras eingesunken, über der Schulter die Ledertasche, eine Hand an der Hüfte und in der anderen eine lange Zigarette, die sie ein gutes Stück von sich entfernt hielt, als wollte sie das Passivrauchen vermeiden.

Wir verstummten. Standen da und bohrten unsere Schuhspitzen in den Kies, während unsere Blicke sich zwischen den Baumwipfeln verirrten. Am Ende war das Schweigen so unangenehm, dass wir Dinge sagten wie: »Jetzt ist wirklich bald Herbst«, und: »Demnächst muss man die gefütterte Jacke rausholen«, nur um den quälenden Leerraum zu füllen.

Li Karpe sah verstohlen zu uns herüber und musterte die Zigarette, die zwischen ihren Fingern zu einem grauen Stab wurde. Bislang hatte sie nicht einen einzigen Zug genommen.

Betty warf einen Blick auf ihre Armbanduhr, während Adrian über die Verlockungen des Studentenlebens sprach, über die Partys, von denen er gehört hatte, von Kneipen und Pubs und wilden Events. Nach etwa einer Minute ließ Li Karpe ihre ungerauchte Zigarette ins Gras fallen und trat sie aus. Sie wühlte in der Handtasche herum, zog Taschenspiegel und Puderdose hervor, besserte ihr Make-up nach und sprühte sich mit einer rosa Flasche Parfüm an den Hals.

Im Vorübergehen sagte sie zu uns, wir bräuchten keine Eile zu haben. »Aber ihr dürft gern wieder reinkommen, sobald ihr das Gefühl habt, ihr seid hier fertig.«

Es wurde eine verwirrende erste Woche. All die Vorstellungen, die ich gehabt hatte, die plötzlichen Umschwünge zwischen freudiger Erwartung und ängstlichem Zittern. Literarisches Schreiben war ganz anders, als ich mir je hätte träumen lassen. Stundenlang saßen wir in dem dunklen Kellerraum und erschufen Figuren. Beugten uns über unsere Notizbücher, kauten Bleistiftstummel ab und rieben uns die Schläfen rot, während die Decke über uns unter dem Getrampel der Literaturwissenschaftler knarzte – der richtigen Akademiker.

Als Entbindung bezeichnete Li Karpe den kreativen, ebenso körperlichen wie geistigen Prozess, bei dem die Figuren herausgepresst wurden, die dem Leser wirklich etwas bedeuteten, die sich von der Masse abhoben und unterschieden.

»Ihr müsst schwitzen«, sagte sie und ging mit geradem Rücken zwischen den Tischen umher. »Es muss quälend sein, es muss schmerzen und brennen. Dabei dürft ihr grunzen, stöhnen oder einfach losschreien. Wer glaubt, man könne große Kunst mal eben mit links erschaffen, der sollte lieber gleich das Weite suchen.«

Ich kritzelte ein paar unzusammenhängende Worte in mein Notizbuch, blätterte eine Seite weiter und fing von vorn an. Da capo. Ich sah mich um, und mir drängte sich der Gedanke an Massenpsychose auf. Gehorsam verbeugten wir uns vor der großen Poetin. Wir waren die Auserwählten, vierzehn von weit über hundert Bewerbern. Adrian ging am stärksten im Prozess auf. Sein abwesender Blick schwebte davon, seine Hand fuhr immer wieder durch das dichte Haar, er trommelte mit den Fingern auf den Tisch. Und plötzlich schoss er mit dem Stift auf sein Papier hinunter wie ein Falke auf seine Beute und schrieb, schrieb, schrieb, bis er sich erschöpft, verschwitzt und keuchend auf seinem Stuhl zurückfallen ließ, um Luft zu holen.

Stunden später meldete sich schließlich eines der Mädchen ganz hinten zu Wort, die Betty als Bibliotheksmäuse bezeichnet hatte: vorsichtig, mit Brille, Akne und angestrengter Mimik.

»Ich glaube, ich bin fertig«, sagte sie, als Li Karpe langsam und mit wiegendem Gang zu ihr kam.

Alle hielten inne. Bei dem Wort »fertig« spannte sich Li Karpes Körper an, und ihre Augen wurden schmal.

»Fertig? Fertig!«

Sie riss dem Mädchen die Papierbogen aus der Hand, und allen stockte der Atem, während sie den Text überflog und das Gesicht verzog.

»Weißt du was?«, sagte sie. »Das hier ist ein Embryo, ein Anfang, aus dem vielleicht irgendwann etwas Brauchbares werden könnte. Aber bis dahin ist es noch ein sehr weiter Weg.«

Dann hielt sie die unter Wehen entbundenen Seiten in die Luft, damit niemandem entging, wie sie sie sorgfältig in winzig kleine Streifen riss, die sie über den Tisch rieseln ließ.

»Bleib bei diesem Gedanken, aber bemüh dich nächstes Mal ein bisschen mehr.«

Die Unterlippe der Bibliotheksmaus zitterte, aber darauf beschränkte sich ihr Protest. Im nächsten Moment beugte sie sich über eine neue Seite und presste eine andere, weiterentwickelte Figur hervor.

Die Mittagspausen verbrachten wir beim Griechen oder im Café Lundagård. Adrian, Fredrik, Betty und ich. Wir naschten von den Tellern der anderen und kippten Kaffee in uns hinein, schnorrten Zigaretten und versanken in Rauchwolken. Das Leben war so, wie wir es uns erträumt hatten, jetzt fing es an. Wir füllten jeden Schritt mit Luft und unsere Brust mit Sonne. Wir berauschten uns am Hier und Jetzt.

Am Freitagnachmittag setzte Li Karpe sich zum ersten Mal hin.

Sie zog einen filzbezogenen Stuhl heran, öffnete den obersten Knopf ihrer Bluse und nahm Platz. Die Stifte im Raum hielten inne, die Blicke hoben und senkten sich gleich wieder. Wir waren alle erschöpft, körperlich mitgenommen, wie nach einem anstrengenden Training.

»Sorry, wenn ich euch störe«, sagte eine Kommilitonin, deren Pony wie eine Gardine über ihr Gesicht fiel. Sie war nach vorn zu Li Karpe gegangen und hatte sie gebeten, etwas sagen zu dürfen, das alle betreffe.

»Puh, ich wusste gar nicht, dass Schreiben so anstrengend sein kann«, sagte sie und legte die Hand an die Stirn. Sie war etwas älter als wir, etwa fünfundzwanzig. Mehrmals strich sie sich den Pony aus den Augen. »Jedenfalls haben wir uns beim Mittagessen unterhalten und hätten einen Vorschlag. Wir könnten uns heute Abend vielleicht treffen – natürlich nur die, die Lust haben –, damit wir uns besser kennenlernen.«

Li Karpe erhob sich vom Stuhl und schien fast das Gleichgewicht zu verlieren. Ihr Blick flackerte beunruhigt.

»Wir haben an was Einfaches zu essen gedacht, was unser Budget nicht übersteigt. Und jeder bringt seine Getränke selbst mit«, sagte die Studentin mit dem Pony. »Hat jemand eine Idee, wo wir uns treffen könnten?«

»Wir könnten uns hier treffen«, sagte Li Karpe.

Das Ponymädchen ließ ihren Blick über die Gruppe schweifen. Es gab keine weiteren Vorschläge.

»Von mir aus«, sagte sie.

»Dann halten wir das mal fest«, meinte Li Karpe. »Ich mache eine Liste, auf die sich alle eintragen können, die kommen wollen. Und dann organisieren wir ein kleines Büfett zum Selbstkostenpreis. Was haltet ihr davon?«

Allgemeines Nicken. Die Studentin blies ihre Ponyfransen aus dem Gesicht und kehrte an ihren Platz zurück. Li Karpe lobte ihr Engagement, und das Ponymädchen lächelte doppel-deutig.

Ich sah Adrian an. Er strahlte übers ganze Gesicht.

Dann trugen wir uns in die Liste ein, ohne die Konsequenzen dessen zu erahnen, auf das wir uns soeben eingelassen hatten.

September 2008

Ich ließ Adrian schlafend im Sessel zurück. Und einen Zettel auf dem Fußboden, auf dem ich erklärte, dass ich bald wieder von mir hören ließe, jetzt aber nach Hause nach Veberöd müsse, um meiner Mutter das Auto zurückzubringen.

In Lund hielt ich am Einkaufszentrum Mobilia und kaufte mir ein Notizbuch. Ein kleines schwarzes mit Ledereinband, das mich an mein Notizbuch erinnerte, das ich damals beim Literarischen Schreiben benutzt hatte. Ich hatte das Gefühl, jetzt auf dem richtigen Weg zu sein. Mit Adrians und Bettys Hilfe würde dieses Projekt natürlich ein Erfolg werden.

Ich stand eine Weile auf dem Parkplatz und betrachtete das gigantische Einkaufszentrum Nova Lund. Die riesigen Shoppingmalls, die in Skåne wie Unkraut aus dem Boden schossen, hatten etwas Großstädtisches an sich. Mehr als dieser Anblick war nicht nötig, um meine Hochstimmung zu dämpfen. Eine wohlbekannte Leere breitete sich in meiner Brust aus. Ich dachte an Betty und ihre tragische Verwandlung. Wie konnte ein Mensch, der einmal vor Begeisterung gebrannt hatte, so erlöschen? Ich dachte an Caisa, hörte ihr Lachen, sah ihre Wangen zucken und ihre Augen aufleuchten. Ohne eine tiefere

Konsequenzanalyse zog ich mein Handy aus der Tasche und rief sie an.

»Ist was passiert?«, fragte sie gleich. Sie klang besorgt, und auch ein bisschen genervt.

»Du kannst ganz beruhigt sein«, sagte ich.

»Dein Vermieter hat mich angerufen. Er wird dich rausschmeißen, Zack!«

»Er hat dich angerufen? Warum hat er dich angerufen?«

»Er erreicht dich nicht. Du gehst nicht ans Telefon. Ich habe mir wirklich Sorgen gemacht.«

Auch wenn es unethisch war, erfüllte mich Caisas Unruhe mit Hoffnung. Denn so ist es nun mal – das Begehren hat eine außergewöhnlich miese Moral.

»Ich wohne für eine Weile bei meiner Mutter. Und ich habe angefangen, ein Buch zu schreiben, ein richtig spannendes Projekt.«

»Ein Buch? Was denn für ein Buch?«

Ich wusste, dass ihr das gefallen würde. Sie hatte selbst immer schreiben wollen, und eine Zeitlang hatte sie mich angebettelt, etwas Gemeinsames mit ihr zusammen zu machen, wie Sjöwall und Wahlöö.

Sie hatte sogar angefangen, ausgefallene Pseudonyme zu sammeln. Doch warum sollte man Bücher unter einem fingierten Namen herausgeben?

»Das ist bestimmt spannend«, sagte sie, nachdem ich ihr eine Kurzbeschreibung des Projekts *Der unschuldige Mörder* geliefert hatte. Sie klang wie eine Mutter, die erfährt, dass das Kind einen Aufsatz über seine Sommerferien schreiben soll.

»Okay«, sagte ich.

Eigentlich wollte ich ihr sagen, wie sehr ich sie vermisste, wie unaussprechlich weh es tat, ihre Stimme zu hören und gleichzeitig zu wissen, dass sie so weit weg war, in jeglicher Hinsicht.

Um die schlimmste Peinlichkeit zu vermeiden, machte ich einen Kompromiss und sagte:

»Ich denke viel an dich.«

Sie schwieg eine ganze Weile.

»Du bist ein netter Kerl«, sagte sie dann, und ich glaubte, gleich im Boden versinken zu müssen. Es war nicht das erste Mal, dass jemand so etwas zu mir sagte, aber ich fühlte mich jedes Mal tief gedemütigt. Früher hatte ich diesen Satz positiv gedeutet, doch im Lauf der Zeit hatte ich gelernt, ihn zu hassen.

»Ich denke, es ist eine gute Idee, wenn wir eine kleine Pause einlegen und du da unten in Skåne Zeit für dich hast.«

Warum nur konnten die Leute in Stockholm niemals auf Skåne verweisen, ohne zu erwähnen, dass es »da unten« lag? Mittlerweile hatte sogar ich diese schlechte Angewohnheit übernommen. Mir kam der Gedanke, dass es vielleicht nicht nur um Himmelsrichtungen ging.

Die Stimmung war eher kühl, als wir auflegten, und ich setzte mich wieder ins Auto. Vor dem Fenster schaukelte ein Traktor langsam über den Acker, gefolgt von mehreren Dutzend Saatkrähen, die schöne Muster bildeten, während sie in großen Schwärmen abwechselnd auseinanderstoben und sich wieder versammelten.

Als ich nach Veberöd abbog, leuchtete die Tankanzeige auf. Ich hörte schon die Vorwürfe meiner Mutter und entschied mich zu tanken, wenigstens ein bisschen. Nachdem ich an der Tankstelle ausgestiegen war, stellte ich fest, dass sich der Tankdeckel auf der anderen Seite des Autos befand. Die Leute starrten mich ungeniert an und grinsten, während ich unbeholfen vorwärts und rückwärts herumkurvte und mich mit dem Lenkrad abmühte, bis mir der Schweiß herunterlief. Endlich hatte ich das kleine Ungetüm auf die richtige Seite der Zapfsäule manövriert.

Auf einem Aushang stand, dass man nach den Betrügereien der letzten Zeit im Voraus an der Kasse bezahlen musste. Zwei Männer in den Sechzigern kommentierten das laut und stellten mehr oder weniger unreflektierte Verbindungen zum Verrat der Sozialdemokratie an der wahren Arbeiterklasse und der Migrationspolitik der letzten Jahre her. Per Handschlag besiegelten sie, dass früher alles besser gewesen sei.

Ich lief in den Tankstellenshop und nahm mir eine Zimtschnecke als Proviant. Erst als ich mit der Kreditkarte in der Hand vor der Kasse stand, entdeckte ich das Gesicht auf der anderen Seite des Tresens. Natürlich war sie es! Malin Åhlén.

Alle meine Erinnerungen an die Klassen vier bis sechs waren von Malin Åhlén infiltriert, von ihrem langen Zopf, den Sommersprossen und den großen, beinahe durchscheinend blauen Augen. Drei Jahre lang hatte ich ihren Namen auf jede Seite in jedes Heft geschrieben. Ich hatte ihretwegen Schwungseilspringen gelernt, kannte die Namen aller Charaktere aus *My Little Pony* und harrte unendlich viele Stunden in kalten, stinkenden Ställen und Reithallen aus. Jetzt war sie laut Angabe meiner Mutter frisch geschieden, sie hatte zwei Kinder, und die Sommersprossen auf ihren Wangen hatten sich in Falten verwandelt.

»Hallihallo«, sagte sie. »Tanken?«

Von hier aus hatte sie freie Sicht auf die Zapfsäulen, und natürlich war ihr meine kleine Vorführung in minimalistischem Autofahren nicht entgangen.

»Hier arbeitest du also?«, fragte ich, während sie meine Zimtschnecke in die Kasse eintippte.

Sie blickte kurz auf und lächelte. Erkannte sie mich wirklich nicht?

»Und sonst alles okay?«

Sie sah mich wieder an, diesmal fast erstaunt, und zeigte auf das Gerät, in das ich meine Kreditkarte stecken sollte.

»Klar«, sagte sie und kicherte. »Alles im grünen Bereich.«
Dann wandte sie mir den Rücken zu und hantierte mit irgendetwas auf dem Tresen herum.

Eigentlich wollte ich nur eine Bestätigung, dass sie mich
erkannte, dass sie wusste, wer ich war. In all den Jahren seit
meiner Flucht aus dem Dorf war ich in Gedanken immer
wieder zurückgekehrt, zu den Straßen, den Menschen, zu den
Erinnerungen. Ich war davon ausgegangen, dass für Veberöd
dasselbe galt. Dass diejenigen, die hiergeblieben waren, an
mich dachten, sich vorstellten, wie es mir ergangen sein
mochte, nachts von mir träumten, mich im Internet googel-
ten und denjenigen, die vielleicht etwas wussten, neugierige
Fragen stellten.

»Ich werde ein Buch schreiben«, erklärte ich. Das müsste ja
eigentlich eine Reaktion auslösen. »Deshalb bin ich hier. Ich
werde eine Zeitlang bei meiner Mutter wohnen.«

Malin Åhlén drehte sich zu mir um. Sie sah beinahe ängstlich aus und schien sich an der Bank festzuklammern, die hinter ihr stand.

»Aha«, sagte sie und reichte mir die Quittung mit spitzen
Fingern, als wäre sie kontaminiert.

»Vielleicht sehen wir uns ja wieder«, sagte ich und wartete
noch immer auf eine Art Zeichen, ein winziges Wiedererkennen. Diese Frau hatte mein Herz gebrochen. Das Geringste,
was man da erwarten konnte, war doch wohl, dass sie mich
wiedererkannte.

»Dann bis zum nächsten Mal!«

Sie lächelte übertrieben und verschwand nach hinten. Ich
stapfte zum Auto zurück. Die dreihundert Kronen, die ich
hatte aufbringen können, reichten nicht einmal für einen halb
vollen Tank.

Schon im Flur roch es nach Kaffee.

»Evelyn ist zu Besuch«, sagte meine Mutter.

Sie saßen am Küchentisch und sahen aus, als stünde der Weltuntergang unmittelbar bevor.

Evelyn war erst kürzlich in die Gegend gezogen. Eine kleine graue Frau mit trockenen Lippen und der Andeutung eines Damenbarts. Als Caisa und ich letztens meine Mutter besucht hatten, kam sie vorbei und starrte Caisa an, als käme sie von einem fremden Planeten. Laut meiner Mutter hatte es mit Caisas *andersartiger* Kleidung zu tun.

»Deine Mutter redet die ganze Zeit von dir«, bemerkte Evelyn und warf mir einen schuldbeladenen Blick zu. »Es ist gut, dass du endlich wieder zu Hause bist.«

Ich sagte nichts, sondern nahm mir eine Tasse Kaffee. So schnell wie möglich würde ich mich aus dem Staub machen. Ich sehnte mich zurück zu meinem Manuskript.

Doch offenbar hatte meine Mutter andere Pläne.

»Setz dich zu uns und unterhalte dich ein bisschen mit uns«, sagte sie. »Wenn du schon einmal hier bist.«

Widerwillig setzte ich mich an den Tisch und schlürfte meinen Kaffee.

»Er schreibt gerade ein Buch«, erklärte meine Mutter. »Er ist nach Hause gezogen, um etwas Inspiration zu sammeln.«

Es klang beinahe so, als würde sie mit mir angeben, und Evelyn sah in der Tat ziemlich beeindruckt aus.

»Ich wollte auch immer ein Buch schreiben«, sagte sie. »Wenn ich nur die Zeit gehabt hätte. Was habe ich im Lauf der Jahre doch alles für Ideen gehabt. Und dann entdeckt man, dass jemand anderem dasselbe eingefallen ist und dass derjenige einen Film daraus gemacht hat. Diese ganzen Martin-Beck-Filme und Kurt-Wallander-Serien – ich weiß immer schon nach zehn Minuten, wer der Mörder ist. Wie schafft man das eigentlich? Ich meine, dass man Zeit zum Schreiben hat?«

»Es ist schon ein gewisser Vorteil, weder eine Arbeit noch eine Partnerin zu haben«, sagte ich mit zynischem Unterton.

»Ach, ich bin in Rente und verwitwet. Aber die Zeit? Wie findest du die Zeit dafür?«

»Was heißt schon finden?«, entgegnete ich. »Man muss sie sich wohl einfach nehmen.«

Evelyn rümpfte die Nase. Vermutlich hatte sie auf eine andere Antwort gehofft.

»Wovon handelt dein Buch denn?«, fragte sie.

»Von einem jungen Mann, der unschuldig wegen Mordes verurteilt wird, obwohl nie eine Leiche gefunden wurde.«

Sie nickte nachdenklich.

»Es war bestimmt die Ehefrau.«

»Aber er war gar nicht verheiratet«, sagte ich.

»Dann war es die Geliebte«, erwiderte Evelyn felsenfest überzeugt.

Ich seufzte. In diesem Moment vibrierte es in meiner Hosentasche, und ich fischte erleichtert mein Handy heraus, zeigte lächelnd darauf und ging in den Flur.

»Hier ist Fredrik«, sagte eine dünne Stimme. »Ich hoffe, ich störe nicht?«

»Fredrik?«

»Fredrik Niemi.«

»Hallo, Fredrik! Nein, nein, du störst überhaupt nicht.«

Stille. Ich hörte, dass er sich bewegte, als würde er unbehaglich auf dem Stuhl herumrutschen. Seine Atmung klang angestrengt.

»Ich habe viel über das nachgedacht, was du erzählt hast. Dass du ein Buch schreiben willst.«

»Ach?«

Er räusperte sich.

»Das ist keine gute Idee, Zack. Du solltest nicht in dem herumwühlen, was mit Leo passiert ist.«

»Jetzt verstehe ich dich nicht. Warum denn nicht?«

»Weil dir das, was du entdeckst, vielleicht nicht gefallen wird.«

Der unschuldige Mörder

von Zackarias Levin

5. Kapitel

September 1996

Vielleicht veränderte sich alles, als Betty in ihrer knielangen verfilzten Mohairstrickjacke und schwarzen Jeans mit durchlöcherten Knien auf einen Stuhl stieg und bei *Bullet with butterfly wings* mitsang. Vielleicht auch, als sie barfuß auf den Zehenspitzen tanzte, als sie sich mit den Armen in Richtung Decke drehte und schraubte, als sie ihre dunkel geschminkten Augenlider schloss und die Haare über ihre Wangen strichen. Vielleicht wurde alles anders, als sie die Tequilaflasche hin und her drehte, als ihre gesprungenen Lippen sich um eine der vielen krummen selbst gedrehten Zigaretten schlossen und ihre Stimme zu brechen drohte.

Vielleicht stellte ich alles auf den Kopf und nicht Li Karpe. Vielleicht baute Betty Johansson in meinem Herzen oder in meinen Fantasien und Träumen ein undurchdringliches Nest, das sie nie wirklich verlassen sollte, sosehr ich im Lauf der Jahre auch versuchte, sie zu verjagen.

Wir trafen uns, um uns besser kennenzulernen, um einander in einem anderen Rahmen näherzukommen: Mittelmeerbüfett zum Selbstkostenpreis, so viel Dosenbier und Rotwein, dass wir darin hätten baden können. Vierzehn auserwählte, neugierige und ängstliche Studenten, vereint dadurch, dass wir nach Ansicht der Juroren mit irgendeiner Art von Begabung gesegnet waren, mit einem angeborenen Talent für das geschriebene Wort.

Vor dem Tanzen, vor den zu den Neonröhren emporgestreckten Händen und den sich wiegenden Hüften, vor all dem Wilden hatte es eine Zeit der Vorsicht gegeben. Eine Annäherung wie bei fremden Arten, die sich zum ersten Mal begegnen. Man musste Gruppen und Hierarchien bilden. Man musste sich messen. Wir saßen in einem Gerichtssaal an zusammengeschobenen Kellertischen, mit Papiertischdecken und Plastikbesteck. Li Karpe natürlich auf dem Ehrenplatz: die Kellerkönigin in einem dekolletierten Markenkostüm und messerscharfen Gesichtszügen. Sie hob das Glas und nickte jedem von uns zu, unterhielt sich leise, flüsterte beinahe, und vor dem Servieren des lauwarmen Kaffees aus einer großen Pumpthermoskanne hielt sie eine wortkarge Begrüßungsrede, in der sie gewisse, wenn auch bescheidene Hoffnungen zum Ausdruck brachte, was das vor uns liegende Jahr betraf.

Das Mädchen neben mir hieß Jonna. Sie konnte kein R sprechen, und ihre Schwester war in dieselbe Tanzgruppe gegangen wie die Popsängerin Lena Philipsson. Sie zeichnete sich durch ihre Normalität aus. Ein ganz gewöhnliches Mädchen. Meine Jugend war von solchen Mädchen überbevölkert gewesen, aber beim Literarischen Schreiben schienen sie die Ausnahme zu sein.

»Was meinst du?«, fragte sie und beugte sich vor.

»Wozu?«

»Zu dem hier.« Sie machte eine Geste, als wollte sie eine unsichtbare Tür zu unserem langen Esstisch öffnen. »Zu allem.«

»Ach ja«, sagte ich.

Sie lachte. Unter einer rosa Nasenspitze blitzten ihre zahnpastaweißen Zähne. Sie gab mir gleich ein Gefühl der Geborgenheit.

Der Lärmpegel stieg proportional mit dem Leeren und Wiederauffüllen der Gläser, die Entfernung zwischen uns schrumpfte von Stunde zu Stunde, und bald war die Dunkelheit bis hinunter zu den Kellerfenstern gesunken, sodass man nicht mehr die Schuhe erkennen konnte, die vor dem Institut vorbeistapften. Wir sorgten für Schummerbeleuchtung und legten abwechselnd CDs auf: Nur noch die hier! Die müsst ihr euch unbedingt anhören!

Adrian warf sein Haar in alle Richtungen, als ich die Tür aufdrückte. Wir legten einen Stein in den Türspalt und steckten uns auf der Treppe eine Zigarette an. Adrian legte seine Hand auf meine Schulter.

»Unglaublich, dass wir hier sind, Zackarias.« Er sah mich mit festem Blick an. »Von allen Milliarden Trillionen Orten, an denen wir heute Abend in diesem Augenblick hätten sein können, sind wir ausgerechnet hier. Ich glaube, wir schreiben jetzt Geschichte. Wir werden uns an diesen Abend erinnern. Später einmal werden wir an heute Abend zurückdenken und uns darüber unterhalten. Weißt du noch? Erinnerst du dich? Das erste Treffen im Literaturkeller in Lund.«

Er blies den weißen Rauch durch den blassen Lichttunnel der Straßenlaterne.

»Dass wir das erleben dürfen!«, sagte er und erhob die Stimme. »Es ist so ... es ist so ... so ... mmm!«

Als würden Worte nicht ausreichen.

»Weißt du was, Zackarias? Wir haben eine einzigartige Chance bekommen. Wir sind Auserwählte, wir gehören einer exklusiven Schar an. Ich möchte nicht behaupten, dass wir bessere Menschen wären oder den anderen irgendwie überlegen, aber das, was wir hier machen dürfen, ist großartiger als das meiste, was ich mir vorstellen kann.«

Er trank aus seiner Flasche, und seine Augen schimmerten im Herbstabend.

»Was trinkst du da?«, fragte ich und nahm die Flasche.

»Vino Tinto natürlich.«

»Vino Tinto?«, sagte eine brüchige Stimme hinter uns. »Wenn ich nur einen Hunderter für jedes Glas Vino Tinto bekäme, das ich in meinem Leben getrunken habe, müsste ich meinen Fuß nie wieder in eine Uni setzen.«

Li Karpe stand in der Türöffnung – der schwarze Schuh mit dem hohen Absatz wies in Richtung Tür, die Ledertasche hing lässig über der Schulter. Dieses Selbstbewusstsein, in jeder Bewegung, selbst in der kleinsten Geste.

»Ich will nicht stören«, sagte sie.

»Nein, nein, nein«, versicherten wir. »Du störst überhaupt nicht.«

Wie zwei Ornithologen, die eine besonders seltene Vogelart entdecken, beobachteten wir voller Bewunderung, wie sie auf die Treppe hinaustrat.

»Das Mädchen«, sagte sie. »Kennt ihr sie gut? Von früher?«

Es dauerte eine Weile, bis wir verstanden hatten, wen sie meinte.

»Betty? Meinst du Betty?«

»Die mit der langen Strickjacke und den roten Stiefeln«, sagte Li Karpe. »Ihr scheint sie zu kennen.«

»Eigentlich nicht«, sagte Adrian. »Aber ich mag sie.«

Li Karpe schob sich eine Haarsträhne aus dem Gesicht, und mir kam der Gedanke, dass ihre leuchtend roten Nägel viel zu lang für das literarische Handwerk waren.

»Ihre Bekanntschaft zu machen scheint sich zu lohnen. Betty, heißt sie so? Was Namen betrifft, war ich noch nie gut. Es laufen einfach zu viele Menschen mit verkehrten Namen herum, so als hätten ihre Eltern einen x-beliebigen Namen ausgewählt. Ungefähr so, wie wenn man eine Unterhose aus der Schublade zieht – egal welche. Und dann wird erwartet, dass die Leute all die Namen im Kopf behalten.«

Adrian lachte etwas zu laut und etwas zu ausgelassen. Li Karpe starrte ihn an, woraufhin er ihr schwungvoll die Hand hinhielt.

»Adrian«, sagte er.

Sie schüttelte langsam seine Hand.

»Das hier ist Zackarias«, fuhr er fort. Und da ich nicht wusste, was ich tun sollte, hob ich die Vino-Tinto-Flasche in Li Karpes Richtung, nickte ihr zu und trank.

»Zackarias«, sagte sie. »Der Name gefällt mir.«

»Es liegt eine besondere Kraft in diesem Namen«, meinte Adrian. »Wie ein Versprechen, das man halten muss.«

Ich errötete ein wenig.

»Doch, du hast Potenzial«, erklärte Li Karpe und legte sinnierend den Zeigefinger ans Kinn. »Das Potenzial, ein guter Zackarias zu werden.«

Adrian lachte und stieß Rauch aus, bis er husten musste.

»Das ist doch klar«, fuhr Li Karpe fort. »Wie alt bist du? Neunzehn, zwanzig? Da hast du natürlich noch nicht dein volles Potenzial erreicht, du bist noch im Wachstum begriffen. Eines Tages wirst du deinem Namen ganz bestimmt gerecht werden.«

»Er ist schon auf dem richtigen Weg«, sagte Adrian und legte den Arm um mich. »Er hat sein Kaff auf dem Land verlassen und neue Leute kennengelernt. Er hat Eigenbautraktoren, Würstchen von der Tankstelle und Volksmusikgruppen durch Hermann Hesse und Vino Tinto ersetzt. Und dann hat er angefangen, unter der Leitung von Li Karpe höchstpersönlich große Literatur zu erschaffen.«

Li tat verlegen, schob das Knie vor und stemmte die Hand in die Seite wie ein Filmstar. Und das Eigentümlichste daran war, dass es so natürlich wirkte, so selbstverständlich, so gar nicht seltsam.

»Ich habe sofort gesehen, dass ihr etwas Besonderes seid«, sagte sie und legte die Hand an die Tür. »Nehmt das Mädchen später mit, wir verlagern die Party an einen besseren Ort. Aber erst einmal werde ich das Ganze freundlich beenden.«

»Wohin gehen wir?«, fragte Betty etwas widerstrebend. Sie hatte von Nachtclubs, Studentenverbindungen und Tanzlokalen gesprochen, aber Adrian weigerte sich, ihr zuzuhören, und zog an ihrer Tasche, während sie planlos auf dem Gehweg herumtorkelte.

»Ein guter Freund von mir wohnt hier«, antwortete Li Karpe und deutete auf eine riesige Villa, die hinter einer Hecke lag, mit Schaukel, knorrigen Obstbäumen und einer großen Veranda.

»Dieses Viertel heißt Professorsstaden«, sagte ich zu Adrian und Fredrik, die an dem bombastischen Haus emporstarrten. Li Karpe machte die schwere Gartenpforte auf und bedeutete uns, ihr zu folgen.

»Was wollen wir denn hier?«, stöhnte Betty. »Ich will tanzen.«

Ich hielt sie an der Hand, spürte, wie Betty auf dem Kiesweg schwankte, sich wieder fing und ein Stück auf Zehenspitzen entlangtrippelte. Li Karpe hatte einen Schlüssel zur Villa, und bald standen wir in einem dunklen Flur, dessen Stuckdecke zweieinhalb Meter hoch war.

»Bist du sicher, dass er zu Hause ist? Dein Freund, meine ich?«, fragte Adrian.

Li Karpe lächelte nur. Wir zogen unsere Schuhe aus und schlichen über Perserteppiche durch den Flur bis zu einer

Wendeltreppe mit breiten Stufen und Holzgeländer. Ölgemälde an den Wänden, beleuchtet durch ein halbmondförmiges Fenster.

»Was ist, wenn wir jemanden wecken?«, wollte Adrian wissen.

»Kein Problem«, antwortete Li Karpe über die Schulter. »Derjenige, der hier wohnt, schläft nie.«

Wir gingen langsam die Treppe hinauf. Li Karpe bildete die Vorhut, Adrian und Fredrik folgten ihr. Ich blieb hinten und hielt mich bereit, um Betty aufzufangen, falls die Schwerkraft ihr ein Bein stellen sollte. Alle drei, vier Stufen blieb sie schwankend stehen, streckte die Arme aus und balancierte eine Weile, bevor sie weiterging.

Als wir oben angekommen waren, standen wir eine Weile schweigend auf dem Treppenabsatz und schauten nur. Im Sessel vor uns saß ein Mann. Er atmete schwer, röchelte bisweilen, und auf dem Tisch neben ihm lag eine Pfeife, die dünne Rauchzeichen zu den Deckenbalken schickte. Ganz hinten im Zimmer verbreitete eine Fensterlampe ihren matten Schein, ansonsten herrschte Dämmerlicht. Es war ein riesiger Raum: eine große offene Fläche, fünfzig Quadratmeter Fischgrätenparkett, an den Wänden Regale, deren Böden sich unter schweren Bücherstapeln bogen, Gemälde, die ein halbes Vermögen wert waren, und in der Ecke stand eine riesige dänische Stereoanlage in blitzendem Chrom, ein feuchter Traum für jeden echten Hi-Fi-Nerd.

»Hast du Spielkameraden mitgebracht?«, fragte der Mann und langte nach der Pfeife. Der Sessel war so niedrig, dass er die Beine fast gerade ausstrecken konnte. Er trug einen schwarzen Seidenpyjama mit zwei roten Kirschen an der Brust, sein Bart war zerzaust und die Haut faltig, die weißen Lippen sahen trocken aus, und die widerspenstigen Haare waren an den Schläfen silbrig. Als er sich vorbeugte, lockerte sich der Gürtel, und eine behaarte Brust war zu erahnen.

»Das sind meine neuen Studenten«, erklärte Li Karpe. »Die Elite natürlich.«

»Aha, das heißt also, ihr wollt Schriftsteller werden.«

Er schob die Pfeife zwischen die Zähne und paffte, während sein stahlblauer Blick uns streng musterte.

»Ich wünschte, ich hätte auch so einen Kurs besuchen dürfen, als ich jung war«, sagte er mit einem kühlen Lächeln. »Aber zu meiner Zeit war man der Ansicht, dass so etwas dem Bürgertum und dem Establishment vorbehalten war. Nichts für einen einfachen Jungen aus einfachen Verhältnissen. Ich vermute, die Zeiten haben sich geändert.«

»Schieb es nicht auf die Zeit, die vergeht einfach«, sagte Li Karpe. »Wenn sich etwas verändert, dann doch wohl du?«

Sie drehte sich zu uns um und lächelte vertraulich.

»Veränderung ist natürlich nur ein Euphemismus für den Alterungsprozess«, sagte sie und blinzelte uns zu.

Keiner von uns wagte zu lachen.

Li Karpe ging zur Stereoanlage und nahm eine CD vom Regal, betrachtete sie skeptisch und bemerkte, ob es vielleicht Musik gebe, die einen nicht gleich dazu bringe, sich das Leben nehmen zu wollen.

»Ich will tanzen«, sagte Betty laut und fuchtelte mit den Armen.

Der Mann im Sessel lächelte sie milde an.

»Ich liebe tanzen«, sagte er. »Zwar habe ich nur mäßiges Interesse daran, selbst zu tanzen, aber ich schaue gern zu. Ich halte den Tanz für die höchste aller Kunstformen. Vorausgesetzt, er wird mit der nötigen Finesse ausgeführt.«

Li Karpe legte etwas Lebensbejahendes in den CD-Spieler – eine zögerliche Melodie mit langsamem Rhythmus – und drehte die Lautstärke so hoch, dass wir nicht mehr hörten, was der Pyjamamann sagte, sondern nur seine weißen Lippen sahen, die sich im Halbdunkel bewegten. Betty trippelte auf den Zehenspitzen, drehte sich und schwang die Arme wie eine Elfe. Der Mann lehnte sich genießerisch zurück. Offenbar hatte Betty die nötige Finesse.

Dann steigerte sich das Tempo, und eine Bass Drum dröhnte: erst im Hintergrund, doch dann wie ein hämmernder Puls, der die Wände zum Zittern brachte. Und Betty tanzte, warf sich hin und her, ihr Haar ein wirbelndes Tuch, die Arme wogende Wellen und das Gesicht ein Kaleidoskop von Gefühlen.

»... trinken?«, zischte Li Karpe, die sich zwischen uns nach vorn lehnte. Fredrik und ich zuckten mit den Schultern und warfen uns einen ratlosen Blick zu.

»Wollt ihr was trinken?«, schrie sie erneut gegen die Wand aus Musik an.

Sie zeigte ins angrenzende Zimmer. Adrian ging vorneweg und wir hintendrein. Ein Chesterfieldsofa und eine dreiarmige goldfarbene Stehlampe, ein glänzender Holzfußboden und ein gigantischer Globus, der geöffnet war und aus dem etwa dreißig Flaschenhälse hervorschauten. Erst als ich Adrians hingerissenem Blick folgte, entdeckte ich, dass die Wände von oben bis unten mit herausgerissenen Buchseiten bedeckt waren, ganze Reihen von hübsch angeordneten Schriftarten.

»Wow!«, sagte Adrian und schlug mir auf den Arm.

»Whisky?«, fragte Li Karpe mit einem Glas in der Hand.

Adrian verzog das Gesicht, während er die Flaschen im Globus durchforstete.

»Kein Vino Tinto?«

Li Karpe lachte hart und kurz.

»Wie wäre es mit einem Gin Tonic?«, fragte Fredrik und hob eine Flasche Gin hoch.

»Okay«, sagte ich.

Adrian nickte.

Fredrik konzentrierte sich darauf, nichts zu verschütten, und Li Karpe ließ uns allein im Zimmer zurück.

»Das ist doch total gestört«, wisperte ich. »Wer zum Teufel ist eigentlich dieser Typ?«

»Ist das dein Ernst?«, fragte Adrian und sperrte ungläubig den Mund auf. »Erkennst du ihn nicht?«

Ich machte eine ratlose Geste, und Fredrik reichte uns die Drinks.

»Dieser Mann ist einer der größten Schriftsteller in der schwedischen Literaturgeschichte«, erklärte Adrian. »Leo Stark!«

September 2008

Adrian schob die Manuskriptseiten zusammen und verwandelte sich in ein großes sprudelndes Lachen.

»Das ist wunderbar, Zackarias. Ich liebe es!«

»Es ist nur ein erster Entwurf. Vieles steht noch aus, der Feinschliff und so.«

Er klopfte mit dem Finger auf den Papierstapel und sprach weiter, als hätte er meine Worte nicht gehört.

»Aber eine Sache begreife ich nicht. Warum beschreibst du mich als so tonangebend, beinahe wie eine Art Anführer? Willst du, dass der Leser dem unschuldigen Mörder Vertrauen entgegenbringt? Willst du den Leser auf deine Seite ziehen?«

»Überhaupt nicht. Ich versuche nur das wiederzugeben, was geschehen ist.«

Er erhob sich und stieg über einige Bücherstapel und Styroporkartons in die Küche. Ich blieb sitzen und folgte ihm mit dem Blick.

»Ich glaube, wir haben dich als Anführer empfunden«, sagte ich und versuchte, mich in diese Welt zurückzuversetzen, die zwölf Jahre entfernt und zugleich näher als je zuvor war.

»Seltsam«, bemerkte Adrian und räumte Teller und Gläser

beiseite, um an den Wasserhahn zu kommen. »Ich habe mich selbst nie so gesehen. Ich habe dich, Zackarias, in Gedanken immer als den unangefochtenen Anführer unserer kleinen Gruppe empfunden. Ich kann mich nicht daran erinnern, dass ich so viel Raum eingenommen hätte, wie du es beschreibst.«

Ich war mir nicht sicher, ob er mich auf den Arm nahm. Ich war nie eine Führungspersönlichkeit gewesen.

»Aber sonst gefällt es dir? Soll ich weiterschreiben?«

»Unbedingt!« Er sah mich auffordernd an. »Und Li Karpe schilderst du ganz wunderbar. Ich kann sie vor mir sehen. Und es fühlt sich fast so an, als würde meine Verliebtheit erneut zum Leben erwachen.«

Ich dachte an die Fotos, die Zeitungsausschnitte und Ausdrucke an seiner Schlafzimmerwand. Ein Schauer durchfuhr mich, und ich musste den Impuls unterdrücken, ihm von meiner Entdeckung zu erzählen. Ich hatte entschieden, es hinauszuzögern, weil es mir wahrscheinlich nützen würde, wenn ich nicht schon jetzt alle Karten auf den Tisch legte.

»Wasser?«, fragte Adrian, während der Wasserhahn hüstelte.

»Vielleicht auch eine Zigarette?«, entgegnete ich und leistete ihm Gesellschaft.

Es war mindestens die hundertste, die ich rauchte, seit ich mit dem Rauchen aufgehört hatte. Um den säuerlichen Gestank von Müll und schlechtem Essen nicht riechen zu müssen, behielt ich die Zigarette im Mund und ließ den Rauch aus der Nase strömen.

»Fredrik Niemi hat mich gestern angerufen. Er wirkte beunruhigt.«

»Beunruhigt?«, sagte Adrian erstaunt. »Wieso?«

Wir standen an der Küchenarbeitsplatte und sahen durchs Fenster hinaus auf die Felder. Unter dem wolkenlosen Himmel longierte ein junges Mädchen sein Pferd. Ein Rotmilan hing reglos in der Luft wie ein Drachen.

»Er will nicht, dass ich das Buch schreibe. Er hat gesagt, dass ich vielleicht Dinge aufdecken werde, die mir nicht gefallen.«

»Was hat er damit gemeint?«

Ich zuckte mit den Schultern.

»Ich dachte, du könntest es mir erklären.«

»Leider nein«, sagte Adrian und kippte den letzten Rest des Wassers in die Spüle. »Keine Ahnung, ehrlich gesagt.«

Er stieß eine weiße Rauchwolke aus, die im gelblich blassen Licht der Deckenlampe hängen blieb.

»Ich habe dir doch erzählt, dass ich mich mit Betty getroffen habe«, fuhr ich fort.

»Richtig«, sagte Adrian. »Sie hat dir mein Versteck verraten.«

»Sie hat sich verändert. Sehr.«

Er senkte den Blick. Ein kummervoller Ausdruck verschleierte sein Gesicht.

»Sie ist sehr krank geworden. Ich habe sie nach meiner Entlassung getroffen und hätte sie beinahe nicht erkannt. Wirklich traurig.«

»Sie scheint kaum noch rauszugehen.«

»Sie ist eine Zeitlang sogar in der Psychiatrie gewesen, glaube ich«, sagte Adrian.

»Sie konnte nicht mal auf die Straße runterkommen, um mich in Empfang zu nehmen. Sie hat einen Typen geschickt, wie hieß der gleich … Henrik?«

»Henry. Ein richtiger Gentleman. Man glaubt es nicht, wenn man ihn sieht.«

»Er fuhr Skateboard«, sagte ich.

Adrian lachte laut.

Ich packte die Gelegenheit beim Schopf, denn ich wollte ihn überrumpeln.

»Es gibt da etwas, was ich dich fragen möchte«, sagte ich. »Etwas, was Betty mir erzählt hat. Ich muss wissen, ob es stimmt.«

Er erstarrte, machte einen Schritt rückwärts und verschränkte seine Arme vor der Brust.

»Was denn? Was hat Betty gesagt?«

»Sie hat behauptet, du hättest ihr gegenüber den Mord gestanden.«

Die folgenden Sekunden waren die entscheidenden. Adrians Reaktion. Sein Blick wich keinen Millimeter aus, seine Antwort war direkt und authentisch und sein Gelächter ohne eine Spur von Angst.

»Es war nicht gerade nett von mir, aber ich war verzweifelt und habe keinen anderen Weg gesehen, um sie loszuwerden. Die Sache lief aus dem Ruder, und ich musste alle Bande kappen. Sie war mir nach Tidaholm gefolgt. Und wenn du glaubst, dass Veberöd ein Kaff ist, dann …«

»Sie ist dort hingezogen? Nur um in deiner Nähe zu sein?«

»Nicht zu fassen, oder?«, sagte Adrian. »Aber so war es. Mir ist schon klar, dass ich mit ihr hätte reden sollen … Aber ich war jung und saß im Gefängnis, ich nahm mein Leben wie durch einen Nebel wahr. Vermutlich war das Teil meiner Selbstzerstörung. Du wirst deine Freunde verdammt schnell los, wenn du dich nur arschig genug verhältst.«

»Das heißt, du hast Betty angelogen und behauptet, du hättest Leo Stark ermordet? Damit sie dich in Ruhe lässt?«

Adrian drehte den Wasserhahn wieder auf und hielt die Zigarettenkippe unter den Strahl. Sie zischte und erlosch.

»Ich nehme an, dass du diesen Punkt in deinem Buch erwähnen wirst.«

Der unschuldige Mörder

von Zackarias Levin

6. Kapitel

September 1996

Ich senkte den Kopf und atmete tief durch, sammelte Kraft wie vor einem Titelmatch im Schwergewicht. Meine Mutter stand in der Küche, der Auflauf war im Ofen, und ich hielt es nicht mehr aus. Nicht noch einen Herbst. Es war höchste Zeit, die Nabelschnur durchzuschneiden und weiterzuziehen.

»Du willst nach Lund? Warum um alles in der Welt …?«

»Ein Student aus meinem Semester mietet eine Zweizimmerwohnung und braucht jemanden, mit dem er sich die Miete teilen kann.«

»Wäre es nicht besser, noch zu warten, zumindest bis du dich entschieden hast, was du nach diesem Jahr machen willst?«

»Ich habe mich entschieden!«

Jeder Muskel in meinem Körper zog sich zusammen. Sie war der einzige Mensch, der mich zur Weißglut bringen konnte. Wie seltsam, dass ausgerechnet sie mich aus ihrer Gebärmutter hinausgepresst hatte.

»Schriftsteller? Das willst du werden?« Sie lachte höhnisch. »Man kann nicht Schriftsteller werden. Jedenfalls nicht Leute wie wir. Du bist bald zwanzig Jahre alt. Es ist Zeit, erwachsen zu werden, statt nur zu träumen.«

»Weißt du, wer Leo Stark ist? Der *Unter den Sternen* geschrieben hat, einen der besten schwedischen Romane der Geschichte. Ich war am Freitag bei ihm und habe in seinem Wohnzimmer einen Drink genommen und über Literatur diskutiert.«

Meine Mutter lachte erneut.

»Du kannst Cola-Rum mit dem Papst trinken, wenn du willst. Aber von so was lasse ich mich nicht beeindrucken, das weißt du. Nach Lund gehen und so ein neunmalgescheiter Studierter werden und sich für was Besseres halten als die normalen Leute. Bald ziehst du wohl noch nach Stockholm. Aber komm bloß nicht mit eingezogenem Schwanz angekrochen, wenn es den Bach runtergeht. Sobald du ausziehst, mache ich aus deinem Zimmer ein Nähatelier.«

»Das ist doch prima, dass du endlich dein Nähatelier bekommst. Im Übrigen werde ich nur zweihundert Kilometer weit wegziehen, nicht auf einen anderen Kontinent.«

Seitdem mein Vater abgehauen war, hatte sie von dem Nähatelier gesprochen. Das Nähen selbst schien dabei höchst sekundär zu sein. Wann hatte ich sie je mit Nadel und Faden gesehen? Auch in ihrem Nähkränzchen schien die eigentliche Handarbeit nicht unbedingt im Mittelpunkt zu stehen.

»Dann halten wir das so fest.«

Sie machte auf dem Absatz kehrt und rauschte aus der Küche. Der Auflauf roch angebrannt, und vor Schuldgefühlen schnürte es mir die Brust zusammen.

Die Lage war kaum zu übertreffen: Direkt an den Zinnen und Türmen der Katedralskolan, mitten im Zentrum von Lund. Einen Steinwurf entfernt hatte Strindberg vor ziemlich genau hundert Jahren sein *Inferno* zusammengebastelt. An der Hausfassade hatte sogar einmal ein Schild gehangen, aber vermutlich hatten irgendwelche deutsche Touristen es eingesteckt und mit nach Hause genommen, zusammen mit ihren Elchsouvenirs.

Ursprünglich sollte Adrian in der Zweizimmerwohnung in der Grönegatan zur Untermiete wohnen, aber der Typ, der das Zimmer vermietete – und der im Übrigen selbst nur Untermieter war –, hatte ziemlich überraschend ein Erasmus-Stipendium bekommen und war deshalb Hals über Kopf aufgebrochen, um ein Jahr an der Universität Löwen in Belgien zu studieren. Adrian hatte zwischen Tür und Angel einen handgeschriebenen Vertrag unterzeichnet und mietete nun die komplette Zweizimmerwohnung aus dritter Hand. Um die Miete zahlen zu können, die der Erasmus-Student bei dieser Gelegenheit vermutlich gleich erhöht hatte, musste er möglichst bald einen Mitbewohner finden.

Am Sonntag bekam ich das Angebot, und schon am Montagabend hatte ich mein gesamtes Eigentum auf den fünfzehn Quadratmetern verstaut, in meiner ersten eigenen Bleibe.

»Wie unbeschreiblich cool«, sagte Adrian lächelnd, als wir in der verrauchten Küche saßen und unsere erste gemeinsame Mahlzeit zu uns nahmen: in der Mikrowelle aufgewärmte Piroggen von Gorby's, direkt aus der Papiertüte.

»Was für Partys man hier veranstalten kann«, sagte ich mit vollem Mund.

»Und was für Afterpartys«, sagte Adrian.

»Und Afterpartys nach den Afterpartys.«

Vor dem Fenster dämmerte es, aber wir sahen nur einen heller werdenden Herbst vor uns. Adrian trank ein Glas Vino Tinto nach dem anderen, während ich beim Dosenbier blieb, dem billigsten im staatlichen Alkoholladen, das ich mit Brännvin Special aufpeppte. Dazu rauchten wir Lucky Strike, genau wie Sal Paradise in *On the Road*, gekauft bei Zigge Zigarett in der Stora Fiskaregatan. Wir hörten LPs und blätterten in zerlesenen Büchern, übersetzten Texte und wagten uns an eigene Analysen. Überhaupt fühlten wir uns verdammt intellektuell und wetteiferten darin, die Brillanz des anderen zu loben.

Morgens kämpften wir uns auf dem Fahrrad des Erasmus-Typen die Hügel von Lund hinauf. Wir wechselten uns beim Treten ab, während der andere hintendrauf saß. Etwa auf der Höhe von Haus Eden, wo das Institut für Staatswissenschaft untergebracht war, pflegte die Kette abzuspringen, und Adrian musste sich auf den Boden knien, während ich das Hinterrad am Gepäckträger hochhob. Den Morgen leiteten wir damit ein, dass wir uns auf der Toilette des Hauses Absalon das Kettenöl von den Händen rubbelten, unter den forschenden Blicken von Dozenten und Professoren, Studenten in karierten Hemden und Collegeschuhen, die Toni Morrison und Octavio Paz lasen, aber vergaßen, sich die Zähne zu putzen und die Haare zu waschen.

Dann hinunter in den Keller, wo Li Karpe sich vor der Tür des Seminarraums aufgebaut hatte. Kerzengerade, in einer einstudierten Pose, die ihre Kurven auf eine leicht aufreizende Art betonte. Sie verzog den Mund und nickte uns zu. Für andere war kaum ein Unterschied zu bemerken, wie sie Adrian und mich begrüßte im Vergleich zu unseren herbeiströmenden Mitstudenten, doch für uns war der Unterschied so deutlich wie Tag und Nacht.

»Sie hat uns auserwählt«, erklärte Adrian. »Sie hat es selbst gesagt. Wir haben dieses Besondere an uns, die Voraussetzung für unser Studium. Du und ich, Zackarias.«

Wir arbeiteten an unseren Ortsbeschreibungen. Adjektive waren verboten, jedes Wort sollte duften und blitzen und singen.

»Ihr könnt nicht über Orte schreiben, an denen ihr noch nie gewesen seid. Dann entstehen nur Märchen und Science-fiction. Bevor wir über die Wirklichkeit schreiben, müssen wir uns darin befinden.«

Murren erklang aus den Bankreihen. Einige der Bibliotheksmäuse hatten ein eher ungesundes Verhältnis zu den Pevensie-Geschwistern aus den *Chroniken von Narnia* und bekamen multiple Orgasmen von Hobbits und Orks. Aber Adrian und ich nickten Li Karpe beipflichtend zu.

Sie erwähnte nicht Leo Stark, kein Wort verlor sie über den Abend, als Betty barfuß in seinem Wohnzimmer getanzt hatte. Aber jedes Mal, wenn Li Karpe ihren stahlblauen Blick auf mich oder Adrian richtete, wurde das Geheimnis zwischen uns wortlos bestätigt, und wir begriffen, dass es eine Fortsetzung geben würde, und warteten geduldig.

Mein erstes Wochenende, nachdem ich aus meiner provinziellen, gleichmacherischen Heimat geflüchtet war, verbrachte ich in einem Nebel aus billigem Rotwein und pseudoakademischem Geschwätz. Der Nachbar aus dem Stock über uns nutzte die Gelegenheit, sich vorzustellen und ganz nebenbei zu erwähnen, dass er in der Eigentümerversammlung sitze und dafür sorgen könne, dass uns gekündigt würde, wenn wir nicht die Lautstärke unserer Musik, unsere Stimmen und unsere aufgeblasenen Studentenegos ein bisschen runterdimmten. Wir standen im engen Wohnungsflur und machten einen höflichen Diener, wobei wir unsere Hände auf dem Rücken falteten.

»Wir können zu Hause bei mir weitermachen«, schlug Betty vor, die sich schon ihr Tuch umgewickelt hatte und ungeduldig wartete.

Schon bald purzelten wir hinaus auf die Grönegatan. Eine Rauchwolke in der stillen Herbstnacht. Gestörte Gleichgewichtssinne. Ein Taxi, das wir uns eigentlich nicht leisten konnten. Zum Haus Delphi im Nordosten der Stadt, dem großen Studentenwohnheim mit langen Gängen und kleinen Zellen.

Betty teilte sich die Küche mit einem Zwillingspärchen aus Italien – einer Zwangsneurotikerin, die gerade in Psychologie promovierte, und einer leicht promiskuitiven Wasserbaustudentin, die »Jeeetzt!« schrie und mit den Händen an die Wand schlug, wenn sie kam.

In Bettys Zimmer lehnte eine Gitarre. An der Wand hing ein Plakat von Chrissie Hynde.

»Spiel uns was vor«, bat Adrian.

Und mit ihrer dünnen, gepressten, beinahe zischenden Stimme sang Betty so, dass alles andere um uns herum verschwand. *Oh, why you look so sad? Tears are in your eyes. Come on and come to me now.*

Fredrik bekam auffällig glänzende Augen, und Adrian zwangsbeglückte Betty mit einer Umarmung, drückte sein Kinn an ihr spitzes Schlüsselbein und fragte sie, ob sie ihn heiraten wolle.

Es war weit nach Mitternacht, und der Nebel wurde immer dichter. Ein Nickerchen von zwanzig Minuten, dann hielt man durch, bis die ersten Frühbusse fuhren. Fredrik wurde sentimental und spielte falsche Anfängerakkorde auf der Gitarre, während Adrian Bob-Dylan-Epen krächzte.

»Also, ich glaube, ich liebe euch«, sagte Fredrik mit Sternkristallen in den roten Augen. »Ihr seid die besten Freunde, die ich je gehabt habe.«

Dann stieg er in den Bus 160 Richtung Dalby, wo sein Vater, der Wirtschaftsprüfer, ihn bei einer Dame mit Goldohrringen und Hörgerät einquartiert hatte, die ihm Verhaltensregeln übers Bett gepinnt hatte und ihn frühmorgens mit Toastbrot und heißer Schokolade zu wecken pflegte.

»Jetzt verschlafen wir den Sonntag«, sagte Adrian und legte die Arme um Betty und mich.

Als wir aufwachten, war es schon wieder dunkel. Betty und

Adrian lagen ineinander verschlungen auf dem Neunzig-Zenti-
meter-Bett. Ich selbst saß völlig zerschlagen in dem mottenzerfressenen Sessel und versuchte, wieder ein Gefühl in den Beinen
zu bekommen, streckte die Arme über den Kopf, räusperte mich
und rieb mir die Träume von zwölf Stunden aus den Augen.

Ich hatte das Gefühl, als würde das Leben zurückkehren.

Am Montag wedelte Li Karpe mit einem Blatt Papier in der
Luft herum. Sie sah ungewöhnlich zufrieden aus.

»Ich will euch etwas vorlesen. Eine richtig gute Ortsbeschrei-
bung, einen Text, der unter die Haut geht.«

Sie befeuchtete ihre Lippen und sah Betty an, bevor sie las.

*»Ich bin jetzt innen. Wände von Fleisch stürzen auf mich
ein, ich muss mich ducken, meine Hände heben, um mich
zu schützen. Das Blut, das mir entgegenspritzt, ist rosafarben
und riecht muffig. Meine Füße sind in Schleimhäuten hängen
geblieben, ich komme nirgends hin, zäher Klebstoff zieht mich
zum Schwarzen, Ungeborenen. Wenn ich später zum Menschen werde, dann wird all das in meinen Träumen wiederkehren, und man wird mich für verrückt erklären, mich einweisen
und wieder entlassen, und ich werde Pillen schlucken, um es
zu verstehen. Geschichtsfälschung. Ich stehe bis zu den Knien
in trübem Wasser und versuche, mich zum Licht zu drehen.
Ein Schlauch füttert mich, meine Augen sind geblendet. Die
da draußen sagen, ich werde ersehnt, aber ich habe so meine
Zweifel.«*

Eine lange Pause. Li Karpe atmete laut durch die Nase.

»Fantastisch«, sagte sie zu Betty, die sofort errötete. Adrian
hob die Hände und klatschte Beifall. Bald fielen alle ein, sogar
Li Karpe.

»Es muss wehgetan haben, das zu schreiben«, sagte sie. »Genauso wie es mir wehgetan hat, als ich es gelesen habe.«

Sie sah sich im Kellerraum um.

»Schreiben ist körperliche Arbeit. Wer nicht bereit ist, zu schwitzen und sich zu quälen und sich anzustrengen, sollte sich lieber eine einfachere Zunft suchen.«

Die letzte Äußerung konnte sehr wohl als Aufforderung an einige der Bibliotheksmäuse in der letzten Reihe verstanden werden. Diese ergingen sich in flüsterndem Klatsch und Tratsch.

Li Karpe sprach vom Ich als dem einzigen echten Pronomen, von der Feigheit der dritten Person, und dann schrieben wir. Obwohl schon Mitte September, war es im Keller stickig. Ein Rohr an der Decke war geplatzt, warmes Wasser tropfte langsam auf den Boden. Fredrik Niemi hielt sich die Ohren zu, wenn er sich ausruhte und nicht schrieb, und am Ende brachte der Hausmeister einen Plastikeimer, durch den das Geräusch etwas erträglicher wurde.

Ich saß vor einer leeren Doppelseite und kaute an meinem Füller. Neben mir führte Adrian sich wie ein perfekter Student auf: Er schrieb mit großen ausladenden Bewegungen, stöhnte und keuchte und hatte Schweißperlen auf der Stirn. Alle fünf Minuten fluchte er laut und knüllte das Papier zu einem unförmigen Ball zusammen, der im Papierkorb landete. Als er sich erhob, schwankte er und zupfte an seinem Wollpullover, um sich frische Luft zuzufächeln. Große Feuchtigkeitsringe hatten sich unter den Achseln gebildet.

»Sieht gut aus«, sagte Li Karpe im Vorübergehen.

Sie entdeckte meine wortlosen Seiten, presste den Finger auf mein Notizbuch und sagte:

»Man sollte keine Angst vor dem Anfang haben. Alle, die es zu etwas bringen, haben irgendwann den Mut gehabt anzufangen.«

Ich sah zu ihr auf und versuchte zu lächeln. Li Karpe blickte mich an, drehte sich um und ging. Als ich meinen teuren Füllfederhalter aufs Papier setzen wollte, entstand ein kleiner Tintenfleck.

Bald darauf öffnete sich langsam die Tür, und ein Kopf erschien im Spalt: erstaunt, beinahe erschrocken.

»Tut mir leid, dass ich störe.«

Eine Frau mit Lippenstift wie Blut, einem Piercing am Mund und großen Nasenlöchern. Sie schien etwa fünfundzwanzig zu sein, eine eigenwillige Schönheit mit Korkenzieherlocken und markanten Augenbrauen.

»Li, können wir reden?«

Vierzehn Augenpaare richteten sich auf sie.

»Bin gleich wieder da«, erklärte Li Karpe, bevor sie nach draußen verschwand und die Tür hinter sich zuwarf.

Wir blieben sitzen und wechselten erstaunte Blicke. Einige zuckten mit den Achseln, und das Geflüster der Bibliotheksmäuse wurde gleich lauter. Ich machte eine Geste zu Adrian, aber er war vollkommen in seinen Text vertieft.

Vielleicht musste ich auf die Toilette. Vielleicht war ich neugierig. Vielleicht hatte Li Karpes Äußerung über den Mut Wurzeln in mir geschlagen. Wie auch immer, ich erhob mich und schlich, ohne mich umzuschauen, zur Tür.

Vorsichtig ging ich durch den schmalen Flur und auf die Kellertreppe zu. Dort standen sie, hinter der nächsten Ecke. Ihre Stimmen waren gedämpft, aber hörbar erregt.

»Ich habe jetzt genug. Ich gehe!«

»Hör doch auf. Wo willst du denn hin?«

»Ich habe meinen Bruder angerufen. Er kommt und holt mich ab.«

Ich erstarrte und atmete lautlos. Höchstens zehn Meter trennten uns.

»Du kannst nicht einfach vor allem davonlaufen. Das ist keine Lösung.«

»Jetzt hör endlich auf! Du besitzt mich nicht!«

Sie war jetzt wütend, und ich wartete gespannt auf Li Karpes Erklärung.

»Du wirst es bereuen«, sagte sie. »Du wirst es eines Tages bitter bereuen, wenn du begreifst, was du weggeworfen hast. Und dann werde ich nicht mehr da sein. Und er auch nicht, verstehst du? Wenn du jetzt gehst, musst du für immer gehen.«

Es klang wie leises Weinen. Tränen, die sich zu lange angestaut hatten.

Langsam ging ich die Treppe hinauf. Ich konnte beinahe ihre Blicke in meinem Rücken spüren und wie sie sich fragten, was ich gehört haben mochte und was ich wohl davon verstanden hatte.

Ich schloss mich auf der Toilette ein und lehnte mich keuchend gegen die Tür.

September 2008

Adrian blieb auf der Treppe vor der Haustür stehen. Der Wind zerrte an seinem offenen Mantel, während er in seinen zerschlissenen blauen Turnschuhen von einem Fuß auf den anderen trat.

»Ach, ich weiß nicht«, sagte er und wich meinem Blick aus. »Ich sollte besser nicht mitkommen.«

»Natürlich kommst du mit. Es geht um Betty.«

Er sah sich erneut um, als suchte er nach einem Fluchtweg.

»Wir brauchen sie«, fuhr ich fort, »damit ein Buch daraus wird. Ohne Betty ist es nicht dasselbe.«

Ich zog die Haustür auf. Schließlich gab Adrian nach und ging mit schleppenden Schritten die Treppenstufen hinauf. Er schaute zu Boden, als ich klingelte.

Henry öffnete. Er hatte seinen blonden Haarschopf unter einer Baskenmütze versteckt und trug eine schwarze Brille. Ich hätte ihn fast nicht wiedererkannt.

»Das wird nichts, fürchte ich«, sagte er.

»Was ist denn?«

Er starrte Adrian an.

»Es liegt an ihm. Betty packt es nicht, ihn zu sehen.«

Adrian hob die Hände und trat den Rückzug an.

»Ich haue ab«, sagte er.

Ich wollte protestieren, aber da war er schon die Treppe hinuntergelaufen.

»Ich warte am Auto«, rief er.

Henry hielt mir die Tür auf. Mit dem Fuß schob er einen Haufen Schuhe beiseite und zeigte auf den Garderobenhaken.

»Bettyyy!«, brüllte er und schlug dreimal mit der geballten Faust gegen die Badezimmertür. »Betty, er ist wieder weg! Jetzt ist nur noch Zack hier!«

Er zuckte mit den Achseln.

»Kein guter Tag heute.«

»Vielleicht sollte ich auch besser gehen«, sagte ich.

Doch da flog schon die Tür auf, und Henry musste beiseitespringen, um sich in Sicherheit zu bringen. Betty steckte ihren Kopf heraus. Sie war ungeschminkt, hatte rote Augen, ihr Gesicht war aufgequollen. Sie trat einen Schritt vor und sah mich mit einem Blick an, der schmerzte.

»Sieh mich nur an.«

Sie barg das Gesicht in den Händen und weinte. Henry nahm sie in den Arm.

»Tut mir leid«, sagte sie und wischte sich die Tränen von den Wangen. »Ich hätte es heute einfach nicht gepackt, Adrian zu sehen.«

Sie blieb dicht bei Henry, als wir in die Küche gingen. Betty trug einen ausgebeulten, verwaschenen Overall, und ihre Haare schrien nach einer Wäsche.

Wir setzten uns an den Küchentisch. Betty fingerte an einer Zigarettenschachtel herum.

»Du rauchst nicht mehr, oder?«, sagte sie und steckte sich eine Zigarette an. »Plötzlich habe nur noch ich geraucht. Alle anderen haben aufgehört und mit Yoga angefangen. Sie haben ihre Wohnungen weiß und frisch gestrichen und im Shabby Chic eingerichtet. Und ich bin depressiv und fett geworden.«

Ich lächelte, weil ich nicht wusste, was ich sonst hätte tun sollen. Dann sagte ich, dass ich gerne rauchte. Man konnte ja auch ein zweites Mal aufhören.

»Ich schulde dir wohl eine Erklärung«, sagte Betty.

»Du schuldest mir überhaupt nichts.«

»Aber wenn ich will?«

»Wenn du willst, darfst du mir gern etwas erzählen.«

Sie sah Henry an, der sie anlächelte.

Und dann begann sie zu erzählen.

Nach dem Prozess und dem Gerichtsurteil war sie völlig am Boden gewesen. Sie war in der Notaufnahme der Psychiatrie gelandet und eingewiesen worden. Als sie sich allmählich erholt hatte, fasste sie den Beschluss, Adrian zur Seite zu stehen, komme, was wolle. Also war sie in einen dreihundertfünfzig Kilometer entfernten Industrieort in Västergötland gezogen, wo sie keine Menschenseele kannte. Sie arbeitete stundenweise in einer Streichholzfabrik, und wenn sie nicht gerade im Besucherzimmer des Gefängnisses saß, schrieb sie lange Briefe mit bedeutungsschweren Metaphern. Einige schickte sie an Adrian, andere landeten im Papierkorb.

»Wir hätten unser Leben zusammen verbringen sollen. In einigen Jahren sollte er Freigang bekommen, und ich war bereit zu warten.«

Doch dann geschah etwas, das alles zunichtemachte. Betty zögerte, biss die Zähne zusammen und wandte sich hilfesuchend an Henry.

»Er hat mich auf die denkbar schlimmste Art betrogen. Ich liebte ihn und hatte alles für ihn geopfert.«

Sie starrte vor sich auf den Tisch. Die Hand mit der qualmenden Zigarette bewegte sich vor und zurück, als wollte sie ihren Zorn in die Holzplatte ritzen.

»Ich wollte ihn überraschen und fuhr zum Gefängnis. Ich hatte seine Lieblingsschokolade gekauft und Klas Östergrens neue Erzählsammlung *In Stiefeln*. Sie steht immer noch im Bücherregal.« Betty deutete zum Regal. »Sie ist bestimmt richtig gut.«

»Allerdings«, sagte ich.

Sie kam kurz aus dem Konzept, und Henry verdrehte die Augen angesichts meines Kommentars.

»Ich habe geglaubt, dass er mich liebt, Zack. Ich habe geglaubt, wir wären füreinander geschaffen. Und er hat mir versichert, dass er keinen Kontakt mehr zu Li Karpe hat.«

Ich schnappte nach Luft und ahnte, was nun kommen würde.

»Ich war schon im Gefängnis, als sie mir entgegenkam.«

»Li Karpe?«

Sie nickte.

»Er konnte ihr nie widerstehen«, sagte ich, und Betty bedachte mich mit einem scharfen Blick.

»Es war sicher naiv von mir, etwas anderes zu glauben. Ich war jung und verrückt, aber es heißt, dass die Liebe blind macht. Die Sache hat mich zugrunde gerichtet.«

An dem Tag hatte Adrian ihr den Mord gestanden.

»Es war schrecklich. Ich hatte ihn in dieser schwierigen Zeit unterstützt und nie an ihm gezweifelt. Meine ganze Welt ist zusammengestürzt.«

Henry schenkte uns Kaffee ein, und Betty steckte sich eine weitere Zigarette an. Sie erzählte, dass sie Västergötland verlassen habe und nach Stockholm gegangen sei. Dann lernte sie Henry kennen, der einige Jahre später diese Wohnung mitten in Lund von einer entfernten Tante geerbt hatte. Betty entschied sich, ihm nach Skåne zu folgen, doch in dieser Zeit fing sie an, sich zu verändern. Sie konnte ihre eigenen Gedanken und Gefühle nicht mehr zuordnen. Es fühlte sich so an, als krabbelten Tausende von Insekten auf der Innenseite ihrer Haut herum. Niemals fand sie Ruhe, ihre Gedanken brausten durch ihren Kopf, und ihr Herz begab sich auf nächtliche Wahnsinnstouren, bis sie schließlich mit dem Krankenwagen in die Klinik eingeliefert werden musste, weil sie glaubte, sie müsse sterben. Panikattacken und generalisierte Angststörung notierten die Ärzte in ihrer Akte, und nach jedem Zusammenbruch verschrieben sie ihr stärkere Medikamente. Irgendwann hatte sie sich selbst nicht mehr im Griff und nahm immer mehr zu. Sie schämte sich und weigerte sich, die Wohnung zu verlassen. Stattdessen nahm sie einen Cocktail von rezeptfreien Arzneimitteln ein, machte die Nacht zum Tag und verlor bald die Kontrolle über ihre Finanzen.

Erst in den letzten Jahren hatte sie sich wieder ein wenig erholt.

»Ohne Henry hätte ich es niemals geschafft«, sagte sie und blickte ihn dankbar an. Jetzt machte sie eine kognitive Verhaltenstherapie und versuchte, an sich selbst und ihre Gesundheit zu denken. Es dauerte, es war mühsam, aber sie war auf dem Weg zurück ins Leben. Während sie erzählte, war ihr Blick fest und klar, als wollte sie ihre Aussage unterstreichen.

»Als Adrian sich gleich nach seiner Haftentlassung bei mir meldete, beschloss ich, ihm zu helfen. Trotz allem. Er tat mir wirklich leid, so krank das auch klingen mag.«

Ich behauptete, dass ich sie verstünde. Dabei stimmte das nicht ganz.

»Nur noch eine kleine Sache.« Ich nippte an meinem Kaffee. »Du hast gesagt, dass du nie an Adrians Unschuld gezweifelt hast. Ich meine, während des Prozesses und so. Das entspricht nicht ganz der Wahrheit, oder?«

Sie warf den Kopf zurück.

»Nein, vielleicht nicht.« Sie schien an früher zurückzudenken. »Du hast doch auch gezweifelt, oder?«

»Ja«, gab ich zu. »Ich habe immer gezweifelt.«

»Bis heute?«

Ich überlegte. Ich wollte so ehrlich wie möglich antworten, das war ich ihr schuldig, aber ich wusste nicht, was ich sagen sollte und wie. Ich wollte doch ein Buch über den *Unschuldigen Mörder* schreiben. Das setzte voraus, dass er tatsächlich unschuldig war.

Je länger ich grübelte, desto klarer wurde mir, dass ich ihr nicht zu antworten brauchte.

»Ich verstehe«, sagte Betty.

Der unschuldige Mörder

von Zackarias Levin

7. Kapitel

September 1996

Im Antiquariat in der Stora Gråbrödersgatan entdeckte ich eine Erstausgabe von Leo Starks Debütroman *Achtundsechzig*. Die Vorderseite war beige und nichtssagend, aber auf der Rückseite prangte ein Foto des Autors und der nackte Rücken einer jungen Frau. Der Verlag beschrieb das Buch als Roman einer ganzen Generation, eine schwindelerregende Achterbahnfahrt zwischen Angst und Lebenslust.

In der Nacht saß ich da und ließ mich von den Wortexplosionen und unzähligen Details verführen, von den Wortspielen und dem explizit Zweideutigen, weshalb sich etliche Buchhändler bei Erscheinen des Romans geweigert hatten, ihn zu verkaufen, und eine Gruppe von konservativen Literaturkritikern ihn nicht rezensieren wollte. Wie auch immer – *Achtundsechzig* war ein magisches Leseerlebnis: Sex, Drugs and Rock'n'Roll, ein Entwicklungsroman in hundertneunzig Wendungen, eine Abrechnung mit überholten Idealen und altmodischer Moral, ein Pfeilwurf mitten in die Zukunft.

»Verdammt gut!«, rief ich und knallte das Buch auf den Boden, sodass Adrian von seinem Kissen hochfuhr und mich erschrocken anstarrte.

»Warte nur, bis du *Unter den Sternen* gelesen hast. Das ist ein literarischer Orgasmus, Zack.«

Am nächsten Tag lief ich in der Mittagspause durch den kleinen Park am Allhelgonabacken, die Treppen hinauf und in die Universitätsbibliothek. Ich setzte mich in einen Sessel in der Präsenzbibliothek und las in Bra Böckers Lexikon, Band 21, Sjö-Stoc:

Leo Stark, geboren am 20. Dezember 1944 in Stockholm, ist ein schwedischer Schriftsteller, der 1989 für den Roman Unter den Sternen *mit dem August-Preis ausgezeichnet wurde. Er erweckte große Aufmerksamkeit, als er 1975 mit dem kontroversen Buch* Achtundsechzig *debütierte, das als der große Roman der Generation der Vierzigerjahre gilt. Starks literarische Produktion trägt eindeutig autobiografische Züge, und er wird auch als Schwedens erster literarischer Rockstar bezeichnet.*

Ich stellte den Lexikonband wieder ins Regal und marschierte zu einer spitzmausartig aussehenden Frau hinter dem Tresen.

»Haben Sie *Unter den Sternen* von Leo Stark?«

Sie funkelte mich wütend an, als hätte ich sie bei etwas sehr Wichtigem gestört. Unendlich langsam gab sie etwas in ihren Computer ein. »Der schreibt sich ohne C, oder? Ja, das haben wir in unserem Magazin.«

Am nächsten Tag holte ich das Buch ab. Ich sprang die Treppen zur Bibliothek hinauf, während Adrian und Betty mit den Rädern warteten. Sie hatten sich beide eine Zigarette angezündet.

»Ich beneide dich so«, sagte Adrian. »Ich wünschte, ich dürfte diese Bücher auch wieder zum ersten Mal lesen.«

Und so saß ich eines Abends in unserer gemeinsamen Küche in der Grönegatan. Es war Ende September, vor dem Fenster fiel das Laub von den Bäumen, und der Wind zerrte an den Ästen. Ich vergaß die Zeit und den Kaffee in der Maschine, wurde von den Wortströmen absorbiert und davongespült. Es war eine Autobahn quer durch den Kopf, eine Achterbahn. Ich schlief mit der Stirn auf dem Buch ein und las weiter, sobald ich die Augen wieder aufschlug. Als es dämmerte, kochte ich neuen Kaffee und zündete mir eine neue Zigarette an der alten an. Der Zeitungsbote klapperte im Treppenhaus, und als Adrian losradelte, blieb ich am Küchentisch sitzen und schwänzte Literarisches Schreiben, um das letzte Viertel der siebenhundertfünfzigseitigen umwälzenden Berg- und Talfahrt zurückzulegen.

»Jetzt habe ich es verstanden«, erklärte ich, sobald Adrian zurückkam. Ich stand im Flur und wartete auf ihn, hatte das Buch noch nicht aus der Hand gelegt, als würde der besondere Zauber sonst verloren gehen.

»Hab ich's nicht gesagt?«, entgegnete er.

»Zum ersten Mal in meinem Leben fühle ich mich nicht allein. Es gibt andere, die so sind wie ich. Es gibt eine Gemeinschaft für solche wie uns.«

Adrian streifte die Schuhe ab und klopfte mir auf die Schulter.

»Du klingst ja fast religiös, Zackarias.«

»Na, ich bin ja auch bekehrt worden.«

Nur sein Schatten war an dem uralten Baum im Park zu erkennen. Er stand dreißig Meter von uns entfernt. Der Wind hob das Haar an, die Sonnenbrille war schwarz, und der Mantel flatterte ihm um die Knie. Verstohlen betrachteten wir seine Silhouette von ferne und unterhielten uns leise, während Li Karpe sich ihm von der Seite näherte. Unter dem Baum standen sie sich gegenüber und bliesen einander Rauch ins Gesicht. Ihre Lippen bewegten sich, aber der Wind erstickte ihre Stimmen.

»Ob sie wohl ein Paar sind?«, fragte Betty.

»Ich hoffe nicht«, meinte Adrian wie aus der Pistole geschossen.

»Die sehen nicht aus wie ein Paar«, sagte ich.

Li Karpe rauchte gierig und hektisch und trat mit ihrem hohen Absatz den Zigarettenstummel aus, sodass die Funken flogen. Wegen der Sonne hielt sie sich die Hand schützend vor die Stirn und sah zur Institutstreppe, wo wir herumstanden, sagte irgendetwas zu Leo und kam dann zu uns. Mein Herz klopfte, Adrian tigerte vor und zurück, und Betty plapperte unkontrolliert vor sich hin.

»Habt ihr heute Abend Zeit?«, fragte Li Karpe.

Sie war am Fuß der Treppe stehen geblieben, ihr Ton war so nonchalant, als wäre es vollkommen gleichgültig, was wir antworteten.

»Er lädt zum Abendessen«, fuhr sie fort und machte eine lässige Kopfbewegung in Leos Richtung. Wir sahen ihn im Profil, wie er mit dem Rücken an den Baum lehnte.

»Warum?«, fragte Betty.

Adrian versetzte ihr einen Rippenstoß.

»Ihr wollt doch vermutlich ohnehin zu Abend essen, oder?«, sagte Li Karpe. »Es ist keine große Sache, wirklich nicht. Ihr müsst euch auch nicht umziehen. Ihr kommt, wie ihr seid.«

Wir sahen einander an, entzückt und erschrocken zugleich. Kleine Gesten, von denen alle wussten, was sie bedeuteten. Adrian setzte ein Lächeln auf und fragte:

»Sollen wir gleich mitkommen?«

»Das wäre bestimmt am einfachsten.«

Das italienische Essen stammte von einem schicken Caterer und war wie ein buntes Mosaik auf einem Beistelltisch drapiert. Wir versorgten uns ungeniert, ausgehungert, nachdem wir uns einige Wochen von Studentennudeln und Dosensuppe ernährt hatten. Leo Stark war unrasiert. Aufmerksam beobachtete er uns. Den Käse aß er mit den Fingern und sagte uns die italienischen Namen der Delikatessen, die wir in uns hineinstopften.

»Vieles lässt sich über die Italiener sagen, aber kochen können sie«, bemerkte er und lächelte, was er sonst nur selten tat.

Am ersten Abend hatte ich in Leo Stark, als er mit Pfeife und Seidenpyjama in seinem Sessel gefläzt hatte, nur einen Sonderling gesehen, einen exzentrischen alten Mann, der mehr Geld als Klasse zu haben schien. Doch seit ich sein Buch gelesen hatte, war Leo Stark für mich jemand anders geworden. Ich traute mich kaum, ihn anzusprechen, betrachtete seine Bewegungen aus angemessener Entfernung und spürte, wie meine Beine unter dem Tisch zitterten, als sein ehrfurchtgebietender Stockholmer Tonfall das allgemeine Gemurmel durchbrach und umgehend Stille am Tisch erzeugte.

»Ich habe deinen Text gelesen«, sagte er zu Betty. »Es steckt etwas darin, etwas von Bedeutung. Du kannst schreiben.«

Betty wurde knallrot im Gesicht und kicherte. Ich hatte schon gemerkt, dass dies ihre einzige Art war, mit Lob umzugehen.

»Sie ist beinahe ein Genie«, sagte Adrian und wischte sich mit der Leinenserviette über die Wange. Leo Stark antwortete nicht, aber die Art, wie er von seinem Grissino abbiss, sprach eine deutliche Sprache.

»Vergiss nur nicht zu leben, Betty«, fuhr er fort und spülte das knusprige Gebäck mit großen Schlucken Rotwein hinunter. »Wenn man in seinen vier Wänden im Institut sitzt, kann man keine Literatur erschaffen. Daraus werden nur Märchen und Sagen.«

Adrian nickte verbissen. »Aber ist es nicht eine fantastische Gelegenheit, um das Handwerk zu erlernen?«

»Handwerk …«, murmelte Leo Stark. »Für mich steht Handwerk für Klöppeln und Sticken und vielleicht noch für Metallwerken und Schreinern. Aber Schreiben? Schreiben bedeutet nicht, mit den Händen zu arbeiten. Schreiben heißt, mit dem Gehirn zu arbeiten. Aber auch, sich dreckig zu machen, sich das Herz aus dem Körper zu reißen und zu schwitzen. Man hebt Gräben aus und schüttet sie wieder zu. Wenn es einem gelingt, bei dem ganzen Matsch, der aus dem menschlichen Bewusstsein heraussickert, einen einzigen guten Satz herauszuquetschen, sollte man zufrieden sein. Schreiben lernt man nicht, euer Studium ist doch kein verdammter Werkunterricht.«

Adrian stammelte etwas Unverständliches. Er wollte gern widersprechen, aber Li Karpe hob die Hand.

»Leo schreibt nicht gern, versteht ihr? Das ist wohl der große Unterschied zwischen ihm und euch.«

»Ich hasse es«, sagte Leo Stark und leerte sein Glas. »Es ist ein verdammter Fluch, wenn man schreiben muss. Ich habe es immer als eine Sucht gesehen. Ich habe gekämpft, um den Dämonen zu widerstehen, aber sie jagen mich immerzu und lassen mir keine Ruhe. Sooft ich es auch versuche, ich kann nicht auf dieses elende Schreiben verzichten. Es wird mich eines Tages noch umbringen.«

Er empfahl Betty, sich gut zu überlegen, ob sie ihr Leben wirklich dem Schreiben widmen wollte, weil es seinen Preis vermutlich nicht wert sei. Denn entschied sie sich dafür, könne sie nie wie ein normaler Mensch leben.

Er betrachtete sie lange, viel zu lange. Uns andere nahm er nicht einmal wahr. Wir saßen wie Staffage um den Tisch herum, als Publikum für eine Bühne, deren Zweck sich uns nicht erschloss, auch wenn das Ganze mir allmählich Bauchgrummeln verursachte.

Das Dessert bestand aus cremigem Tiramisu und Limoncello

für die Verdauung, während Leonard Cohen aus den Lautsprechern erklang. Leo Stark öffnete einen weiteren Knopf seines geblümten Hemdes und ließ sich tiefer in den Stuhl sinken. Li Karpe erzählte, welche Schwierigkeiten sie mit Lund habe, dem Akademischen und dem Weltabgewandten, dass sie sich aber auch keinesfalls vorstellen könne, nach Stockholm zurückzukehren.

»Das ist eine verlorene Stadt«, sagte Leo Stark. Ich musste an seine Romane denken mit ihren lyrischen, beinahe naturromantischen Schilderungen der Hauptstadt. »Die Urbanisierung des neuen Jahrtausends hat Stockholm verdorben. Jetzt ist es nur noch ein Ort für Selbstverwirklichung und Oberflächlichkeit. Ein Mekka des Ichs, nichts als Flitter und Eitelkeit an jeder Straßenecke.«

»Ich glaube an Berlin«, erklärte Li Karpe.

»Ich weiß nicht«, sagte Leo. »Heute sind doch alle Großstädte Opfer der Gentrifizierung, geschlachtet durch die Verheerungen des Kapitals. Nein, ich denke an kleine Dörfer, weiter im Süden natürlich, weiter entfernt als Berlin, eher in Richtung Mittelmeer. Das stelle ich mir vor.«

Wir nickten wie die wohlerzogenen Kinder, die wir im Grunde unseres Herzens waren.

»Aber ich fahre natürlich nicht allein«, fuhr Leo fort und sah verstohlen zu Betty, die errötete.

»Deine Freiheit ist dein Gefängnis«, sagte Li Karpe und lachte künstlich. Sie erhob ihr Glas, prostete uns zu und kippte den Zitronenlikör hinunter, ohne auf uns zu warten. Entschlossen stand sie vom Tisch auf und sagte, dass viel Arbeit auf sie warte.

Adrian folgte ihr. Fredrik und ich sahen uns etwas verwirrt an, dann standen wir ebenfalls auf.

Ich reichte Leo Stark die Hand und sagte:

»Ihre Bücher haben mir verdammt gut gefallen.«

Er drückte meine Hand, ohne meinen Blick zu erwidern. Stattdessen betrachtete er Betty, die zögernd auf dem Stuhl sitzen geblieben war. Leo sah sie mit einem so eindringlichen Blick an, dass sich alles andere auflöste und verschwand. So als gäbe es uns andere gar nicht mehr.

»Du kannst doch noch eine Weile bleiben«, sagte er.

Es klang nicht wie eine Frage.

September 2008

Adrian lehnte am Auto meiner Mutter in der Tiefgarage des ICA-Supermarkts und aß eine Knackwurst, die er sich gekauft hatte.

»Ist es gut gelaufen?«, fragte er.

»Doch, schon.«

Ich wollte nicht gleich preisgeben, was Betty erzählt hatte, nicht alles, noch nicht. Wissen ist Macht. Ich erinnerte mich, dass Li Karpe einmal etwas Ähnliches gesagt hatte: Der größte Vorteil des Schriftstellers ist, dass er mehr weiß als der Leser.

Wir setzten uns ins Auto und fuhren aus der Stadt heraus. Der Herbst zerrte an der Karosserie, und im Radio sang Chris Martin *When I ruled the world*. Ich drehte die Lautstärke runter, als das Handy in meiner Tasche klingelte.

»Fredrik Niemi«, sagte die Stimme in mein Ohr, und ich hatte eines dieser seltsamen Déjà-vu-Erlebnisse.

»Fredrik Niemi«, wiederholte ich, damit Adrian begriff, wer mich da anrief.

»Fredrik?«, sagte Adrian mit großen Augen.

»Ich verstehe dich ziemlich schlecht«, meinte Fredrik.

»Ich sitze gerade im Auto«, sagte ich.

»Hast du nicht die *Kvällsposten* gelesen?«, fragte Fredrik.

»So einen Schund lese ich nicht. Wieso?«

»Das heißt, du weißt gar nicht, was passiert ist?«

Fredrik klang noch ängstlicher. Ich musste das Handy fester ans Ohr drücken, um ihn zu hören.

»Was ist denn passiert?«

Ich spürte, dass Adrian mich von der Seite anstarrte.

»Hast du nichts von der Leiche gehört?«

»Leiche? Was denn für eine Leiche?«

»Sie haben heute Nacht seine Leiche im Wald gefunden«, sagte Fredrik. »Das steht in der *Kvällsposten*.«

Mein Herz galoppierte. Halb links sah ich ein Statoil-Schild und setzte den Blinker.

»Was ist los?«, fragte Adrian.

Fredrik sagte, er müsse leider auflegen.

Ich bog auf den Parkplatz der Tankstelle ein.

»Schau mal!«, sagte ich zu Adrian und zeigte auf das Fenster des Tankstellenshops. Eine brüllende Schlagzeile auf gelbem Grund:

SCHRIFTSTELLERMORD: LEICHE IN EINEM WALD IN SKÅNE

»Was passiert da eigentlich gerade?«, fragte Adrian.

Wir wechselten Blicke.

»Das ist total gestört«, sagte ich und schob energisch die Autotür auf. Ich stürzte hinaus, dicht gefolgt von Adrian, und ging geradewegs zum Zeitungsständer, wo ich mir ein Exemplar der *Kvällsposten* schnappte. Ich schlug die Doppelseite in der Mitte der Zeitung auf. Ein großes Foto von einer Polizeiabsperrung, eine Karte mit einem knallig roten Kreuz und ganz unten ein Infokasten über den sogenannten Schriftstellermord. Adrian beugte sich über die Zeitung, während ich vorlas.

STERBLICHE ÜBERRESTE DES ERMORDETEN SCHRIFTSTELLERS AUFGEFUNDEN?

In einem Wald in Skåne ist eine Leiche aufgefunden worden. Die Polizei vermutet, dass sie schon länger dort vergraben war. Es könnte sich um die Überreste des berühmten Schriftstellers Leo Stark handeln, der im Jahr 1997 spurlos verschwand.

Es war spätabends, als eine Privatperson gestern tief im Wald nahe Veberöd in Skåne eine Leiche entdeckte. Die Polizei hat ein großes Gebiet abgesperrt, momentan untersucht die Kriminaltechnik den Fundort.

»Wir gehen von einem Verbrechen aus, aber es ist zu früh, um Genaueres zu sagen. Derzeit haben wir nicht einmal die Leiche identifiziert«, erklärt Gun-Marie Westman, Pressesprecherin der Polizei.

Die Kripo hüllt sich in Schweigen, hat aber gegenüber Kvällsposten *verlauten lassen, dass die Leiche in schwarzes Plastik verpackt und vergraben gewesen sei.*

»Sie hat nicht Tage oder Wochen da gelegen, sondern über einen weitaus längeren Zeitraum. Wie lange, darüber möchte ich nicht spekulieren«, sagt Westman.

Laut Angaben einer sicheren Quelle vermutet die Polizei, dass es sich bei der Leiche um die sterblichen Überreste des berühmten Schriftstellers Leo Stark handelt, der 1997 spurlos aus seinem Haus in Lund verschwand.

Leo Stark, geboren 1944, war einer der bedeutendsten schwedischen Gegenwartsautoren. Er wurde für seine Bücher mit

zahlreichen Preisen ausgezeichnet, darunter mit dem renom-
mierten August-Preis für den Roman Unter den Sternen.

Obwohl Leo Starks Leiche nie auftauchte, wurde ein
damals Zwanzigjähriger wegen Mordes verurteilt. Der Prozess
erweckte viel Aufmerksamkeit in der Presse und stand auch in
der Kritik.

»Falls es die sterblichen Überreste von Leo Stark sind, kön-
nen die Ermittlungen unter Umständen erneut aufgenommen
werden«, sagt der Rechtsexperte und ehemalige Oberstaatsan-
walt Jan-Erik Askhem. »Ein solcher Fund kann das Gerichts-
urteil entweder bestätigen oder aber die Einschätzung des
Gerichts kippen. Es besteht durchaus das Risiko, dass wir es in
diesem Fall mit einem Rechtsskandal zu tun haben.«

Adrian schnappte nach Luft.

»Das ist ja unglaublich.«

»Das kann nicht sein«, sagte ich. »Warum ausgerechnet
jetzt?«

Ich überflog den Text noch einmal.

»Warum ausgerechnet jetzt, verdammt?«, wiederholte ich.

Adrian erstarrte und sah mich an.

»Als wollte dir jemand bei deinem Buch helfen.«

Der unschuldige Mörder

von Zackarias Levin

8. Kapitel

Oktober 1996

Betty wollte tanzen.

Die Haare hochgesteckt, die Augen dunkel geschminkt, lila Lippenstift. In Nylonstrümpfen und Doc Martens stand sie auf dem Gehweg am Botulfsplatsen.

»Wo gehen wir hin?«, fragte sie.

Auf der anderen Straßenseite fiel einem Typen in Cordjacke gerade sein Falafel aus der Hand. Er bekam Knoblauchsoße auf die Hose und fluchte auf Småländisch: »Verdammte Scheiße!«

»Ins Wermlands oder zu ÖG?«, schlug ich mit einem Achselzucken vor.

Betty rümpfte die Nase. Die traditionellen Studentenclubs waren eigentlich eher Adrians Ding. Er hatte eine Schwäche für studentische Feierlichkeiten: Dinnerparty, Disco und Sektfrühstück. Betty und ich fühlten uns dabei als Außenseiter und Emporkömmlinge. Uns fehlte die besondere Fähigkeit der Akademiker, sich selbst ernst zu nehmen. Wir waren zu schlicht, zu sehr von der Gleichmacherei unserer Herkunft geprägt.

Diesen Freitag war Adrian mit dem Zug nach Linköping gefahren. Seine Großmutter war krank, und vielleicht würde er sie zum letzten Mal sehen. Wir anderen hatten schon mit

deutschem Bier und lauter Musik in der Grönegatan vorge-
glüht. Fredrik war auch dabei gewesen, hatte aber fürchterli-
che Kopfschmerzen bekommen und entschieden, lieber nach
Hause zu fahren. Wir hatten ihn zum Bus gebracht und ihm
nachgewinkt.

»Wir können doch ins Palladium gehen? Oder ins Mejeriet?«,
schlug Betty vor. »Ein ganz normaler Club mit ganz normalen
Leuten?«

»Solchen wie du und ich?«

»Wie du und ich, Zack.«

Sie schob ihre Hand unter meinen Arm und schwankte, als
wir losgingen. Wir stellten uns in die Schlange, in die kollektive
Alkoholfahne vor dem Palladium, fröstelten, rauchten, stampf-
ten mit den Füßen, während wir darauf warteten, gnädiger-
weise in die Wärme gelassen zu werden.

Wir hätten vom Alter her noch gar nicht in den Club gedurft,
aber Betty überredete den Türsteher. Er starrte in ihren Ausschnitt und warf mir einen säuerlichen Blick zu. Die Musik war
abscheulich und das Bier teuer, aber Betty tanzte wie eine Elfe
auf Ecstasy, und die übergroße Strickjacke flatterte wie Schmet-
terlingsflügel um ihre Hüften. Sie zog mich von der Bar auf die
Tanzfläche. Wir tanzten Wange an Wange, Betty duftete nach
Zucker und Rosen, und sobald wir einander berührten, kitzelte
es mich am ganzen Körper, und ich bekam Gänsehaut.

Ich hatte noch nie ein Mädchen näher gekannt.

Nein, das stimmt natürlich nicht. Ich hatte viele Mädchen
gekannt. Die Mädchen, die in meine Klasse gegangen waren,
die Mädchen, die bei unserem Fußballtraining zuschauten, die
Mädchen, die jeden Freitag an der Tankstelle herumlunger-
ten und alles über entfernte Auspuffdrosseln und bearbeitete
Kolben wissen wollten. Eins bezeichnete ich sogar als meine
Freundin, auch wenn unsere Zungen sich in Schwämme ver-

wandelten, sobald wir zu zweit waren. Am Ende fand ich in meinem Schulspind einen Zettel von ihrer besten Freundin, die der Meinung war, ich sei als Freund ein totaler Fehlgriff, und sie mache jetzt Schluss.

Mit Betty war es etwas völlig anderes. Noch nie hatte ich einen Menschen auf diese Art gekannt. Meistens hatte ich keine sexuellen oder romantischen Hintergedanken. Sie attackierte mich auf einer anderen Ebene, auf eine Art, die ich nie zuvor erlebt hatte. Deshalb war es ein kleiner Schock für mich, als sie mitten auf der Tanzfläche und ohne Vorwarnung ihre Arme um meinen Hals schlang und mich küsste. Noch nie hatte ich solche Lippen geschmeckt, Lippen, die meine Füße in die Höhe zogen und meinen Körper ins Falsett erhoben.

Schweigend gingen wir nach Hause, die Arme fest um unsere brennend heißen Körper. Jetzt, da ich begonnen hatte, konnte ich gar nicht mehr aufhören, sie zu küssen.

»Ich bin müde«, sagte sie im Flur und streckte sich wie eine Katze. Dabei traten ihre Brüste noch deutlicher hervor.

»Komm her und leg dich hin.«

Sie zog sich das Oberteil über den Kopf, schlang die Arme um ihren Körper und kroch unter die Decke. Wir kicherten und wälzten uns im Bett herum. Mein Gehirn war voller Helium, alles explodierte, und ich dachte, wenn es ein Leben in der Gegenwart gab, dann genau in diesem Moment.

Betty schlief auf dem Rücken liegend ein, mitten in einem Atemzug. Meine Finger fuhren fort, sie zu berühren, erforschten sie sacht und behutsam. Ich bohrte meine Nase in ihre Haut und atmete langsam und tief, erfüllt von Wogen des Glücks, aber auch mit dem traurigen Gefühl, dass es nie so werden würde, wie es sein sollte.

In dieser Nacht schlief ich unruhig, ich war aufgewühlt und ängstlich. Ich wachte auf, weil meine Muskeln zuckten und meine Beine zitterten, und warf mich auf die Seite, um mich zu vergewissern, dass Betty noch da war.

Sie lag reglos da: die Schminke verschmiert, die Lippen leicht geöffnet, mit zuckenden Augenlidern. Ich schlief wieder ein und erlebte den ganzen Abend noch einmal: das Palladium und wie wir tanzten, die Küsse und die Körperwärme, während wir in der Herbstnacht die Straßen entlanggingen. Alles in mir lebte und bewegte sich, und als schließlich der Morgen das Zimmer mit Licht erfüllte, gab ich vor zu schlafen – aus Angst oder nur, um an etwas festzuhalten, was mir durch die Hände zu rinnen drohte. Betty stand auf und zog sich an, und obwohl sie mich eine ganze Weile anschaute, meinen Namen flüsterte und an der Tür innehielt, ehe sie ging, tat ich weiterhin so, als würde ich schlafen.

September 2008

Nachdem ich Adrian in Flädie abgesetzt hatte, kurvte ich eine Weile auf den Straßen zwischen Idala und Häckeberga herum. Der Wald wurde dichter und dunkler, schmale Kieswege stürzten direkt in die Finsternis. Außer ein paar naturliebenden Familien und einigen hartgesottenen Sportlern mit Stirnband und bunten Laufschuhen war niemand zu sehen. Die Wanderwege schlängelten sich wie dünne Adern über die Hügel und um den See.

Ich erinnerte mich an ein Picknick vor ewigen Zeiten. Die Bäume des Waldes hatten gerade bunt ausgeschlagen, und meine Nase juckte. Betty und ich waren gelaufen, bis wir nicht mehr konnten. Atemlos breiteten wir neben einem Meer von Buschwindröschen eine Decke aus. Wir hatten Kaffee und Croissants in einem geflochtenen Korb mitgebracht. Es fühlte sich erwachsen an. Wir redeten nicht viel, rauchten, tranken lauwarmen Kaffee, sahen weg und zwischen die Bäume. So war es seit dem Beginn des Gerichtsverfahrens. Wir lebten in einem Nebel, hingen in der Schwebe. Keiner von uns begriff, was eigentlich passierte, als vor Gericht die verschiedenen Wahrheiten aufgerollt wurden. Adrians Stimme war bis zur Unkenntlichkeit verzerrt, als er auf die Fragen des Staatsanwalts antwortete. Li Karpe saß hinten im Gerichtssaal und sah aus wie ein Schatten, ein Vogel mit gebrochenem Flügel.

»Sie werden ihn doch wohl nicht verurteilen?«, fragte Betty. Ihr roter Nagellack blätterte ab. Sie presste ihre Lippen so fest um die Zigarette, dass sie ganz blau wurden, und machte kurze, intensive Lungenzüge.

Die Bäume antworteten mit Stille. Ich ließ den Blick über den farbenfrohen Wald schweifen und sagte:

»Nein, das können sie nicht. Leo kommt bestimmt bald zurück.«

Betty bedeckte das halbe Gesicht mit der Hand, und ihre Augen glänzten zwischen dem Gitter ihrer schmalen Finger. Am liebsten hätte ich sie in den Arm genommen.

Sie nahm ihre Hand wieder weg. Wir sahen uns eine Weile an, wie wir es seit jenem verrückten Abend im Palladium nicht mehr getan hatten. Einen kurzen Moment bildete ich mir ein, dass es jetzt passieren würde: dass jener Abend sich wiederholen würde, dass wir nur eine Pause eingelegt hatten und dies die Lösung war, das verdammte Happy End.

»Bestimmt ist Leo freiwillig verschwunden«, sagte ich. »Das wird sich schon alles aufklären.«

Betty schluchzte. Ich wünschte mir, sie würde ihren Kopf in meinen Schoß legen und zulassen, dass ich die Tränen von ihren Wangen strich. Doch sie wandte sich ab und verbarg die Augen.

Wir sprachen nie wieder darüber. Wir saßen im Gerichtssaal und wechselten Blicke und betrachteten Adrian, schlossen die Augenlider, um unsere Tränen zu verbergen, und ballten unsere Hände zu Fäusten, bis sie zitterten. Ich würde vermutlich nie die Erinnerung loswerden, wie Betty Adrian hinterherlief, sich auf ihn warf, an seinen Kleidern zerrte, sodass die Wachen sie

wegziehen mussten. Adrian war soeben zu acht Jahren Gefängnis wegen Mordes verurteilt worden, obwohl niemand wusste,
ob Leo Stark wirklich tot war.

Jetzt war ich wieder in den Wäldern rund um den Häckeber-
gasee, und Betty führte ein völlig anderes Leben.

Einen knappen Kilometer im Wald fand ich schließlich die
Stelle. Blau-weiße Absperrbänder zwischen den Bäumen.
Eine große Fläche wurde von starken Schweinwerfern erhellt,
obwohl es noch gar nicht dämmerte. Dies war kein Ort, den
man nach Sonnenuntergang besuchte. Man würde kaum seine
eigene Hand vor Augen sehen.

Von der Straße aus hatte ich ein Polizeiauto entdeckt und an
einem Rastplatz geparkt, um zu Fuß zur Absperrung zu gehen.
Ein paar neugierige Jugendliche machten Fotos mit ihren Handys, ein jüngeres Paar umarmte sich fröstelnd, und ein bärtiger
alter Mann in grünen Gummistiefeln lief mit seinem Labrador
am Absperrband entlang.

Dahinter schien nicht viel los zu sein. Ein paar uniformierte
Bullen mit den Daumen in den Gürtelschlaufen wühlten mit
ihren Schnürstiefeln zerstreut in den Laubhaufen herum. Etwas
weiter entfernt schlenderten ein paar ältere Männer in Zivil
umher und starrten auf den Boden, als suchten sie etwas. Einer
kroch auf den Knien herum, stand dann auf und wandte sich
an die anderen. Sie kratzten sich am Kinn und sprachen leise
miteinander.

»Schlimm war das«, sagte jemand hinter mir.

Es war der Alte mit den grünen Stiefeln. Sein Hund schnupperte an meinen Hosenbeinen, und der Mann zerrte an der
Leine.

»Ich hab sie gefunden«, fuhr er ohne Umschweife fort. »Wir
gehen oft diese Strecke, Ramses und ich. Wir wohnen nicht

weit weg auf der anderen Seite der Landstraße. Sind Sie Journalist, oder wie?«

Ich blickte auf meine Kleidung hinab, die nicht gerade in diese Umgebung passte. Kein Wunder, dass er mich für einen Reporter hielt.

»Ich erzähle Ihnen gern was«, sagte er. »*Skånska Dagbladet* war schon hier und hat fotografiert. Die Story soll auf die Titelseite kommen.«

Er ließ den Blick schweifen, sah über meine Schulter und dann zu den Polizisten im abgesperrten Gebiet.

»Sie haben keinen Fotografen dabei?«, fragte er, ohne mich anzusehen.

»Der ist schon unterwegs.«

Ich schob den Mantelärmel hoch und sah auf die Uhr. Dann hielt ich dem Alten die Hand hin, stellte mich mit meinem richtigen Namen vor, zog mein kleines schwarzes Notizbuch heraus und behauptete, ich käme vom *Expressen*.

Der Mann erhob die Stimme, sodass auch die Jugendlichen ihn hören konnten.

»Es war schrecklich. Ramses ist wie immer umhergestreunt, aber auf einmal ist er nicht mehr auf den Waldweg zurückgekommen.«

»Wann war das ungefähr?«, fragte ich und kritzelte ein paar unleserliche Buchstabenkombinationen in mein Büchlein.

»Wie ich schon der Polizei gesagt habe: Um drei Uhr trinke ich immer meinen Kaffee, was ungefähr eine halbe Stunde dauert. Dann habe ich mich angezogen und bin hierhergegangen. Für den Weg brauchen wir maximal eine Viertelstunde, das heißt, es muss Viertel vor oder zehn vor vier gewesen sein.«

»Was ist dann passiert?«

»Ich habe Ramses bellen und knurren gehört, dort drüben.«

Er zeigte über die Absperrung hinweg auf eine Stelle in einer kleinen Senke zwischen zwei Bäumen, wo ein Polizist in Zivil hockte und mit einer Taschenlampe auf den laubbedeckten Erdboden leuchtete.

»Ich habe sofort begriffen, dass da irgendwas nicht stimmte, also bin ich rübergegangen und habe nach Ramses gerufen. Als ich bei ihm war, stand er da und hat wie verrückt an irgendwas auf dem Boden herumgezerrt. Erst habe ich gedacht, er wäre auf ein Tier gestoßen. Aber dann habe ich die Müllsäcke gesehen. Er hatte schon große Löcher hineingerissen, und obwohl ich ihn angebrüllt habe, hat er nicht aufgehört.«

»Wann war Ihnen klar, dass er eine Leiche gefunden hatte?«

»Ziemlich bald. Das war ja nicht zu übersehen.«

Der Alte blickte wieder zum Fundort hinüber und fuhr sich durch den dichten Bart. Der Hund lief die ganze Zeit um uns herum.

»Was haben Sie da gedacht?«

»Dass es was mit der Mafia zu tun hätte. Die legen ihre Leichen ja im Wald ab. Na ja, irgendwelche Gangs aus Malmö natürlich, nicht die richtige Mafia. Aber als ich ein bisschen genauer hingeschaut habe, ist mir klar geworden, dass die Leiche schon mehrere Monate hier draußen gelegen haben muss. Oder ein Tier hat sich daran zu schaffen gemacht.«

»Die Leiche war übel zugerichtet?«

»Was?«

Er sah weg.

»Sah sie schlimm aus?«

»Ja, es war furchtbar. Nicht dass ich so viele Tote gesehen hätte, aber einem ist ja trotzdem klar, was quasi normal ist.«

»Konnten Sie erkennen, ob es ein Mann oder eine Frau war? Alt oder jung?«

Der Alte verzog das Gesicht zu einer Grimasse.

»Die Frage war eher, ob es ein Mensch war oder nicht.«

Aus dem Augenwinkel bemerkte ich, wie zwei Uniformierte auf uns zukamen.

»Dann danke ich Ihnen für das Gespräch«, sagte ich und schlug rasch das Notizbuch zu.

Der Mann brummte unzufrieden und fuchtelte herum.

»Was ist denn nun mit dem Fotografen? Sie haben sich ja nicht einmal meinen Namen aufgeschrieben!«

»Bleiben Sie hier, der Fotograf kommt bald und nimmt Ihre Kontaktdaten auf. Tausend Dank noch mal!«

Das Herbstlaub raschelte unter meinen Schuhen. Ich ging, so schnell ich konnte, ohne Misstrauen zu erwecken, und sah mich erst um, als ich schon die halbe Strecke bis zur Landstraße zurückgelegt hatte. Die Polizisten waren am Absperrband stehen geblieben und unterhielten sich mit dem alten Mann. Von Weitem wirkte es so, als redeten sie über etwas Unverfängliches: das Wetter, Fußball, eine Fernsehsendung. Sie lachten und nickten einander zu.

Ich setzte mich ins Auto meiner Mutter und fuhr zu meinem Elternhaus. In den Krimis meiner Jugend stand, dass man immer dem Zufall misstrauen sollte. Und auch ich glaubte nicht an Zufälle.

Der unschuldige Mörder

von Zackarias Levin

9. Kapitel

Oktober 1996

Als meine Mutter den Flur in der Grönegatan betrat, rümpfte sie die Nase und verdrehte die Augen. Adrian plauderte höflich, doch meine Mutter sah bei ihrem Rundgang durch die Wohnung einfach durch ihn hindurch.

»Wo ist eure Putzkammer?«, fragte sie und schien kurz vor einem Zusammenbruch zu stehen.

Adrian lachte nur.

»Wir sind Studenten.«

»Eben, ihr seid Studenten und keine Tiere, oder?«

Keine halbe Minute später war es ihr gelungen, aus den Tiefen unserer Wohnung einen Besen und einen Wischlappen hervorzukramen, und sie kroch auf allen vieren in der Küche herum, seufzte und stöhnte.

»Apropos Tiere – ich habe mir einen Wellensittich gekauft«, sagte sie und rubbelte etwas Angebranntes unten am Herd weg.

»Einen Wellensittich?« Ich setzte mich auf einen Stuhl und kippelte mit den Füßen auf der Tischkante. »Ich dachte, du hasst Vögel.«

»Tue ich auch. Normale Vögel. Aber es ist ein Wellensittich.«

»Wie heißt er?«, fragte Adrian.

»Keine Ahnung. Ich habe vergessen nachzufragen. Ich rufe morgen in der Tierhandlung an.«

»Ich glaube, man darf ihn selbst taufen«, seufzte ich.

»Nicht unbedingt«, meinte Adrian. »Kommt drauf an, ob er einen Stammbaum hat und so.«

Ich schüttelte den Kopf, und Adrian lachte laut, während meine Mutter den Lappen in der Spüle auswusch.

»Aber warum hast du dir einen Wellensittich gekauft?«, wollte ich wissen.

»Weil ich mich so schrecklich allein fühle. Jetzt habe ich wenigstens jemanden, der auf mich wartet, wenn ich nach Hause komme. Jemanden, mit dem ich reden kann.«

Meine Mutter hatte in ihrer Schulzeit Theater gespielt, und vermutlich hatte die Regisseurin sie rausgeworfen, weil sie eine so übertriebene melodramatische Ader hatte. Ein Ereignis, das tiefe Spuren hinterlassen und zu einer lang andauernden Bitterkeit geführt hatte. Die Wut erreichte eines Sonntags in den Achtzigerjahren ihren Höhepunkt, als meine Mutter ihre alte Theaterdämonin in einer Schlange im ICA-Supermarkt entdeckte und sie derart beschimpfte, dass ein Zehnjähriger erstaunt nach Luft schnappte. Von alledem hatte Adrian natürlich keine Ahnung, und ihre schlechte Schauspielerei schien ihn nicht zu stören. Er legte seine Hand auf ihre Schulter, und seine Stimme zitterte, als er sagte:

»Sie sind immer hier willkommen, wenn Sie Gesellschaft brauchen.«

Auf einmal verspürte ich den unbändigen Drang, ihn mit einer Axt zu erschlagen, aber zum Glück musste ich nicht so weit gehen. Ein tödlicher Blick reichte.

»Natürlich sind wir nicht so oft zu Hause«, fügte er schnell hinzu.

Meine Mutter hatte Sandkuchen mitgebracht, und nach dem Kaffeetrinken ging Adrian in sein Zimmer. Meine Mutter und ich blieben sitzen und sahen erst einander an und dann die Gemüseplakate an der Wand. Schließlich starrten wir in den Regen hinaus, der so langsam fiel, dass man jeden Tropfen mit dem Blick einfangen und seinen Weg verfolgen konnte – vom Hellblauen durch die Luft und an der Fassade entlang, bis er im hohen Gras landete.

Wir merkten gar nicht, dass wir Gesellschaft bekommen hatten.

»Hallo.«

Betty stand in der Türöffnung, ungeschminkt und blass, ihre Haare hingen formlos herab. Meine Mutter stierte sie an, als wäre sie aus dem Weltall herabgestürzt.

»Ich dachte mir nur, ich sollte vielleicht … ach, ich weiß nicht.«

»Komm rein«, sagte ich und erhob mich von meinem Stuhl. Ich stellte ihr meine Mutter vor, in deren Blick etwas Neues, Versöhnliches aufleuchtete, eine Art Hoffnung, als wäre Betty genau das, was diese Küche brauchte. Bestimmt dachte sich meine Mutter bereits die Namen ihrer künftigen Enkel aus, noch ehe sie Bettys Namen kannte.

»Das ist Betty«, sagte ich.

»Betty! Wie nett!« Meine Mutter schüttelte ihr die Hand und sah mich verschwörerisch an.

»Adrian ist in seinem Zimmer«, erklärte ich und klopfte an die Wand.

»Betty«, sagte er und umarmte sie, hielt sie ein bisschen zu lange fest, während er mich über ihre Schulter verstohlen ansah.

»Aha, Betty, und wer bist du?«, fragte meine Mutter, deren Weltbild darauf basierte, dass sich das Dasein in Kategorien

einteilen ließ – von den Marmeladengläsern in der Vorrats-
kammer bis hin zu den Leuten, die vor ihrem Fenster vorbei-
gingen.

»Ich bin einfach nur Betty«, sagte Betty.

»Wir studieren zusammen«, erklärte ich. »Alle drei.«

Der Blick meiner Mutter wurde schmal und taxierend.

»Das heißt, ihr beide wollt auch Schriftsteller werden?«

»Ich wollte eigentlich nur von zu Hause weg«, sagte Betty
mit einem Achselzucken.

»Ach«, entgegnete meine Mutter. »War es schlimm zu
Hause?«

»Es ist schlimm, ein Teenie zu sein«, antwortete Betty.

»Das Studium ist also ein bisschen wie Urlaub?«

»Nein, das ist das Leben.« Betty warf ihre Haare zurück und
lächelte. »Jetzt fängt es erst richtig an.«

Meine Mutter wirkte erstaunt und zugleich ein kleines bisschen besorgt.

»Und du, Adrian?«, fragte sie in anklagendem Ton.

Er lächelte so kühl, beinahe ungerührt, wie es seine Art war.

»Ehrlich gesagt habe ich nicht vor, Schriftsteller zu werden.
Ich sehe den Kurs in Literarischem Schreiben als Teil meiner
Allgemeinbildung. Ich möchte gern zur intellektuellen und
kulturellen Welt gehören, und diese Ausbildung ist ein guter
Einstieg.«

Betty lachte.

»Eigentlich ist er in unsere Dozentin verliebt.«

Meine Mutter sah völlig baff aus.

»Eure Dozentin?«

»Li Karpe. Die Lyrikerin.«

Adrian tat das Ganze mit einem Lachen ab, konnte es sich
aber nicht verkneifen, einen Passus über Li Karpes Einmaligkeit
und erstaunliche Genialität einzuflechten.

»Sie sollten sie lesen. Die Leute werden künftig von ihren Texten sprechen.«

Meine Mutter, deren Lyrikkenntnisse sich auf Rydbergs Weihnachtsgedicht über den Hofwichtel und Karin Boyes Frühlingsgedicht über die berstenden Knospen beschränkte, muss das ganze Gespräch als exotisch und ein wenig elitär empfunden haben. Das alles lag weit jenseits ihres Horizonts. Sie fühlte sich unbehaglich, sah aus dem Fenster und konstatierte, dass es jeden Tag kälter werde, bald sei Herbst, und dann komme auch schon der Winter, das sei nur eine Frage der Zeit.

Später brachte ich sie zum Parkplatz. Es sei so schwer, sich in Lund zurechtzufinden, klagte sie, so viele Straßen und Autos und Häuser überall, lauter Einbahnstraßen und teure Parkplätze. Sie setzte sich in ihr Auto, und ich berührte versehentlich ihren Arm.

»Diese Betty«, sagte sie. »Die ist nichts für dich, oder?«

Ich antwortete nicht.

Man könnte glauben, dass wir uns Fredrik Niemis erbarmten, dass wir ihn nur gnadenhalber in unsere immer exklusivere Clique aufnahmen, aber in Wahrheit brauchten wir ihn. Fredrik Niemi hatte eine ausgleichende Wirkung. Während wir anderen uns in unserer endlosen Koketterie verloren, in der dritten Person und im Futur von uns selbst sprachen, zitierte Fredrik aus dem Stegreif den Journalisten Weiron aus der Fernsehserie *NileCity 105,6* oder bestand darauf, dass Guillous *Evil – Das Böse* trotz allem der beste Roman der Welt sei. Er machte sich Gedanken über die Bauzinsen und die Auswirkung der EU-Mitgliedschaft auf die Lebensmittelpreise und erzählte uns von seinem Vater, einem Wirtschaftsprüfer, der sich Sorgen wegen einer Minderheitsregierung und dem Premierminister machte, der sein Fähnchen nach dem Wind hängte.

Fredrik stand mit beiden Füßen auf der Erde und hatte eine gesunde Angst vor allem Unbekannten. Er fuhr mit dem Bus aus Dalby in die Stadt und lief mit einem ständig wachsamen Auge durch den Herbstregen zu uns in die Grönegatan, eingemummelt in seine Kapuze, bis ihm die Dame, bei der er wohnte, einen Werberegenschirm organisierte.

Abends saßen wir in der Küche und hatten die Musik gerade so laut gedreht, dass wir uns noch unterhalten konnten. Auf dem Tisch vor uns Bücherstapel und flackernde Kerzen, Weinflaschen und Manuskripte mit Nikotinflecken und gekritzelten Kommentaren.

»Warum gilt Schach als Sportart und *Trivial Pursuit* nicht?«, fragte Fredrik und versuchte, die Rauchwolke über dem Tisch wegzuwedeln.

»Los jetzt, lies einfach die Frage vor«, sagte Betty und zeigte auf die Karte in seiner Hand. »Kategorie Freizeit & Sport.«

Genau wie Adrian hatte auch Betty dieses zwanghafte Wettbewerbsgen. Aus irgendeinem Grund war es wichtig zu gewinnen, egal, was es zu gewinnen gab. Gewinnen wurde zum Selbstzweck. Für mich, der schon früh von einer Verliererkultur geprägt worden war (Glaub bloß nicht, dass du jemanden besiegen kannst!), entbehrten diese Konkurrenz und dieser Gewinnerinstinkt nicht einer gewissen Komik.

»Freizeit & Sport«, las Fredrik schließlich vor, und Betty lehnte sich über den Tisch. »Wie hieß der schwedische Eiskunstläufer, der zu Beginn des zwanzigsten Jahrhunderts zehn WM-Goldmedaillen gewann und nach dem ein Sprung benannt wurde?«

»Was soll das denn? Eiskunstläufer?«

Betty seufzte, und Adrian grinste schadenfroh.

»Wiederhol bitte die Frage«, sagte sie.

Fredrik verdrehte die Augen und las sie noch einmal vor. Doch Adrian unterbrach ihn.

»Hör mal!«

Da war jemand an der Wohnungstür. Langsame Schritte durch den Flur, die näher kamen. Ich stand in dem Moment auf, als der unerwartete Gast in die Küche trat.

»Salchow«, sagte sie. »Er hieß Ulrich Salchow.«

Adrian verschluckte sich am Wein und hustete.

Zum ersten Mal stand Li Karpe in unserer Küche in der Grönegatan, völlig unangemeldet, und tat so, als wäre das nichts Besonderes.

»Ich kann Eiskunstlaufen«, sagte sie. »Das habe ich fast zehn Jahre lang gemacht.«

Sie lächelte doppeldeutig, hatte sich mit Kajal geschminkt und trug eine Kette mit großen Glasperlen um den Hals.

»Ich bin zufällig vorbeigekommen. Störe ich?«

»Keineswegs«, versicherte Adrian. »Unser Haus ist dein Haus.«

Sie lächelte reserviert.

»Eiskunstlauf? Tatsächlich?«, fragte ich. »Wer hätte das gedacht? Vom Eiskunstlauf zur Poesie?«

»Der Schritt ist gar nicht so groß.«

»Nur einen Salchow entfernt«, bemerkte Fredrik.

Wir lachten. Vielleicht nicht über den Witz, sondern über die Situation an sich.

»Wie meinst du das?«, wollte ich von Li Karpe wissen.

Sie machte eine Handbewegung und hielt sich am Türrahmen fest.

»Eiskunstlauf. Vier Minuten ästhetischer Eleganz. Das Publikum bekommt einen kurzen Moment von Glanz und Oberfläche. Als wäre das alles. Als steckten nicht Jahre Schweiß und Anstrengung und verdammt harte Arbeit dahinter. Als existierten die unzähligen Trainingsstunden, die Stürze und Flüche und die Angst überhaupt nicht. Versteht ihr?«

Ich nickte. Betty sah nachdenklich aus.

»Als ich mit fünfzehn einen Kreuzbandriss hatte, musste ich irgendwie weitermachen«, fuhr Li Karpe fort. »Bei mir war es die Lyrik. In mancherlei Hinsicht fahre ich bis heute auf dem Eis herum.«

»Wenn ich die Hälfte von dem gewusst hätte, was ich jetzt über das Schreiben weiß«, sagte Betty, »hätte ich mich sicher nicht getraut, mich beim Studiengang Literarisches Schreiben zu bewerben.«

Fredrik nickte zustimmend.

»Ich dachte, man schreibt einfach drauflos«, fuhr Betty fort.

Li Karpe sah sie an wie eine Mutter ihr Kind.

»Genau!«, warf Fredrik ein. »Ich habe nicht gewusst, dass es so kompliziert ist.«

»So anstrengend«, sagte Betty. »Beinahe demütigend.«

»Es ist ja auch kein Hobby«, meinte Li Karpe.

»Nicht einmal eine Beschäftigung«, ergänzte Fredrik. »Eher eine Daseinsform.«

Li Karpes Augen funkelten.

»Trinkt ihr Wein?«, fragte sie und hob die Vino-Tinto-Flasche hoch, die auf dem Tisch stand. Adrian stellte ihr ein Glas hin, und sie schenkte es bis zum Rand voll. Hoch konzentriert führte sie das Glas an die Lippen und trank es zur Hälfte leer.

»Wie ist es doch angenehm, mit ein paar normalen Leuten zusammenzusitzen«, sagte sie und lächelte uns strahlend an. »Manchmal habe ich Leo so satt. Aber so ist es nun mal mit Genies. Sie sind verdammt verführerisch und machen einen beinahe süchtig, aber auf die Dauer kann es wahnsinnig anstrengend sein.«

Ich sah Adrian an, der meinem Blick jedoch auswich.

»Das heißt, du und Leo ... ihr seid ein Paar?«, fragte er.

Li Karpe lachte ins Glas, dass der Wein spritzte.

»Oh, tut mir leid. Aber ein Paar? Nein, so funktioniert das nicht mit Leo.«

Sie drehte sich zu Betty um, die verlegen wirkte. Li Karpe setzte sich auf die Tischkante und drehte ihr Weinglas zwischen den Fingern.

»Er wird richtig unangenehm, wenn er schreibt. Menschen wie Leo sollten eigentlich nicht schreiben, und das weiß er auch. Er kann es nur nicht lassen.«

»Was passiert denn dann?«, fragte Adrian.

»Er wird psychotisch, irre. Er schreit und wirft Sachen herum. Das Schreiben ist für ihn eine Frage von Leben und Tod. Wenn er stecken bleibt und sich verheddert, wenn er nicht weiterweiß. Dann verspürt er Todesangst.«

»Oh, das klingt ja schlimm«, sagte Fredrik. »Trotz allem sollte das Schreiben etwas Lustbetontes haben.«

Li Karpe lachte auf. Ein sehr ungnädiges Lachen.

»Lustbetont?«

»Na ja, er braucht doch wohl kaum wegen des Geldes zu schreiben?«, sagte Fredrik.

Ihr Gesicht verhärtete sich von einem Moment auf den anderen.

»Geld? Niemand mit gesundem Menschenverstand und der geringsten Kenntnis von Finanzen kann doch ernsthaft glauben, dass man wegen des Geldes schreibt. Wenn man Geld verdienen will, sollte man Taxi fahren, abspülen oder Zeitungen austragen.«

»So habe ich das nicht gemeint«, sagte Fredrik und schlug die Augen nieder.

»Diesmal herrscht eine richtige Krise«, fuhr Li Karpe fort. »Früher hat mal eine junge Frau bei Leo gewohnt, die ihm geholfen hat beim ... die dafür gesorgt hat, dass es ihm gut geht. Aber jetzt ist sie abgehauen, und seitdem flippt er total aus.«

»Eine junge Frau?«, fragte Adrian nach.

»Eine ehemalige Studentin von mir. Eine glänzende Wort-künstlerin, ein großes Talent. Aber sie hat es nicht mehr ausge-halten. Man muss eine verdammt dicke Haut und eine Panzer-seele haben, um mit Leo Stark zurechtzukommen.«

Eine ehemalige Studentin. Ich erhob mich und trank Was-ser aus dem Hahn an der Spüle. Wartete, bis es abkühlte, ließ es zwischen meinen Fingern hindurchlaufen und befeuchtete damit meine Rotweinlippen. Ich war kein Genie, weit davon entfernt, eher ein ganz normaler Mensch. Einer der vielen Kleinstadtnormalos, der einen Hauch von Hybris abbekommen hatte und nach Höherem strebte. Nicht gerade ein Leo Stark. Ich würde nie irgendwelche coolen Preise gewinnen. Aber ich taugte zumindest dafür, eins und eins zusammenzuzählen, und ich wusste sofort, von wem Li Karpe sprach.

September 2008

Was wusste ich eigentlich über Leo Stark? Ich konnte mich nicht einmal an die Lektüre seiner Bücher erinnern, nur an das Gefühl, sie zu lesen. Wie sie mich angerührt und in Ekstase versetzt hatten. Erst durch diese Bücher war ich zu jemandem geworden, den ich lieben konnte, ohne Scham zu empfinden.

Irgendwann kurz nach der Millenniumswende hatte ich einen viel beachteten Artikel für ein sogenanntes Männermagazin geschrieben, in dem ich das blinde Anbeten von Boygroups wie Westlife, Boyzone und Backstreet Boys lächerlich machte. Ich erzürnte mich über schreiende Teenies, die ihre pubertären Gefühle versprühten – in Konzerten, vor Hotels und in Fernsehstudios. Ich erntete anerkennendes Schulterklopfen, weil ich die pathetische Massenpsychose dieser jungen Mädchen verhöhnte. Doch das ließ sich natürlich nicht mit der erwachsenen Idolisierung eines männlichen Genies wie Leo Stark vergleichen.

Jetzt begab ich mich ins Internet, auf der Jagd nach Spuren von Leo Stark. Ich stieß auf Rezensionen und Schulaufsätze, einige Seiten, die ihn als Schriftsteller abfeierten, aber auf den meisten Seiten ging es natürlich um das große Mysterium. Der einzige schwedische Schriftstellermord. Wenn man im Netz eine Legende werden wollte, war die sicherste Nummer, spurlos zu verschwinden. Unzählige Spekulationen und Theorien lösten sich ab. Blogs und Gruppen und Forum-Threads mit Tausenden von Postings. Auch ich tauchte in einigen Reportagen auf, vor einigen Jahren hatte ich sogar an einer Dokumentation mitgewirkt, aber in erster Linie, weil ich mein eigenes Image aufbessern wollte.

Ich öffnete meine Manuskriptdatei und begann mit einem neuen Kapitel, doch mir fiel es schwer, mich zu konzentrieren. Meine Gedanken reisten in der Zeit vor und zurück. Bestimmt war unsere ahnungslose Sicht auf Leo Stark in gewisser Weise ein Resultat unserer jugendlichen Naivität gewesen. Wir waren ja trotz allem kaum zwanzig gewesen. Aber reichte das wirklich als Erklärung?

Ich dachte an eine Party in Stockholm vor wenigen Jahren zurück, es war irgendein Release gewesen, ein protziges und kostspieliges Fest. Caisa und ich waren aus denselben Gründen da wie immer: um Kontakte zu knüpfen, uns selbst zu verkaufen und uns auf Kosten anderer ordentlich zu betrinken. Zufällig saßen wir am Tisch mit einem ganz großen schwedischen Rockstar, einem dieser harten Typen mit Gitarre, die von jedem Kritiker fünf Sterne bekamen, sobald sie Herz auf Schmerz reimten. Er hatte sein Glas ein bisschen zu oft gefüllt und flirtete schon bald wie wild mit Caisa. Ich konnte es ihm kaum verdenken. Caisa sah gut aus, und an diesem Abend noch ein bisschen besser als sonst. Ihre Oberschenkel waren sonnengebräunt, und sie trug ein sommerdünnes Kleidchen. Das Bizarre daran war, dass mich die Sache auf irgendeine perverse Art antörnte. Ich fühlte mich geradezu geehrt, und in einem schwachen Moment stellte ich mir sogar Caisa auf allen vieren vor, mit dem Rocktypen hinter sich. Als wir später ins Taxi stolperten, das uns zurück nach Söder bringen sollte, machte Caisa mir Vorwürfe. Ich hätte dazwischengehen, ihm meine Meinung sagen oder diesem Rotweinkavalier zumindest einen drohenden Blick zuwerfen sollen.

Es gab so vieles zu bereuen.

Die Leere in mir wuchs, und ich beging den Fehler, Caisa zu googeln. Schon bald saß ich vor dem Rechner und starrte auf ein relativ aktuelles Partybild. Strahlend lächelte sie in die Kamera. Sie sah glücklich aus. Sie trug die Ohrringe, die ich ihr am Stockholmer Flughafen gekauft hatte, in einem weiteren misslungenen Versuch, die Wunden zu heilen, die ich selbst verursacht hatte.

Eine Welle von Trauer erfasste mich, als ich an alles dachte, was hätte werden können, und alles, was ich weggeworfen hatte. Anfangs hatte ich zu ihr gesagt, dass ich sie liebte, weil sich das so gehörte, und nicht, weil ich wusste, was es bedeutete. Das hatte ich erst allmählich verstanden. Ich liebte sie wirklich. Ich konnte niemals besonders gut meine Gefühle zeigen, aber ich hatte immer gedacht, dafür wäre in der Zukunft noch genug Zeit.

Kein Mensch kannte mich so wie Caisa. Die Einsicht, dass mein Leben jetzt ohne sie weitergehen würde, verursachte mir geradezu körperliche Schmerzen. Bisher hatte ich das Ganze auf Abstand gehalten und mir eingeredet, dass ich nur einen Urlaub machte, einen kurzen Ausflug, und dass ich bald zu ihr zurückkehren würde. Zu dem einzigen Zuhause, das ich hatte. Der einzige Mensch, der mir wirklich etwas bedeutete. Jeder Herzschlag, jedes noch so kleine Gefühl in ihrer Brust, jeder Gedanke, den sie dachte. Alles berührte mich.

Als sie davon sprach, dass wir unser Leben doch ein bisschen entschleunigen könnten, als sie von Kindern, Familie und Vorort redete, hatte ich versucht, die Entscheidung aufzuschieben.

Ich wollte den letzten Rest von dem festhalten, was bald vorbei sein würde. In all den Jahren hatte ich geglaubt, es komme eine Zeit, in der ich mich ernsthaft mit Caisa befassen konnte, in der ich mehr für sie leben würde und nicht nur für mich allein. Wie so oft wollte ich nur noch … und dann war es plötzlich zu spät.

Jetzt sah ich den Menschen, den ich liebte, auf einem Bildschirm. Ich nahm ihr Gesicht durch einen Tränenschleier wahr und konnte nichts tun. Dann traf ich eine Entscheidung. Ich würde Caisa mein Buch widmen.

Mein ganzes Leben hatte ich damit verbracht, Dinge aufzuschieben. Ich hatte das Geschehen beobachtet und auf den richtigen Moment gewartet, den richtigen Zeitpunkt für mich. Irgendwann musste ich ein Mann der Tat werden. Ein Buch schrieb sich nicht von selbst.

Also kehrte ich zum Text zurück. Ich scrollte zur ersten Seite und schrieb die Widmung. Dann saß ich die halbe Nacht wach und tippte mir die Finger wund. Wenn man tatsächlich Leo Starks sterbliche Überreste im Wald gefunden hatte, dann hatte ich die einmalige Chance, auf der Aufmerksamkeitswelle zu reiten, die dieser Fund mit sich bringen würde. Ich googelte nach Verlegern und notierte mir ein paar Namen und Telefonnummern. Mein Buch würde wie eine Bombe einschlagen, wenn sein Erscheinen mit dem Zeitpunkt zusammenfiel, in dem es einen Durchbruch bei den Ermittlungen im Fall Leo Stark gab. Die Verlage würden sich gegenseitig überbieten, um es herausgeben zu dürfen. Ich würde sie machen lassen und mich am Ende für den großen Familienverlag entscheiden. Auf deren Sommerfest würde ich neben Camilla Läckberg sitzen und ihr vorlügen, wie gut mir ihre Krimis gefielen.

Voller Elan schrieb ich weiter, obwohl die Schultern schmerzten und meine Augen tränten. Es war faszinierend, den Film seines Lebens zurückzuspulen und alles noch einmal zu tun, nur aus einer anderen Perspektive, mit viel mehr Gepäck im Rucksack und mehr ... Weisheit? Ich schrieb mich in die Vergangenheit zurück, versuchte, der Erzählung gerecht zu werden, merkte aber immer wieder, dass mich meine Erinnerung im Stich ließ. Ich vermochte kaum, zwischen dem eigentlichen Geschehen und der Realität, die nun mithilfe meiner Worte Form annahm, zu unterscheiden. Und ich begriff, wie sinnlos es war, etwas als autobiografisch zu bezeichnen.

Ich lächelte vor mich hin, während ich das Geschriebene noch einmal durchlas. Plötzlich wurde ich vom Handy unterbrochen, das auf dem Nachttisch lag. Eine SMS von Fredrik Niemi.

Bist du in Veberöd? Können wir reden?

Ich sah auf die Uhr. Es war kurz nach eins, mitten in der Nacht.

Der unschuldige Mörder

von Zackarias Levin

10. Kapitel

Oktober 1996

Li Karpe teilte uns in Feedbackgruppen ein. Mit einem quietschenden Kreidestummel schrieb sie unsere Namen in drei Spalten an die Tafel im Kellerraum.

»In den Feedbackgruppen diskutiert, nein, *seziert* ihr gegenseitig eure Texte. Und zwar mit chirurgischer Präzision. Ich will, dass ihr jedes einzelne Semikolon in Augenschein nehmt.«

Fredrik, Betty, Adrian und ich landeten in verschiedenen Feedbackgruppen. Aber nicht einmal das konnte uns trennen. Bis tief in die Nacht saßen wir am Küchentisch in der Grönegatan, rauchten, bis sich unsere Kehlen rau anfühlten, und kämpften mit den Texten. Wir lasen uns gegenseitig aus den Beiträgen vor, zu denen wir Feedback geben sollten, und versuchten, uns darauf zu einigen, wann Kritik konstruktiv war.

Eine der Bibliotheksmäuse mit hochgestecktem rötlichem Haar, blasser Haut und rot gefleckten Wangen hatte ein selbstentlarvendes Prosagedicht über ihre Erfahrungen mit Essstörungen geschrieben, einen Text, der Adrian so wütend machte, dass er zitterte und herumschrie.

»Schreiben als Selbsttherapie ist das Allerschlimmste!«

Betty funkelte ihn an.

»Sagt Li Karpe das?«

»Ich sage das!«

Adrian wedelte mit der Hand und ließ die Blätter auf den Boden regnen.

»Bleib bitte sachlich«, sagte Betty.

Am nächsten Tag gab es in unserem Kurs den ersten Nervenzusammenbruch.

Es begann damit, dass Adrian einen undifferenzierten Angriff auf das startete, was er als pubertären Volkshochschul-Sturm-und-Drang bezeichnete. Sofort bezichtigte man ihn des Mobbings und plädierte dafür, ihn mit sofortiger Wirkung aus dem Kurs auszuschließen. Seine Feedbackgruppe versammelte sich solidarisch um die arme Rotblondine, die zur Zielscheibe von Adrians Übergriff geworden war. Das Opfer selbst spielte seine Rolle ganz hervorragend, mit Tränen und panischem Hyperventilieren.

»Nimm es nicht persönlich«, sagte Adrian. »Dein Text ist schlecht, nicht du.«

Aber die Feedbackgruppe schrie und brüllte. Adrian verteidigte sich, so gut es ging, während die übrigen Feedbackgruppen verstummten.

»Wir sollten das mit den Feedbackgruppen lieber lassen«, sagte Jonna in ihrem harmlosen Smålanddialekt. »Das läuft total schief. Eigentlich sollte doch die Dozentin Rückmeldung geben.«

Li Karpes hohe Absätze klangen wie Donnergrollen auf dem Kellerboden.

»Jetzt reicht es. Man muss mit Kritik umgehen lernen. Wenn man schreiben will, muss man darauf gefasst sein, dass einem das Herz aus dem Körper gerissen und in ein Schaufenster gestellt wird. Ansonsten sollte man sich lieber mit anderen

Dinge beschäftigen: Fernsehen, Teetrinken oder Schachspielen.«

Jonna sah beschämt aus. Doch eine der stärksten Verteidigerinnen der Rothaarigen, eine kleine brünette Bibliotheksmaus mit Hamsterbacken, protestierte.

»Man muss doch nicht fies sein, wenn man Kritik äußert. Soll Kritik nicht konstruktiv sein?«

»Denk mal um«, sagte Li Karpe. »Geh einfach davon aus, dass alles, was in diesem Kurs geschrieben wird, Müll ist. Ihr seid Anfänger. Wie sollte etwas anderes als Müll entstehen? Die meisten Schriftsteller schreiben Millionen von Wörtern, ehe sie auch nur in die Nähe von etwas gelangen, was sich veröffentlichen lässt. Geht nicht davon aus, dass ihr Ausnahmen, Wunderkinder oder Genies seid. Ihr müsst euch genauso abrackern wie alle anderen, die schreiben.«

»Aber man muss sich nicht beleidigen lassen«, sagte die Verteidigerin und verschränkte die Arme vor der Brust.

»Natürlich nicht«, erwiderte Li Karpe und bedachte Adrian mit einem wütenden Blick. »Verhaltet euch anständig.«

Wir gingen ins Fellini in der Bangatan. Das war Leo Starks Entscheidung gewesen.

»Nicht so viele Leute«, sagte er. »Relativ kultiviert.«

Er kam in Begleitung von Li Karpe und trug eine Art schwarzen Mantel, eine Mischung aus Mönchskutte und Vampirumhang. Die Sonnenbrille war ein bisschen zu groß und zu dunkel, und er hatte sein Hemd so weit aufgeknöpft, dass ein großes goldenes Kreuz zu sehen war. Er ließ sich ein bisschen zu viel Zeit, als Li Karpe ihm beim Ablegen half und ihm den Regenschirm abnahm – so viel Zeit, dass seine Ankunft keinem Einzigen im Restaurant entgehen konnte.

»Ich hasse es, wenn sie einen anstarren«, sagte er, als er vor unserem Tisch stand. »Mir ist ja klar, dass wir nicht in Stockholm oder Berlin sind, aber trotzdem … Etwas mehr Finesse könnte man schon erwarten. Wir befinden uns immerhin in einer Universitätsstadt und nicht in einem Kaff auf dem Land.«

Gemeinsam mit ihm warfen Adrian und ich neugierigen Leuten wütende Blicke zu, bis jeder im Lokal beschämt die Augen senkte. Ich hatte das Gefühl, als umarmte ich einen schutzbedürftigen Freund, und mich erfüllte ein absurder Stolz, ja, ein eigenartiges Gefühl von Chauvinismus.

»Was für eine verdammte Woche«, seufzte Leo Stark. »Ich arbeite an dem schwierigsten Text meines Lebens. Es ist eine verdammte Plage, ein Krebsgeschwür, die reinste Hölle.«

»Wovon handelt er denn?«, fragte Adrian.

»Wovon er handelt?«, wiederholte Leo und schnaufte. »Wenn sich diese Frage beantworten lässt, kann man davon ausgehen, dass es sich um ein richtiges Drecksbuch handelt.«

»Aber ich meine …«

»Alle meine Bücher handeln von ein und demselben: davon, wie man dieses Elend überlebt, das man Leben nennt.«

Adrian wagte nichts mehr zu sagen. Leo Stark zog sich den rechten Lederhandschuh aus und behielt den anderen an, während er in der Speisekarte blätterte.

»Ich schreibe über ein paar Jugendliche, die ihre ersten kleinen Erkenntnisse über das Leben gewinnen. Sie halten sich für einzigartig und revolutionär, obwohl sie eigentlich nur die Geschichte reproduzieren. Diesen Typus erkennt ihr bestimmt wieder.«

»Klingt interessant«, bemerkte ich.

Leo Stark starrte mich mit leerem Blick an.

»Ich wünschte mir nichts mehr, als dass ich diesen Scheiß nicht schreiben müsste. Der verdammte Verleger ruft mich ständig an und will wissen, wie es läuft, nervt mich mit seiner Deadline und den Marketingplänen. Bla bla bla. Am liebsten würde ich den verflixten Text vernichten und mich dem eigentlichen Leben widmen.«

Dann wollte er nicht mehr davon sprechen und behauptete, er bekäme Schmerzen in der Brust. Wir sollten lieber etwas Gutes trinken und das Leben genießen, außerhalb der Welt der Texte. Die Plagen des Schreibens sollten wir vergessen und uns in eine Art Leerraum hineinversetzen, ein Vakuum zwischen Blick und Papier, zwischen Gedanke und Tat. Li Karpes Lipglosslippen verzogen sich zu einem ansteckenden Lächeln, und bald lachte sie zusammen mit Betty: flatternde Augenwimpern und klirrende Gläser, Schirmchengetränke mit albernen Namen, Zigarettenrauch, der in den Augen brannte.

Als wir uns schließlich erhoben, nach einigen Stunden Lebensgenuss, geschah das, was manchmal passiert, wenn man eine Zeitlang in einer Blase verbracht hat, wenn man sich von einer Haut hat umschließen lassen und diese dann durchsticht: Alles drehte sich. Ich stützte mich mit beiden Händen auf die Tischplatte und schloss die Augen.

»Alles okay?«, fragte Fredrik und legte die Hand auf meinen Rücken.

Ich nickte, sammelte mich und folgte den anderen in den Herbst hinaus. Der Fahrradhaufen am Bahnhof war vor Einbruch der Nacht gewachsen, der Wind hielt auf dem Gehweg flüsternde Reden, während es rot und gelb von den Bäumen regnete und ein Zug über die Gleise heulte. Es gab noch eine Knackwurst beim Kiosk mit dem seltsamen Namen *Homo am Hang*, dazu Kartoffelbrei und eine Flasche kalten Kakao. Wir steckten uns eine weitere Zigarette in den Mundwinkel. Betty wollte nach Hause und ins Bett.

Auf dem Bantorget trennten wir uns. Li Karpe presste ihren

Arm unter Leos Ellbogen, und wir anderen blieben an der Ecke stehen und sahen zu, wie die beiden langsam Richtung Norden davontorkelten. Leo Stark hielt ein Taxi an. Der Fahrer sprang heraus, öffnete die Türen und half dem preisgekrönten Schriftsteller in den Wagen.

Fredrik fuhr mit dem Bus zu seiner Ersatzmutter in Dalby, während Adrian, Betty und ich nach Hause in die Grönegatan gingen, um den Abend zusammenzufassen und mit ironischen Kommentaren zu versehen. Adrian und mir imponierten gleichermaßen Leos Genialität und Li Karpes ungekünstelte Schönheit und Brillanz. Betty sah uns mit großen Augen und einem schiefen Lächeln an.

»Ihr redet so, als wärt ihr verliebt«, sagte sie lachend.

»Kein Wunder«, meinte Adrian. »Wer ist nicht in Li Karpe verliebt?«

»Ich habe nicht Li gemeint«, sagte sie. »Ich spreche von Leo Stark.«

Wir lachten, aber irgendwo in mir brannte es.

»Ihr wisst, dass er auf kleine Mädchen steht, oder?«, sagte Betty, die wieder ernst geworden war.

Unser Lachen ebbte ab, mischte sich mit unterdrücktem Hüsteln und Räuspern, bis nichts als Stille blieb. Betty fixierte uns mit dem Blick.

»Und ihr wisst auch, was er gesagt hat? Dass alle Männer eigentlich auf Vierzehnjährige stehen?«

Adrian und ich wechselten Blicke. Erst lachten wir erneut, doch Betty wirkte wirklich beunruhigt.

»Das ist bestimmt nicht wahr«, sagte Adrian. »Hast du das in einem Boulevardblatt gelesen?«

»Er hat das in einem Fernsehinterview gesagt.«

»Aber so kann er es doch nicht gemeint haben …«, sagte ich und dachte an *Unter Sternen* und wie ich mich in Leo Starks

Einsamkeit wiedererkannt hatte, als hätte er das Buch für mich geschrieben.

»Ich weiß nicht, was er damit gemeint hat«, erwiderte Betty. »Aber er hat es jedenfalls gesagt.«

»Ich habe gelesen, dass er einmal einen Literaturkritiker bedroht hat«, brach es aus mir heraus. »Der Rezensent hatte eines seiner Theaterstücke verrissen. Eines Abends stand Leo vor seinem Haus und hat gebrüllt, dass er ihm gleich die Eier abschneiden würde.«

Adrian machte eine wegwerfende Handbewegung.

»Das ist doch nur ein Märchen.«

»Vielleicht.«

Betty sah immer noch beunruhigt aus.

Adrian verschränkte die Arme vor der Brust und beobachtete sie. Dann setzte er sich anders hin. Seine Miene heiterte sich auf, und er lachte laut.

»Warum eigentlich nicht? Stellt euch vor, einer dieser missglückten Autoren macht eure Werke im Feuilleton nieder. Alles, womit ihr euch abgerackert habt. Vielleicht nur, um euch eins auszuwischen, aus reiner Missgunst. Wer würde in einem solchen Fall nicht an Kastration denken?«

Ich zuckte mit den Schultern.

»Er ist jedenfalls was Besonderes, dieser Leo Stark.«

»Faszinierend«, sagte Adrian.

Betty sagte gar nichts.

Am Ende konnte ich der Müdigkeit nicht mehr widerstehen, und als ich ihr schließlich nachgab, überwältigte sie mich, presste auf meine Augenlider und trübte jeden klaren Gedanken. In diesem Zustand von genießerischem Dösen hörte ich Bettys Stimme, wortlos und symphonisch, und ich hätte nicht zu sagen vermocht, ob sie sich von außen aufdrängte oder in meinem Kopf widerhallte. Egal wie, ihre Stimme hüllte mich in eine baumwollene Geborgenheit, und bald lag ich auf dem Tisch und schlief.

Als ich erwachte, war es stockfinster und still. Ich schüttelte den tiefsten Schlaf ab und wankte wie ein Zombie in mein Zimmer. Ich landete auf dem Bett, zog den verschwitzten Pullover aus und schlief wieder ein.

Als ich das nächste Mal aufwachte, hörte ich die Vögel, die der Herbst noch nicht verjagt hatte. Als sangen sie für mich, dort draußen auf dem Fensterbrett. Ich versuchte, sie zu ignorieren. Drückte mir das Kissen auf den Kopf, schlug auf den Boden, um sie zu verscheuchen, presste das Ohr so fest auf die Matratze, dass es rauschte.

Am Ende stand ich auf. Als ich zur Toilette stolperte, stellte ich fest, dass ich noch immer die Hose von gestern anhatte. Ich blieb vor Adrians Zimmer stehen. Die Tür war geschlossen. Ohne nachzudenken, drückte ich die Klinke hinunter und trat ein. Es war immer noch ziemlich dunkel dort drinnen. Es roch muffig, nach Schweiß und Zigaretten. Abrupt blieb ich stehen.

Sie lagen zusammen im Bett.

»Warte«, sagte Betty.

Aber ich wandte mich um und ging hinaus.

September 2008

Fredrik saß in seinem sauteuren SUV in der Straße meiner Mutter und sah aus, als würde er jeden Moment anfangen zu flennen.

»Was ist los?«

»Es gibt so vieles, was du nicht weißt, Zack. Du kennst nicht einmal die Hälfte von der Geschichte.«

Er drehte den Kuschelrocksender im Autoradio runter und seufzte bis in die Tiefen seiner Eingeweide. Aus unerklärlichen Gründen war er mitten in der Nacht zu mir nach Veberöd gefahren. Aber man brauchte kein Einserabitur, um zu sehen, dass er in einer akuten Krise steckte. Seine Hände auf dem Lenkrad zitterten.

»Komm mit rein. Wir müssen nur leise sein, damit wir meine Mutter nicht wecken.«

Er hob eine große Sporttasche vom Rücksitz, als hätte er vor, über Nacht zu bleiben. Ich starrte ihn an. Zum Glück schlief meine Mutter seit mehreren Jahren mit Ohropax und Augenmaske. Nicht einmal ein Fliegeralarm würde sie aus dem Schlaf reißen.

Wir gingen in mein Zimmer. Das Bett war nicht gemacht.

Computer, Chips, Kaffee und Wein auf dem Fußboden. Viel hatte sich in zwölf Jahren nicht verändert. Fredrik stand mit der Tasche in der Hand da, die Sehnen und Adern am Unterarm spannten sich an, und schließlich signalisierte ich ihm, er könne die Tasche abstellen.

»Jetzt erzähl mal. Was ist passiert?«

Er seufzte wieder, und seine Schultern sanken herab.

»Ich habe Cattis verlassen. Wir haben uns gestritten, und ich hatte irgendwann genug.«

»Wie? Du hast deine Frau verlassen?«

Er nickte langsam.

»Es funktionierte schon seit Monaten nicht mehr so richtig. Aber heute Abend ist das Fass übergelaufen ... oder besser gesagt, es ist umgekippt. Wir haben uns angeschrien, und am Ende habe ich die Tasche gepackt und bin abgehauen.«

Es fiel mir schwer, mir das vorzustellen. Fredrik Niemi, der sich stritt und herumschrie. Aber ich kannte ihn natürlich nicht, nicht mehr. Vielleicht hatte ich ihn nie richtig gekannt. Und genau deswegen war die Situation jetzt so bizarr.

»Warum bist du *hierher*gefahren?«

Es klang schärfer als geplant. Im Grunde genommen war ich in erster Linie erstaunt. Warum ausgerechnet zu mir? Morgen, wenn die Dinge sich beruhigt hatten, würde er sich höchstwahrscheinlich wünschen, er hätte seinen SUV zum nächstbesten Hotel gelenkt.

Er biss die Zähne zusammen und starrte auf den Boden.

»Ich habe niemand anders«, sagte er. »Ich weiß, das klingt verdammt traurig. Aber es ist wahr.«

»So habe ich es nicht gemeint«, beeilte ich mich zu sagen, ehe die Situation allzu peinlich wurde. »Selbstverständlich bist du willkommen. Es ist wirklich kein Problem. Ich habe nur gedacht ...«

»Mir ist schon klar, was du gedacht hast.«

Er nickte fragend in Richtung Bett, und als ich nickte, ließ er sich schwer darauf fallen. Und dann saß er da: den Körper vornübergebeugt wie ein Flitzebogen, mit Blick auf die bunten Hugo-Boss-Socken. »Ich habe keine Freunde.«

Es klang drastisch. Nicht die Art, wie er es sagte – es war eine simple Feststellung –, aber seine Aussage enthielt so viel, und ich konnte mich nicht verstecken, sondern musste mich selbst im Licht dieses offenherzigen Bekenntnisses betrachten.

»Hast du denn Freunde?«, fragte er und sah zu mir hoch. »Geht es nur mir so?«

Ich stammelte etwas Unverständliches. Nur zu gern wollte ich das Thema wechseln. Ich konnte mich nicht erinnern, dass ich jemals mit Fredrik über solche Dinge gesprochen hatte, und hatte jetzt auch keine Lust dazu.

»Hast du jemanden, zu dem du mitten in der Nacht fahren kannst, wenn du dich ausheulen musst?«

Ich zuckte zusammen. Wollte er sich jetzt auch noch bei mir ausheulen? Ich hatte immer gedacht, ich hätte kein Problem mit erwachsenen Männern, die weinten, aber jetzt, da diese konkrete Situation eingetreten war, musste ich meine Sicht auf mich selbst revidieren.

»Meine Freundin hat mich zu Beginn des Sommers verlassen. Eine Zeitlang war es die reinste Hölle, aber ich weiß nicht … Ich habe ziemlich viel Party gemacht. Das hat geholfen.«

»Du hattest auch niemanden zum Reden? Niemanden, der dich trösten konnte?«

Ich dachte an die Nächte, als ich verzweifelt ins Kissen gebrüllt hatte, bis die Nähte geplatzt waren und ich den Mund voller Daunen gehabt hatte.

»Nein, so einen Freund habe ich wohl auch nicht.«

»Das ist merkwürdig. Cattis hat bestimmt ein halbes Dutzend richtig guter Freunde, männliche und weibliche. Und sie findet ständig neue. Wenn sie nach Hause kommt, erzählt sie mir, dass sie jemanden auf einem Kindergeburtstag oder in der Schlange bei H&M kennengelernt hat. Ich habe keine Ahnung, wie man das anstellt.«

»Es scheint sogar eigene Websites dafür im Internet zu geben …«

Fredrik schüttelte heftig den Kopf. Zum ersten Mal war der Anflug eines Lächelns zu erkennen.

»Ich glaube, ich habe keinen richtigen Freund gehabt seit jenem Herbst in Lund, als ich euch kennengelernt habe. Ich habe Cattis und meine Familie gehabt. Und einen Haufen Kollegen und Bekannte und so, aber das ist ja etwas ganz anderes.«

»Niemand, zu dem man fährt und sich ausheult.«

»Genau.«

Eindringlich und mit zusammengekniffenen Augen sah er mich an, mit einem Blick, den ich von ihm nicht kannte. In meiner Erinnerung war Fredrik immer der Nachgiebige, etwas Unbeholfene gewesen, der zum Literarischen Schreiben seine Reiseschreibmaschine mitgeschleppt hatte.

Ich spürte meinen Puls steigen. Vielleicht hatte Adrian recht, als er sich in meinem Manuskript nicht wiedergefunden hatte. Natürlich konnte man meine Erinnerungsbilder in Zweifel ziehen. Ich kannte mich mit der Funktionsweise des menschlichen Gedächtnisses aus und wusste, wie trügerisch es ist, Dinge verdreht, ja, sogar falsche Erinnerungen erzeugen kann. Dennoch schien es mir beinahe undenkbar, dass *meine* Erinnerungen nicht stimmen sollten.

»Es war selbstverständlich für mich, zu dir zu fahren«, sagte Fredrik, und sein Tonfall war resoluter als zuvor. »Ich kann nur mit dir über diese Sache sprechen. Nur du kannst mich verstehen.«

Ich war unangenehm berührt.

»Du warst dabei, als es passiert ist. Als Leo Stark verschwand.«
Er fixierte mich.

»Aber was hat das mit Leo Stark zu tun?«

»Alles«, sagte Fredrik. »Alles hat mit Leo Stark zu tun.«

Der unschuldige Mörder

von Zackarias Levin

11. Kapitel

Oktober 1996

Die Küche in der Grönegatan stank nach amerikanischen Zigaretten, jungem Schweiß und billigem Whisky. Betty hatte gerö-
tete Augen. Die langen Nächte machten sich bemerkbar.

Li Karpe stürmte herein, sie trug schwarzen Lippenstift
und gab uns Wangenküsschen rechts und links. Der Mantel
schwang ihr um die Hüften, und sie zupfte ihre Frisur zurecht.

»Wir müssen los, Betty. Das Taxameter läuft.«

Vom Flur aus sah ich die Autoscheinwerfer in der Dunkelheit leuchten, als Betty ihre Stiefel anzog. Ihre Bewegungen
wirkten seelenlos und mechanisch. Als hätte sie ihren eigenen
Körper nicht im Griff.

»Ich komme mit«, sagte Adrian.

Li lächelte ihn entschuldigend an.

»Nicht dieses Mal«, sagte sie und strich ihm über die
Wange.

Dann standen wir am Fenster und beobachteten, wie Li
Betty zum Taxi scheuchte.

»Was haben sie vor?«, fragte Fredrik.

»Leo mit dem Buch helfen«, knurrte Adrian.

»Das Buch, das er am liebsten gar nicht schreiben würde?«

Adrians Blick erstarrte. Draußen auf der Straße machte das Taxi eine Kehrtwendung und verschwand.

»Soll Betty das Buch für ihn schreiben?«, wollte Fredrik wissen.

Adrian steckte sich eine Zigarette an.

»Ich glaube, sie soll seine Muse sein«, sagte ich.

»Muse?« Fredrik zuckte mit den Schultern. »Was soll das denn heißen?«

»Na ja, eine schöne junge Frau inspiriert einen Schriftsteller allein durch ihre Existenz. Wir wissen doch, dass Leo ein gewisses Faible für junge Mädchen hat.«

Irritiert blies Adrian den Rauch aus der Nase.

»Eine Muse war eine Art Gesangsgöttin in der griechischen Mythologie, die Künstler und Philosophen inspiriert hat.« Er sah mir starr in die Augen. »Und ich glaube wirklich nicht, dass Betty eine Muse von jemandem sein will!«

»Glaube ich auch nicht«, sagte Fredrik. »Das kann Leo sich aus dem Kopf schlagen.«

Aus irgendeinem Grund war ich selbst gar nicht so überzeugt von Bettys Abneigung. Vielleicht weil mich die große Schriftstellerikone so faszinierte, oder es hatte mit Adrian zu tun.

Die ersten Tage nach dem Abend im Fellini hatten sich Betty und er zurückgezogen. Ich hatte ihre Diskretion zunächst als einen Ausdruck von Fürsorge gedeutet, was meine Gefühle betraf, aber inzwischen war ich mir da nicht mehr sicher. Ich bemerkte das Verlangen in ihren Blicken, wie ihre Körper sich zueinander hingezogen fühlten, und sie brachten ziemlich durchschaubare Ausreden vor, um zusammen zu verschwinden. Bald warfen sie ihre Vorsicht über Bord. Starke Kräfte waren in Gang gesetzt worden. Adrian und Betty waren jetzt vereint, Haut an Haut. Nachts hörte ich sie im Takt schaukeln wie in einem Lied, das sich langsam bis zum Refrain hin aufbaut.

Genau bei der Überleitung hielt ich mir die Ohren zu und schrie innerlich, um nicht zuhören zu müssen.

Adrian schwebte wie eine Wolke in Stone-washed-Jeans. Manchmal verschwand er einfach mitten in einem Gespräch. Seine Hände sehnten sich ständig, und Bettys Gesicht hatte sich auf seiner Hornhaut abgelagert wie Wasser auf einem beschlagenen Fenster.

»Ist es okay?«, fragte er mich eines Morgens, bevor wir zur Uni radelten. »Die Sache mit mir und Betty.«

»Na klar, da mische ich mich doch nicht ein.«

Mir ging auf, dass ich unnötig mürrisch klang.

»Natürlich nicht. Betty hat nur so was gesagt. Sie hatte wohl den Eindruck ... Aber da hat sie sich wohl geirrt.«

»Ja, da muss sie sich geirrt haben.«

Noch am selben Vormittag standen sie auf der Treppe des Unigebäudes und küssten sich, während die gesamte Welt zusah. Ich stapfte zum Fahrradständer und trat meine Zigarette aus. Dann schrieb ich ein erbärmliches Liebesgedicht voller Herz und Schmerz, so ähnlich wie die Gedichte, die ich in meiner Pubertät unter verschiedenen fantasievollen Pseudonymen ans *Sydsvenska Dagbladet* geschickt hatte. Ich blutete und schrieb, stapelte Verlegenheitsreime und unglückliche Metaphern in lauter Texten, hinter denen ich nie stehen würde, die niemals jemand in einer Feedbackgruppe zu Gesicht bekommen würde. Aber das war nun mal meine Art der Bewältigung, meine Medizin.

Als Betty mit der Gitarre auf den Knien in der Küche saß und sang, schloss ich mich in meinem Zimmer ein. Die Kopfhörer auf und Guns N'Roses *Use your illusion II*, bis es in den Ohren klingelte.

Abend für Abend fuhr Betty in die große Schriftstellervilla, und Adrian klopfte mit Vino Tinto und einer neuen Cohen-

Platte an meine Tür. Manchmal schlenderten wir zwischen Wasserpfützen und Herbstlaubhaufen zum Restaurant Bellman und aßen Rinderfilet für neunundsiebzig Kronen.

»Rinderfilet!«, sagte Adrian lachend und kippte das wässrige Bier hinunter. »Kannst du dir etwas Bürgerlicheres vorstellen?«

Wir saßen in der Ecke und rauchten Kette, bis die polnische Kellnerin uns in hohem Bogen hinauswarf und Adrian das Trinkgeld zurückverlangte, weil es noch zehn Minuten bis zur Schließzeit waren.

»Ich gehe nie wieder in dieses Lokal«, zischte er und spuckte in den Rinnstein.

»Glaub bloß nicht, dass du woanders ein Rinderfilet für neunundsiebzig Kronen bekommst«, sagte ich.

Glücklicherweise war Adrian immer bereit, seine Stellungnahmen zu revidieren. Er hatte lockere Prinzipien.

Eines Abends versuchte er Betty im Flur festzuhalten, als sie gerade auf dem Weg zu Leo war. Glitschig wie Seife wand sie sich aus seinen Händen, stand absprungbereit an der Wohnungstür, während die Zugluft aus dem Treppenhaus durch ihre Haare wirbelte.

»Ich bleibe nur eine Stunde oder so, dann radele ich nach Hause. Ich rufe dich an, wenn ich im Bett liege.«

Adrian hielt mitten im Schritt inne.

»Ehrlich gesagt, Betty, begreife ich nicht, was du bei ihm machst. Hilfst du Leo Stark, einen Roman zu schreiben?«

»Hör auf, du weißt, dass ich nichts sagen kann.«

»Bist du eine verdammte Muse, oder was?«

Bettys Augen blitzten auf. Adrian und ich wichen instinktiv zurück. Sie nagelte ihn mit ihrem Blick fest, ihr Gesicht verzog sich, dann wandte sie sich ab.

»Ich rufe an!« Ihr Ruf hallte im Treppenhaus wider, und wir hörten die Haustür zuschlagen.

»Was macht sie eigentlich, verdammt?«, brummte Adrian und schloss sich in sein Zimmer ein.

Adrian weigerte sich, mit zum Studentenclub Malmö zu gehen. Er hatte aus sicheren Quellen vernommen, dass alle, die dort hingingen, hochnäsige Oberschichtkinder seien, die Papas AmEx-Karte spazieren führten.

Das Gerücht war natürlich übertrieben. Dass Fredrik und ich uns ausgeschlossen und unsichtbar fühlten, hatte weniger mit unserer Klassenzugehörigkeit zu tun. Wir waren von Natur aus Außenseiter.

Ich dachte, wenn es etwas gab, was mich zu einem guten Schriftsteller machen würde, dann dass ich mit einem abgestandenen pissefarbenen Bier in einem Plastikbecher an der Theke stand, während die Leute lachten, tanzten, sich näherkamen und berührten, redeten und sangen und so aussahen, als hätten sie genug mit sich selbst und der Gegenwart zu tun. Es musste jemand danebenstehen und es registrieren, ein mentales Tagebuch führen und das Leben in ironischem Ton nacherzählen. Diese Rolle wollte ich übernehmen. Ich wollte dabei sein, ohne teilnehmen zu müssen. Eine gewisse Distanz war immer nahe genug. Und dies wäre meine Rettung. Indem ich von der albernen Lebensart der Menschen erzählte, würde ich ihr Vertrauen gewinnen und willkommen geheißen werden, um ebenfalls an der Gegenwart teilzunehmen.

Ich weiß nicht, was Fredrik darüber dachte. Wir redeten nicht über solche Dinge. Er wirkte – um ehrlich zu sein – vor allem begeistert vom billigen Bier, das er sich am laufenden Band bestellte.

Er lehnte sich mit einem breiten, abwesenden Lächeln an die Theke.

»Ich glaube, ich schmeiß es hin«, sagte er.

Ich bat ihn, näher zu rutschen. Er schrie:

»Ich schmeiß es hin!«

»Was schmeißt du hin?«

»Das Literarische Schreiben. Ich passe da nicht rein!«

»Ach, das gilt doch für viele. Aber wir sind auserwählt worden. Normalerweise bewerben sich mehrere hundert.«

»Trotzdem.«

Er ließ den Blick über die gesteckt volle Tanzfläche schweifen. Obwohl er die Nase rümpfte, leuchteten seine Augen vor Begehren.

»Ich dachte, der Kurs würde Spaß machen. Ich will das Schreiben nicht so todernst nehmen. Ich will mich nicht abmühen und schwitzen und Angst haben. Ich schreibe einfach nur gern.«

Ich verstand ihn. Im Grunde teilte ich seine Meinung, aber ich war nicht bereit, es zuzugeben. Der Kurs in Literarischem Schreiben bedeutete mir zu viel.

»Wir brauchen frische Luft«, sagte ich stattdessen und drängelte mich zwischen verschwitzten Hemdrücken und überschwappenden Gläsern nach draußen.

Im Treppenhaus brauchte Fredrik eine Pause. Keuchend hielt er sich mit beiden Händen am Geländer fest, beugte sich vor und sah aus, als würde er sich gleich übergeben.

»Wir setzen uns«, schlug ich vor und half ihm auf die Treppenstufe.

Fredrik sackte in sich zusammen und ließ den Kopf hängen. Ich betrachtete ihn von der Seite. Es gab so vieles an ihm, was ich in mir wiedererkannte.

Mit einem Mal erklangen Gelächter und Gegacker.

»Ist er echt eingepennt? Hier?«

Zwei Mädels hatten sich in ihren hochhackigen Stiefeln auf der Treppenstufe über uns aufgebaut. Sie beugten sich über

Fredrik, kicherten und kniffen ihn in die Wange. Sie rochen nach Wein und Vanilleparfüm.

»Wir gehen ins Stortorget. Da ist die Musik viel besser! Kommt ihr mit?«

Ich sah die beiden erstaunt an. Ihr Lächeln duftete nach Kindheit, als könnte niemand ihnen etwas anhaben. Am liebsten wäre ich mit ihnen gegangen, aber der soziale Code schrieb vor, nicht allzu großen Enthusiasmus zu zeigen.

Ich erkannte sie wieder. Nicht genau diese Mädchen, aber den Typus. Ich kannte sie von zu Hause, aus Veberöd. Ganz normale Mädchen mit ganz normalen Gesichtern und normalen Problemen und einem ganz normalen, wunderbar märchenhaften Lächeln.

Dann gingen wir los. Untergehakt und Popsongs singend auf dem Kopfsteinpflaster. Fredrik riss seinen Mund in Richtung Himmel auf und atmete mit gierigen Schlucken, bis die Nacht ihm neues Leben eingehaucht hatte. Die Augen glühten und blitzten. Wir tanzten dahin.

»Was studiert ihr denn so?«

Die Mädchen, die ganz normale Namen hatten wie die Mädchen in Veberöd und Sandby – Anna oder Maria oder Malin oder so ähnlich – wechselten Blicke und kicherten um die Wette.

»Wir haben gefälschte Ausweise.«

»Ich belege drei Jahre Kassenwissenschaft bei AG:s Favör in Staffanstorp. Und sie studiert Briefträgerwissenschaft an der Post in Arlöv.«

Sie tanzten weiter, als könnte sich nichts zwischen sie und diesen Abend drängen.

»Und ihr?«, fragte das Mädchen, das an einer ganz normalen Kasse in einem ganz normalen Laden in Staffanstorp saß. »Oder nein, nichts sagen. Ihr seid bestimmt so was wie … ja, ihr müsst …«

»Ihr müsst Ingenieure sein!«, rief die andere, die tagsüber Briefe in Arlöv austrug und sich Locken gemacht und goldene Plastikkugeln um den Hals gehängt hatte.

»No way! Nicht nerdig genug. Ich glaube, ihr seid eher Lehrer, Geschichtslehrer für die Klassen vier bis sechs. Oder hat man da überhaupt Geschichte? Bestimmt kennt ihr alle schwedischen Könige.«

Ich packte Fredrik, damit er nicht gegen einen Laternenpfahl lief. Er starrte mich an, als befände er sich in einer anderen Welt.

»Wir studieren Literarisches Schreiben«, sagte ich zu den Mädchen.

Ihre Reaktion war anders, als ich erwartet hatte. Sie alberten herum und lachten und machten schlechte Wortwitze über den Begriff Literarisches Schreiben.

Vor uns quollen die Leute aus dem Café Ariman, und glückliche Stimmen hallten von den Hauswänden wider. Alles war happy, Friede, Freude, Eierkuchen, kein Grund für Streit.

»Das heißt, ihr sitzt den ganzen Tag rum und schreibt Geschichten? Das macht ihr also? Klingt echt angenehm, muss ich schon sagen.«

»Es ist alles außer angenehm«, wandte ich ein. »Schreiben ist ein harter Job, als würde man Gräben ausheben und wieder zuschütten.«

Sie lachten, bis sie kaum noch Luft bekamen.

»Harter Job, Gräben ausheben«, sagten sie mit aufgesetzt alberner Stimme.

»Wisst ihr, wer Leo Stark ist? Der Schriftsteller? Wir kennen ihn. Wir treffen uns öfter.«

»Keine Ahnung«, sagte die Briefträgerin und steckte sich eine Zigarette zwischen die rosa Lippen. »Ich habe in meinem ganzen Leben ungefähr ein Buch gelesen. Es heißt *Der Junge aus*

London, und ich habe es zweimal gelesen, aber ich habe keine Ahnung, wer es geschrieben hat.«

»Jedenfalls nicht Leo Stark«, sagte ich.

»Aber ist er denn berühmt? Ist der im Fernsehen?«

Ich verkniff mir eine Antwort. Die Mädchen bliesen Rauchringe in die Luft und sahen mäßig beeindruckt aus.

»Kriegt man da Studiengeld?«

»Wo denn?«

Meine Zigarette zitterte zwischen den behandschuhten Fingern.

»Kriegt man an dieser Schreibschule Studiengeld? Dann werd ich mich auch bewerben. Ich bin es so leid, die Treppen rauf- und runterzulaufen und Ärger zu kriegen, wenn man mal versehentlich einen Brief in den falschen Kasten geworfen hat.«

Blöde Kuh! Doch das sagte ich natürlich nicht. Aber ich dachte es verdammt laut, denn jetzt reichte es mir. Ich zog Fredrik am Ärmel. Vielleicht war es am besten, wenn wir nach Hause gingen. Morgen war auch noch ein Tag, und das Bett rief. Fredrik sah etwas erstaunt aus, aber seine Proteste umfassten nicht mehr als ein paar abgerissene Fragewörter: »Wie? Warum? Wer?«

Ich brachte ihn zum Bus, wo er auf einmal Panik bekam und sein Gesicht wie in einem Horrorfilm verzog. Er fand seine Buskarte nicht und war davon überzeugt, sie versoffen zu haben. Ich stellte mich hinter ihn und schob meine Hand in seine Hosentasche, und da war sie.

»Bis morgen, ja?«

Dann stieg er in den Hundertsechziger ein, die Stirn an die Fensterscheibe gelehnt. Ich zog einen letzten zerknitterten Fünfziger aus der Jackentasche, um mir ein Kebab vom Imbisswagen auf dem Mårtenstorget zu besorgen.

Anschließend schlenderte ich langsam nach Hause, vorbei an

den wenigen Nachtmenschen am Stortorget und der Dunkelheit am Kattesund. Ich dachte an Betty und hatte irgendetwas Hartes und Scharfes in der Brust.

Ich ging die fünfzig Meter die Grönegaten hinunter, kam an Strindbergs altem Schreibstübchen vorbei und sog den Duft von nassem Laub auf dem Gehweg ein. Der Mond war in der Mitte zerschnitten, und ich meinte zu sehen, wie sich das bleiche Licht verzweifelt zum Asphalt herunterstreckte, um mich auf meinem Weg zu leiten.

Im selben Moment, als ich das Haus betrat, hörte ich, wie ein Fenster zur Straße hin geöffnet wurde. Erst machte ich zwei Schritte auf unsere Wohnungstür zu, doch dann überlegte ich es mir anders. Ich machte kehrt, drückte die schwere Haustür auf und sah atemlos auf den Gehweg hinaus. Gerade noch rechtzeitig, um zu sehen, wie sie die Straße entlanglief, ohne Schuhe und ohne Mantel, das Haar wie eine Welle hinter sich. Sie lief, als ginge es um ihr Leben, blickte sich nicht um und bog um die Ecke in die Drottensgatan.

Das Fenster von Adrians Schlafzimmer – das Fenster, aus dem Li Karpe soeben gesprungen sein musste – stand noch immer offen und schlug im Wind.

September 2008

»Er ist wie ein verdammter Geist, dieser Leo Stark.«

Fredrik Niemi saß auf dem Bett meines alten Jugendzimmers in einem ganz neuen Leben. Durch eine Ironie des Schicksals erinnerte sein Äußeres gerade sehr an das eines Geistes: die anämische Hautfarbe und die hohlen Augen mit Resten von roten Explosionen. Er sah aus, als hätte er sich ein wenig übereilt angezogen.

»Ehrlich gesagt habe ich in den letzten Jahren nicht viele Gedanken an ihn verschwendet«, sagte ich. »Ich habe genug anderes um die Ohren gehabt.«

Fredrik wich meinem Blick aus.

»Ich wünschte wirklich, ich hätte nie diesen Kurs in Literarischem Schreiben angefangen. Ich hatte nichts dort verloren. Eigentlich wollte ich nur weg von zu Hause, weg von allem.«

»Aber …«

Er machte eine abwehrende Geste.

»Mach dir deshalb keine Gedanken. Ihr wart wohl nur zu beschäftigt, um es zu merken, oder einfach zu jung. Ich glaube, es ging uns allen ziemlich mies, auf die eine oder andere Art.«

»Sorry«, sagte ich. Als ob es jetzt noch irgendeine Rolle spielen würde.

»Inzwischen ist mein Vater tot. Herzinfarkt. Aber er war ein sehr entschlossener Mann. Es musste nach seiner Vorstellung laufen oder gar nicht. Hätte ich mich nur getraut, für mich selbst einzustehen, aber jetzt ist es ohnehin zu spät.«

Das alles war mir völlig neu.

»Ich habe wirklich geglaubt …« Ich weiß nicht, was ich geglaubt hatte. Wahrscheinlich hatte ich einfach nicht genug Interesse an Fredrik gehabt und mir keine Gedanken gemacht.

»Du warst auch auf der Flucht«, sagte er.

Ich lachte auf, aber Fredrik sah mich mit versteinertem Gesicht an. Vermutlich hatte er recht.

»Meinst du das mit dem Buchprojekt ernst?«, fragte er. »Willst du wirklich über die Ereignisse von damals schreiben?«

»Ich stecke schon mittendrin.«

»Und die Chancen auf dem Buchmarkt stehen nicht gerade schlechter, seit Leos Leiche plötzlich aufgetaucht ist, oder?«

»Falls es überhaupt Leos Leiche ist.«

Fredrik sah beinahe erstaunt aus.

»Ja, natürlich. *Falls* es Leos Leiche ist.« Er kratzte sich an der Stirn.

»Aber was hat Leo mit deiner Ehe zu tun?«

Fredrik schaute mich an. Ein eiskalter Blick. Und ein erschreckender Gedanke schoss mir durch den Kopf.

»Das warst doch wohl nicht du?«

Er wich zurück.

»Der Mörder von Leo Stark? Hast du sie nicht mehr alle? Nein, ich habe ihn nicht ermordet.«

»Dann erklär es mir.«

Er blinzelte ein paar Male und schlug die Augen nieder.

»Die Sache ist die, dass ich Cattis nie davon erzählt habe. Sie weiß nichts von der Sache mit Leo. Sie weiß nicht mal, dass ich Literarisches Schreiben studiert und zu der Zeit in Lund gewohnt habe.«

»Aber warum nicht?«

»Es hat sich nicht ergeben«, sagte er und sah ehrlich bedrückt aus. »Ich war gerade dabei, das alles hinter mir zu lassen, als ich Cattis kennenlernte. Ich wollte einfach weitermachen. Ich habe versucht, nicht an Leo, Li und Adrian zu denken, und mir eine Lügengeschichte ausgedacht, und dann ist es immer so weitergegangen.«

Beschämt verzog er den Mund.

»Es ist so leicht, sich in Lügen zu verstricken. Und wenn man etwas lange genug verschwiegen hat, kann man es irgendwann nicht mehr preisgeben. Cattis würde mir nie wieder vertrauen.«

»Du meinst, ihr habt euch wegen dieser Sache gestritten?«

»Unter anderem. Vor einiger Zeit sind wir nämlich Adrian Mollberg in die Arme gelaufen. Es war ein richtiger Schock, und ich habe völlig die Fassung verloren.«

»Wie? Ihr habt ihn getroffen?«

Er nickte.

»Wir fahren öfter aufs Land raus, um spazieren zu gehen. Cattis entdeckt gern mal was Neues. Im Frühjahr haben wir unser Auto vor der Kirche in Flädie geparkt und sind dann ein bisschen in der Gegend herumgelaufen. Und plötzlich stand Adrian in einem Garten und hat mich angestarrt.«

»Er hat dich erkannt?«

»Natürlich! Ich wollte ihm nicht begegnen, aber er ist auf die Straße getreten und hat uns aufgehalten. Er hat von alten Erinnerungen gesprochen und mich gefragt, wo die Leute von früher alle geblieben sind. Er hat mich auch nach dir gefragt. Es war nicht leicht, Cattis das alles hinterher zu erklären. Ich musste zugeben, dass ich gelogen hatte.«

»Aber dann hast du auch mich angelogen? Du wusstest also, wo Adrian wohnt?«

Fredrik sah weg.

»Ich wollte nicht in dein Buchprojekt hineingezogen werden oder besser gesagt, ich wollte nicht, dass du überhaupt ein Buch schreibst.«

Diese ganzen Lügen. Deshalb hatte Adrian geglaubt, dass Fredrik sein Versteck verraten hatte. Hätte Adrian nicht erwähnen müssen, dass sie sich begegnet waren? Ich fragte mich, ob es überhaupt jemanden gab, der bei der Wahrheit blieb.

Fredrik seufzte und rieb sich die Augen. »Es gibt natürlich auch noch viele andere Streitthemen. Wer die Spülmaschine ausräumt und den Müll rausbringt, mit welcher Farbe die Wände im Schlafzimmer gestrichen werden sollen, wie viele Markenkleidchen eine Sechsjährige eigentlich braucht. Und weißt du, was das Schlimmste von allem ist? Der Grund für die allerhärtesten Diskussionen?«

»Keine Ahnung.« Ich hatte das Gefühl, als hätte ich keine Ahnung mehr von irgendwas.

»Die Bücher«, sagte Fredrik. »Cattis findet, dass ich mich in meinen Büchern verstecke. Sie sagt, mir sind die Bücher wichtiger als richtige Menschen. Das ist wirklich albern.« Er schnaufte genervt. »Sie selbst liest diese schlimmen Kitschromane. Verstehst du? Ich habe eine Leserin von billigen Liebesromanen geheiratet! Vermutlich ist das meine eigene Schuld.«

Er lachte. Ich wusste nicht, ob ich mitlachen durfte. Er war ja hergekommen, um sich auszuheulen.

»Was gibt es noch, was ich nicht weiß?«, fragte ich.

Er sah mich verständnislos an.

»Du hast gesagt, dass es vieles gibt, was ich nicht weiß«, sagte ich entschlossen. »Was hast du damit gemeint?«

Fredrik blinzelte mehrmals.

»Hast du beim Prozess nicht alles erzählt?«

Er senkte den Blick.

»Ich hatte Angst, Zack.«

»Ich weiß. Die hatten wir alle.«

Vor mir sah ich seinen gesenkten Kopf im Gerichtssaal. In Hemd und Schlips, und in den Zuschauerreihen Mutter und Vater, die ihn später ins wartende Auto geführt hatten. Verbissene Mienen, eine Tür, die zuknallte. Ohne einen Abschiedsgruß.

»Ich konnte nicht alles erzählen«, sagte er und schaute zu mir hoch.

Ich glaubte, eine Träne zu erkennen.

Der unschuldige Mörder

von Zackarias Levin

12. Kapitel

November 1996

Fredrik Niemi hatte zum ersten Mal in seinem Leben an einem Saufwettbewerb teilgenommen. Zehn kleine Plastikgläser auf einem Tablett: Candy Shots und Himbeerlimes. Auf eins, zwei, drei musste alles gekippt werden.

Fredrik hatte gewonnen. Je nachdem, wie man es sah. Jedenfalls war er am schnellsten gewesen, und Adrian, Betty und ich hatten Beifall geklatscht und herumgeschrien wie die wildesten Hooligans.

Jetzt hatte sich die Stimmung verändert. Wir saßen auf der Treppe eines aufgegebenen Ladens in einer Seitengasse, und Fredrik hatte Erbrochenes auf den Schuhen und konnte kaum aufrecht stehen.

Wir gingen in Richtung Bus. Betty trällerte und tanzte mit aufgeschnürten Stiefeln. Der Dufflecoat schwang um ihre Hüften, und der Novemberwind riss an ihrem Haar.

Vor der Markthalle holte sie ihr Fahrrad. Sie hockte sich hin und öffnete das Schloss, während Adrian und ich Fredrik rechts und links stützten.

»Geht ruhig nach Hause«, sagte Betty. »Ich warte mit ihm auf den Bus.«

Sie stellte sich auf die Zehenspitzen und hielt den Fahrrad-lenker fest, als sie Adrian küsste. Ich sah weg.

Adrian und ich gingen nach Hause in die Grönegatan und legten uns schlafen.

Währenddessen saß Fredrik auf einer Bank im Buswartehäus-chen und schaukelte vor und zurück. Neben ihm saß Betty im Schneidersitz und versuchte, sich eine krumme, selbst gedrehte Zigarette anzuzünden. In regelmäßigen Abständen fuhren die Busse dröhnend und quietschend in den Busbahnhof ein. Als der Hundertsechziger eintraf, hatte Fredrik die Augen geschlos-sen und war in dem Nebel verschwunden, der früher oder spä-ter alle Gewinner eines Saufwettbewerbs erwischt. Betty packte ihn an den Schultern und schüttelte ihn, um ihn dann vor sich her in den Bus zu schieben. Sofort stieg der Busfahrer aus und fuchtelte mit den Armen herum.

»Er ist zu besoffen, um mitzufahren.«

Fredrik schwankte hin und her, und Betty musste ihn um die Taille fassen, während sie nacheinander Folgendes pro-bierte: 1) Mit schräg gelegtem Kopf ihre Weiblichkeit einzu-setzen. 2) Mit Tränen in den Augen zu bitten und zu betteln. 3) Dem Busfahrer zu erklären, was für ein Arschloch er sei und dass es ihm richtig schlecht ergehe, wenn er Fredrik nicht nach Dalby fahre.

Daraufhin stieß der Fahrer eine ganze Latte von arabischen Flüchen aus und schmiss Betty und Fredrik aus dem Bus.

Als er losfuhr, drohte er ihnen durch die Scheibe mit der Faust.

»Wir müssen ein Taxi finden«, erklärte Betty.

Sie schloss ihr Fahrrad an einen Laternenpfahl und half Fred-rik zum nächsten Taxi. Der Fahrer hielt die hintere Tür auf.

»Was kostet es nach Dalby?«

»Dreihundert.«

»Okay«, sagte Betty. »Dann bringen Sie uns bitte zur Professorsstaden.«

In seinem Suff wollte Fredrik herausfinden, was um alles in der Welt sie in der Professorsstaden sollten, aber Betty seufzte nur und murmelte etwas Unverständliches. Sie beugte sich über die Rückbank und half ihm, den Sicherheitsgurt anzulegen. Dann legte Fredrik den Kopf an ihre Schulter und murmelte:

»Ich bin besoffen.«

»Das stimmt«, sagte sie und strich ihm mit der Hand über den Rücken.

Als er das nächste Mal aufwachte, lag er halb und lehnte mit der Stirn an irgendetwas Hartem. Speichel war ihm übers Kinn gelaufen. Er schwitzte, und es fühlte sich an, als wären die Arme und der Oberkörper aus Gummi. Wie eine Stoffpuppe, die jemand achtlos weggeworfen hatte … Er versuchte zu begreifen, wo er sich befand, aber ihm fehlte die Kraft, um sich aufzurichten. Sobald er die Augen öffnete, glitten verwischte Farbmuster vorbei, schattenartige Flecken in Rot, Blau und Gelb.

Fredrik rührte sich nicht und lauschte der Musik, die so laut war, dass kaum eine Melodie zu erkennen war. Zwischen den Instrumentalattacken nahm er eine Stimme wahr. Unter dem Bombenteppich des Basses bewegte sich eine kratzige Männerstimme, die auf Griechisch, Türkisch oder vielleicht in der Räubersprache sang. Fredrik dachte über seinen Zustand nach. Steckte eine Geisteskrankheit, Schizophrenie, LSD dahinter? Vermutlich war es irgendein tief verwurzelter Überlebensinstinkt, der ihm schließlich, obwohl jede Faser im Körper protestierte, ausreichend Stärke verlieh, um sich auf die Ellbogen zu hieven und die Augenlider so weit zu öffnen, dass er sah, was für Leute vor ihm wie Geister auf und ab schwebten.

»Hey, was soll das denn?«, fragte Leo. »Der ist ja wach!«

Leo Stark stand vor ihm, mit Lammfellpantoffeln und einem dünnen kimonoartigen Morgenmantel. Flackerndes bleiches Licht traf auf sein Gesicht im Rhythmus des Basses und zwang ihn zu blinzeln und wegzusehen.

»Verdammt!«, zischte Li Karpe.

Sie stand neben Leo, ihr Blick war panisch, und Fredrik rieb seine Augen, um alles genau sehen zu können: die Stilettoabsätze und Lederriemen an ihren Waden, den Slip mit Hüftbändern und Strass, das Piercing in ihrem Nabel.

»Gib ihm noch einen Drink«, sagte Leo.

Sie befanden sich in seiner Villa. Fredrik erkannte das große Wohnzimmer, den Sessel und die Bücherregale.

»Beeil dich!«, schrie Leo.

Endlich gelang es Fredrik, sich vollständig aufzurichten. Seine Augen gewöhnten sich allmählich an das dämmrige Licht. Dennoch zweifelte er an seiner eigenen Wahrnehmung, als er Betty auf einem Diwan in der Ecke entdeckte. Nicht einmal ein Jahrzehnt später hätte er beschwören können, wirklich das zu sehen, was er glaubte zu sehen. Später befasste er sich gedanklich so oft damit, dass das Erinnerungsbild schließlich wie ein Foto in seinem Inneren haften blieb und er es sofort hervorholen konnte. Im Lauf der Zeit würde er eine neue Sicht auf sein Erinnerungsbild bekommen, neues Entsetzen und Angstgefühle damit verknüpfen. Wann immer Fredrik wollte oder auch nicht wollte, sah er Betty vor sich, nackt und festgebunden auf dem Diwan des großen Schriftstellers – wie ein Opfer für die Götter.

September 2008

In dieser Nacht bekam ich nicht viel Schlaf. Ich saß mit dem Laptop auf dem Schoß da und tippte, füllte Zeilen, strich und schrieb um, während in meinem Gehirn ein rasender Blitzkrieg stattfand.

Im Sessel neben mir hatte Fredrik inzwischen einen Geierhals bekommen. Ab und zu warf er den Kopf herum, seufzte tief, schlürfte und kaute Träume, doch meistens schlummerte er still vor sich hin.

»Bist du dir sicher, dass du das nicht geträumt hast?«, hatte ich ihn nach seiner Erzählung gefragt. »Du meinst also, sie haben eine Art Orgie in Leos Villa veranstaltet?«

»Ich weiß es nicht. Da muss irgendwas in diesem Drink gewesen sein.«

»Vielleicht haben sie dir irgendwelche Drogen reingemischt?« Die Geschichte wurde immer schlimmer. Es fiel mir schwer, das alles zu begreifen.

»Ehrlich gesagt habe ich keine Ahnung. Ich war ziemlich besoffen.«

»Das stimmt. Wenn man mit ziemlich besoffen jemanden meint, der sich zu einem Säugling zurückentwickelt.«

Er lachte gedämpft und ein bisschen gezwungen. Kurz darauf wurde seine Atmung schwer, und er schlief ein.

Ich bearbeitete sein Kapitel. Die Erzählperspektive wirkte etwas bemüht, aber so etwas konnte man auch im Nachhinein verbessern. Dafür gab es Lektoren. Jetzt hatte ich wirklich keine Zeit für Details.

Meine Mutter trat ein, machte aber mitten in ihrem »Guten Mooor...« auf dem Absatz kehrt. Fredrik und ich saßen da und verkniffen uns das Lachen. Wir wechselten Blicke, und ich konnte nicht umhin, mich zu fühlen, als hätte ich noch spätnachts jemanden aufgerissen, wäre jetzt erwacht und würde mich sonst wohin wünschen.

»Ich haue gleich ab«, sagte Fredrik und zog sein Hemd und die maßgeschneiderte Weste an, die vermutlich bedeutend mehr gekostet hatte, als was ich für zweitausend Zeichen abrechnete. Trotz seines materiellen Wohlstands sah er sehr erbärmlich aus –, wie jemand, der seine Habseligkeiten in eine Sporttasche gepackt hat und zu einem fremden Mann geflohen ist, den man zwölf Jahre nicht gesehen hat, aber dennoch für den engsten Freund hält. Es war lange her, dass mir jemand, der nicht ich war, so leidgetan hatte.

»Wollen wir nicht noch frühstücken?«, fragte ich.

Er drehte an seiner Uhr, sah mich fragend an und zuckte die Achseln.

»Doch, schon. Es fühlt sich nur so ...«

»Kein Problem«, sagte ich. »Mach dir keine Gedanken.«

Meine Mutter stand an der Spüle und pfiff eine leicht überdrehte Melodie. Sie streckte sich hoch zu den Schränken, um im nächsten Augenblick vor den Schubladen zu knien, als absolviere sie einen Fitness-Parcours. Der Toaster hustete perfekt gebräunte Brote hoch, der Orangensaft traf mit einem perfekt geformten Strahl ins Glas, und meine Mutter begrüßte uns mit einem bemühten Lächeln, das sie für den Job einer Autoverkäuferin qualifiziert hätte.

»Guten Morgen, guten Morgen!«, sagte sie, wandte sich aber so schnell ab, dass sie Fredriks ausgestreckte Hand nicht bemerkte.

»Das ist Fredrik«, erklärte ich. »Ein Kommilitone aus meiner Studienzeit in Lund. Ich glaube nicht, dass ihr euch schon mal begegnet seid, oder?«

Sie warf ihm einen raschen Blick zu und schüttelte den Kopf.

»Er hat gerade ein paar Probleme«, sagte ich.

»Ah ja, verstehe«, erwiderte meine Mutter. »Aber denk jetzt nicht daran. Es ist ein wunderbarer Morgen, und wir haben helles und dunkles Brot, Käse, Schinken, Salami. Tee oder Kaffee?«

»Ich habe meine Familie verlassen«, sagte Fredrik.

»Natürlich habe ich auch Earl Grey, Früchtetee und einen mit Zimt und Kardamom, der ein bisschen nach Weihnachten schmeckt, aber dafür ist es vielleicht noch etwas zu früh.«

»Ich nehme gern einen Kaffee«, sagte Fredrik.

Wir nahmen gegenüber voneinander Platz und blätterten im *Skånska Dagbladet*. Ich sah mir die Fußballergebnisse aus Trollenäs an und las einen Artikel über Kälberaufzucht in Köinge, einen politischen Zwist in Höör und einen Fall von Fahrerflucht in der Nähe von Vanstad. Dann blickte ich auf. Fredrik hatte sich hinter seiner Zeitung versteckt. Währenddessen klapperte meine Mutter mit Tassen, Tellern und Besteck herum. Ich wartete nur darauf, dass sie ihn ausquetschte.

»Und was arbeitest du, Fredrik?«, fragte sie schließlich, allerdings eher beiläufig, ohne ihre Tätigkeit zu unterbrechen.

Fredrik sah aus, als hätte er geweint.

»Fredrik arbeitet in einem Verlag«, antwortete ich. »Er hilft mir mit meinem Buch.«

Meine Mutter hielt inne und blickte Fredrik an, während sich ein begeistertes Lächeln auf ihrem Gesicht ausbreitete.

»Wie schön! Du kannst Zack mit dem Buch helfen? Er glaubt sehr daran. Ja, und ich natürlich auch!«

Fredrik lächelte schwach und sah mich flehend an.

»Lass ihn in Ruhe, Mama. Es gibt noch viel zu tun, bevor wir überhaupt wissen, ob ein Buch daraus wird.«

Ein strenger und gleichzeitig gekränkter Ausdruck trat auf ihr Gesicht. Langsam streifte sie die Spülhandschuhe über ihre gespreizten Hände und zog an jeder Fingerspitze, dass es knallte.

Schweigend aßen wir unser Frühstück.

»Danke«, sagte Fredrik schließlich und warf sich das Sakko über.

Ich begleitete ihn nach draußen.

»Was wirst du jetzt tun?«

»Ich muss mit Cattis reden. Ich weiß nicht, was ich will, aber so kann es jedenfalls nicht weitergehen.«

Er warf die Tasche in den Kofferraum und stand hilflos vor mir. Ich hatte es bislang nicht bemerkt, aber direkt über den Ohren war sein Haar schon ergraut.

Er hob die Brille mit der Fingerspitze hoch und rieb sich vorsichtig die Nasenwurzel. Ich nahm ihn in den Arm.

Als ich wieder hereinkam, stand meine Mutter am Fenster und sah Fredriks SUV hinterher.

»Jetzt verstehe ich«, sagte sie, sobald die Rücklichter zwischen den Einfamilienhäusern verschwunden waren. »Dass du mir nie etwas gesagt hast! Du hast dich natürlich nicht getraut.«

Sie versetzte dem Geschirrhandtuch einen Hieb, bevor sie es doppelt faltete und über einen Stuhlrücken hängte.

»Wovon redest du?«, fragte ich.

»Ich habe mir ja schon so meine Gedanken gemacht, aber

trotzdem … Dieses enorme Interesse für Bücher. Und Stockholm! Darauf hätte ich früher kommen müssen.«

»Auf was hättest du kommen müssen?«

Sie setzte ihr freundlichstes Lächeln auf.

»Dass du homosexuell bist, natürlich.«

»Homosexuell?«

»Ja, und das ist nichts, wofür du dich schämen musst. Ich bin zwar alt, aber trotzdem auf dem aktuellen Stand. Wir leben doch im einundzwanzigsten Jahrhundert. Heutzutage ist Homosexualität etwas ganz Natürliches. Na ja, natürlich ist vielleicht das falsche Wort, aber es ist jedenfalls nichts Seltsames.«

»Liebe Mama, ich bin nicht schwul.«

Sie duckte sich ein bisschen.

»Ich weiß nicht, ob man solche Wörter verwenden sollte. Aber du musst dich nicht für deine Sexualität schämen. Und Fredrik scheint ja ein feiner Kerl … Mensch zu sein. Es ist natürlich traurig, dass ich keine Enkel bekomme, denn das hätte ich mir ja gewünscht, als Dessert des Lebens sozusagen, aber die Hauptsache ist, dass du glücklich bist. Dass du und Fredrik glücklich seid.«

Manisch fegte sie weiter durch die Küche, stellte Sachen von einem Schrank in den anderen, spülte alles sorgfältig vor, was in die Spülmaschine sollte, und steckte den Aufschnitt vom Frühstück in doppelte Plastiktüten, die sie mit Gummibändern verschloss.

»Mama, ich kann jetzt nicht. Ich habe ein Buch zu schreiben. Du kannst glauben, was du willst, aber man kann tatsächlich Bücher mögen und in Stockholm wohnen, ohne schwul zu sein.«

Sie bemühte sich, verwirrt zu wirken, aber die Erleichterung war nicht zu übersehen. Sie war eben eine schlechte Schauspielerin. Langsam baute sie die French-Press-Kanne auseinander und spülte die Teile nacheinander unter fließendem Wasser.

Ich seufzte.

»Wenn du wüsstest, wie viele Frauen ich …«

Als ich mich selbst hörte, wurde mir klar, dass ich jetzt wohl am besten ging. Meine Mutter stand an der Spüle und lächelte. Je mehr ich darüber nachdachte, desto erstaunter war ich darüber, dass trotzdem ein einigermaßen normaler Mensch aus mir geworden war.

Im Zimmer las ich das neueste Kapitel noch einmal durch. Dann blätterte ich zurück und überflog den Text, blieb an einem Satz hängen, der mir auffiel und frisiert, gestrichen oder umgeschrieben werden musste. Ich musste dabei keine Lieblinge abmurksen, weil ich mich nicht mehr in Wörter und Formulierungen verliebte. Jetzt betrachtete ich den ganzen Mist als Broterwerb im ursprünglichen Sinn.

Der unschuldige Mörder

von Zackarias Levin

13. Kapitel

November 1996

Der Schmerz war intensiv und durchdringend. Jedes Mal, wenn Bettys Hand Adrians Haut berührte, jedes Mal, wenn ihr Blick ihn gefangen nahm, jedes Mal, wenn ihre Finger unter dem Tisch sich verhakten, wenn die Knie einander streiften, wenn sie sich T-Shirts voneinander ausliehen. Es war ein bohrender Schmerz, als hätte ich Zahnschmerzen, tiefe Wunden, einen gebrochenen kleinen Zeh.

»Ist es wirklich okay?«, fragte Adrian.

Diesmal fuhr ich ihn an, wandte ihm den Rücken zu und marschierte aus der Wohnung.

Ich fragte mich, was Betty zu Adrian gesagt haben mochte. Zu mir sagte sie, dass ich ein richtig guter Freund sei.

Ein richtig guter Freund. Erst redete ich mir ein, dass man sich nichts Schöneres vorstellen könne. Dann spielte ich Sinead O'Connor *Nothing compares to you* in der Wiederholungsschleife und flennte die halbe Nacht. Es ging nicht vorbei. Ich hätte alle Freundschaft der Welt dagegen eingetauscht, meinen Körper an Bettys drücken zu dürfen.

»Tu ihr nicht weh«, ermahnte ich Adrian und dachte an Li Karpe, die aus seinem Fenster gesprungen war. Ich wollte, dass er begriff, dass ich es wusste und ich ihn nicht aus den Augen lassen würde.

Mir gegenüber erwähnte er nichts davon. Und gegen seinen Willen fuhr Betty weiterhin nachts zu Leo Stark. Eines späten Abends stand Adrian im Platzregen und hielt ihr Fahrrad am Gepäckträger fest. Betty riss sich los, und Adrian kehrte durchnässt und resigniert zu mir in die Küche zurück. Er ließ sich auf einen Stuhl fallen.

»Verdammter Leo Stark«, brummte er. »Ich könnte ihn umbringen.«

Ich hatte die Deckenlampe ausgeschaltet und saß am Küchentisch, wo ich bei Kerzenlicht und mit der Hand schrieb. Li Karpe hatte uns beauftragt, Gedichte zu verfassen, die bei einer öffentlichen Lesung in der Kunsthalle in Lund Mitte November vorgetragen werden sollten. Der bloße Gedanke schreckte mich, nicht zuletzt, da alle meine Versuche, Lyrik zu schreiben, in endlosen Bemitleide-mich-Versen mit Wertherkomplex und Weltrekordversuchen in Herzmetaphorik zu resultieren schienen.

»Es kommen Leute dorthin«, sagte ich, als wäre mir erst jetzt die Einsicht gekommen.

Adrians Gesicht leuchtete auf.

»Vielleicht Journalisten, Literaturkritiker, Verlagsmenschen. Wir sollten Einladungen rausschicken.«

»Na ja, das sollten wir wohl besser mit Li besprechen.«

Ich beneidete seinen Enthusiasmus und dass er so selbstverständlich an sich selbst glaubte.

Betty hatte aus sicheren Quellen gehört, dass die wichtigsten Texte des Kurses in den Abschlussanthologien publiziert wurden. Eine sollte am Ende des Herbstsemesters erscheinen und eine zweite am Ende des Frühjahrssemesters. Offenbar gab es einflussreiche Leute, die diese Anthologien lasen. Offenbar waren frühere Studenten auf diesem Weg sogar zu Verlagsverträgen gekommen.

Also sollte ich meine Energie lieber in den Anthologietext investieren und nicht in mein Gedicht. Zwei gute Texte pro Jahr dürfte ich realistischerweise hervorbringen. Und eigentlich brauchte ich weiter nichts. Niemanden interessierte, was Hemingway oder Kerouac in ihre Papierkörbe warfen.

Deshalb löste ich meine Gedichtprobleme, indem ich eines von Leo Starks berühmtesten Gedichten heraussuchte und es mit meinen eigenen Worten umschrieb. Danach begann ich heimlich mit meinem Text für die Herbstanthologie. Ohne jemandem davon zu erzählen. Tagsüber ließ ich meinen Gedanken freien Lauf, Formulierungen wurden auf den Kopf gestellt und bis zur Perfektion geschliffen, um in der Nacht unter größtmöglicher Heimlichtuerei zu Papier gebracht zu werden.

Der Schlüssel zum Erfolg hieß Experiment. Ich wollte etwas Einzigartiges erschaffen, etwas ganz Neues, etwas, was noch nie zuvor geschrieben worden war. Meine schlimmste Befürchtung war, banal und epigonal zu sein. Erzählungen, die schon erzählt worden waren, Wörter, die bereits formuliert worden waren, hatten keinerlei Existenzberechtigung in der großen Literatur. Ich wollte aus allen Rahmen und Traditionen ausbrechen.

Meine Erzählung spielte auf ein bekanntes Kinderlied an. *Ein Eichhörnchen saß in einer Tanne und grübelte über den Sinn des Lebens nach.* Auf den Titel war ich während eines Toilettenbesuchs im Ariman gekommen, als das WC-Papier zu Ende war und ich auf die harten Papierhandtücher zurückgreifen musste. Ich ging geradewegs zur Bar und bat um Stift und Papier, um die Idee niederzuschreiben. Sie war so wunderbar genial, dass ich ein Idiot gewesen wäre, wenn ich daraus nicht eine Erzählung gemacht hätte.

Ich warf mit esoterischen Metaphern um mich, mit Wortspielen, die jede Begrifflichkeit vermissen ließen, aber dennoch ein gewisses Bauchgefühl auslösten. Jede einzelne Formulierung sollte verbrannt und zerstört werden. Zusammenhang und Semiotik mussten zurückstehen. Ich las mir selbst laut vor, trommelte den Rhythmus auf den Tisch und feilte an jedem syntaktischen Detail. In den schlimmsten Momenten trat ich gegen die Wand, bis Betty und Adrian hereingestürmt kamen und glaubten, ich sei ein Fall für die Irrenanstalt. In den besten Momenten war der Genuss geradezu sexuell. Mitten in der Nacht stand ich nur in Unterhose auf dem Sofa und deklamierte meine eigenen Worte mit der Begeisterung eines Verrückten. Es würde mindestens eine Nominierung für den August-Preis und die Einladung auf einen Kognak beim Sprachwissenschaftler Sture Allén rausspringen. Davon war ich überzeugt.

Der nächste Morgen hielt eine schlimme Katerstimmung bereit. Was mir eben noch genial vorgekommen war, wirkte nüchtern betrachtet platt und nichtssagend. Li Karpe würde sich nicht einmal darüber ärgern: Sie würde über dieses Elend nur lachen. Ich war ein gescheiterter Schriftsteller, der besser zwischen den Kuhweiden und Eigenbautraktoren in Veberöd hätte bleiben sollen.

September 2008

Es war ein schlechter Tag. Mal wieder. Henry meinte, es sei eine üble Woche gewesen. Betty habe die meiste Zeit im Bett gelegen, ihre Körperhygiene und das Essen schleifen lassen, habe lustlos und resigniert geantwortet, sei in alte Muster hineingeschlittert. Jetzt saß sie oben in der Wohnung, während Henry hinunterging und mich an der Haustür in Empfang nahm.

»Ich glaube, es ist schwierig für sie, dass du nach so vielen Jahren zurückgekommen bist«, sagte er, als wir die Treppe hinaufgingen.

Ich antwortete nicht, weil ich nicht verstand, was er mir damit sagen wollte. Ich hatte schon am Telefon versprochen, nicht zu lange zu bleiben. Ich musste nur ein paar Kleinigkeiten abklären. Es ging um das Buch.

Henry hielt mir die Wohnungstür auf.

»Du bist also Schriftsteller?«

Die Frage ließ sich auf zwei Arten stellen. Entweder mit Verachtung, die andeutete, dass der Fragende nicht glaubte, dass der Befragte tatsächlich Schriftsteller sein könne, oder zumindest kein richtiger Schriftsteller, der etwas Wertvolles geschrieben hatte. Oder aber der Fragende war so voller Bewunderung, dass es schmeichlerisch klang, obwohl er kein Wort von dem gelesen hatte, was man geschrieben hatte. Henry gehörte zur zweiten Sorte.

»Ich schreibe selbst«, erklärte er, als ich mir die Schuhe auszog. »So habe ich auch Betty kennengelernt. Ich bin nach Stockholm gefahren, um einen Roman zu schreiben.«

»Ach?«

»Aber es ist nie ein Roman daraus geworden. Ich war so jung.«

Er stand vor mir in dem engen Flur, und ich blickte mich verzweifelt um, aber es gab kein Entrinnen. Ich hasste es, wenn Leute ihr eigenes Schreiben mit mir diskutieren wollten. Ihre Schriftstellerei existierte oft nur in ihren Träumen. Schreib ein Buch und komm dann wieder, hätte ich in solchen Momenten am liebsten gesagt.

Aber Henry schien nichts von meiner Stimmung zu bemerken.

»Ich glaube, Schreiben bedeutet, sich selbst kennenzulernen«, sagte er.

Ich nickte. »Das kann schon sein.«

»Es gibt keine andere Perspektive als die Selbstbeobachtung. Mit jedem Wort, das du schreibst, gibst du etwas über dein Inneres preis.«

Mir fiel keine gute Antwort ein, ich musste aber an Li Karpe und Leo Stark denken, deren Ermahnungen durch meinen Kopf schallten.

»Hast du einen Kurs besucht?«, fragte ich.

Henry sah mich an.

»In Kreativem Schreiben?« Er lachte. »Nein, das habe ich nicht. Die Leute besuchen viel zu viele Kurse.«

Ich folgte ihm in die Küche. Am Tisch saß Betty. Die Haarsträhnen hingen ihr in die Augen, und im Licht der Küchenlampe umgab der dunkle Zigarettenrauch ihren Kopf wie ein schräger Heiligenschein.

»Schreibst du gar nicht mehr?«, fragte ich.

Sie wirkte erstaunt, sah Henry verstohlen an und schüttelte dann den Kopf.

»Nein, das ist schon Ewigkeiten her.«

»Schade«, sagte ich und sah zu Henry hinüber. »Betty war das größte Talent von uns allen.«

Er lächelte schief, als wäre das keine Neuigkeit für ihn. Und dann – als er sich unbeobachtet glaubte – warf er Betty einen wütenden Blick zu.

»Sie haben die Leiche gefunden«, sagte Betty schnell und raschelte panisch mit einer Zeitung auf dem Tisch. Ich versuchte, sie zu beruhigen.

»Die wissen nicht einmal, ob es Leos Leiche ist. Ich bin gestern nämlich hingefahren und habe mit …«

Sie unterbrach mich.

»Du hast nicht die neueste Meldung gelesen, oder?«

Sie hielt die Boulevardzeitung hoch und zeigte auf ein Foto. Es erinnerte mich an das, was ich bereits gesehen hatte: die Absperrungen der Polizei im Wald, den herbstlichen Erdboden und die kahlen Bäume, das düstere Licht.

»Hör mal zu«, sagte sie und las laut vor: »Die Pressesprecherin der Polizei Gun-Marie Westman bestätigt, dass es sich bei dem Toten im Wald bei Veberöd höchstwahrscheinlich um die sterblichen Überreste von Leo Stark, den berühmten Schriftsteller, handelt. Die Identifizierung sei noch nicht abgeschlossen, aber gewisse Umstände deuteten darauf hin.«

Ich wusste ziemlich viel über Boulevardjournalismus, und auch wenn einiges für eine gesunde Skepsis sprach, so hielt ich es für unwahrscheinlich, dass man eine Polizeiquelle falsch zitierte.

»Wie können sie das zum jetzigen Zeitpunkt wissen? Ich war

doch gestern am Fundort, und dieser alte Mann hat gesagt, dass man kaum sehen ...«

Betty lehnte sich über den Tisch, griff nach einer Kaffeetasse und trank den letzten Rest.

»Man kann das doch normalerweise anhand der Zähne feststellen.«

»So schnell?«, fragte ich skeptisch.

»Er war auch tätowiert.«

Mir war schwindlig. Ich wusste nicht, was ich glauben sollte.

»Es ist doch total krank, dass es ausgerechnet jetzt passiert, wo ich anfange, mein Buch zu schreiben. Diese Müllsäcke haben doch wohl nicht zwölf Jahre lang sichtbar im Wald herumgelegen.«

»Ein sehr merkwürdiges Zusammentreffen.« Betty sah angestrengt aus.

»Ein bisschen zu merkwürdig.«

»Glaubst du, jemand weiß von deinem Buchprojekt? Jemand, der ...«

»Keine Ahnung. Wirke ich paranoid?«

Betty erhob sich und stemmte ihre Hände in die Hüften. Sie reckte ihr Kinn, und in ihrem Blick funkelte etwas auf, das mir bekannt vorkam.

»Was zum Teufel geht hier vor, Zack?«

Genau das fragte ich mich auch.

»Fredrik Niemi ist gestern Abend zu mir gekommen.«

»Fredrik Niemi?«

»Ja, mitten in der Nacht.«

Betty starrte mich an, als ich erzählte, was passiert war, dass Fredrik sich mit seiner Frau gestritten hatte, aus seinem Einfamilienhaus in Bjärred abgehauen war, die Familie verlassen und die Nacht in einem Sessel in meinem alten Jugendzimmer verbracht hatte.

»Er hat gesagt, er hat keine anderen Freunde.«

Sie senkte ihren Blick ein wenig.

»Fredrik ...«

»Weißt du, er hat mit seiner Frau nie über Leo Stark gesprochen. Er hat ihr nicht einmal erzählt, dass er einen Kurs in Literarischem Schreiben belegt hat.«

»Warum denn nicht?«

»Keine Ahnung. Ich weiß es wirklich nicht.« Ich sah ihr in die Augen. »Aber ich glaube nicht, dass nur Fredrik Geheimnisse hat.«

Betty schnappte nach Luft. Dann wandte sie den Blick ab und sah an mir vorbei. Ich drehte mich kurz um. Henry stand hinter mir.

»Geheimnisse?«, wiederholte sie zerstreut, ohne Henry aus den Augen zu lassen.

»Er hat gesagt, dass es vieles gibt, was ich nicht weiß. Sachen aus jenem Herbst, die im Gerichtsprozess nie zur Sprache gekommen sind.«

Betty wirkte auf einmal desinteressiert.

»Und jetzt hast du vor, alles herauszufinden und in deinem Buch zu verarbeiten?«

»So was in der Art, ja.«

Erneut drehte ich mich um. Henry war weg. Betty lehnte sich vor und fixierte mich.

»Was willst du herausfinden, Zack?«

»Die Wahrheit.«

»Und was ist, wenn dir die Wahrheit nicht gefällt?«

Ich zuckte mit den Schultern und versuchte zu lächeln, obwohl mir unbehaglich zumute war. »Das ist ja das Gute an Romanen. Man darf seine eigenen Wahrheiten erschaffen.«

»Tut mir leid, aber ich kann dir nicht helfen. Du musst das ohne mich durchziehen.«

»Keine Geheimnisse?«

»Ich packe es nicht. Tut mir leid«, sagte sie und mied meinen Blick.

»Völlig okay. Aber ich schreibe das Buch trotzdem. Was auch immer Leo und Li Karpe in diesem Haus getrieben haben, ich werde davon erzählen.«

»Tu das«, sagte Betty, als wäre es ihr gleichgültig.

»Ich werde auch über dich schreiben. So wie *ich* es in Erinnerung habe.«

»Klar. Du weißt sicher noch eine Menge. Du warst immer ein guter Beobachter.«

Das klang mehrdeutig, und ich wusste nicht, ob ich ihre Äußerung als Kompliment oder als Beleidigung auffassen sollte.

Unruhig spähte sie zum Flur. Dann erhob sie sich vorsichtig, stellte sich neben mich und flüsterte, während sie den Flur weiterhin nicht aus den Augen ließ:

»Weißt du, wer Leyla Corelli ist?«

»Schauspielerin, oder?«

»Unter anderem. Schauspielerin, Autorin, Regisseurin. Sie hat auch Literarisches Schreiben in Lund studiert, ein Jahr vor uns. Ich glaube, sie weiß viel über Li und Leo. Falls du tatsächlich die Wahrheit erfahren willst.«

Ich versuchte, Blickkontakt aufzunehmen, aber Betty starrte geradeaus. Im nächsten Moment spannte sich ihr Körper an, und ich drehte mich um. Henry stand im Flur und betrachtete uns.

»Ich gehe jetzt«, sagte ich. Ich hatte ja versprochen, nicht zu lange zu bleiben.

Im Flur lastete die Stille auf uns, während ich mir langsam die Schuhe und den Mantel anzog. Henry lehnte an der Wand und beobachtete jede Bewegung.

»Viel Glück«, sagte Betty, bevor sie die Tür schloss. Ich lief die Treppen hinunter und in den November hinaus, der nach einem ruhigen Regen einige Luftlöcher bekommen hatte. Da stand ich und atmete eine Minute lang tief durch. Die Leute und das Leben zogen an mir vorbei wie jagende Schatten, und ich begann zu verstehen, dass man wie Betty genug von allem bekommen konnte und eine Pause brauchte. Vielleicht sollte ich mir auch eine Pause gönnen. Aber vorher galt es ein Buch zu schreiben.

Zurück in Veberöd ging ich rasch an meiner Mutter vorbei durch die Küche und in mein Zimmer, wo ich den Laptop aufklappte. Leyla Corelli. Die Suchmaschine half mir bei der Schreibweise, und schon bald hatte ich ihr Gesicht vor mir. Ein Klicken, und es füllte den gesamten Bildschirm.

Zwölf Jahre später, aber sie war es, zweifellos. Das hätte mir klar sein müssen.

Der unschuldige Mörder

von Zackarias Levin

14. Kapitel

November 1996

Es war meine erste Lesung. In der Kunsthalle von Lund, an einem anonymen Mittwoch im November. Es war einer dieser grauen Tage, die kommen und gehen, ohne dass man überhaupt die Tür gehen hört, und an denen es abends über dem Marktplatz so dunkel ist, dass man nicht weiß, was Wolken und was Himmel ist. Wenn die Parkbänke gähnend leer und die Tauben geflohen sind.

Wir standen draußen und rauchten, bis die Finger sich vor Kälte röteten. Keiner von uns hatte je eine Literaturlesung besucht. Das hier war Lichtjahre von der Q8-Tankstelle in Veberöd entfernt.

Fredrik hatte Panik. Er hasste das Rampenlicht. Gleich würden wir ein Mikro in die Hand bekommen. Drei Minuten konnten leicht zu einer Ewigkeit werden. Ich sah auf Fredriks Stirn den Schweiß hervortreten wie Kreuzstiche, seine Seglerschuhe drehten kleine Kreise auf dem Asphalt, sein Blick war rastlos.

»Gib mir mehr«, sagte er zu Adrian, der die Flasche herumreichte. Der Klumpen im Bauch sollte mit Vino Tinto aufgelöst werden.

»Bestimmt kommt ohnehin niemand«, meinte Betty.

Wir hatten Li Karpe bei der Bestuhlung geholfen. In regelmäßigen Reihen hatten wir die Plastikstühle vor das Mikrostativ gestellt. Adrian hatte seine Haare nach hinten geworfen, das Mikro vom Ständer genommen und mit dem Finger darauf geklopft, sodass es in den Lautsprechern geknackt hatte. Wir anderen standen stumm da, mit den Händen auf der Stuhllehne.

»Meine Damen und Herren, ich präsentiere Ihnen … Adrian Mollberg!«

Unser Beifall hallte zwischen den kahlen Wänden wider, auf denen frühere Gemälde Schatten hinterlassen hatten. Li Karpe schritt durch den Raum wie ein großes glückliches Lächeln.

»Kunstpause«, sagte Adrian und imitierte ihre Instruktionen. »Extra lange Kunstpause. Laaangsame Ar-ti-ku-la-tion. Fallende Intonation. Arbeitet mit dem Rhythmus, arbeitet, arbeitet, arbeitet.«

Wir lachten. Auch Li.

Die Zeit schlich dahin, und das mulmige Gefühl in unserem Bauch wuchs. Wir rauchten etwa ein Zehntel unseres monatlichen Budgets auf, und die Pfütze vor der Kunsthalle wurde zur Schwimmschule für Zigarettenkippen. Betty atmete tief durch, wollte, dass wir unsere Hände auf ihren Bauch legten und nachspürten, ein Trick, den sie mit zwölf beim Blockflötenspielen gelernt hatte. Mittlerweile blies sie zwischen ihren trockenen Lippen nur Rauch und Träume aus.

An einem Laternenpfahl hing ein nasses Plakat, an dem halb Lund vorbeigegangen war:

Lyriklesung. Mittwoch, 13. November, 18.30 Uhr in der Kunsthalle Lund. Es lesen Studenten von der Literaturausbildung an der Universität Lund. Freier Eintritt.

»Das sind wir«, sagte Adrian und zeigte auf die Buchstaben, die im Regen ausgerutscht und davongeglitten waren. Ich glaube, wir empfanden trotz allem eine Art Stolz.

»Ich glaube, ich muss kotzen«, sagte Fredrik, hob den Kopf zum Himmel und öffnete den Mund.

Sein Gedicht war ein Limerick über einen jungen Mann aus Lammhult. Ein Limerick? Was hatte er sich dabei eigentlich gedacht? Der Schweiß lief ihm in die Augen, er hatte Fieber und wäre am liebsten wieder nach Hause zu seinen Eltern gezogen. Er umrundete den Mikrofonständer, den Blick fest auf den bedrohlichen schmalen Dreifuß gerichtet. Adrian und Betty saßen in der ersten Reihe im Parkett und lächelten ermutigend. In der Ecke stand Li Karpe wie eine Hyäne.

Kurz darauf kam das Publikum. Scharenweise, in kleinen Grüppchen. Die Familien der Bibliotheksmäuse, alle aus derselben Gendatenbank geklont: Sie waren vorsichtig, zögerten, meinten, sich für alles entschuldigen zu müssen. Sie saßen ganz hinten und hängten ihre beigefarbenen Mäntel über die Stuhllehnen.

Dann erschienen Leute aus Bjärred, die Kaugummi kauten, ein BWL-Student in rosafarbenem Hemd, der jedes Mal kicherte, wenn er das Wort Lyrik hörte, und eine Mutter, die ein zweites Mal geheiratet hatte und hauptsächlich gekommen war, um die neueste Haartransplantation ihres neureichen Schönlings vorzuführen. Sie wollten gesehen werden, sie nahmen sich ihren Raum und flüsterten ein bisschen zu laut.

Li trat vor und strich mit der Zeigefingerspitze über die geriffelte Spitze des Mikrofons, sodass der Lautsprecher knisterte. Sie wartete, bis das letzte Flüstern verstummt war, woraufhin sie alle willkommen hieß und uns vorstellte: die Hauptpersonen des Abends, die Literaten, die vierzehn Auserwählten. Wir sahen weg und an die Decke und auf den Boden, während der

Saal von erwartungsvollem Beifall widerhallte. Adrian stieß mich in die Seite. Er war der Einzige, der lächelte.

»Wir leiten den Abend mit etwas ganz Exotischem und Ausgefallenem ein, nämlich einem Limerick«, sagte Li Karpe, verschluckte ihr Lächeln und nickte Fredrik zu.

Seine Beine zitterten auf dem kilometerlangen Weg zum Mikro. Er schraubte am Ständer herum, zog den Halter erst ein Stück hoch und dann wieder runter, drehte die Schraube fest und räusperte sich. Er beugte sich vor, doch er war einfach zu klein. Erneut verstellte er die Halterung. Es dauerte viel zu lange, bis er endlich den Blick hob und dem kollektiven Fremdschäm-Paravent begegnete, hinter dem sich die Kunsthalle zu verstecken suchte.

Hinterher konnte sich niemand mehr an den Limerick erinnern. Vielleicht reimte er sich, vielleicht stand etwas Drolliges zwischen den Zeilen oder wurde direkt ausgedrückt. Im Nachhinein erinnerte man sich nur an die Erleichterung, als Fredrik von der Bühne abging und auf seinem Stuhl zusammensackte. Betty legte ihm tröstend die Hand auf den Rücken, und mir kam der Gedanke, dass Fredrik nicht in diese Salons gehörte. Auch er nicht.

Bei der Darbietung ihrer pubertären Elegie über eine schmerzhafte Sackgassenbeziehung hielt Jonna mitten im Wort inne. Ihr Blick richtete sich auf die hintere Tür, und ein vorsichtiges Rauschen ging durch die Stuhlreihen. Die Köpfe drehten sich mehr oder weniger diskret um. Li Karpe, die mit dem Rücken zur Wand stand und alles überwachte, sah verstohlen zur Tür und lächelte.

»Guck mal, da ist Leo«, flüsterte Adrian.

Leo Stark blieb ganz hinten im Raum stehen. Er hatte seine Mütze an den Ohren hochgerollt, trug eine schwarze Sonnenbrille und ein kleingepunktetes Tuch um den Hals, seinen Mantel hatte er aufgeknöpft. Als er der Meinung war, dass sein Auftritt genug Aufmerksamkeit erregt hatte, nickte er Jonna kurz zu.

Sie blickte wieder in ihre Aufzeichnungen. Ihre Hände zitterten.

»Denn ich weiß nicht, was Liebe ist«, hauchte sie ins Mikrofon. »Ein gutes Spiel? Ein böses Spiel? Wer weiß das schon?«

Sie sah sich verdutzt um, ehe sie sich tief verbeugte und unter etlichen Knicksen die kleine Bühne verließ. Einige Mädchen vorne klatschten, der Applaus brandete auf, aber er schien zur Tür gerichtet, wo Leo Stark posierte, kerzengerade und zufrieden grinsend, ohne einen Finger zu rühren.

Dennoch herrschte eine sonderbare Ruhe. Tief in meinem Inneren hatte ich vielleicht darauf gehofft, hatte mir vorgestellt, wie Leo am anderen Ende des Raumes stand. Obwohl ich so erzogen worden war, dass alle gleich sind, obwohl ich nur ein geringes Selbstwertgefühl besaß, wollte ich, dass er zuhörte. Schon bald würde ich dort am Mikro stehen und die Verse vorlesen, die in gewisser Weise Leo gehörten, die von Beginn an seine gewesen waren, die ich aber zu meinen gemacht hatte. Es war ein Pendant, eine Paraphrase, eine leicht verhüllte Ehrerbietung gegenüber dem fantastischen Schriftsteller, der schon vor meiner Zeit mein Leben geführt zu haben schien, der meine Gedanken dachte, meine Gefühle kannte und mir die Augen öffnete. Bestimmt hatte Li ihm von meiner Idee erzählt. Vermutlich war er deshalb hergekommen. Er wartete auf mich.

Adrian klopfte mir auf den Rücken, und dann stand ich hinter dem Mikro. Ich richtete meinen Blick auf Kopfhöhe des Publikums, atmete tief ein und fing an. Die Wörter strömten aus meinem Mund, saßen wie an einer Schnur im Hals, bevor ich sie hervorholte und ins Mikrofon zischte. Ich hörte nicht einmal meine eigene Stimme, alles um mich herum wirbelte und wurde trüb. Ich fühlte mich wie ein Schwimmer, der unter die Wasseroberfläche taucht und auf einer Strecke von dreißig Metern den Atem anhält.

»Wir wurden nie eingeladen
Auf die Partys
Denn wir hatten nicht
Die richtigen Gesichter.
Die Welt war weiß und rein
Unangetastet seit tausend Jahren«, las ich.
»Wir kommen niemals irgendwohin,
es ist eine Lüge, dass wir uns auf den Weg machen,
keiner von uns kommt je irgendwo an.«

Ich ging die zwölf Schritte zurück zu meinem Stuhl. Der Applaus verursachte einen Druck auf meinen Ohren, ich bemerkte Adrians Grinsen und seine Lippen, die sich bewegten, ermutigende Hände von allen Seiten und Li Karpes Blinzeln. Aber ich drehte mich nicht um. Ich traute mich nicht, Leo Stark anzusehen.

Alles ging weiter wie im Fieberrausch. Adrian las sein langes Gedicht über die Sinnlosigkeit, und Betty strahlte hinter dem Mikro und sprach jedes Wort so aus, als wäre es ihr letztes. Wort, Kunstpause. Wort, Kunstpause. Li Karpe wuchs um mehrere Zentimeter. Wir umarmten uns, als alles vorbei war, und die Wirklichkeit schob sich langsam wieder in mein Bewusstsein. Fröhliche, glückliche Stimmen um uns herum. Lob und anerkennende Worte, schwere Seufzer und Bauchdrücken, das nachließ. Adrian und Betty hielten sich an den Händen und sprühten Funken. Der Redakteur einer Studentenzeitung fragte, wie es sich anfühlte und wovon wir träumten, schoss Fotos. Das Blitzlicht ließ den ganzen Raum erstrahlen. Li Karpe gab ein Statement ab. Wir tranken Sekt und aßen Schnittchen. Alles war verdammt wunderbar. Wie wenn eine Krankheit endlich nachlässt.

Wir stürmten nach draußen. Betty sprang auf eine Bank, stellte sich auf die Zehenspitzen und zeigte hinauf in den dunklen Himmel.

»Sehr ihr den Mond?«

»Es ist Vollmond«, sagte Adrian.

Und durch die wogende Wolkendecke brach ein Goldregen hervor, ein mattes, zersplittertes Licht, und man konnte die Ganzheit und Rundheit nur erahnen.

Die Zigarette an den Lippen schmeckte nach Freiheit. Adrian legte seine Arme um Fredrik und mich. Wir sangen. Nichts deutete darauf hin, dass alles schon bald völlig anders sein würde.

Ich setzte mich auf die Bank.

»Habt ihr Leo gesehen, als du gelesen hast, Betty? Hast du gemerkt, wie er dich angeglotzt hat? Er ist total in dich verschossen.«

»Hör auf herumzufantasieren, Zack.«

»Verschossen«, sagte Adrian und lachte. »Wer verwendet denn solche Wörter?«

»Wir«, sagte ich und zog ihn an mich. »Wir sind Poeten.«

Dann drehten wir uns um und hüpften lachend über die große Wasserpfütze vor dem Kupfertor der Kunsthalle, versunken in geistreiche Doppeldeutigkeiten. Ich sah ihn nicht. Nur ein Paar schwarzer Schuhe, kurz bevor ich gegen seinen Brustkorb prallte.

»Du!«, sagte Leo Stark. »Kann ich mit dir sprechen?«

Ich versuchte, meinen Blick an Adrians und Bettys Rücken

zu heften, aber Leo packte mein Handgelenk und drückte zu, zwang mich, ihn anzusehen.

»So was tut man nicht«, sagte er hinter der Sonnenbrille.

»Was meinst du?«

»Du hast mir etwas gestohlen. Du hast etwas gestohlen, das ich erschaffen habe, und du hast es zerstört. Du hast mein Werk lächerlich gemacht mit deiner beschissenen Pubertätslyrik. Das ist verdammt noch mal ein Übergriff!«

»Aber Li wusste es doch. Sie hat mein Gedicht gelesen.«

»Li hat damit nichts zu tun. Es ist mein Text. Für wen hältst du dich eigentlich?«

»Ich bitte vielmals um Entschuldigung«, sagte ich und blinzelte in den Regen.

Leo Stark machte einen schnellen Vorwärtsschritt und schwang seine Faust wie ein Boxer. Seine Knöchel trafen mich auf der Nase, und irgendetwas platzte.

»Was soll das denn?« Ich beugte mich vornüber, während das warme Blut in meine zitternden Hände lief und sich mit dem Regen mischte.

»Hier«, sagte Leo. »Nimm das hier.«

Er drückte ein Stofftaschentuch an mein Gesicht und rieb mir das Blut von Mund und Kinn.

»Halt es an die Nase, dann hört es bald wieder auf.«

Er schob seinen Arm unter meinen und stützte mich, bis wir zu einer Bank gelangten. Ich wollte ihn nicht ansehen, weigerte mich, seinem Blick zu begegnen. Anhand seiner Bewegungen spürte ich, dass er es bereute. Der Regen prasselte auf meinen Kopf, meine Ohren waren wie taub, meine Nase brannte.

Leos schwarze Schuhe blieben eine Weile an der Bank stehen. Keiner von uns sagte etwas, und nach einigen Minuten ging er mit entschlossenen Schritten über den Platz davon. Ich betrachtete seinen Rücken und den schwingenden Mantel.

Bald stockte das Blut, und alles, was blieb, waren der Schock, die Angst und eine starke Sehnsucht nach einem vollkommen anderen Ort.

Lief ich die Treppe hinauf ins Gebäude? Die Tränen hatten sich ihren Weg gebahnt, und Betty hatte mich in dem Wald von Menschen entdeckt. Es war zu spät, sie zu verbergen. Ihre Hände um meinen Nacken, die Fragen in ihren unruhigen Augen.

»Hat er dich geschlagen?«

Ich wandte den Kopf ab. »Nicht so schlimm.«

»Aber du blutest, Zack.« Sie berührte vorsichtig meine Nase, legte die Hand an meine Wange. »Kümmre dich nicht um ihn. Leo steckt mitten in seiner kreativen Phase, und dann ist er manchmal so. Er meint es nicht böse, nicht persönlich.«

»Aber ich verstehe es einfach nicht. Er hat doch selbst die Fortsetzung eines Romans von einem anderen Schriftsteller geschrieben, und dann bezeichnet er Intertextualität als Diebstahl und Übergriff.«

»Aber vielleicht hatte Leo ihn ja vorher gefragt? Um Erlaubnis gebeten?«

»Wie? Hjalmar Söderberg ist doch wohl irgendwann in den Dreißigerjahren gestorben?«

Betty biss die Zähne zusammen. Sie zog meine Hände zu sich und umfasste sie wie Vogeljunge.

»Es passiert so viel«, sagte sie leise.

Über ihre Schulter hinweg sah ich Adrian in der Ecke stehen, mit einem besorgten Zug um den Mund und zusammengekniffenen Augen. Neben ihm Li Karpe mit rötlichen Wangen und einem Rotweinglas. Einen Moment lang verhakten sich unsere Blicke ineinander, doch ich widerstand dem Impuls nachzugeben. Ein kurzes Tauziehen, das damit endete, dass Li Adrians

Arm berührte und quer durch den Raum auf Betty und mich zuspazierte.

»Du warst fantastisch heute Abend!«

Sie erhob das Glas und nickte Betty zu.

»Danke.«

Ich stimmte etwas halbherzig ins Lob ein, doch Li Karpe funkelte mich wütend an. Diesmal trat ich gleich den Rückzug an.

»Einen schönen Abend noch«, sagte sie und ging.

Ich landete wie so oft auf einem Sofa. Adrian saß neben mir, die Beine übereinandergeschlagen, in einer routinierten Pose. Er sah aus, als wäre er dafür geboren, Lyrikabende zu besuchen und literarische Debatten zu führen. Fredrik war in einer Ecke eingeschlafen, der DJ spielte *California love*, und die Studentinnen vom Literarischen Schreiben hatten ihre Handtaschen auf einen Haufen geworfen, um den sie herumtanzten.

»Betty!«, rief Adrian und hinterließ eine Vertiefung im Ledersofa. Sie verschwanden in Richtung Treppen, er hatte seine Hand auf ihr Kreuz gelegt und warf einen ängstlichen Blick zurück.

Mitten im Rausch war etwas Helles, das alles in der Peripherie dämpfte. Ich war ein glücklicher Idiot, der die Welt mit einem Lächeln wahrnahm. Ich vermisste nichts, brauchte nichts. In den Büchern, die ich las, nannte man das Freiheit. In den Liedern, die ich hörte. Die Männer, die mir von der Welt erzählten (denn es handelte sich ausschließlich um Männer, nicht selten mittleren Alters), behaupteten, die Freiheit sei das Wichtigste, das Erstrebenswerteste. Und ich dachte mir, wenn ich nur mein Sichtfeld verengte und das Blattwerk des Daseins wegschnitt, jeden Teil der Welt amputierte, der wehtun könnte, der schmerzte und brannte, wenn ich alles nur halb durchlebte, würde ich dieses Leben trotz allem überstehen.

Und plötzlich saß sie bei mir auf dem Sofa, einfach so. Jonna. Mädchenhaft, duftete nach Kaugummi und Seife, konnte gar nicht aufhören zu lächeln.

»Dein Gedicht hat mir gefallen.« Sie schrie, um die Musik zu übertönen. »Fühlst du dich oft so?«

»Wie denn?«

»Dass du feststeckst? Und nicht weiterkommst?«

Ich dachte über eine Antwort nach, die ausreichend anspruchsvoll war, um jemanden wie Jonna zu beeindrucken, aber banal genug, um nicht abschreckend zu wirken.

»Das ist wohl ein Teil des Lebens. Man ist die ganze Zeit auf der Jagd, versucht, etwas zu erreichen, von dem man nicht weiß, was es ist oder ob es überhaupt existiert.«

Sie kniff ihre Augen zusammen, als würde ich sie blenden.

»Du kannst schreiben.«

Sie hätte ebenso gut sagen können, dass sie mich liebte, dass sie den Rest ihres Lebens mit mir verbringen wollte. Mein Ego platzte aus allen Nähten.

»Können wir nicht rausgehen?«, fragte sie.

»Es regnet.«

Sie stand auf, und ihre Augen waren mit Sternchen gesprenkelt.

»Ja, und? Dann wird man eben nass.«

Sie lachte die ganze Zeit. Lachte auf dem Weg die Treppen hinunter, als sie ihre Jacke herausfischte, als sie meine Hand ergriff und wir über das regenglatte Kopfsteinpflaster rannten.

Aber sie lachte nicht mehr, als ich mich mit dem Rücken in eine Nische zwischen zwei geschlossenen Restaurants presste. Mit ernstem Gesichtsausdruck legte sie ihre Hand auf meine Jeans. Meine Schultern krümmten sich, ich zwang mich zur

Selbstbeherrschung und bekam Kratzer am Rücken. Ihre Zunge kämpfte in meinem Mund.

»Meine Eltern sind verreist«, flüsterte sie.

»Wohnst du hier in der Stadt?«

»In Kävlinge.«

Alles andere war verschwunden. Es gab nur noch Jonna und mich. Ihre Küsse, die Elektrizität zwischen unseren Körpern, der Regen in meinen Haaren. Ich sagte Worte, von denen ich schon jetzt wusste, dass sie morgen früh ihre Gültigkeit verloren hatten, die aber wunderbar in die Gegenwart passten.

»Wie weit ist das? Zehn Kilometer?«

»Ungefähr.«

»Wir nehmen ein Taxi«, sagte ich.

Und sie hing wie eine Klette an mir. Der nachlassende Regen hatte etwas Schicksalsschwangeres an sich. Wir sahen die Lichter der Kunsthalle, Jonna wollte, dass ich mein Gedicht noch einmal vortrug, und Leo Stark saß nicht in meiner Brust und schnitzte mit einem stumpfen Messer darin herum.

Vor der Markthalle übergab sie sich in ein Blumenbeet, und dann küssten wir uns wieder. Das war das Leben. Ich war kein außenstehender Beobachter mehr. Ich stand im Zentrum und war der Chef von allem und liebte es.

Voller Todesverachtung stieg ich über eine Pfütze hinweg auf die Straße und winkte ein Taxi heran. Der Fahrer kurbelte heftig am Lenkrad, machte eine Kehrtwendung und fuhr so rasant davon, dass das Regenwasser spritzte. Ich blieb stehen, mit einem ausgestreckten Mittelfinger und Flecken auf den Schuhen.

»Verdammter Idiot!«

Jonna kringelte sich vor Lachen, schlich sich von hinten an und legte die Arme um meine Taille. Ihr keuchender Atem brachte meine Nackenhaare und alles andere zum Stehen. Ich drehte mich um, begegnete ihren Lippen, schloss die Augen und nahm alles in mich auf.

Plötzlich hörte ich Bettys Stimme. Wie einen Hilferuf.

»Zack! Bitte, Zack!«

Sie kam mit unsicheren Schritten die Straße entlang. Während ich mich aus Jonnas Armen befreite, erahnte ich die Enttäuschung, etwas, das an den Rändern ihres Blicks erlosch. Meine Bewegungen waren auf einmal übermäßig entschlossen und hingebungsvoll, aber auf eine völlig andere Art.

»Betty?«

»Zack!«

Sie torkelte, ihr Gesicht war tränenüberströmt. Ein Gefühl, dass eine Katastrophe bevorstand, ließ mein Herz erzittern, eine Vorahnung des brutalen Endes.

Wir liefen aufeinander zu.

»Was ist passiert?«

»Es geht um Adrian.«

Sie machte eine Bruchlandung in meine Arme, ihr ganzes Gewicht in meinen Händen, und ich ging in die Knie, hielt das Gleichgewicht, mit den Füßen und mit dem Blick. Weiter unten auf der Straße ging Jonna auf und ab.

»Adrian?«, fragte ich. »Was ist mit Adrian?«

»Er will nicht mehr. Er sagt, dass wir nur noch Freunde sein sollen, dass er nicht wirklich in mich verliebt ist.«

Ich spürte ihre Tränen auf meiner Brust.

September 2008

Ich war zweiunddreißig und komplett von meiner Mutter abhängig. Das Bargeld war aufgebraucht, und ich traute mich kaum, an den Stapel Fensterumschläge zu denken, die in Stockholm auf mich warteten, oder an die Nachrichten, die mein ehemaliger Vermieter auf meinem Anrufbeantworter hinterlassen hatte. Ich war zweiunddreißig und Leibeigener und konnte ohne den guten Willen meiner Mutter nicht einmal das Dorf verlassen.

»Ich muss nach Göteborg fahren und ein Interview führen«, sagte ich mit dem Autoschlüssel in der Hand. »Es geht um das Buch, Mama.«

»Nach Göteborg? Einfach so?«

»Ich bin heute Abend wieder zu Hause.«

Sie lachte auf und schien zu glauben, dass ich sie auf den Arm nahm.

»Es ist weit nach Göteborg. Ich glaube, dir ist nicht klar, wie weit.«

Unsere Weltbilder prallten aufeinander. Für meine Mutter war es schon ein Abenteuer, nach Tomelilla zu fahren, nichts, was man mal eben beim Vormittagskaffee entschied.

»Es kommt mir so überstürzt vor. So wenig durchdacht.«

»Was sollte ich denn deiner Meinung nach durchdenken?«

»Alles«, sagte sie und sah mich an. »Du solltest alles in deinem Leben etwas besser durchdenken.«

In dieser Hinsicht musste ich ihr recht geben.

»Das stimmt«, sagte ich und legte mir die Jacke über den Arm. Draußen riss der Herbst an den Bäumen und brachte die Haustür zum Knarren und Quietschen. Eigentlich brauchte ich eine dickere Jacke, aber dazu hatte ich weder Zeit noch Geld. »Alles wird besser, wenn ich mit dem Buch fertig bin.«

Leyla Corelli hatte am Telefon gestresst geklungen. Li Karpe? Leo Stark? Sie wusste genau, worauf ich hinauswollte, und wenn sie erstaunt war, dann verbarg sie es zumindest sehr gut. Sie konnte sich durchaus vorstellen, von mir interviewt zu werden, vorausgesetzt, ich lud sie auf einen Kaffee ein.

Sie war gerade in Göteborg, um irgendetwas im Lorensbergsteatern zu machen, wohnte im Hotel und wollte sich mit mir in der Lobby treffen. Nachdem ich das Auto im Stadtzentrum geparkt hatte, schickte ich ihr eine SMS. Als ich kam, stand sie schon auf der Hoteltreppe und wartete. Einen Regenschirm in der Hand und ein vorsichtiges Lächeln auf dem Filmstargesicht.

Draußen spannte sie den Schirm auf, obwohl es nicht regnete. Vor uns klingelte eine Trambahn, wir überquerten im Laufschritt die Straße und landeten in einem von murmelnden Stimmen erfüllten Café mit Jukebox in der Ecke und James Dean an den Wänden. Ich nahm ihr den Mantel von den Schultern und hängte ihn auf den Kleiderständer. Wir setzten uns auf ein niedriges Ledersofa vor einem Fenster, das sich zur Welt öffnete.

»Ich habe Sie sofort wiedererkannt, Leyla.«

Sie sah geschmeichelt aus.

»Aus Lund, meine ich«, fuhr ich erklärend fort.

»Sind wir uns in Lund begegnet? Beim Literarischen Schreiben?«

Ihre wintergrünen Augen studierten mich gründlich.

»Begegnung kann man das vielleicht nicht nennen. Sie haben den Kurs ein Jahr vor mir gemacht. Aber Sie sind noch einmal zurückgekommen, um mit Li Karpe zu reden.«

»Tatsächlich?«

Ich hatte entschieden, dass das die richtige Strategie war – gleich aufs Ganze zu gehen, ohne viele einleitende Worte. Deshalb erzählte ich, dass ich einen Teil ihres Gesprächs mit Li gehört hatte, dass ich heimlich dem gelauscht hatte, was wie ein dramatischer Aufbruch wirkte, mit Tränen und Geschrei.

»Stimmt, das hätte ich fast vergessen. Damals bin ich Li tatsächlich zum letzten Mal begegnet. Ich habe natürlich von dem Mord gelesen und vom Prozess und habe alles mitverfolgt. Eine Zeitlang hatte ich Angst, selbst hineingezogen zu werden. Und ich habe immer gedacht, dass jemand wie Sie eines Tages bei mir auftauchen würde, jemand, der in der Sache herumwühlt, ein Journalist oder … vielleicht jemand von der Polizei. Jetzt, als ich vom Leichenfund gelesen habe, musste ich wieder daran denken. Nur seltsam, dass es so lange gedauert hat.«

»Und was wollten Sie demjenigen erzählen, der bei Ihnen auftaucht?«, fragte ich.

Sie lächelte entwaffnend, lehnte sich mit den Händen im Schoß zurück und sah mich an, als sei es mir bereits gelungen, eine Art Vertrauen aufzubauen.

»Alles, von Anfang bis Ende.«

Sie holte tief Luft und atmete erleichtert aus, als bedeute dieses Treffen eine Befreiung, auf die sie sich schon lange gefreut hatte.

»Sie schreiben an einem Buch, haben Sie gesagt?«

»Ganz genau, *Der unschuldige Mörder*.«

»Interessanter Titel.«

»Danke.«

»Das heißt, Sie kennen ihn? Den Mann, der als Mörder verurteilt wurde. Adrian irgendwas.«

»Adrian Mollberg«, sagte ich und nickte.

»Und er ist unschuldig?«

»Meiner Meinung nach schon.«

Leylas Lächeln verschwand, ihr Blick flackerte unruhig.

»Wie geht es ihm heute?«

»Es geht ihm richtig mies. Sein Leben ist zerstört.«

Sie senkte den Blick und drehte eine Haarsträhne zwischen Daumen und Zeigefinger. Natürlich hatte ich mich informiert und wusste nun alles über Leyla Corellis Durchbruch mit dem Monolog *Vaginaverse*, den sie geschrieben und überall im Land vorgetragen hatte und der nach Meinung der Kritiker eine schonungslose Abrechnung mit dem Patriarchat darstellte. Eine Zeitlang war sie Freiwild, bekam Morddrohungen und landete in den Schlagzeilen. Dann besuchte sie die Schauspielschule, startete einen Blog, den Hunderttausende lasen, und wurde zu einer der einflussreichsten Personen unter dreißig gewählt. Sie schrieb noch ein Theaterstück und spielte selbst die Hauptrolle, wurde von allen Seiten gefeiert, machte sich aber gegenüber der Presse rar. Trotz ihrer Integrität wurde sie zum Opfer von Klatsch und Tratsch, es gab Gerüchte, dass sie lesbisch war, bis hin, dass sie harte Drogen nahm. Sie begann fürs Fernsehen zu schreiben und spielte in Kinofilmen verhasste Bitches, wurde für den nationalen Filmpreis nominiert, ohne ihn letztlich zu bekommen. Und jetzt war sie also auf Tournee mit einer neuen Inszenierung, die mit vorsichtigem Optimismus aufgenommen wurde.

»Sie dürfen gern über mich schreiben, aber ich möchte Sie bitten, nicht meinen richtigen Namen zu verwenden.«

Das klang durchaus machbar.

»Wie soll ich Sie denn nennen?«

»Gern was Italienisches«, meinte sie. »So was wie Isabella Rossellini oder Claudia Cardinale.«

Ich nickte.

»Aber natürlich anders.« Sie lachte. »Und jetzt trinken wir einen Kaffee. Wollen wir uns nicht einfach duzen?«

Der unschuldige Mörder

von Zackarias Levin

15. Kapitel

August 1995 – September 1996

Leyla Corelli stieg in Lund aus dem Zug. Sie hatte einen Traum und einen Rucksack dabei und sonst nichts. Sie hatte sich ursprünglich gar nicht für Literarisches Schreiben beworben und erst recht nicht vorgehabt zuzusagen, als Li Karpe sie plötzlich angerufen hatte, aber wie immer war alles anders gekommen, als sie es sich gedacht hatte. Die Dinge hatten sich verknotet und waren aus dem Ruder gelaufen, und jetzt stand sie am Allhelgonabacken mit Boots und abgeschnittenen Jeans, aufgeknöpfter Bluse und zu kleiner Jeansjacke. Die Zigarette war aufgeraucht und die Schminke verlaufen. Sie klopfte an und begriff sofort, wer ihr die Tür öffnete.

»Li Karpe?«

»Wunderbar, dass du doch hergekommen bist!«

»Es hat sich halt so ergeben«, sagte Leyla. Keine unübliche Feststellung in ihren bisher turbulenten zweiundzwanzig Jahren auf Erden.

Li Karpe war es, die zuerst Kontakt aufgenommen hatte. Eine weiche, beinahe einschmeichelnde Stimme am Telefon. Der Text, den Leyla geschrieben hatte und der in dieser coolen Zeitschrift erschienen war, wie auch immer ihr das gelungen war. Offenbar hatte Li ihn gelesen, und er gefiel ihr sehr. Jetzt wollte sie Leyla einen Kursplatz an der Universität Lund anbieten. In Literarischem Schreiben.

»Ich kann nicht nach Südschweden ziehen. Ich bin verlobt.«

Außerdem war sie keine Schriftstellerin und wollte auch keine werden. Sie hatte gerade ihren ersten Modelauftrag in Stockholm bekommen.

»Wie schade, denn du hast wirklich ein seltenes Talent, wie ein ungeschliffener Diamant«, hatte Li gesagt. »Aber nur mit Talent kommt man nicht weit.«

Das nächste Mal hatte ein Mann angerufen. Leyla hatte nichts begriffen und war nur genervt gewesen und hatte ihn angeschrien. Konnten die sie denn nicht einfach in Ruhe lassen? Erst hinterher hatte ihre damalige Partnerin gesagt – damals, als sie noch normal gewesen war und man mit ihr hatte reden können –, dass der Mann ein total bekannter Schriftsteller sei, einer der größten Schwedens oder so.

»Das mit der Verlobung hat sich erledigt«, erklärte Leyla, als sie ihre Jacke in Li Karpes kleinem Büro im Institut für Literaturwissenschaft abgelegt hatte, das eigentlich nichts anderes als eine Abstellkammer war: keine Fenster, ein übervoller Schreibtisch und gerade mal Platz für zwei Personen.

»Hast du dir schon was zum Wohnen organisiert?«

»Noch nicht.«

Sie standen schweigend da und maßen einander mit Blicken.

»Das findet sich schon«, sagte Leyla. Noch eine ihrer Lieblingsredewendungen.

In der ersten Woche schlief sie auf einer Matratze im Abstellraum, erwachte gekrümmt wie ein Erdnussflip und staunte über Li Karpes lobende Worte. Ein paar Worte auf einem Papier reichten. Li bekam Augen wie ein Feuerwerk, stand vor dem Kurs in Literarischem Schreiben und stotterte. Wenn Leyla über ein Schwein schrieb, sprach Li Karpe von der Weltrevolution.

»Wir gehen aus und trinken Wein«, sagte Li am Freitag. Und das war der Startschuss zu all dem, was noch passieren sollte, denn natürlich würde es wieder Chaos und Turbulenzen geben, und alles würde aus dem Ruder laufen. So war es nun einmal bei Leyla Corelli, zweiundzwanzig Jahre alt. Insbesondere wenn Alkohol im Spiel war.

In einer der Herbstnächte, in denen sie unterwegs waren, auf Abwegen, ohne jegliche Vernunft, beugte sich Li Karpe vor und küsste sie. Feste Lippen, ohne jede Zurückhaltung, auf einer Kopfsteinpflasterstraße, und nur der Mond schaute zu.

»Ist das in Ordnung für dich?«, fragte sie.

Sie gingen nach Hause und erwachten verschwitzt und eng umschlungen. Einen ganzen Morgen lag Li auf den Ellbogen gestützt da und erforschte jede Linie in Leylas Gesicht mit dem zarten Pinsel ihres Zeigefingers.

Sie hatten beide begriffen, dass dies geschehen würde, vielleicht schon nach ihrer ersten Begegnung in der Abstellkammer des Instituts für Literaturwissenschaft. Leyla trug ihre Gefühle immer für alle sichtbar nach außen, bereits seit ihrer Geburt sprang sie mit dem Kopf zuerst ins kalte Wasser. Jetzt stürzte sie sich wieder mitten hinein in alles, ohne Sicherungsseil, völlig unüberlegt.

»Ist das überhaupt legal, was wir da machen?«, fragte sie ein paar Tage später, nach einer schnellen Mittagspause, die alles enthalten hatte außer Mittagessen.

»Ich bin mir nicht sicher. Aber wir sollten es nicht an die große Glocke hängen. Ich habe schon gesehen, wie die Studentinnen ganz vorn dich anstarren und tuscheln.«

Leyla zog in die Wohnung in der Trädgårdsgatan. Es ergab

sich eben so. Morgens musste sie fünf Minuten warten, nachdem Li die Tür hinter sich geschlossen hatte, bevor sie sich mit dem Rucksack auf der Schulter auf den Weg zum Literaturkeller machte. Sie wichen einander stundenlang aus, existierten nicht in den Blicken der anderen, um schließlich kraftvoll zu kollidieren. Sie verschmolzen. Sie feierten ihre Flitterwochen und glaubten wie alle anderen, dass es ewig halten würde.

Leyla hatte Leo Stark schon völlig vergessen, als Li ein Buch mit seinem Namen aufs Bett warf und ihr sagte, sie solle es lesen. *Achtundsechzig.* Sie musterte es, las den Umschlagtext, rümpfte die Nase.

»Ich kenne den Namen.«

»Leo ist mein bester Freund«, sagte Li. »Er hat dich im Sommer angerufen und mit dir geredet. Er war richtig ergriffen von deinem Text in der Zeitschrift *90TAL*, genau wie ich und alle anderen, die ihn gelesen haben.«

»Ich erinnere mich an seine Stimme.«

Leyla verschlang das Buch. Sie, die sonst nie die Ruhe fand, mehr als ein paar Seiten zu lesen, der es in den Fingern juckte und in den Beinen kribbelte, wenn sie zu lange still saß. Aber mit Leos Buch war es etwas anderes, es hatte einen ganz anderen Schwung: Obwohl es hier und da Punkte gab, flossen die Sätze ineinander. Als sie es zuschlug, hatte sie das Gefühl, eine extreme Achterbahnfahrt hinter sich zu haben.

»Er will dich gern kennenlernen«, sagte Li und rahmte ihr Gesicht mit balsamweichen Händen ein.

»Warum das?«

Doch auf diese Frage erhielt Leyla keine Antwort.

Er saß breitbeinig in einem Sessel, mit einem unnatürlich breiten Lächeln. Leyla war barfuß, und aus irgendeinem Grund stellte sie sich ein paar Mal auf die Zehen, während Leo Stark seine Sonnenbrille auf die Nasenspitze schob und sie ansah.

Niemand hatte sie je auf diese Art angeschaut. In Leos Augen wurde sie endlich ein ganzer Mensch.

Dann war nichts mehr klar und deutlich. Nebelschleier hingen über den Tagen, die so schnell zu Nächten wurden und sich über die Zeitachsen schlängelten. Leyla hatte sich immer vom Unbekannten, Gefährlichen angezogen gefühlt. Sie wurde von den Wirbeln aufgesogen, alles war Poesie und Fiktion. Es gab Pillen gegen den hämmernden Kopf am Morgen und Salbe gegen die Wunden, auf welcher Seite der Haut sie sich auch befanden. Ein paar Medikamente ließen das Leben reibungslos weiterlaufen, und Leyla lebte am äußersten Rand. Das hatte sie immer schon getan, so war es eben.

Li behauptete, sie zu lieben. Leo nannte sie sein Zuckerkind.

Er schrieb an einem neuen Buch: eine dystopische Gegenwartsschilderung über einen Mann, der aus Stockholm aufs Land flieht und verzweifelt dabei zusieht, wie Schweden sich dem Untergang nähert. Ein Mann, der sich wider besseres Wissen noch einmal in eine junge Frau verliebt, um letztlich zu begreifen, dass Männer und Frauen in dieser Welt nicht mehr zusammenleben können.

»Er braucht dich, um diesen Roman zu schreiben«, sagte Li. »Ein Buch zu schreiben ist für Leo so, als wäre er im Fegefeuer gefangen.«

»Aber wie denn? Soll ich seine Muse sein, oder was?«

Li Karpe lachte und küsste sie so heftig, dass es wehtat.

An manchen Abenden arbeiteten sie zusammen am Text, wenn Leo nüchtern und scharfsichtig war. Er schob die Lesebrille zurecht, feuchtete den Daumen an und blätterte im Manuskriptstapel. Dann las er Leyla und Li laut vor. Immer wieder hielt er inne und stockte, brummte missbilligend, als würde er die Worte nicht erkennen, als hätte er sie nicht selbst geschrieben. Nach dem Vorlesen warf er den Papierstapel auf den Tisch und wartete auf ihr Urteil.

»Das ist gut«, sagte Li Karpe. »Ich mag die Wut, so geradeheraus und direkt. Es gibt in einem solchen Text keinen Platz für Metaphern und Symbolik.«

»Fast wie Death Metal«, sagte Leyla.

Leo starrte sie voller Abscheu an. Plötzlich schüttelte er sich, schnaubte und zitterte am ganzen Körper.

»Ihr kapiert überhaupt nichts!«, schrie er und sprang auf. »Ein Scheiß ist das. Der reinste Mist und sonst gar nichts.«

Li wollte ihre Hand auf seinen Arm legen, doch Leo schob sie gewaltsam wieder weg. Er grunzte, wandte sich ab, stöhnte und zischte.

»Bitte, lieber Leo«, sagte Li.

»Hör auf, mich lieb zu nennen, du dumme Kuh!«

Er sah sie an, aus wenigen Zentimetern Entfernung, die Halssehnen waren angespannt und blau, die Nasenflügel bebten. Krampfhaft stemmte er die Hände in die Hüften.

»Wisst ihr, was das Problem ist?«, sagte er. »Ich bin nicht mehr da. Ich habe mich in einen Aussichtsturm gesetzt und blicke auf die Welt hinab, die ich beschreiben will. Doch das funktioniert nicht. Ich brauche die Froschperspektive, ich muss zurück in den Sumpf. Wie verdammt noch mal soll ich beim Schreiben eine Welt erzeugen, von der ich selbst kein Teil bin? Ich muss raus und mich wieder verlieben und geil und zornig werden!«

Die beiden Frauen schwiegen. Leo sackte in sich zusammen, der Adrenalinspiegel sank, und die Atmung beruhigte sich.

»Ganz richtig«, sagte Leyla. »Denn was ist schon Literatur ohne Leben?«

Es lag nicht am Sex. Auf diesem Gebiet hatte Leyla keine Beschwerden vorzubringen. Sie experimentierte gern ohne Hemmungen, und ihr war nie irgendetwas unangenehm, obwohl sie manchmal einen Lachkrampf bekam, wenn Leo seine verrückten Ideen präsentierte. Nein, etwas anderes erschreckte sie: wie er die Fassung verlor und sein Blick leer wurde, wie seine Muskeln zu zucken begannen und eine Art Eigenleben führten. Wenn die Worte nicht zu ihm kamen, wenn die Sätze glatt und glitschig wurden, wenn er sie nicht mehr festhalten konnte und sie ihm durch die Finger glitten. Während Leyla bei ihm am Teaktisch saß und auf der Schreibmaschine herumtippte, ließ sie ihn nicht aus den Augen.

Mal war sie ein Genie, mal war sie eine einfältige Möchtegernlyrikerin.

»Fantastisch! Der Himmel hat dich geschickt, mein Zuckerkind!«, brach es aus ihm hervor, doch schon in der nächsten Minute zog er mitten in ihrem Tastenspiel das Papier aus der Walze, zerdrückte Leylas Wörtersoufflés zwischen seinen harten Handflächen und zertrat sie auf dem Fußboden. In einem ungeahnten Vulkanausbruch zerstörte er Stunden von Gedanken und Buchstabenvereinigungen, die ihn eben noch vor Erregung hatten schnurren lassen.

»Dann mach es eben selbst, verdammt noch mal!«, schrie Leyla und war schon den halben Kiesweg hinuntergelaufen, als Li Karpe sie einholte und ihr beinahe den Arm auskugelte. Leo lehnte sich wortlos aus dem Fenster des Obergeschosses, während Leyla und Li mit ihren Flüchen und Schreien die Nachbarschaft weckten. Es endete immer mit einer beinahe zeremoniellen Versöhnung, mit Entschuldigungen und Zärtlichkeitsbeweisen. So war Leo nun einmal. Der Fluch des Künstlers, der ständige Balanceakt zwischen Verzweiflung und Euphorie.

Leyla lag nach einer langen und quälenden Nacht in der Professorsstaden an Lis Brust. Ihre Lippen waren müde. Sie hatte es den Fingern überlassen, Lis rot gefleckter Haut Trost und Linderung zu verschaffen.

»Warum gibst du dich eigentlich dafür her?«

Diese Frage hatte sie im Lauf mehrerer Wochen formuliert, doch erst jetzt bekam sie eine Stimme. Leyla merkte, dass Li sich wehrte. Ihr Blick schweifte ab, ehe sie ein Lächeln aufsetzte, das dazu gedacht war, allen eventuellen Einwänden vorzugreifen.

»Das ist Leo. So ist er nun mal. Alles hat eben eine gute und eine schlechte Seite.«

»Sag mal, hörst du nicht selbst, wie das klingt?«

Li entzog sich ihr ein wenig.

»Wir sprechen von Leo Stark. Weißt du eigentlich, wie viele Menschen sonst etwas dafür geben würden, um mit ihm befreundet zu sein?«

Doch das verstand Leyla nicht. Und wenn das wirklich stimmte, dann waren eben manche Leute einfach Idioten, es hatte nichts mit Logik zu tun, sondern es war ein gestörter Promikult.

»Leo umgibt eine ganz besondere Kraft«, sagte Li. »Ich kann es nicht besser erklären. Du musst sie doch selbst gespürt haben?«

Leyla verzog den Mund. Das ließ sich nicht leugnen.

»Es ist die Art, wie er einen ansieht«, fuhr Li fort. »Viele Menschen haben mich gelobt, ja, sogar bewundert, aber niemand hat mir das Gefühl gegeben, so gesehen, so geschätzt zu werden wie Leo. Es ist beinahe magisch, Leyla.«

Sie unterbrach ihren Fingertanz um Lis Schlüsselbein, zog ihre Hände zurück und rollte sich zusammen.

»Komm schon. Du bist auch fantastisch«, sagte Li und versuchte zu flirten, aber Leyla hatte jegliche Lust verloren.

»Charisma«, sagte sie nachdenklich. »Ich frage mich, ob es wirklich um Charisma geht. Oder ob es nicht der Mythos vom charismatischen Leo Stark ist.«

»Ich glaube, es ist unvermeidlich, dem Mythos um die eigene Person nicht gerecht zu werden. Leo ist wohl ebenso sehr der Mythos um Leo Stark wie Leo Stark selbst.«

»Klingt kompliziert«, entgegnete Leyla seufzend.

Sie schliefen ein und erwachten wieder, und bald waren ein ganzer Herbst und ein ganzer Winter vergangen, Traubenkirsche und Flieder juckten in der Nase, und Leyla publizierte einen neuen Text. Sie freundete sich mit ein paar Lesben aus Malmö an und trat einer Partei bei, verbrachte immer mehr Nächte außer Sichtweite von Li und Leo. Ihre Loyalität wurde infrage gestellt, und sie ertappte sich dabei, wie sie den anderen entgegenkam und die Beziehungen kittete – bei Spielen, die sich an der Grenze zur Gewalt bewegten.

Leo schrieb weiter an seinem Roman, zerriss Seiten und atmete hyperventilierend in eine Papiertüte. Wie ein Schatten schwankte er durch die Straßen von Lund und fluchte bitterlich über ein Land, das er nicht mehr wiedererkannte, über Neoliberale und Unternehmer, die Schweden in ein Disneyland für Egoisten verwandelt hätten.

Im Lauf des Sommers zog sich Leyla immer mehr zurück. Sie besuchte eine verweinte und hohlwangige Li, die unter dem Küchenabzug Kette rauchte, und kniete auf einem wackligen Holzhocker, während laute Fragezeichen in gedrückte Stille übergingen. Leylas Abschlussarbeit in Literarischem Schreiben wurde in einer Anthologie aufgenommen, auf deren Umschlag eine Feder aus Makroperspektive abgebildet war. Sie beteiligte sich mit zwanzig Kronen an einem Blumengesteck für Li Karpe, und am Mittsommermorgen knutschte sie sich mit einer androgynen Rocksängerin heiser und halswund, die gerade ihr Kaff in Småland verlassen hatte, um in Malmö groß herauszukommen. Es ergab sich eben so. Wie immer. Leyla Corelli konnte nie mit mehr als einem Fuß auf derselben Stelle stehen.

Li wollte, dass sie den Herbst am Fenster in der Trädgårdsgatan verbrachte, um einen Roman zu schreiben. Der Titel *Vaginaverse* stand schon seit Längerem fest, und es gab sogar etwas, was man als Entwurf bezeichnen könnte. Aber dann kam Leo mit Zugfahrkarten nach Kopenhagen und Berlin an. Er wollte in den Sumpf zurück, ins Wilde, und er hatte Leyla als Fremdenführerin auserkoren. In einem Hotelzimmer in der Friedrichstraße saß er auf einem mottenzerfressenen Sofa, bediente die knatternde Reiseschreibmaschine mit der einen Hand und befriedigte sich selbst mit der anderen. Währenddessen lagen Leyla und Li im Bett, um einen fast noch minderjährigen Wachsoldaten zu verführen, der an Woody Harrelson aus *Natural born killers* erinnerte. Als sie im August nach Lund zurückkehrten, bekam Leo Antabus verschrieben und einen Verlagsvertrag für den Roman zugeschickt, den er genau in der Woche als Meisterwerk in Entstehung bezeichnet hatte. Li begann, sich auf den neuen Jahrgang in Literarischem Schreiben vorzubereiten. Eines Nachts wurde Leyla von einem fremden Mann gepackt, der sie zu küssen versuchte. Sie boxte ihn auf die Nase und schrieb anschließend in wildem Zorn fünftausend Wörter, las Valerie Solanas und fragte ihren Bruder am Telefon, wie er jeden Tag mit einem Penis in der Hose herumlaufen könne, ohne zu kotzen.

Lärmend stürzte Leo in die Wohnung in der Trädgårdsgatan, verstreute die Manuskriptseiten fächerförmig auf dem Flurfußboden und kroch auf den Knien herum, während er wie wahnsinnig mit dem Zeigefinger herumfuchtelte und mit kritischem Blick logische Lücken prüfte, die sich einfach nicht kitten ließen.

»Ich bin tot als Autor! Tot, sage ich!«

Li setzte sich neben ihn wie zu einem Kind, dem gerade sein Eis auf den Boden gefallen ist.

»Ich bin so wütend!«, heulte er. »Nichts funktioniert mehr, alles geht den Bach runter!«

Lis mütterliche Streicheleinheiten glitten wie trostreiche Lieder über seinen gebeugten Rücken. Leyla lehnte an der Spüle, mit der Hand am Hosenbund.

»Du solltest dir ein Pseudonym zulegen und Krimis schreiben«, sagte sie.

Leo starrte nicht Leyla, sondern Li verärgert an. Trotz seines leeren Blickes knisterte ein glutrotes Netz aus Gekränktheit in den Augen, die einst die Gegenwart so meisterlich wahrgenommen hatten.

»Ich brauche intellektuelle Stimulation«, zischte er. »Wie soll man etwas von Wert erschaffen, wenn man ständig von Idioten umgeben ist? Wenn man Sartre, Camus oder Hemingway in den Affenkäfig von Skansen gesetzt hätte, dann wäre es um ihre Genialität natürlich auch nicht zum Besten bestellt gewesen.«

»Jetzt hör aber mal auf!«, sagte Leyla und drehte den Dunstabzug über dem Herd an. »Du klingst ja, als wärst du kastriert. Geh raus und mach einen Spaziergang, atme mal durch, füttere die Enten im Stadtpark wie andere alte Männer.«

»Schweig, du Hure!«

Ein heftiger Ruck, dann regnete Papier auf den Boden. Leo kam rasch auf die Knie und packte Li am Nacken, schob sie in Richtung Küche.

»Wirf diese Schlampe raus!«, schrie er. »Es ist mir egal, wie jung und geil sie ist, sie muss weg!«

Er drückte so fest zu, dass Lis Augen aus den Höhlen traten.

»Lass sie los!«, brüllte Leyla. Die Zigarette fiel ihr runter, und die Glutkrümel zischten wie eine Knallkette vor ihren schwarz lackierten Zehennägeln entlang.

»Bitte, lieber Leo«, sagte Li. Als sie sich aus Leos Griff befreien wollte, gab er nach und ließ sie los. Doch in der nächsten Sekunde ballte er seine rechte Hand und schlug ihr ins Gesicht.

»Hör auf, mich als lieb zu bezeichnen, verdammt noch mal!«

Li sah in erster Linie enttäuscht aus. Sie starrten einander an, die Zeit lief im Leerlauf. Leylas Hand vor dem Mund, das Rotlila, das pochend unter Li Karpes Auge hervortrat, Leos gesenkter Blick und die geballte Faust, die nach dem Schlag noch immer zitterte.

»Du verdammtes Schwein«, stammelte Leyla.

Leo und Li schauten sie an, wandten sich dann aber wieder einander zu. Leos Schultern sanken herab, die Luft wich aus ihm, und im nächsten Moment fing Li Karpe ihn in ihren Armen auf, wiegte ihn hin und her und dämpfte seine Tränen an ihrer Brust.

Sobald Leyla den unmittelbaren Schock geschluckt hatte, drängte sie sich an ihnen vorbei in den Flur.

»Verdammte Scheiße. Zum Teufel mit euch beiden!«

Sie schob ihre Füße in die Boots, riss die Jeansjacke vom Haken, rannte aus der Tür und die Treppen hinunter. An der Haustür hörte sie, wie Li ihren Namen rief.

Sie überquerte die Straße. Die spätsommerliche Dunkelheit duftete still nach Stockrosen, und ein paar erschrockene Tauben erhoben sich von einem Hausdach.

»Geh nicht weg! Bitte, hör mir zu!«

Aber Leyla hörte nicht zu. Sie ging weiter.

»Lass mich in Ruhe!«, schrie sie und stolperte über das Kopfsteinpflaster. Aus dem Augenwinkel erahnte sie Li Karpes

Gestalt, das flatternde Haar, das sich verfärbende Auge. Es war Zeit weiterzuziehen.

»Komm zurück!«, rief Li vergeblich.

In dieser Nacht schlief Leyla auf einer Bank neben den Bahngleisen, nachdem sie aus dem Zug geworfen und gedemütigt worden war, aber immerhin keine Anzeige bei der Polizei kassiert hatte. Sie wurde von der Morgensonne geweckt und von einer schizophrenen älteren Frau, die versuchte, sich auf Leylas Füße zu setzen. Unter einem Papierkorb pickten ein paar glückliche Elstern in einem erbrochenen Kebab herum, und Leyla leerte ihre Taschen, hatte aber kein Geld für eine Rückfahrkarte nach Hause. Von einer Telefonzelle aus rief sie ihren Bruder an, stauchte ihn zusammen wie einen Hund und bettelte ihn dann an, sie doch abzuholen. Sie hatte genug von Lund, von Skåne, von allem.

Die folgende Woche wohnte sie noch in der Trädgårdsgatan. Sie konnte gut Theater spielen und sagte nichts zu Li, weil sie wusste, was sonst passieren würde. Sie schwiegen das Veilchen und die Zukunft tot. Der Herbst stand in den Startlöchern, und Li hatte mit den neuen Themen für den nächsten Kurs viel zu tun. Eines Tages kam sie mit einem Text nach Hause, der offenbar etwas Sensationelles war, den Leyla aber weder anzuhören noch zu kommentieren vermochte.

Schließlich packte sie eine Tasche und ging. Vor dem Krankenhaus ließ sie sich von ihrem Bruder abholen. Vorher war sie am Institut für Literaturwissenschaft am Allhelgonabacken vorbeigeschlichen und hatte Li Karpe ein letztes Mal gesehen. Ein albernes Gefühl von Sentimentalität lauerte in ihrer Magengrube, aber es gelang Leyla, es zu verscheuchen.

Ein halbes Jahr später las sie auf Text-TV von Leo Starks rätselhaftem Verschwinden und zählte eins und eins zusammen.

September 2008

Ein Stückchen südlich vom Höhenzug Hallandsåsen erwachte ich davon, dass das Auto bebte. Ich war schon halbwegs im Graben und riss das Steuer beinahe ab, als ich die Blechkiste gerade noch rechtzeitig wieder auf die Straße manövrierte.

Bis Ängelholm saß ich kerzengerade und zitternd da und hielt das Lenkrad in einer unerschütterlichen Zehn-vor-zwei-Stellung. Irgendwie hatten die Nahtoderlebnisse nach meinem dreißigsten Geburtstag ihren Charme verloren.

Ich dachte wieder an Leyla Corelli. Glaubte sie wirklich, dass Li Karpe Leo umgebracht hatte?

»Keineswegs unvorstellbar«, hatte sie gesagt, bevor wir vor dem Hotel auseinandergegangen waren. »Wenn ich an Leos viele Ausbrüche denke.«

Ich beschloss, Adrian zu besuchen. Obwohl es nach eins war, fuhr ich an der Borgebyabfahrt von der Autobahn und setzte darauf, dass Adrian denselben Tagesrhythmus hatte wie vor zwölf Jahren.

Ich stellte das Auto am Straßenrand ab und sah die Gardine in seiner Bruchbude flattern. Als ich zur Rückseite lief, stand er schon in der Tür.

»Zackarias! Mitten in der Nacht?«

»Schlafen können wir später.«

Er lachte.

»Aber jetzt ist später.«

»Später ist auch noch später«, sagte ich. »Ich komme direkt aus Göteborg. Ich habe mich mit Leyla Corelli getroffen.«

Wir gingen ins Haus.

»Weißt du gar nicht, wer Leyla ist?« Ich beobachtete ihn aufmerksam.

»Da klingelt nichts bei mir.«

»Ich frage mich allmählich, wie viel wir eigentlich über Li Karpe wissen«, sagte ich.

Adrian sah besorgt aus, aber ich entdeckte eine gewisse Neugier in seinem Blick.

Dann erzählte ich ihm die ganze Geschichte mit einem relativ süffigen Metatext und demselben freien Verhältnis zur Wahrheit wie immer. Er setzte sich in den Sessel und kaute nachdenklich an seiner Oberlippe.

»Das heißt, wir haben an jenem Abend Leyla Corelli vor Lis Haus gesehen?«

»Genau. Schon damals haben wir ja spekuliert, dass sie Lis Liebhaberin sein könnte. Ich glaube, Betty hat das gesagt.«

Ich merkte, dass Adrian sich zusammenreißen musste, um nicht heftig zu reagieren. Er schien sich selbst in den Sessel zurückzupressen, seine Kiefermuskulatur spannte sich an, und es sah aus, als spielte sich in seinem Inneren eine stille Revolution ab.

Auf diese Gelegenheit hatte ich gewartet. Adrian war sichtlich aus dem Gleichgewicht, und ein kleiner Schubs hätte ausgereicht, um alles auf den Kopf zu stellen. Ich wollte, dass er sich entblößt und schwach fühlte.

»Das erste Mal, als ich hier war, bin ich zufällig in dein

Schlafzimmer gegangen. Ich hatte nicht vor herumzuschnüffeln, aber die Ausschnitte und Fotos an der Wand sind ziemlich eindeutig.«

Adrian erblasste. Plötzlich verlor er all seine Autorität. Aber in seinem Gesichtsausdruck lag keine Feindseligkeit, sondern nur Angst und Scham.

»Li ist meine große Liebe«, sagte er. »Und der begegnet man nur einmal im Leben.«

Ich dachte an Caisa. Was, wenn er recht hatte, was, wenn man wirklich nur eine Chance bekam? Ein erschreckendes Verlustgefühl jagte durch meine Brust, und ich musste mich selbst daran erinnern, dass ich kein neunzehnjähriger Romantiker mehr war.

»Mir ist schon klar, dass es krankhaft klingen mag«, fuhr Adrian mit einer gewissen Selbsterkenntnis fort. »Aber das ist ja auch nicht verwunderlich, wenn man acht Jahre im Gefängnis sitzt und sich dann in einer Bruchbude von der Welt zurückzieht. Wenn es keine Zukunft gibt, muss man in der Nostalgie leben.«

Er sah mit leerem Blick aus dem Fenster, und man musste ihn einfach bemitleiden.

»Es ist nicht zu spät. Du hast mehr als das halbe Leben vor dir. Vielleicht kannst du woanders von vorn anfangen. Ein ganz neues Leben?«

Er verzog den Mund zu einem stillen, vergnügten Lächeln.

»Jetzt klingst du wie ein echter Romantiker, Zackarias.«

Wir lachten ein wenig reserviert.

»Nicht zu fassen, was für gescheiterte Existenzen aus uns geworden sind«, sagte ich in leicht scherzhaftem Ton. »Wir könnten als warnendes Beispiel dienen: So ergeht es dir, wenn du eine Schriftstellerausbildung machst und glaubst, dass etwas aus dir werden wird.«

Adrian lachte unbeherrscht.

»Nur Fredrik Niemi geht es gut.«

»Na ja, das mag vielleicht so aussehen.« Ich suchte nach einer passenden Formulierung und entschied mich für: »Aber bei ihm geht auch gerade alles ziemlich den Bach runter.«

Offenbar wusste Adrian nicht, was er glauben sollte, als ich ihm von Fredriks Eheproblemen berichtete, von seinen Lügen und wie er mitten in der Nacht zu mir gekommen war, weil er niemand anderen zum Reden hatte.

»Unglaublich. Ich habe die beiden hier vor meinem Haus getroffen, im Frühsommer. Weißt du, was ich gedacht habe? Sie ist zu gut aussehend für ihn. Ganz schön gemein, oder? Aber es stimmt wirklich, das war das Erste, was ich gedacht habe.«

Ich lächelte und fragte mich, ob die Leute dasselbe über mich und Caisa gedacht hatten. Bevor ich Caisa kennenlernte, hatte ich mich nie für sonderlich attraktiv gehalten. Mittelmäßig, wenn es hochkam. Sie hatte mir gezeigt, dass ich gut aussehend war. Wenn ich nachdachte, beruhte mein ganzes Selbstbild auf der Meinung eines einzigen Menschen. Caisa vertrat so entschlossen und beharrlich ihre Ansichten, dass ich sie mit Haut und Haaren geschluckt hatte. Dabei hatte ich die letzten Jahre womöglich in einem Lügengespinst gelebt. Mein ganzer Körper wurde schwer und sackte in sich zusammen.

»Was hat Fredrik dir denn für Geheimnisse verraten?«, wollte Adrian wissen.

Ich schüttelte die Gedanken an Caisa ab und erzählte ihm, so gut ich konnte, was Fredrik in Leo Starks Villa erlebt hatte.

Adrian sah schockiert aus.

»Sexorgien? Wie abstoßend!«, sagte er mit einer angewiderten Grimasse.

»So hat Fredrik es formuliert.«

»Das klingt total krank. Das kann doch nicht wahr sein!«

Er ging im Zimmer auf und ab.

»Und Betty? Was sagt sie dazu?«

»Sie will nicht darüber sprechen.«

Adrian erhob die Stimme.

»Sie will nicht darüber sprechen? Wie jetzt?«

»Sie will mir nicht beim Schreiben des Buchs helfen«, antwortete ich.

»Na, das hätten wir uns ja denken können.«

»Zum Glück schreibe ich einen Roman. Da sind die Wahrheitsanforderungen nicht sonderlich hoch.«

Adrians besorgte Miene deutete an, dass er nicht ganz meiner Meinung war.

»Und die Moral?«, fragte er.

»Wie meinst du das?«

»Schreibt man sich von jeglicher Moral frei, indem man seinen Text Roman nennt? Du schreibst doch über reale Menschen. Ich dachte, du hättest etwas höhere Ansprüche. Befasst du dich nur mit wilden Spekulationen?«

»Du vergisst, dass ich zehn Jahre lang bei einer Boulevardzeitung gearbeitet habe. Meine Moral ist wohl eher zweifelhaft.«

»Aber du willst noch immer meine Hilfe haben?«

»Unbedingt.«

Ich hatte wohl die Bedeutung unterschätzt. Anscheinend wollte Adrian im Buch die Wahrheit offenbaren und sonst nichts.

»Was ist, wenn wir uns nicht einigen können? Wenn wir unterschiedliche Vorstellungen von der Wahrheit haben?«

»Dann reden wir darüber.«

Er nickte, wirkte aber dennoch nicht ganz zufrieden.

»Und wer hat das letzte Wort?«, wollte er wissen und blies einen langen Rauchstreifen an die Decke.

»Die Erzählung.«

Ich hatte mir in Göteborg das Manuskript ausgedruckt, und jetzt ließ ich Adrian darin lesen, während ich ein paar Stunden auf dem Sofa schlief. Als ich aufwachte, saß er vor mir auf dem Sessel und starrte mich an wie ein Uhu. Ich bekam kaum die Augen auf.

»Das ist nicht in Ordnung.«

»Was?«, fragte ich und gähnte.

»Das ist der reinste Geschichtsrevisionismus, Zackarias.«

Ich streckte die Arme, bis der Schlaf von mir abfiel.

»Was meinst du?«

»Es ist verdammt gut, richtig toll geschrieben. Deine Sprache und die Gestaltung gefallen mir extrem gut. Darum geht es nicht.«

Er presste die Lippen aufeinander, kniff die Augen zusammen und gestikulierte.

»Ich erkenne mich in deiner Beschreibung nur nicht wieder. Mir kommt es so vor, als würdest du versuchen, deine eigene Rolle zu verringern und mich als Anführer hinzustellen.«

Er rutschte auf dem Sessel herum, schien sich die Worte genau zurechtzulegen. Dieser Punkt war ihm offenbar sehr wichtig.

»Ich werde es mir noch einmal anschauen«, sagte ich, um ihn zu beruhigen. »Es ist nur ein erster Entwurf.«

»Danke.«

Ich sah auf die Uhr. Wenn ich mich beeilte, würde ich es nach Hause schaffen, bevor meine Mutter aufwachte.

»Da ist noch etwas«, sagte Adrian. Seine Stimme war jetzt sehr viel weicher. »Stimmt es wirklich, dass Leo dir an diesem Abend eine gelangt hat?«

»Nach der Lesung, ja.«

»Er hat dich geschlagen?«

»Ich schwöre es – bei meiner Berufsehre.«

Jetzt lächelte er.

»Und er hat tatsächlich gesagt, dass du sein Werk gestohlen und verfälscht hast?«

»Jedes Wort ist wahr. Ich schwöre es beim Grab meiner Mutter.«

»Deine Mutter ist doch gar nicht tot.«

»Nein, aber trotzdem.«

Wir lachten beide. Ich hatte das Gefühl, als wäre die Luft jetzt gereinigt.

»Was war Leo Stark doch für ein Arschloch.«

»Ein richtig fieses Schwein«, sagte ich.

Wir nickten uns einvernehmlich zu.

»Aber ein Werk existiert unabhängig von seinem Autor«, gab Adrian zu bedenken. »Was man auch über Leo Starks Person denken mag, so hat er doch meisterhafte Literatur erschaffen.«

Ich war mir da nicht so sicher. »Meinst du damit, dass ein Werk über dem Urheber steht und so? Kann man sich den Schöpfer eines Werks überhaupt wegdenken?«

»Würdest du deine Mutter für deine eigenen Sünden verantwortlich machen?«

Ich lachte übers ganze Gesicht, begann aber gleichzeitig über seine Äußerung nachzugrübeln.

»Ich glaube, ich kann Leo Starks Bücher nie wieder lesen«, sagte ich. »Zumindest nicht auf dieselbe Art und Weise wie früher.«

»Aber die Bücher sind vollkommen unschuldig.«

Ich zuckte mit den Schultern.

»Ich werde in jedem Fall Li Karpe aufsuchen«, sagte ich dann und bemerkte eine kurze Veränderung in Adrians Blick. Obwohl er es zu verbergen suchte, war nicht zu übersehen gewesen, dass die Angst wie ein Schatten über sein Gesicht gehuscht war.

»Sie ist schwer zu finden«, murmelte er.

»Wie kommst du darauf?«

»Soweit ich weiß, hat sie ihren Namen geändert und alles hinter sich gelassen. Ich glaube, sie hatte das Schreiben und die literarische Welt satt.«

»Das ist durchaus verständlich«, sagte ich.

Der unschuldige Mörder

von Zackarias Levin

16. Kapitel

Oktober – Dezember 1996

Es war verdammt nahe dran gewesen. Adrian Mollberg lag mit klopfendem Herzen und verängstigt unter der Decke. Er kniff die Lippen zusammen, um so leise wie möglich zu atmen, während sich die Wohnung allmählich mit Geräuschen füllte: Schuhe, die ausgezogen wurden, Möbel, die beiseitegeschoben wurden, die quietschende Klotür, der laufende Wasserhahn und Zähneputzen. Das Schlürfen und tiefe Seufzen der Toilette. Schleichende nackte Füße. Beinahe wären sie entdeckt worden. Er sah durchs Fenster, durch das Li sich vorhin gestürzt hatte. Ob sie sich überhaupt angezogen hatte?

Jede Begegnung war wie ein Traum – währenddessen konkret und lebendig, aber hinterher so, als wäre nichts gewesen. Die Realität ging in ihrem alten, gewohnten Tempo weiter, und er musste sein flickflackendes Herz heimlich in der Brust tragen.

»Jemanden zu lieben bedeutet Geduld zu haben«, sagte Li und legte den Finger auf seine Lippen. Und sie nahm das Wort, dieses große Wort, das er eigentlich nicht begriff, und verwandelte es in etwas, das sich berühren ließ, dem man sich nähern und das man herbeisehnen konnte.

Und Adrian hatte Geduld. Er hatte keine Alternative.

»Wenn das herauskommt, verliere ich meine Stelle im Literaturwissenschaftlichen Institut«, sagte Li. »Die Uni hat sehr strenge ethische Prinzipien. Wobei auch Akademiker verstehen müssten, dass die Liebe keine Moral kennt.«

»Ich könnte doch auch aufhören«, schlug Adrian vor. »Ich schmeiß gern das Studium hin, wenn ich nur mit dir zusammen sein darf.«

Li antwortete mit einem Lächeln und einem Kuss. Die Finger in seinem Nacken, Nägel, die zudrückten.

Beim ersten Mal waren seine Gedanken von allzu viel Vino Tinto getrübt gewesen. Rein zufällig waren sie zu zweit zurückgeblieben, nachdem Betty zur Villa in der Professorsstaden geradelt war. Und Li war schonungslos gewesen, erst mit dem Blick und dann mit Zunge und Zähnen. Adrian war am nächsten Morgen mit gesprungenen Lippen und Kratzspuren am Rücken erwacht. Den ganzen benebelten Vormittag hatten ihm die Hände gezittert, und sein abgelegtes Schweigegelöbnis vibrierte am Gaumen, er war kurz vorm Herausplatzen.

»Ist was passiert?«, fragte Betty am Abend.

»Ach, es ist bloß mein aktueller Text«, sagte Adrian. »Der macht mich fertig.«

»Warum denn? Und warum schreibt man trotzdem weiter?«

Betty legte den Arm um seinen Nacken, schob ein paar Haarsträhnen beiseite und ließ den Kopf an seiner Schulter ruhen.

Es war Nacht in der Wohnung in der Trädgårdsgatan. Wenn Li auf der Bettkante saß, mit gekrümmten Zehen und mattem Blick, erschien ihre Nacktheit so natürlich, dass es ihm fast unnatürlich vorkam. Adrian fiel es schwer, sich loszureißen.

Aber die Unehrlichkeit zehrte an ihm. Die Heimlichtuerei und das doppelte Spiel.

»Ich muss mit Betty reden«, sagte er. »Das Ganze ist nicht fair ihr gegenüber.«

»Aber nicht jetzt! Noch nicht!« Li stellte ihre Füße auf den Fußboden.

»Ich fühle mich wie ein Betrüger. Das will ich nicht.«

»Das verstehe ich«, sagte Li und bekam einen weichen Blick. »Aber momentan ist Betty besonders wichtig für Leos kreativen Prozess. Wir können nicht riskieren, dass sie zusammenbricht oder auch nur irgendwie beeinflusst wird. Das wäre verheerend, jetzt, wo es für Leo gerade so gut läuft.«

»Also, ich verstehe das nicht. Was macht sie eigentlich? Schreibt sie ihm das Buch?«

»Nein, nein, gar nicht. Du weißt doch, dass bestimmte Figuren als Katalysator wirken und eine Ereigniskette auslösen können. Man könnte sagen, dass Betty der Katalysator in Leos Story ist.«

»Nur dass sie keine literarische Figur ist.«

»Genau. Das ist der kleine Unterschied.«

Adrian ging langsam im Zimmer umher. Der Lichtstrahl der Laterne vor dem Fenster traf ihn im Gesicht, und er ließ sich blenden.

»Ich habe ihr ja nie etwas versprochen«, sagte er. »Nicht wirklich. Aber es fühlt sich trotzdem so … unwürdig an.«

»Alles zu seiner Zeit«, sagte Li. »Etwas mehr Geduld – mehr braucht es nicht.«

Sie umarmte ihn von hinten, und Adrian blinzelte die Farbwolken aus seinen Augen.

»Geduld, Geduld«, murmelte er.

»Das ist die wichtigste Eigenschaft eines Autors.«

Ein angenehmer Schauer lief über seinen Rücken. Sie sagte es so, als gelte es ihm.

»Ich habe noch nie solche Gefühle für jemanden gehabt«, sagte er.

Als er sich umdrehte, hatte Li die Augen geschlossen. Er fand, dass sie glücklich aussah.

Am Abend vor der Lesung sagte Li zu ihm, dass es an der Zeit sei.

»Rede morgen mit ihr, aber warte bis nach der Lesung.«

Alle halfen bei den Vorbereitungen. Sie tranken Wein und rauchten. Vor der Kunsthalle fegte eine Regenwelle über den Platz, schmutzige Tauben liefen eilig um die Pfützen herum und suchten Schutz an den Hauswänden. Der Abend war wie gemacht für Lyrik.

Nachdem sie mit der Lesung fertig und von einer Schar Hinterbliebener gefeiert worden waren, folgte eine Phase der intensiven Medikation. Bei den Champagnergläsern war die Oberflächenspannung wichtiger als der Inhalt. Fredrik saß schlafend auf einem Sofa, die Mädchen tanzten, und Adrians Herzgegend wurde von einer unbestimmten kribbelnden Sehnsucht erfüllt.

Jetzt musste es geschehen. Während Li Karpe auf ihren hohen Absätzen das Tanzbein schwang, durchtrennte Adrian in den hinteren Räumen der Kunsthalle Bettys Lebensnerv. Sein Herz schlug entgegen dem Rhythmus der Musik, als Betty die Treppen hinunterrannte. Tief im Dunkeln nahm er Lis fluoreszierenden Blick wahr.

»Wie fühlt es sich an?«, flüsterte sie dicht an seinem Ohr.

»Ich hätte nicht gedacht, dass sie es so hart treffen würde.«

Sein Körper wurde schwer, er wollte vor allem fliehen, in die Trädgårdsgatan, zu den Träumen, und sich auf unbestimmte Zeit einschließen.

»Das geht vorbei«, versprach Li. »Sie ist so jung. Im Lauf der Jahre wird man dickhäutiger.«

»Wie zynisch du klingst.«

»Kein bisschen«, sagte sie und berührte seine Wange. »Ein

Herz, das an den Nähten geplatzt ist, hält länger. Das kennen alle, die etwas über die Liebe wissen.«

Adrian wollte seine Erzählung umschreiben. Sie bewegte sich auf einen Schluss zu, der ihm nicht gefiel. Manchmal brauchte die Realität einen kleinen Stups in die richtige Richtung, und wenn die Darstellungsweise eines Textes poliert werden musste, war er nicht jemand, der um jeden Preis am Geschriebenen festhielt. Es gab so viele verschiedene Arten, ein Ereignis zu beschreiben. Erst wenn man am Ende angelangt war, wusste man, ob man den richtigen Weg gewählt hatte. Das hatte ihn Li Karpe höchstpersönlich gelehrt, und Adrian war ein aufmerksamer Schüler.

Eines Abends, als er nackt auf dem Fußboden in der Träd-gårdsgatan saß und Lis Füße in seinen Händen hielt, sagte er, was er immer schon gedacht hatte:

»Ich kann mir keinen einzigen Tag ohne dich vorstellen.«

Ihre Beine erstarrten, und das Lied, das sie summte, wechselte die Tonart.

»Es gibt so vieles, was man sich nicht vorstellen kann und woran man sich später gewöhnt, als hätte es nie eine Alternative gegeben.«

Er drehte den Kopf so weit wie möglich nach hinten, aber es gelang ihm nicht, ihren Blick einzufangen.

»Warum sagst du das?«

»Das ist doch nichts Erstaunliches. Ich spreche über klare Fakten. Allgemeiner Art natürlich, aber dennoch.«

»Ich habe so etwas noch nie erlebt, Li«, sagte er, während er jede Muskelfaser im Gesicht zusammenpresste, um seine Tränen zurückzuhalten.

»Du bist ein feiner Mensch, Adrian. Aber die Leute erleben jeden Tag etwas, was sie noch nie zuvor erlebt haben«, erwiderte sie. »Der Mensch hat eine fantastische Gabe, sich einzubilden, dass er einmalig ist und dass das, was er erlebt, nicht schon Millionen von anderen Leuten millionenfach widerfahren ist. Glück für uns, weil sonst die Literatur keinen Sinn hätte. Nur deshalb können wir dieselben Geschichten erzählen, die schon seit Tausenden von Jahren erzählt werden. Noch immer bringen sie die Menschen dazu, sich in ihnen wiederzuerkennen und ihnen das Gefühl zu geben, dass sie besonders und anders sind.«

»Aber wir sprechen doch nicht von Literatur«, sagte Adrian und spürte, wie sich die Machtlosigkeit in ihm in Wut verwandelte. »Das ist doch keine Erzählung, verdammt noch mal!«

»Da hast du unrecht, Adrian«, sagte Li. »Alles ist Literatur. Und das ist unsere Erzählung, Adrian. Deine und meine.«

Langsam erhob er sich und sah sie an. Lis Gesicht war ein leeres Gemälde.

In diesem Moment beschloss Adrian, seine eigene Erzählung von sich selbst zu verändern.

September 2008

Der SUV stand wieder vor dem Haus. In der Küche saß Fredrik Niemi und stützte die Ellbogen auf den Tisch, allem Anschein nach in ein vertrauliches Gespräch mit meiner lieben Mutter vertieft.

»Aha, da steckst du also«, sagte sie mit besorgter Stimme, doch ohne mich mehr als mit einem hastigen Blick zu bedenken. »Fredrik war bei der Polizei und ist vernommen worden.«

»Vernommen? Warum denn das?«

Fredrik nahm seine Brille ab und hauchte die Gläser an. Er sah aus wie ein kleiner ängstlicher Junge, und ich ahnte, wie meine Mutter es genossen hatte, ihn zu bemuttern.

»Sie haben eine Speichelprobe von mir genommen«, entgegnete er. »Offenbar wollen sie einen DNA-Test machen und mit irgendwas an der Leiche abgleichen.«

»Unmöglich«, sagte ich. »Wenn sie tatsächlich Leos Leiche gefunden haben, dann hat sie zwölf Jahre lang im Wald gelegen. Es können nur noch Knochenreste erhalten sein.«

»Es ist Leos Leiche«, sagte Fredrik. »Die Polizei glaubt, dass sie weiter drinnen im Wald eingegraben gewesen ist und dass jemand sie vor wenigen Tagen wieder ausgebuddelt hat.«

»Aber das entbehrt doch jeder Logik. Warum sollte jemand die Leiche wieder ausgraben?«

»Weil jemand wollte, dass sie gefunden wird«, sagte Fredrik.

Ich antwortete nicht, denn in meinem Kopf drehte sich alles. War es wirklich so, dass mir jemand bei meinem Buch helfen wollte? Oder war es vielleicht genau umgekehrt?

Meine Mutter saß Fredrik gegenüber und forderte ihn auf weiterzusprechen. Sie sah mich verärgert an.

»Wir waren gerade bei einem wichtigen Thema. Du kannst nicht einfach hier reinstapfen und das Gespräch an dich reißen. Verdammte Großstadtmanieren.«

»Sorry, macht ruhig weiter.«

»Aber …«, sagte Fredrik. »Das war doch wohl …«

»Erzähl ruhig weiter«, sagte meine Mutter.

Fredrik versuchte verzweifelt, meinen Blick aufzufangen, ein Gnadengesuch, aber ich wollte ihm nicht aus der Patsche helfen.

»Na ja«, sagte er zögernd, »am Anfang ist alles gut gelaufen. Bis die Kinder kamen. Es war genauso, wie man es sich vorstellt, beinahe wie im Film.«

Meine Mutter lachte brutal.

»Diese Filme haben mehr Leute als dich getäuscht.«

»Cattis war eine Frau, von der ich nicht einmal zu träumen gewagt hätte. Manchmal habe ich herumgewitzelt, dass wir wie die Schöne und das Biest seien. Neben ihr zu erwachen war so, als würde man in einer Fantasiewelt leben.«

»Aber das ist natürlich nicht lange so geblieben?«, hakte meine Mutter nach.

»Ich habe zu viel gearbeitet, aber damals hat sich niemand darüber beschwert. Wahrscheinlich hat ihr der Wohlstand ganz gut gefallen. Aber sobald die Kinder da waren, wehte ein anderer Wind. Da war ich plötzlich mit dem Job verheiratet und ein schlechter Vater.«

»Wie abscheulich«, sagte meine Mutter, »anderen ein schlechtes Gewissen zu machen. Ein typisch weiblicher Unterdrückungsmechanismus.«

Beinahe hätte ich mir Kaffee aufs Hemd geschüttet. Ich ging zu den beiden hinüber und setzte mich.

»Das erste Jahr, als Cattis in Elternzeit war, hatte ich verdammt viel zu tun auf der Arbeit. Ich war neu im Verlag und musste zeigen, was ich konnte. Unsere Tochter hatte Koliken, und ich war zwei-, dreimal pro Nacht auf, habe sie herumgetragen und gewiegt, habe Fläschchen gewärmt und Windeln gewechselt. Um sieben Uhr musste ich wieder aufstehen. Das war natürlich anstrengend.«

»Das klingt ja vollkommen absurd«, sagte meine Mutter.

»Ja, alles musste gerecht verteilt werden. Auch das Unangenehme.«

»Herrjemine! Ist sie eine Emanze, oder wie? Klingt wie eine von diesen veganen Feministinnen.«

Wir lachten.

»Feministin ist sie allemal. Aber keine Veganerin. Sie ernährt sich nach der LCHF-Methode, das heißt, sie verschlingt jede Menge Bacon und anderes Fleisch.«

»LHCF?«, wiederholte meine Mutter.

»LCHF«, korrigierte ich sie. »Low carb, high fat. Eine Kohlenhydratdiät, die man jeder zweiten Mittelklassefrau über fünfunddreißig aufgeschwatzt hat.«

»Ja, ja, du Korinthenkacker.«

Ich schnitt eine Grimasse.

»Aber das war eigentlich das reinste Kinderspiel«, fuhr Fredrik fort. »Verglichen mit der Zeit nach der Geburt unseres Sohnes.«

»Das heißt, es wurde noch schlimmer?«, fragte meine Mutter.

»Cattis bekam eine postnatale Depression und saß im ersten halben Jahr nach der Geburt meist nur da und hat an die Wand gestarrt. Ich musste meine Multitasking-Fähigkeiten ausbauen. Es ist wirklich nicht leicht, sich um ein Neugeborenes, eine Zweijährige, ein Haus und eine Frau zu kümmern, die die Lebenslust verloren hat. Ganz davon abgesehen, dass ich in der Zeit eine Erzählsammlung aus dem Französischen übersetzen musste.«

Empört schüttelte meine Mutter den Kopf.

»Ich bin schockiert! Der Mutterinstinkt müsste stärker sein. Das ist nicht normal! Man weiß doch, dass Frauen, die gerade ein Kind zur Welt gebracht haben, über eine eingebaute Gabe verfügen, sich um ihren Nachwuchs zu kümmern. Sich gehen lassen und an sich selbst denken kann man später immer noch, wenn man keine Verantwortung mehr für ein Kind zu tragen hat.«

Da war für mich Schluss. Ich beugte mich vor, um diese Spinnereien zu beenden, aber Fredrik unterbrach mich und hob die Hand.

»Warte bitte kurz. Ich erlebe zum allerersten Mal, dass jemand Verständnis für meine Situation zeigt und mich nicht gleich als egoistischen Chauvinisten abstempelt.«

»Nein, hier werfen wir nicht mit solchen akademischen Ausdrücken um uns«, sagte meine Mutter und sah rundum zufrieden aus. »Wir sind ganz normale Leute.«

Ich war zwischen Seufzen und Lachen hin- und hergerissen. Wenn man das Ganze mit ein bisschen Abstand betrachtete, erweckten wir wahrscheinlich alles andere als einen normalen Eindruck.

»Was war nun mit der Vernehmung?«, fragte ich. »Verdächtigen sie dich tatsächlich, etwas mit der Sache zu tun zu haben?«

»Sieht beinahe so aus. Sie wollten ganz genau wissen, was ich in den letzten Tagen getan habe. Sie haben eine Menge Fragen zu Cattis und unserer Beziehung gestellt, und als ich erwähnt habe, dass ich dich getroffen und hier übernachtet habe, sind sie sehr neugierig geworden.«

»Was hast du denn gesagt?«

»Wie es war. Sie haben gefragt, warum du wieder bei deiner Mutter eingezogen bist, also habe ich ihnen erzählt, dass du gerade ein Buch schreibst.«

»Das hast du gesagt?«

Plötzlich empfand ich eine starke Irritation, ja, fast so etwas wie Böswilligkeit, als ich ihn ansah. Ich wusste nicht, woher sie kam oder worauf sie genau beruhte, aber ich erinnerte mich, dass mich auch vor zwölf Jahren ab und zu dieses Gefühl überwältigt hatte.

»Ist das Buchprojekt geheim?«, fragte er.

»Nein, nicht direkt.«

»Ich habe nur die Wahrheit gesagt.«

»Weißt du was?«, sagte ich und stand auf. »Ich muss Li Karpe erreichen.«

»Li Karpe?« Fredrik sah besorgt aus. »Warum denn das?«

Der unschuldige Mörder

von Zackarias Levin

17. Kapitel

November 1996

Ich spürte, wie ich auf dem Weg zum Keller des Hauses Absalon schrumpfte. Die Flure lagen still und verlassen da, und die Tür zum Seminarraum war geschlossen. Ich atmete mehrmals tief durch, ehe ich anklopfte. Li Karpes einsilbige Antwort war nicht zu verstehen, deshalb wartete ich, während der Puls sich beschleunigte und meine Wangen sich erhitzten.

»Komm rein, habe ich gesagt!«, rief sie schließlich.

Rasch drückte ich die Klinke hinunter. Obwohl ich unbedingt einen beherrschten Eindruck vermitteln wollte, hörte ich mich atemlos keuchen.

Li Karpe saß vorn am Tisch. Sie trug ein körperbetontes Kleid, das mehr preisgab als verbarg. Mir war nur ein flüchtiger Blick vergönnt.

»Aha, ja«, sagte sie. »Zackarias Levin.«

Sie nahm sich viel Zeit, um in ihren Papieren zu blättern. Als sie das nächste Mal zu mir aufblickte, war ihre Miene erstaunt.

»Warum setzt du dich nicht?«

Ich zog den Stuhl gegenüber von ihr hervor und bemühte mich, nicht in den tiefen Ausschnitt zu starren, während ich mich ungeschickt und umständlich hinsetzte. Dann faltete ich die Hände im Schoß und tat mein Bestes, um ruhig zu atmen.

Es war Bestandteil des Kurses in Literarischem Schreiben, einmal pro Semester eine Armlänge von Li Karpe entfernt zu sitzen und sich die Reste seines künstlerischen Selbstbewusstseins zu Hackfleisch zerstampfen zu lassen. Im Lauf des Vormittags war schon Fredrik blass und mit geröteten Augen die Kellertreppe heraufgekommen und hatte sich auf die Bank gegenüber gesetzt und hektisch eine Zigarette geraucht, bis sie von ihrem eigenen Filter erstickt wurde. Betty und Adrian hatten ihre Halbjahresgespräche noch nicht gehabt. Und ich saß da und bemühte mich um eine aufrechte Haltung und einen festen Blick – bereit, mein Urteil entgegenzunehmen.

»Warum schreibst du eigentlich, Zackarias? Was willst du der Welt vermitteln?«

Ich sah mich im Zimmer um, als stünde die richtige Antwort an den Wänden.

»Ich schreibe wohl in erster Linie, weil ich es gut kann. Oder, na ja, was heißt schon gut. Es ist eben etwas, was ich kann. Das habe ich jedenfalls immer zu hören bekommen. Ich kann mich besser schriftlich als mündlich ausdrücken. Ich bin nicht so der verbale Typ.«

Sie sah mich ausdruckslos an und wiederholte die Frage, als hätte sie nicht ein Wort von dem gehört, was ich ihr eben gesagt hatte.

»Warum schreibst du? Was willst du vermitteln?«

»So habe ich das bisher noch gar nicht gesehen. Das Schreiben ist wohl eher das richtige Medium für mich, der richtige Sender.«

»Das heißt, du hast gar nichts Wichtiges zu erzählen?«

Ich biss mir auf die Lippe. Fühlte mich missverstanden.

»Doch, natürlich, aber ich habe beim Schreiben wohl kein übergreifendes Ziel. Ich will ... tja, den Leser berühren, eine gute Geschichte erzählen.«

»Eine gute Geschichte er-zäh-len«, wiederholte Li Karpe mit halb erstickter Stimme, als hätte sie noch nie etwas so Albernes gehört. »Weißt du was, Zackarias? Ich glaube, du hast am falschen Ende angefangen.«

»Tatsächlich? Am falschen Ende wovon?«

»Du sagst, dass du schreiben willst. Also setzt du dich hin und schreibst. Du willst eine gute Geschichte schreiben, also fängst du an zu erzählen. Das ist ein recht häufiger Fehler. Ein Kardinalfehler.«

Kardinalfehler. Das klang unheilverkündend.

»So habe ich das wohl nicht gemeint.«

»Ich denke schon, dass du das so gemeint hast. Aber wenn man etwas von Bedeutung schreiben will, muss man etwas zu erzählen haben. Ein Text, der nichts zu sagen hat, hat kein Existenzrecht, zumindest nicht außerhalb der eigenen Schreibtischschublade. Wenn du schreibst, weil jemand anders den Text lesen soll, musst du dafür sorgen, dass der Text eine Botschaft hat.«

Ich wünschte, ich hätte mich getraut zu protestieren und für mein schreibendes Ich zu kämpfen, aber es war mir verdammt unangenehm, mich verteidigen zu müssen, und mir stiegen die Tränen in die Augen.

»Ich glaube, du hast das ganz falsch verstanden, Zackarias. Du bildest dir ein, ein schreibender Mensch zu sein, nur weil dir jemand sagt, dass du dich besser schriftlich als mündlich ausdrückst. Aber weißt du was? Ich glaube, du bist überhaupt kein schreibender Mensch.«

Ich schluckte hart und spannte meine Bauchmuskeln an, als wollte ich mich gegen die Schläge wappnen.

»Dass du kein verbaler Typ bist, kann ganz einfach daran liegen, dass du schüchtern bist. Es ist weitaus anstrengender, seine Gedanken und Gefühle und Ansichten zu äußern, wenn man dem Empfänger direkt gegenübersteht. Du hättest wahrscheinlich größeren Nutzen, wenn du einen Kurs in Rhetorik oder Bühnenkunst belegen würdest. Das ist nur ein Gedanke. Denk einfach darüber nach, was du wirklich willst.«

Sie bedachte mich mit einem vertraulichen Nicken und legte die Hand auf meinen Oberarm, bevor ich ging. Für sie war es nur ein Gedanke, für mich eine Welt, die in Scherben lag.

Auf der Treppe begegnete ich Betty, die als Nächste dran war und hören wollte, was die Stimme des Orakels von sich gegeben hatte. Da es mir nicht gelang, mein Niedergeschmettertsein rechtzeitig zu verbergen, sank ich an ihre Brust und brach in Tränen aus.

Betty lag auf dem Boden, mit dem Kopf auf einem Kleiderhaufen, und stützte sich mit den Beinen am Bettrahmen ab.

»Da ist ein Riss an der Decke«, sagte sie. Ihr schwarz lackierter Zeigefingernagel schoss nach oben.

»Da sind überall Risse. Man nimmt sich normalerweise nur nicht die Zeit, genau hinzuschauen.«

Ich lag neben ihr auf dem Fußboden in meinem Zimmer, während die Morgendämmerung durchs Fenster kroch. Bettys Haar war auf dem Boden ausgebreitet und ihre schwarze Wimperntusche verlaufen. Wir schauten uns nicht gern an, wenn wir miteinander redeten. Vielleicht hätten wir einen Kurs in Rhetorik gebraucht.

»Tut mir leid«, sagte Betty und sah aus, als würde sie gleich zusammenbrechen.

»Was tut dir leid?«

»Alles. Dass es anders geworden ist, als du es dir erhofft hast.

Dass ich so bin, wie ich bin. Dass ich dieses verdammte Herz habe, das alles kaputtmacht.«

»Ruhe jetzt«, sagte ich. »Du zerredest alles.«

Wir starrten eine ganze Weile schweigend an die Decke.

»Ich bin kein verbaler Typ«, sagte ich dann mit gekünstelter Ironie in der Stimme. »Das hat auch Li Karpe gesagt, und sie hat sicher recht. Das Blöde ist nur, dass ich auch kein schreibender Mensch bin. Wer bin ich eigentlich?«

»Du solltest nicht auf Li hören«, meinte Betty.

Auf einmal fasste ich Mut und sah ihr direkt in die Augen.

»Was hat sie denn zu dir gesagt?«

»Nichts Besonderes. Sie hat zu den meisten wohl ungefähr dasselbe gesagt.«

Ich fragte mich, ob das stimmte. Aber ich schwieg. Angeblich hatte eine der Bibliotheksmäuse nach ihrem Einzelgespräch mit Li Karpe den Kurs geschmissen. Eine andere hatte offenbar eine offizielle Beschwerde ans Institut gerichtet.

Da Adrian mehrere Tage lang nicht mehr in der Grönegatan gewesen war, hatten Betty und ich die Wohnung mit Beschlag belegt. Wir suhlten uns in unserer Trauer und fanden die Welt so dermaßen ungerecht, wie man es nur empfindet, wenn man unter zwanzig ist und ein gebrochenes Herz hat. Wir hörten Britpop, konnten die Texte auswendig, *So young* und *Live forever.* Bevor wir ausgingen, schminkte mir Betty über der zersprungenen Spüle die Augen. Mein T-Shirt mit James Dean im Profil und *Rebel* darunter war in der Wäsche eingelaufen und vergilbt. Und genauso sollte es sein, mit etwas Patina. Mit einem Gefühl der Unsterblichkeit gingen wir die Stora Södergatan und Lilla Fiskaregatan auf und ab und glaubten, wir seien die Ersten auf der Welt, die so etwas erlebten.

Im Tunnel unter dem Bahnhof lieh uns ein bärtiger Ire eine

Gitarre, die mit Aufklebern übersät war. Betty spielte *Common people*, und ich fiel in den Refrain ein, bis die E-Saite riss und Betty zu weinen begann. Während eines kurzen Regenschauers liefen wir Hand in Hand die Bangatan entlang. Eine Sekunde Schutz unter dem Gewölbe der Baumkronen und dann weiter zum Kiosk *Homo am Hang*, wo Betty sich einen französischen Hotdog erbettelte und wir zum Ergebnis kamen, dass es keinerlei Zusammenhang zwischen dem Spitznamen des Kiosks und den sexuellen Präferenzen des Besitzers gab.

Betty wischte sich Dressing von den Lippen und stellte fest, dass es schon spät war.

»Ich muss zu Leo nach Hause«, sagte sie. »Es ist allerhöchste Zeit.«

Sie sprang aufs Rad. Noch einmal fragte ich sie, was sie eigentlich zu Hause bei Leo Stark tat.

»Das kann ich dir nicht erzählen.«

»Was kannst du mir nicht erzählen? Warum nicht? Ist es geheim?«

Sie sah mich scharf an, das Spielerische war aus ihren Augen verschwunden.

»Du würdest es nicht verstehen.«

»Probier es. Ich will es gern verstehen.«

»Genau das ist das Problem«, sagte sie und lächelte nachsichtig. »Du willst wirklich alles verstehen, Zack. Aber manche Dinge muss man nicht verstehen.«

Ohne sich noch einmal umzudrehen, radelte sie davon.

Mitten in der Nacht klopfte Betty an die Tür und sagte, dass sie nicht allein sein wolle. Ich war eingeschlafen, der CD-Spieler lief aber noch und spielte *Don't look back in anger*. Der Mond war so groß, so nah, dass es den Anschein hatte, als wäre er durchs Fenster gekippt.

»Weißt du, die Sache mit deinem Vater …«, begann Betty.

»Was ist mit meinem Vater?«

»Er ist doch verschwunden, oder?«

»Er ist einfach nicht mehr nach Hause gekommen«, antwortete ich. »Er ist Seemann, oder zumindest war er das.«

»Ist er tot?«

»Für mich ist er tot.«

Betty seufzte, und ich schloss die Augen, versuchte, wieder einzuschlafen. Die Müdigkeit wog tonnenschwer. Betty zog sich die enge Jeans aus und kroch unter meine Decke.

»Habe ich jemals meinen Vater erwähnt?«, fragte sie an meinem Rücken.

»Vielleicht«, sagte ich, um mich zu wappnen.

»Es war eine rhetorische Frage«, sagte sie. »Ich weiß, dass ich dir nie von meinem Vater erzählt habe. Aber jetzt tue ich es, und du musst mir zuhören, Zack.«

Ich setzte mich auf, mit dem Rücken zur Wand und legte die Arme um die Knie. Mit dem Schlafanzugärmel rieb ich mir den Schlaf aus den Augen.

»Achtzehn Jahre lang wollte ich ihn dazu bringen, dass er mich wahrnimmt«, sagte Betty und starrte an die Decke. »Erst als er krank war, kurz vor seinem Tod, hat er entdeckt, dass er eine Tochter hat.«

Ich wandte ebenfalls den Blick an die Decke.

»Er war Musiker, hat sechs Abende pro Woche gearbeitet. Am liebsten hätte er nur seine eigene Musik gemacht, aber dafür gab es kein Geld. Also ist er mit seiner Coverband durch Schweden getourt, hat Creedence Clearwater Revival und *Living next door to Alice* gespielt, und die Kleinstadtmiezen auf der Tanzfläche sind dabei abgegangen wie Schmitz' Katze. Währenddessen hat meine Mutter zu Hause gesessen, an den Nägeln gekaut und darauf gewartet, dass er nach Hause kam. Und ich habe schlaflos im Bett gelegen und mich gefragt, wie ich den nächsten Tag in der Schule überleben sollte.«

»Waren sie gemein zu dir?«

»Sie haben manchmal meine Klamotten ins Klo getunkt. Meistens haben sie mir hinter der Turnhalle aufgelauert. Sie haben mich angefasst, an mir herumgezerrt, mich geschlagen und bespuckt. Sie haben meine Mutter Schnapsdrossel genannt und meinen Vater einen Schlagerfuzzi. Ich hatte meine Anzieh-sachen von meinen Cousinen geerbt, ich hatte schiefe Zähne und eine Brille. Erst keine Brüste und dann zu große Brüste. Und meine Möse hat gestunken. Das haben sie jedenfalls behauptet.«

Ihre Stimme stockte, und ich legte die Hand auf ihren Arm.

»Später wurde es anders, als wir älter waren. Nicht besser, aber anders. Sie haben aufgehört, mit mir zu reden, mir nach der Schule aufzulauern. Ich war es ohnehin schon gewöhnt, unsichtbar zu sein, deshalb war es mir egal.«

»Hattest du keine Freunde?«

Sie schüttelte den Kopf. Ihre Augen glänzten.

»Nur meine Mutter. Wenn sie nüchtern war. Ich brauchte sie, und sie brauchte mich. Wir hatten einander.«

»So wie du und ich?«

Sie lächelte ein bisschen, aber es war kein echtes Lächeln, sondern eine Art, ihre Wertschätzung zu zeigen.

»Ich war Weltmeisterin im Sehnen«, sagte sie. »Ich habe nur eine einzige Erinnerung, wie mein Vater mich in den Arm genommen hat. Er hat mich mitten in der Nacht geweckt. Er hatte getrunken und geweint, so hatte ich ihn noch nie erlebt, er sah ängstlich aus. Er hat sich auf die Bettkante gesetzt und mich umarmt, so fest, dass es beinahe schmerzte. Sein Kinn an meiner Schulter, die Bartstoppeln an meiner Wange und der Geruch von schwerem Parfüm, der sich mit dem Alkoholgestank mischte. Eine halbe Ewigkeit umfasste er meinen Rücken mit seinen großen Händen, und wir sagten nichts, kein einziges Wort, denn das hätte alles kaputtgemacht, und das wussten wir.«

Sie weinte, und ich spürte, wie sie unter meiner Hand Gänsehaut bekam.

»Und dann ist er krank geworden?«

»Es ging schnell«, sagte sie. »Er ist krank geworden und gestorben. Als hätte man eine Lampe ausgeknipst.«

»Es tut mir leid, Betty.«

Sie sah mich mit glänzenden Augen an.

»Ich bin zur Märtyrerin geworden. Habe das Außenseitertum für mich gepachtet und die Rolle als Outsider übernommen. Ich habe der Gleichmacherei und allen sozialen Gesetzen getrotzt.«

Ihr Blick verhärtete sich.

»Und jetzt hast du etwas zu erzählen?«, fragte ich.

»Alle haben etwas zu erzählen, Zack.«

Ohne Vorwarnung stand sie auf und ging hinüber zum Fenster, wo sie sich eine Zigarette ansteckte, die sprühte und knisterte. Sie zog heftig daran.

»Weißt du, was dir fehlt?«, sagte sie und zeigte mit dem glühenden Ende der Zigarette auf mich. »Dir fehlt die Wut. Du hast es einfach zu leicht gehabt. Wenn du schreiben willst, musst du wütend sein, Zack.«

In der folgenden Nacht saß ich am Küchentisch und schrieb. Ich umklammerte den Stift so fest, dass die Fingerspitzen weiß wurden, der Kugelschreiber wegrutschte und ein Loch ins Papier machte. Meine Schrift war gerade und resolut und genau auf der Linie, und ich schrieb, ohne nachzudenken.

Der Kaffee war kalt, und ich hatte schon mehrere Stunden

nicht geraucht. Die Kerze auf dem Tisch war erloschen, das Stearin in einem wogenden Muster erstarrt, und vor dem Fenster hatte sich die Dunkelheit dicht um die Stadt geschlossen.

Ein dumpfes Klopfen riss mich aus der Welt des Textes. Ich sah mich um, starrte aus dem Fenster, schaltete die Deckenlampe an, stand reglos da und lauschte. Beim nächsten Mal war das Klopfen lauter. Es kam von der Tür.

Die Uhr auf der Kommode zeigte fünf vor drei, als ich die Beleuchtung im Flur anschaltete. Es klopfte schon wieder. Ich vermutete, dass es Adrian war, der im Suff seinen Schlüssel verbummelt hatte. Ich hatte ihn schon eine ganze Weile nicht mehr gesehen. Er hing mit einer Clique aus dem Studentenwohnheim herum und redete von den besten Flurpartys in ganz Lund, aber wahrscheinlich traf er sich mit Li.

»Immer mit der Ruhe«, zischte ich. Das Schloss klemmte, und das Klopfen wurde immer heftiger. Als ich endlich die Tür aufbekam, stand nicht Adrian davor.

»Wie bist du reingekommen?«

Ich warf einen raschen Blick ins dunkle Treppenhaus. Die Haustür stand einen Spaltbreit offen.

Leo Stark sah mitgenommen aus. Die Haare standen ihm vom Kopf ab, die Kleider waren verrutscht.

»Betty«, sagte er. »Ich brauche Betty.«

»Hast du was getrunken?«

Er funkelte mich mit seinen kleinen Augen an.

»Ich muss mit Betty reden.«

»Sie ist nicht hier.«

Er lehnte sich zur Seite, versuchte, einen Blick in die Wohnung zu erhaschen.

»Ich weiß, dass sie hier ist«, sagte er und machte einen Vorwärtsschritt. Rasch versperrte ich ihm den Weg und stellte mich mit ausgebreiteten Armen in den Türrahmen.

»Nein!«

»Doch, lass mich rein!«

Er trat noch einen Schritt vor, stand direkt vor mir und schnaufte, mit geröteten Augen und seinen fleischigen Lippen. Dann duckte er sich, um unter meinem Arm hindurchzuschlüpfen. Reflexartig hob ich das Knie und schubste ihn ins Treppenhaus.

»Du sollst Betty in Ruhe lassen!«, schrie ich.

Leo torkelte nach hinten und fuchtelte mit den Armen. Ich packte ihn am Mantel und drückte ihn mit dem Ellbogen an die Wand.

»Wer soll mich aufhalten?«, sagte er und grinste. »Du?«

Mein Körper pumpte Adrenalin ins System, jeder Muskel war angespannt, und in meinem Schädel schepperte Leos verächtliches Gelächter. Mit einer raschen Bewegung rammte ich ihm die Faust in den Bauch. Er krümmte sich, als hätte ich ihm ein Loch in den Körper geschlagen, und beugte sich schnaufend vor.

»Lass Betty in Ruhe.«

Alle Luft wich aus mir. Kraftlos beugte ich mich über Leo und sah ihm in die Augen.

»Betty gehört mir«, sagte er und hustete. »Du kannst mich nicht aufhalten.«

»Halt's Maul!«

»Du hast dich total verirrt, Junge. Fahr wieder nach Hause zu deiner Mama. Heirate das Nachbarsmädchen. Arbeite, iss, schlaf, zeuge Kinder, geh in Rente und stirb.«

Langsam richtete er sich auf, spuckte aus und verzog das Gesicht. Wenig später stand er an der Haustür und sah mich ein letztes Mal an.

»Du gehörst nicht hierher.«

September 2008

Li Karpe war bei Wikipedia zu finden, wenn auch in abge-speckter Form. Fredrik und ich drängten uns vor dem Bild-schirm.

Li Karpe, geboren 1965, ist eine schwedische Schriftstellerin
und Lyrikerin. Sie debütierte mit der Gedichtsammlung Jäger-lieder, *die 1984 mit dem Katapultpreis ausgezeichnet wurde.*
Karpe wird zu den Autoren der Postmoderne gezählt. Ihr
neuestes Buch Es wird nie besser als jetzt *wurde 1992 für den*
August-Preis nominiert.

»1992. Was ist danach passiert?«

»Laut Adrian hat sie von der Literatur genug gehabt und auf-gehört zu schreiben. Er meint, es wird schwierig, sie ausfindig zu machen.«

Wir surften eine Weile herum, und Adrian schien recht zu behalten. Kein Buch seit 1992. Keine einzige Zeile. Ihr Name wurde zwar in einem Text lobend erwähnt, es gab die eine oder andere Rezension, Artikel und Essays, aber Li Karpe selbst schien seit Beginn der Neunzigerjahre kein einziges Wort mehr geschrieben zu haben. Und es gab auch keinerlei Hinweise, was sie heute machte oder wo sie sich aufhielt.

»Sieh mal hier«, sagte Fredrik und klickte ein Bild an: ein schneebedeckter Baum mit Lichterkugeln im Hintergrund, ein Mann in Pelzmütze mit Ohrenklappen, der den Arm um ein mageres Mädchen mit Streichholzbeinen und Schnürstiefeln gelegt hatte.

»Sind sie das?«, fragte ich und klickte auf die Lupe.

»Das Foto muss aus den Achtzigern stammen.«

Auf dem Bild waren tatsächlich Leo und Li zu sehen. Er war sonnengebräunt und sah blendend aus, während Lis Gesicht verschlossen wirkte.

»Wie jung sie aussieht.«

»Und verletzlich.«

Sie musste den Namen geändert haben, seit sie die Öffentlichkeit mied, vielleicht hatte sie geheiratet. Wir fanden etwa vierzig Personen mit dem Nachnamen Karpe, aber niemand davon hieß Li.

»Weißt du was«, sagte Fredrik. »Lass mich ein bisschen herumtelefonieren.«

Ich sah ihn fragend an.

»Die Branche ist klein«, fuhr er fort. »Der Verleger weiß vielleicht etwas. Auch wenn sie nicht mehr schreibt, muss es eine Adresse geben, an die die Honorarabrechnungen geschickt werden.«

Dank Fredriks Kontakten in der Verlagswelt hatten wir eine Adresse. Meine Mutter packte uns belegte Brote in eine Kühltasche. Sie stand an der Haustür und winkte uns mit der Schürze hinterher, als wir in Fredriks SUV davonfuhren.

»Sie ist wunderbar«, sagte Fredrik und blickte in den Rückspiegel.

Ich lachte. »Sie ist verrückt.«

»Ja, klar, aber auf eine gute Art.«

Wir lächelten uns zu, und ich dachte an das, was er mir über seine eigene Kindheit erzählt hatte, über den Vater, dem jegliche Toleranz gefehlt hatte. Im Vergleich dazu hatte ich es doch ganz gut erwischt.

Am Höhenzug Hallandsåsen verschlangen wir auf einer Plastikbank zwei XXL-Menüs und verfütterten die belegten Brote meiner Mutter an die Dohlen. Als wir zum Auto zurückgingen, rief Fredrik seine Kinder an und bekam eine Wattestimme.

»Darf ich fahren?«, fragte ich.

Der SUV machte seine hundertsechzig Sachen ungefähr so geschmeidig wie das Auto meiner Mutter neunzig Stundenkilometer. Alle waren zufrieden, bis auf den Motorrad-Bullen, der die Frechheit besaß, mich mit einem höhnischen Grinsen von der Autobahn zu winken, um mich um dreitausendzweihundert Kronen zu erleichtern.

»Jetzt hatten Sie aber Glück«, sagte er, obwohl ich mich kein bisschen glücklich fühlte. »In Wirklichkeit sind Sie viel schneller gefahren, aber es gab anscheinend ein Problem mit dem Laser-Blitzer.«

»Vielleicht ein Anwenderfehler?«, brummte ich.

»Wie bitte?« Sein Kopf schoss vor wie bei einem Raubvogel. Erschrocken versicherte ich, dass er sich verhört habe.

»Verdammter Faschist«, sagte ich, als der Bulle wieder auf die Autobahn abbog, ohne zu blinken. »Gott sei Dank bin ich bald mit meinem Buch fertig. Dann sind dreitausend Kronen Peanuts. Ein Verkauf von hunderttausend Exemplaren dürfte reichen. Wenn man fünfundzwanzig Prozent vom Nettopreis kriegt, verdient man mindestens zwei Millionen.«

Fredriks Gesichtsausdruck pendelte zwischen aufrichtiger Besorgnis und entspannter Heiterkeit.

»Du weißt aber schon, dass die meisten Bücher sich zweitausend-, vielleicht dreitausendmal verkaufen? Außerdem bist du Debütant, und da liegt der Durchschnitt sogar unter tausend.«

»Aber ich bin nicht Durchschnitt, Fredrik. Mein Buch wird alles, nur nicht Durchschnitt.«

Li Karpe hatte Namen, Stadt und Leben verändert. Jetzt hieß sie Li Ohlsson und wohnte in einem Dorf zwischen Halmstad und Falkenberg.

»Kommt nicht die Band Gyllene Tider von hier?«, fragte Fredrik, als wir auf einen kurvigen Weg einbogen, der von Pferdekoppeln und Kuhweiden gesäumt war.

»Keine Ahnung, ich habe mir nie so was angehört.«

Er summte eine kitschige Melodie und umfasste mit beiden Händen blitzschnell das Armaturenbrett, als ein blauer Volvo Modell Mittelalter in einer Kurve aus dem Nirgendwo auftauchte und es gerade noch schaffte, nicht von dem monströsen Stadtjeep demoliert zu werden.

Die GPS-Stimme führte uns zu einem rot-weißen Einfamilienhaus mit Schnitzereien und Tür im Landhausstil. Riesige leere Koppeln, auf denen das vergilbte Gras kniehoch stand, umgaben die kleine Insel mit Plastikrutsche, Bobby Cars und rostigen Dreirädern. Im Carport stand ein abgedecktes Auto. Nur die Reifen waren zu sehen. Wir gingen zum Gartentor, wo uns ein Schild vor dem Hund warnte. Fredrik schob den Riegel zur Seite und trat sofort drei Schritte rückwärts.

»Ich mag keine Hunde«, erklärte er und sah mich an.

Im selben Moment öffnete sich die Haustür, und zwei wilde Miniaturtölen von je zehn Kilo mit Poppertolle und Parkinsonschwänzen wirbelten um unsere Beine herum und versuchten wie richtige Hunde zu klingen. In der Türöffnung stand eine Frau, die sich vergeblich abmühte, sie zu beruhigen, und durch die Zähne pfiff. Rechts und links von ihr schauten neugierige Kindergesichter hervor.

»Sind wir richtig?«, fragte Fredrik.

»Kommt drauf an, wo ihr hinwollt«, antwortete sie.

Fredrik und ich sahen uns aufgeregt an. Sie war es. Zweifellos. Auch wenn sie sich verändert hatte. Rundere Wangen und Fältchen um die Augen, schön wie eh und je, aber auf eine abgeschwächte Art. Sie riss ihre Augen auf, als sie begriff, wer wir waren. Ihre Hände spreizten sich um die Köpfe der Kinder, wie um sie zu schützen. Sie trat einen Schritt zurück ins Haus. Ihr Blick flackerte.

»Du erkennst uns doch, oder?«, sagte ich.

Li, ehemals Karpe, jetzt Ohlsson, fuchtelte herum und schickte ihre Kinder ins Haus.

»Was wollt ihr?«, fragte sie.

Ich erstarrte. Immer noch besaß sie die Fähigkeit, mein Selbstbewusstsein allein durch ihren Blick zu pulverisieren. Jegliches Überlegenheitsgefühl verschwand, und übrig blieb nur der kleine Junge aus Veberöd, der nie Sex hatte, der nur Mittelmaß war und wusste, dass er nichts taugte und dass aus ihm nie etwas werden würde. Und der nichts Bedeutendes zu erzählen hatte.

»Er schreibt ein Buch«, sagte Fredrik und zeigte auf mich.

Li hob die Augenbrauen.

»Tut mir leid. Ich nehme solche Aufträge nicht mehr an.«

»Das meine ich nicht«, sagte Fredrik.

»Das ist nicht der Grund, warum wir hier sind«, fügte ich hinzu. »Du hast doch sicher Nachrichten gesehen?«

Li sah nicht mehr so widerspenstig aus.

»Sie haben Leos Leiche gefunden«, sagte Fredrik.

»Das weiß ich natürlich. Aber was habe ich damit zu tun?«

»Zack schreibt ein Buch über den Fall.«

»Ich schreibe über den Mord und über all das, was in jenem Herbst in unserem Kurs in Literarischem Schreiben passiert ist.«

Li schnaubte.

»Warum sollte jemand das lesen wollen?«

Ich dachte an unser Einzelgespräch, das ganze Gerede über Botschaften und Anliegen und dass man etwas zu sagen haben musste.

»Ich werde die Wahrheit enthüllen.«

Sie lächelte höhnisch.

»Alle kennen doch die Wahrheit. Wir wissen, was mit Leo geschehen ist. Wir wissen, dass Adrian ihn umgebracht hat.«

Ich stellte einen Fuß in die Tür. Mein Selbstvertrauen war zurückgekehrt.

»Können wir reinkommen?«, sagte ich. »Nur ein bisschen reden.«

»Ich will nichts damit zu tun haben«, entgegnete sie. »Ich führe jetzt ein anderes Leben. Li Karpe gibt es nicht mehr. Ich habe schon vor vielen Jahren alles hinter mir gelassen und von vorn angefangen. Und ich werde auch nicht bei einem Buch mitwirken. Tut mir leid.«

»Das tust du aber schon«, sagte ich. »Das halbe Buch ist bereits geschrieben, und du tauchst darin auf, ob du willst oder nicht.«

Ihre Augen wurden zu kleinen schwarzen Patronen.

»Es geht nicht mehr um literarisches Schreiben«, sagte ich ziemlich selbstzufrieden.

Li Karpe schien besiegt zu sein. Besiegt, aber nicht völlig resigniert.

»Dann kommt rein«, sagte sie und machte ein paar rasche Schritte in den Flur. Fredrik und ich zogen unsere Schuhe aus und folgten ihr. Das Haus war geräumig und hell, doch mir fiel auf, dass es keine persönlichen Einrichtungsgegenstände gab. Die Kinder saßen auf einem weißen Sofa und spielten mit ihren Handys, und in den Bücherregalen standen Hochglanzeinrichtungsbücher dicht gedrängt neben schick designten Rezeptsammlungen. Li servierte uns Kaffee mit aufgeschäumter Milch aus einer Maschine, nachdem sie eine Ausgabe von *Elle Interieur* vom Küchentisch geschoben hatte.

»Es kommt mir vor, als wäre es eine Ewigkeit her«, sagte sie und musterte uns. »Wirklich ein anderes Leben.«

Mehrere Jahre hatte sie hier draußen gewohnt, abgeschieden von allem, wie sie sagte. Zusammen mit ihrem Mann hatte sie eine PR-Firma und bezeichnete sich mit einem verlegenen Lachen als Unternehmerin. Aber es klang weder ironisch noch verbittert, als sie sagte, sie sei zufrieden mit ihrem jetzigen Leben.

»Nach dem Prozess ging es mir ziemlich schlecht. Ich habe an der Uni gekündigt und Lund verlassen.«

»Aber hast du wirklich aufgehört zu schreiben?«, fragte Fredrik.

»Ich habe mich selbst dabei erwischt, wie ich Schreiben zu Therapiezwecken missbraucht habe. Ein Tagebuch mit Herz und Schmerz und Selbstmitleid hoch zwei. Krisenintervention im Versmaß, Selbsthilfelyrik, der totale Mist. Wem hilft so ein Buch weiter? Mir wurde klar, dass ich am Ende war, ich konnte meinen Job nicht mehr machen. Es klingt traurig, ich weiß, aber ich wollte meine Ruhe haben, eine Art Normalität, und das passt nicht zu einer schreibenden Existenz.«

Sie erzählte, dass sie alle alten Aufzeichnungen, Zusammenfassungen und angefangenen Manuskripte in ihrem Computer gelöscht hatte. Dramaturgisch gesehen vielleicht nicht so effektvoll, wie wenn man Papierbündel in einen Kachelofen warf, aber sie hatte sich noch nie um Dramaturgie geschert.

Doch charakterfest war sie immer gewesen, unerschütterlich schwarz-weiß, und als sie die Welt der Literatur verließ, tat sie es mit ganzem Herzen und für immer: mit einem handgeschriebenen Abschiedsbrief an ihren Verleger, einer Pressemeldung ohne Kontaktangaben und einem Antrag auf Namensänderung und geschützte Identität.

»Wahrscheinlich hat Adrian euch geholfen, mich zu finden.« Fredrik und ich wechselten erstaunte Blicke.

»Genau«, beeilte ich mich zu sagen.

Adrian wusste also Bescheid? Er wusste, wo Li Karpe wohnte? Mehr und mehr wurde mir klar, dass man sich überhaupt nicht auf ihn verlassen konnte.

»Als ich erfuhr, dass man eine Leiche gefunden hatte, kam mir das so surrealistisch vor«, sagte Li. »Zwölf Jahre sind eine lange Zeit. Man glaubt es vielleicht nicht, aber ein Mensch kann in zwölf Jahren ein ganz neues Leben aufbauen. Als wäre alles, was damals passiert ist, einem anderen widerfahren. Ich bin nicht mehr Li Karpe.«

Sie erhob sich, um nach den Kindern auf dem Sofa zu schauen. Dann baute sie sich vor uns auf und stemmte die Hände in die Seiten. Alles an ihr war nicht neu.

Sie fixierte mich mit dem Blick.

»Du willst nun also doch ein Buch schreiben? Ich habe doch gesagt, dass du am richtigen Ende beginnen musst. Ich erinnere mich, dass du ein begabter Schreiber warst, aber nichts zu erzählen hattest.«

Mit so viel Abstand konnte ich ihr nur beipflichten. *Ein Eichhörnchen saß in einer Tanne und grübelte über den Sinn des Lebens nach.* Ich konnte mir kaum etwas Peinlicheres vorstellen.

»Wie soll das Buch denn heißen?«

Sie sah mir in die Augen. Ich erwog eine Lüge.

Der unschuldige Mörder

von Zackarias Levin

18. Kapitel

April 1982 – Februar 1985

Li Karpe hatte sich immer älter gefühlt, als sie war, insofern machte es ihr wenig aus, dass sie als Siebzehnjährige die eindeutig jüngste Schülerin der Ausbildung in Kreativem Schreiben auf Biskops-Arnö war. Ganz im Gegenteil, ihr kam es so vor, als hätte sie endlich ihren Platz gefunden, dort im Nirgendwo zwischen verschwiegenen Sandwegen und himmelhohem Wald.

Ein Kreuzbandriss am Knie hatte sie zur Lyrik gebracht. Li Karpe hatte in jedem Bereich, den sie anpackte, Talent. Ihr Schwedischlehrer hatte ihr eine Broschüre von der Heimvolkshochschule auf Biskops-Arnö gezeigt und sie zu einer Bewerbung ermutigt.

Jetzt saß sie barfuß am Tisch im Gemeinschaftsraum, mit aufgeschlagenen Büchern und Teetassen um sich herum. Neben ihr saßen die Katzen Dante und Vergil, die mit erhobenen Schwänzen menschliche Wärme suchten, sowie ihre Kurskollegen mit Sprayfrisur, Hemd und Hosenträgern. Es waren Leute, die ihre Zigaretten rauchten, als wären ihre Tage gezählt, und die bis aufs Blut über die Wahl einer Präposition diskutieren konnten.

An diesem Nachmittag hatte der Kurs Besuch von Leo

Stark. Der berühmte Schriftsteller grüßte, ohne sie anzusehen, setzte sich ganz nach vorn, schob die Sonnenbrille in die Stirn und las ohne sonderliches Einfühlungsvermögen aus seinem Debütroman *Achtundsechzig*, dem Buch, das die Kritikerschar schockiert und dem Autor nach eigener Aussage so viele Frauen beschert habe, dass er den Überblick verloren habe.

Während der Lesung machte Li Karpe eine faszinierende Entdeckung. Alle ihre männlichen Kurskollegen saßen da und starrten den langhaarigen Schriftsteller an, ohne zu blinzeln. Hinterher standen sie Schlange und baten Leo Stark um eine Rückmeldung zu ihren eigenen Texten. Obwohl genau dies Leo Starks Auftrag an der Schule war, beugten sie ihre Köpfe voller Dankbarkeit, wenn er versprach, ihre Ergüsse zu lesen.

Da Li an diesem Tag von Migräne geplagt wurde und noch immer nicht begeistert war, wenn andere Menschen (insbesondere keine echten Schriftsteller) ihre Texte lasen, drängelte sie sich einfach an der Schlange vorbei zum Ausgang.

»Hey, du da«, sagte Leo Stark.

Als sie sich umdrehte, war es das erste Mal, dass der kultverdächtige Schriftsteller einer ganzen Generation einen Kursteilnehmer wirklich ansah. Und wie er sie ansah! Mit einem so eindringlichen Blick, dass alles rundherum verschwand.

»Hast du keinen Text für mich?«, fragte er.

Li wurde in seinen Blick hineingesogen. Leo Stark schaute sie an, als wäre sie das faszinierendste Wesen, das er je gesehen hatte. Sie stotterte etwas Unverständliches.

»Ich glaube sogar, der Text ist obligatorischer Bestandteil des Kurses«, sagte Leo Stark.

Li wollte protestieren, aber ihre Stimme versagte. Ihre Kurskollegen hinter ihr wurden unruhig, und am Ende gelang es Li zu erklären, dass sie keinen Text mitgebracht habe. Aber Leo versicherte, dass das kein unlösbares Problem sei.

»Warte, bis ich hier fertig bin, dann komme ich mit auf dein Zimmer und hole ihn.«

Sie hatte keine Alternative. Sie wartete, während ihre Kurskollegen ihre Texte überreichten und Leo Stark die Hand schüttelten.

Dann warf sich der große Autor seine schwarze Lederjacke über die Schulter und nickte den anderen Kursteilnehmern zu, die ihnen hinterhersahen.

Er stand in der Tür zu ihrem zehn Quadratmeter großen Zimmer und warf die Haare nach hinten wie ein Filmstar. Eigentlich interessierte Li sich nicht für Starkult und fand nicht einmal das, was er ihnen vorgelesen hatte, sonderlich gut, doch als Leo Stark sie anschaute, geschah etwas Unerklärliches. Sie fühlte sich, als wäre sie verhext worden.

»Das sieht interessant aus«, sagte er, als sie ihm die zusammengehefteten maschinenbeschriebenen Seiten reichte.

Er strich mehrmals mit der Hand über das Papier, während er seinen Blick durch Lis Zimmer schweifen ließ: über das ungemachte Bett, die Unterhosen auf dem Nachttisch und die Bilder an der Wand.

»Der Spatz aus Minsk?«, fragte er und kniff die Augen zusammen.

»Nein, Nadia Comaneci. Aber du bist nicht der Erste, der die beiden verwechselt.«

Mit dem Zeigefinger an den Lippen studierte er die Fotos von Nadia beim Sprung vom Schwebebalken, am Stufenbarren, mit einer Goldmedaille um den Hals.

»Das heißt, du magst Turnen?«

»Nicht direkt.«

Eine Woche später stand er da. Er trug eine Sonnenbrille und lehnte sich an einen Baum. Li war gerade aufgestanden und

hatte das Manuskript eines Kurskollegen im Bett zurückgelas-
sen, als sie bemerkte, dass er ihr zuwinkte.

»Nadia Comaneci«, sagte er. »Ein wahres Wunderkind. Fünf-
mal Olympisches Gold, und das mit knapp zwanzig.«

»Du hast recherchiert.«

Leo nahm die Sonnenbrille ab und lächelte.

»Ich hasse es, nicht alles zu wissen.«

Dann steckte er die Hand in seine Jacke und holte Lis Text
hervor.

»Apropos Wunderkind«, sagte er und begann, laut vorzu-
lesen.

»Hör auf!«

Li versuchte, ihm den Text zu entreißen. Leo lachte nur.

»Du bist verdammt talentiert, weißt du das eigentlich?«

Er wirkte ernst. Sein Gesicht verzog sich, und sie wurde
erneut in seinen magischen Blick hineingesogen.

»Ich liebe die Wortströme, dieses Fontänenartige. Die Energie und die Intensität. Ich habe schon ewig nichts mehr gelesen, was auch nur im Entferntesten mit dem hier vergleichbar
wäre.«

Trotz ihrer siebzehn Jahre war Li es gewohnt, Lob zu ernten,
und dabei so bodenständig und unprätentiös geblieben, dass
sie das Lob des berühmten Schriftstellers mit einer besonnenen
und kaum merkbaren Verbeugung entgegennahm.

»Danke.«

»Li Kar-pe«, sagte Leo und betonte jede Silbe. Er beschrieb
mit den Händen eine große Geste über ihrem Kopf und wiederholte ihren Namen. »Li Karpe. Dein Name wird in Büchern
stehen.«

Nach diesem Tag veränderte sich alles. Seit man mitbekommen hatte, wie Leo Stark ihr literarisches Talent lobte, wurde Li
nicht mehr als die kleine Schüchterne und Überempfindliche,

als Kuscheltier des gesamten Kurses betrachtet. Und je häufiger die mythenumwobene Schriftstellerikone in den darauffolgenden Wochen zusammen mit ihr auf der Insel gesehen wurde, desto größeres Interesse zeigten ihre Kurskollegen an Li, an ihren Gedanken und Texten, aber auch an ihrem Körper.

Als ein Nordschwede mit Überbiss und Dichterträumen auf einer Party mit ihr schlafen wollte, bekam sie Panik und versteckte sich halb nackt im Dunkeln zwischen den Bäumen. Der erschrockene Kurskollege entdeckte sie hinter einem Baumstamm, und sie versuchte, ihm zu vermitteln, dass es an ihr lag und nicht an ihm.

»Ich glaube, ich hab's nicht so mit Männern.«

Er sah sie mit seinem Kaninchenmund an.

»Bist du noch Jungfrau?«

»Kommt drauf an. Das ist ein schwer zu definierender Begriff.«

Sie redeten nicht mehr davon, aber die anderen Männer waren plötzlich vorsichtiger geworden, also hatte der Nordschwede ihnen von der Begebenheit erzählt. Was Li durchaus entgegenkam.

Abends schrieb sie sich von ihrer Angst frei, aber die besten Texte landeten in der Schreibtischschublade. Wenn sie andere gelesen hätten, wäre es ihr so vorgekommen, als hätte sie ihre eigenen Kinder weggegeben.

Es war Leo, der sie entdeckte. Eher zufällig.

Li kam gerade in einem geblümten Nachthemd und mit Handtuchturban vom Duschraum zurück, als sie ihn lesend auf ihrer Bettkante vorfand. Er hatte seine Augen aufgerissen und konnte seinen Blick kaum vom Text losreißen.

»Das ist großartig, Li.«

»Hast du in meinen Sachen herumgewühlt?«

Er tat ihre Frage mit einer Geste ab.

»Keineswegs! Ich habe nach dem Wörterbuch gesucht und bin dabei auf das hier gestoßen. Ich konnte es einfach nicht lassen.«

»Das sind vor allem Aufzeichnungen.«

»Das ist vor allem genial. Du musst es publizieren.«

Ein halbes Jahr später fanden sich einige von Li Karpes intimsten Wortkompositionen in der Anthologie *Gruppe 82* wieder. Ihr Ansehen auf der Insel schoss in die Höhe, und die wichtigsten Kulturkenner des Landes verhießen ihr eine glänzende Zukunft.

Als sie im Sommer 1983 das zweite Jahr der Ausbildung in Kreativem Schreiben abgeschlossen hatte, zog Li in Leos Wohnung, die mitten in der Stockholmer Altstadt lag. Leo hielt sie fest an der Hand, während sie über die Brücken der Stadt spazierten, und Li Karpe schrieb das Gedicht *Kultureller Schmuck*, das von ihr selbst handelte. Im Verlag klatschten die hohen Tiere Beifall, und Li vögelte mit Leo Stark, bis sein Gesicht explodierte.

Er sah sie, wie noch nie jemand zuvor sie gesehen hatte. Als Mensch, als Frau, als ein Rätsel, das es zu lösen galt.

Des Öfteren versammelten sich die Leute auf der Straße unter dem Haus, um einen Blick auf den Schriftsteller zu erhaschen. Gegenüber wohnte ein junger Mann, der sich Leo zufolge von seinen weiblichen Fans in Naturalien dafür bezahlen ließ, dass sie hinüber in Leo Starks Fenster starren durften. Eines Abends riss Leo Li vom Sofa hoch, zog sie ans Fenster und nahm sie von hinten – vor den schockierten Augen dreier Zuschauer in der Küche gegenüber.

Er bekam Briefe und beantwortete sie alle, zumindest die der weiblichen Absender. Manchmal las er Li aus dem Stapel mit doppeldeutigen Angeboten auf romantischem Briefpapier vor. Er hatte Freunde, die sie einkleideten, frisierten und schminkten, und in der Kneipe lagen die Blicke wie Schlingen um ihren Hals. Es wurde getuschelt und wild geflirtet. In den entsprechenden Kreisen hatte Li Karpe bereits einen Namen, bevor ihr erstes Buch erschien und die Geschmacksrichter auf dem Dichterparnass ihr zu Füßen lagen.

Sie bekam einen Preis und einen Beinamen: Prinzessin der Postmoderne. Zum ersten Mal war sie gezwungen, das Wort in Leos Lexikon nachzuschlagen.

Das tüchtige Mädchen aus einer Arbeiterfamilie, ehemalige Eisprinzessin, Lichterkönigin und Klassensprecherin. Li Karpe, Liebling aller Lehrer und Jungen. Jetzt wurde sie in herausfordernden Posen fotografiert und landete auf dem Umschlag der angesagtesten Kulturzeitschriften. Ihr wurde ein Verlagsvertrag für ihr nächstes Buch angeboten, und sie las mit galoppierendem Herzen die Widmung in Leos neuem Roman: *Für meinen kleinen Schmuck.* Es gab wieder einen Aufstand, Fotografen und Journalisten an jeder Ecke, Leute, die alles zu wissen glaubten, zu allem eine Meinung hatten, und seltsamerweise genoss sie das alles.

Sie wollte Buch führen über das Gelebte. Er wollte durch das Geschriebene leben.

»Jede Minute, die ich nicht an der Schreibmaschine sitze, ist vergeudete Zeit.«

»Aber was ist mit *Achtundsechzig*? Meinst du, dass ... Ich dachte, der Roman wäre autobiografisch?«

»Autobiografisch?«, wiederholte Leo Stark. »Ich weiß nicht, was das bedeutet. Der Schriftsteller lebt in jedem Text, und zugleich lebt der Text außerhalb seines Autors.«

»Aber wenn man behauptet, man hat etwas selbst erlebt?«

»Man kann behaupten, was man will. Belletristik soll nicht objektiv und sachlich sein, ganz im Gegenteil. Der Autor erlebt den Text, während er ihn schreibt.«

Er war oft atemlos und rotwangig, wenn diese Sachen aufs Tapet kamen. Und dann erhob er seine Stimme.

»Deshalb missfällt mir auch das Konzept von Schreibkursen. Biskops-Arnö! Schriftsteller kann man doch nicht einfach werden. Es geht darum, Dinge zu sehen, die an anderen Menschen vorbeigehen, und sie dann in schöne Worte zu kleiden. Das ist nichts, was man in der Schule lernt.«

»Aber muss man nicht wenigstens das Handwerk erlernen?«, wandte Li vorsichtig ein.

»Ha! Das hast du also dort auf der Insel getan? Das Handwerk erlernt? Diese Ausbildungsgänge sind doch nur eine Möglichkeit für arme Kulturarbeiter, zwischen ihren Veröffentlichungen die Kasse ein bisschen aufzubessern. Im Übrigen klingt Handwerk für mich nach Kunsthandwerk und Nähkränzchen.«

»Ich glaube, darum ging es gar nicht«, sagte Li nachdenklich. »Genau genommen habe ich vor allem etwas über das Leben gelernt. Und über die Menschen – durch die Leute, denen ich dort begegnet bin. Zum Beispiel dir.«

Leo verdrehte die Augen.

»Ich bin Autodidakt«, sagte er. »Alles, was ich über Menschen weiß, habe ich gelesen. Meine Sprache habe ich durch Lesen gefunden. Wie, glaubst du, lernen kleine Kinder das Gehen, Radfahren, Schwimmen? Durch Imitation und Trial and Error. Schreiben ist weder ein technisches Handwerk noch eine akademische Disziplin.«

Li war von dieser Sichtweise fasziniert. Nicht zuletzt, als sie seine alten Bücher und neuen Manuskripte las. Warum fühlte sie sich beinahe betrogen, jetzt, da sie wusste, dass das, was er schrieb, nicht auf der Wahrheit basierte? Ihre eigenen Texte gründeten sich von Anfang bis Ende auf eigenen Erlebnissen. Sie konnte sich nicht vorstellen, anders zu schreiben. Dennoch gelang es Leo, seinen Worten Echtheit zu verleihen.

Nächtelang saß er an seinem winzigen Schreibtisch vor dem Fenster zum Hof. Klappernde Tasten, Blätter, die aus der Walze gezogen und zusammengeknüllt wurden, Flüche und Grunzen. Es war nicht zu übersehen, wenn es gut lief: Die Finger jagten über die alte Facit-Schreibmaschine wie über die Tasten eines Klaviers. Der Stuhl hörte auf zu knarren, und Li konnte beinahe vor sich sehen, wie er die Hände über dem Bauch faltete, wie nach einer guten Mahlzeit.

Doch mit jeder gelungenen Seite kam auch der Kollaps immer näher.

Ungeahnt und katastrophal. Und wenn Li glaubte, dass es schlimmer nicht mehr werden konnte, gab es dennoch eine Steigerung, noch mehr Angst, Gebrüll und Gewalttätigkeiten. Sie suchte Schutz, versteckte sich oder lief auf die Gasse hinaus. Die ersten Male befürchtete sie, er könnte sie verletzen. Sie presste sich in eine Zimmerecke, zog die Schultern hoch und verschränkte die Arme vor der nackten Brust. Leo fluchte und trat so fest gegen die Wand, dass ihr Rücken erzitterte. Am Ende weinte Li nur noch, und dann war alles vorbei. Leo saß völlig niederschlagen auf dem Fußboden, die Augen gerötet, und redete wirres Zeug. Er bat um Entschuldigung, verfluchte seine Berufung und sein Talent, das ihn seiner Meinung nach erstickte und von innen an ihm zehrte. Jedes Mal schwor er, dass er aufhören würde zu schreiben, was ihm jedoch höchstens fünf Tage gelang.

»Du musst mir helfen«, sagte er eines Nachts.

Li war eingeschlafen und aufgewacht und wieder eingeschlafen. Leo stand wie ein gewaltiger Schatten über ihr, und Li erhob sich zwischen Traum und Wachen, fokussierte ihren Blick im Halbdunkel. Leos Gesicht war blutig, sein Kinn zitterte. Er bat sie erneut um Hilfe.

»Was ist los?«, fragte sie und richtete sich auf.

»Ich muss anfangen zu leben.« Er wirkte panisch.

»Komm«, sagte er, nahm ihre Hand und legte sie an sein Geschlecht. Li spürte, wie es wuchs und zwischen ihren Fingern pochte.

September 2008

»Hat sie das wirklich so gesagt?«, fragte Fredrik und ließ den Blick zwischen mir und dem Bildschirm schweifen.

Wir saßen in meinem alten Jugendzimmer, und er hatte gerade die erste Version des achtzehnten Kapitels gelesen, Li Karpes Erzählung.

»Das mit seinem pochenden Geschlecht«, fuhr Fredrik fort und zog eine missbilligende Grimasse.

»Vielleicht hast du nicht alles gehört, was sie gesagt hat. Ich muss das Ganze natürlich noch überarbeiten und der Geschichte etwas mehr Biss geben.«

Fredrik saugte an seiner Unterlippe und dachte nach.

»Glaubst du, dass sie recht hat? Dass es doch Adrian war? Das wäre nämlich nicht so gut für dein Buch. Wenn sich deine These nicht belegen lässt, wirst du kaum einen Verlag finden, der es publiziert.«

»Was heißt schon These? Es ist ja kein Sachbuch. Vergiss nicht, dass die Wahrheit immer relativ ist. Sie liegt vor allem in den Augen des Betrachters. In diesem Fall im Auge des Lesers. Mein Roman ist noch längst nicht zu Ende.«

Verwirrt knetete er seine Hände.

»Es kommt mir so seltsam vor«, sagte er. »Als wäre das bisherige Leben eine Vorwärtsbewegung gewesen, und auf einmal werde ich mehrere Schritte zurückgeschleudert. Ich weiß nicht so recht, wie man von vorn anfängt.«

»Dann solltest du das vielleicht nicht tun«, sagte ich. »Fang doch stattdessen etwas ganz Neues an.«

Fredrik schien nachzudenken.

»Das Schlimmste ist nicht, dass Cattis mich nicht mehr liebt. Auch nicht, dass die Familie auseinanderbricht und ich meine Kinder künftig nicht mehr jeden Tag sehen kann. Das Allerschlimmste ist, wenn einem der Lebenszusammenhang fehlt. Ich glaube nicht, dass Menschen dafür gemacht sind.«

»Ich verstehe, was du meinst.«

Er sah mich an.

»Tatsächlich?«

Ich nickte.

»Und noch schlimmer ist, wenn einem der Lebenszusammenhang fehlt, als wenn man sich in einem völlig verkehrten Umfeld bewegt.«

»Wie ich beim Literarischen Schreiben?«

»Zum Beispiel. Es ist von unschätzbarem Wert, wenn man einfach dazugehören darf. Leider begreift man das manchmal erst viel zu spät.«

Wir entschieden, nach Lund zu fahren. Fredrik nahm seinen SUV, und ich lieh mir das Auto meiner Mutter, um nicht von Fredrik abhängig zu sein, wenn ich nach Hause wollte. Es gab eine Wohnung in der Nähe des Hauptbahnhofs, die bald leer stehen würde und die Fredrik vielleicht für einige Monate mieten konnte. Er wollte einmal vorbeischauen und sie sich ansehen.

Wir parkten bei Åhléns und liefen durch den Nieselregen zur

Grönegatan. Ich war diese Strecke seit 1997 mehrmals gegangen, aber es fühlte sich anders an. So vieles kam wieder hoch: der Herbstregen auf den Dächern, das Rascheln des Laubs auf den Gehwegen, die Musik, die Gedanken und die Stimmung. Die wiederkehrenden Gefühle, die durch den Körper zogen und direkt neben dem Herzen in einem Regenbogen explodierten.

Wir blieben vor der Haustür in der Grönegatan stehen. Erfolglos probierte ich es mit dem alten Türcode und hievte mich dann zum Fenster hoch, um in mein altes Zimmer zu schauen. Nichts war so wie damals. Das Sofa war verschwunden. Wo das Bett gewesen war, standen nun große Kisten mit Plastikspielzeug, Puppen und Figuren. Eine kleine Rennautobahn, eine Kinderküche und ein Stockbett.

Fredrik zupfte mich am Ärmel, denn es war ihm allmählich peinlich. Aber ich konnte es mir nicht verkneifen, rutschte zum nächsten Fenster und spähte in Adrians altes Zimmer. Auf der Türschwelle stand ein Mann in unserem Alter mit einem Kind. Es war ein erstaunliches Gefühl: als würde man seinen Kopf in eine Zeitmaschine stecken und feststellen, dass man nicht in die Vergangenheit zurückreisen konnte. Zwölf Jahre veränderten alles. Ich starrte in eine völlig neue Welt. Der Mann auf der Türschwelle, der sich nun hinunterbeugte und seinem Kind über den Kopf strich, das hätte ich sein können. Das hätte ich mit neunzehn nie verstanden.

»Was für eine verdammte Ironie«, sagte ich zu Fredrik. »Alles hätte so viel einfacher sein können, wenn man nur damals gewusst hätte, was man jetzt weiß. Ich habe das Gefühl, als würde ich jede Situation meines Lebens zu spät erleben.«

Wir liefen weiter, bogen am Kattesund ab und gingen am Stortorget vorbei zu Gleerups, wo wir uns die Bücher im Schaufenster ansahen und darüber klagten, dass sogar die traditionsreiche Familienbuchhandlung in die Fänge der großen Buchhandelskette geraten war. Aus dem Fenster starrte uns das Konterfei einer der meistbesprochenen Autorinnen des Jahres an, das Wunderkind aus Skåne mit ihrem Erfolgsdebüt.

»Es hat mich so glücklich gemacht, als ich zum ersten Mal davon gelesen habe. Fantastisch! Sie ist erst zwanzig«, sagte ich. »Dann ist mir klar geworden, dass ihr Vater Feuilletonchef des *Expressen* ist und ihre Mutter Literaturwissenschaftlerin.«

»Aber das Buch hast du nicht gelesen?«, fragte Fredrik.

Ich schüttelte den Kopf.

»Tu das. Es ist brillant.«

Als wir die Straße überquerten, dachte ich an alle Bücher, die ich hätte lesen sollen, anstatt mir nur eine Meinung über sie zu bilden.

»Vermisst du die Zeit hier?«, wollte Fredrik wissen, als wir durch den Park Lundagård schlenderten.

»Ich habe gerne hier gelebt«, gab ich zu, »aber ich vermisse dieses Leben nicht.«

Fredrik schien mich zu verstehen.

»Mir hat ziemlich vieles nicht gefallen.« Er starrte nach oben in den Himmel. Es hatte aufgehört zu regnen, doch es tropfte noch immer von den Bäumen. »Aber das lag vermutlich eher an mir.«

Zwischen dem Universitätsgebäude und dem Springbrunnen blieben wir stehen. Obwohl ich unzählige Male genau hier gestanden hatte, erfüllte mich nun ein machtvolles Gefühl. Wir befanden uns direkt unter den Flügeln der Geschichte, als wären auch wir ein Teil der großen Gedanken, die im Lauf der Jahre hier gedacht worden waren.

»Das wäre ein schickes Umschlagmotiv«, sagte ich und breitete die Arme aus.

»Ein bisschen klischeemäßig vielleicht«, meinte Fredrik.

Wir gingen am Haus Eden vorbei, wo das Institut für Staatswissenschaft untergebracht war, passierten den Schreibwarenladen und das Institut für Psychologie. Hier waren Adrian und ich mit dem klapprigen Rad hinaufgefahren, dessen Kette immer abgesprungen war. Jetzt radelten zwei andere Studenten denselben Berg hoch, das Fahrrad schwankte. Schreiend fuhren sie gerade noch bei Grün über die Ampel und weiter zum Allhelgonabacken, ohne an Schwung einzubüßen.

Das Institut für Literaturwissenschaft war zu einem Zentrum für Sprachen und Literatur umgebaut worden. Man hatte das ehemalige Haus Absalon mithilfe von zahllosen gewächshausartigen Glaspartien mit der Linguistik und den Humanwissenschaften zusammengezwungen.

»Hier wird gebaut, um Luft und Licht zu bekommen«, zitierte Fredrik spöttisch den großen Strindberg.

Meinen Augen fiel es schwer, sich an den Anblick zu gewöhnen.

»Sie haben es zu einer großen Baumschule umgebaut.«

Fredrik lachte.

»Immerhin haben sie mehrere Architekturpreise dafür eingeheimst.«

Im Inneren des Neubaus wimmelte es von Leuten. Nur wenige von ihnen ließen sich so leicht als Literaturwissenschaftler identifizieren, wie wir es damals in den Neunzigern konnten, wenn ich mich recht entsann.

»Es gibt hier inzwischen eine Schreibschule«, sagte Fredrik und zeigte auf ein Schild. Ich fragte mich, was Leo Stark zu diesem Namen gesagt hätte.

»Wollen wir einen Kaffee trinken?«, fragte Fredrik.

Der Zweikronenkaffee in den Plastikbecherautomaten war natürlich durch Bio-Latte-macchiato wie im Restaurant ersetzt worden. Obwohl es viel leckerer war und wir uns sogar einen

Kuchen dazu leisten konnten, empfand ich eine gewisse Trauer. Ich fragte mich natürlich, woher dieses Masochistische, ja, beinahe Asketische in mir stammte.

»Immer war alles früher besser«, sagte Fredrik, nachdem ich ihm meine Überlegungen mitgeteilt hatte. »Ich glaube, niemand springt gern ins kalte Wasser. Davon haben wir doch vorhin gesprochen. Wenn man einen Lebenszusammenhang hat, etwas, in dem man sich zurechtfindet, hält man um jeden Preis daran fest.«

»Du meinst also, dass das neue Zentrum für Sprachen und Literatur eigentlich gut ist?«

Fredrik sah sich um und rieb sich das Kinn.

»Na klar! Und genau genommen ist es nur positiv, dass ich meine Familie verlassen und jetzt keine Wohnung habe.« Sein Gesicht verzog sich zu einem Lächeln. »Ich werde es allerdings erst viel später begreifen.«

Auf dem Weg zu meiner Mutter hatte ich eine Eingebung und bog an der Tankstelle in Veberöd ab. Durchs Fenster sah ich Malin Åhlén an der Kasse. Sie war noch immer sehr hübsch, das ließ sich nicht leugnen. Es war eine raue Schönheit, eine schlecht polierte Oberfläche, aber darunter war noch immer das sommersprossige Mädchen mit Zopf zu erahnen, das mein Schülerherz zum Lodern gebracht hatte.

»Hallo«, sagte sie, als ich eine Zeitung und Schokolade auf den Tresen legte.

»Blödes Wetter«, sagte ich und versuchte, Blickkontakt aufzunehmen, aber Malin Åhlén wandte sich ab und sah stattdessen aus dem Fenster.

»Ja, wirklich«, sagte sie, als ob es ihr noch gar nicht aufgefallen wäre.

Ich wollte so gern noch etwas sagen, etwas leicht Nostalgisches und Hintergründiges. Ich wollte eine Bestätigung haben, dass sie mich erkannt hatte.

Malin sah mich kurz an und hielt mir die Quittung hin, während ich noch immer über eine geistreiche Bemerkung nachdachte. Ich bat sie, die Quittung zu behalten, steckte die Zeitung unter den Arm, die Schokolade in die Jackentasche und sagte: »Mach's gut!«

»Danke und tschüs«, entgegnete Malin Åhlén.

Ich verfluchte meine mangelnde Schlagfertigkeit, doch gerade als die Türen vor mir aufglitten, rief sie plötzlich:

»Hör mal, Zack, viel Erfolg mit dem Buch!«

Mir wurde innerlich warm, und ich fühlte mich, als gehörte mir die ganze Welt.

Da vibrierte mein Handy in der Tasche. Es war eine verborgene Nummer, und ich antwortete mit einem kurzen: »Ja, bitte?« Eine Frau klärte mich nüchtern darüber auf, dass sie von der Polizei anrufe. Jetzt war ich an der Reihe.

Der unschuldige Mörder

von Zackarias Levin

19. Kapitel

Dezember 1996

Schneeflocken, groß wie Pusteblumen, schwebten im Lichterschein des Parks zwischen den frostgeschmückten Ulmen herab. Schweigend standen wir zwischen den hundertjährigen Gebäuden, aus unseren Mündern kamen Atemwolken. Der Schnee fiel, und wir blieben stehen. Nach weniger als zehn Minuten war alles vorbei. Keine Spur auf dem Erdboden, als hätten wir alles nur geträumt.

In regelmäßigem Abstand zog Fredrik seinen Handschuh aus, um auf die Uhr zu sehen.

»Gleich zwanzig vor. Wo stecken die denn alle?«

»Sie kommen bestimmt gleich«, sagte Adrian.

Betty trug Ohrringe mit langen Federn und stapfte in ihren Stiefeln auf und ab. Sie beschwerte sich über die Kälte und wollte schon gehen, doch genau in diesem Moment schob Li Karpe die Tür auf.

»Warum kommt ihr nicht herein?«

Wir folgten ihr die Treppenstufen hinauf. Sie raffte ihr langes Kleid hinten zusammen und trug es wie eine Schleppe.

»Willkommen zur Semesterabschlussfeier vom Literarischen Schreiben«, sagte sie und führte uns in den eingedeckten Festsaal.

Betty stellte sich auf die Zehenspitzen und legte ihr Kinn auf meine Schulter, um besser zu sehen.

»Wow!«

»Gar nicht übel«, bemerkte Adrian. »Gibt es auch Champagner?«

Handgeschriebene Kärtchen in Schmuckschrift zeigten uns, wo wir sitzen sollten. Vorsichtig faltete ich die seidenweiche Serviette auseinander und legte sie mir auf die Knie. Das war schon etwas anderes: doppeltes Besteck und Käse zum Dessert. Es wurde nur leise gesprochen, mit Vorsicht getrunken und mit geschlossenem Mund gekaut. Am Ehrentisch saß Li Karpe mit zusammengepressten Knien und nickte freundlich nach rechts und links. Die Direktorin des Instituts für Literaturwissenschaft neben ihr nahm winzige Bissen von ihrem Fleischstück und spülte sie mit Zitronenwasser hinunter. Das braune Haar ruhte wie ein Krähennest über ihrer hohen Stirn, die gepuderten Wangen waren gerötet, und die Augen starrten ängstlich. Als Li ihr Glas klingen ließ, zuckte die Institutsdirektorin zusammen und sah sich erschrocken um.

»Die Zeit vergeht schnell, wenn man hart arbeitet«, sagte Li Karpe einleitend und legte einen kleinen Spickzettel auf den Tisch, kniff die Augen zusammen und fuhr fort: »Ihr habt alle ein kleines Stück des Weges zurückgelegt. Es ist noch weit bis zum Ziel, aber ihr habt eure ersten wackligen Schritte gemacht.«

Betty und ich sahen uns verstohlen an. Li las den Text ab: Er war wirklich kein Meisterwerk. Und niemand wusste, ob in ihrem todernsten Blick Ironie lag, während sie ihn über die neuen Talente des Literarischen Schreibens schweifen ließ. Laut Statistik aus unklaren Quellen würde zumindest einer von uns publiziert werden.

»Aber Schriftsteller ist man erst, wenn man zwei Bücher herausgebracht hat, die den Status eines Werks haben«, las Li von ihrem Zettel ab. »Und in der Tat: Es gibt verschiedenste Arten von Schriftstellern. In unserer Konsumgesellschaft ist das Buch zu einer Handelsware geworden, und es ist keine Kunst mehr, vom Schreiben zu leben, ungeachtet der literarischen Qualität eines Textes. Möglicherweise sind solche Texte einer erfolgreichen Karriere sogar hinderlich.«

Ich lehnte mich an Bettys Schulter. Unverwandt blickte sie Li an.

»Hier kommt eure Belohnung«, sagte Li und klopfte mit dem Zeigefinger auf einen Papierstapel. »Ihr habt jetzt den halben Weg hinter euch.«

Den halben Weg also. Im Festsaal verbreitete sich plötzlich ein unzweideutiger Optimismus, Kubikmeter von angstbesetzter Luft verließen unsere empfindsamen Herzen. Li und die Institutsdirektorin verteilten die Kompendien und schüttelten uns die Hand. Die Dankbarkeit leuchtete in den Gesichtern der literarisch Schreibenden.

Ich blätterte rasch bis zu meinem eigenen Werk. Es war ein ungewöhnlich schickes Heft: dickes Hochglanzpapier, das noch immer nach Druckerei duftete, auf dem Umschlag ein abstraktes Motiv im Vierfarbdruck. *Auf halbem Weg. Literarisches Schreiben an der Universität Lund. Wintersemester 1996.*

Ein Eichhörnchen saß in einer Tanne und grübelte über den Sinn des Lebens nach von Zackarias Levin. Das war etwas völlig Neues, Avantgarde, dass es nur so sprühte, Alliterationen ad absurdum und Metaphern, die dem Ego Gänsehaut bescherten. Als ich den Text noch einmal durchlas, konnte ich mir nicht vorstellen, dass irgendein Verleger, der seine fünf Sinne beisammenhatte, mich jemals ablehnen könnte.

Ich sah mich um. Ausnahmslos jeder am Tisch las seinen eigenen Text.

Kaum war der Kaffee serviert worden, verabschiedete sich

die Institutsdirektorin mit der seltsamen Frisur, bedankte sich, zeigte sich zufrieden angesichts des Abends und freute sich wirklich darauf, unsere Erzählungen zu lesen. Sobald sie die Tür hinter sich geschlossen hatte, riss Adrian den Arm hoch, um die Kellnerin zu sich zu winken. Der Selbstkostenpreis war hier zwar höher als in den Studentenclubs, aber wer wollte, konnte sich exzellentes Importbier oder Markenschnaps bestellen.

Adrian gab eine Runde aus, und wir prosteten einander zu. Musik schallte aus den Lautsprechern. Fredrik hatte beinahe seine Stimme verloren, er brachte nur noch ein krächzendes Grölen hervor, und wir lachten, als er es auf irgendeinen Virus schob. Wie auf Zuruf löste sich die Sitzordnung plötzlich auf. Einer erhob sich, um auf die Toilette zu gehen, und binnen einer halben Minute war Reise nach Jerusalem angesagt, lauter leere Stühle und überall Leute.

Jonna kam mit einem strahlenden Lächeln zu mir. Sie sah gut aus, mit ihrem klassischen schwarzen Kleid, einer breiten Halskette, kussroten Lippen und geschminkten Augen.

Seit der Lesung war ich ihr aus dem Weg gegangen, weil ich nicht wusste, was ich sagen sollte, wie ich es sagen sollte.

»Ich mag deine Erzählung.« Sie lächelte. »Oder wie auch immer man das nennen soll. Deinen Text also. Ich mag das Absurde, das Spielerische daran.«

Sie plapperte in ihrem småländischen Dialekt ohne Rs so schnell, dass ich beinahe nicht mitkam.

»Na ja, ich meine natürlich nicht, dass es ihm an Ernsthaftigkeit fehlt. Es ist ein seriöser Text, sehr seriös. Es ist nur die Art, wie du mit den Wörtern spielst, mit der Sprache, wenn du verstehst, was ich meine. Ich mag es wirklich, wenn man nicht ganz versteht ... Also, natürlich verstehe ich es, aber ich finde es gut, dass du dem Leser nicht alles auf dem Präsentierteller servierst.«

Ich lächelte und dachte, ich sollte etwas zu ihrem Text sagen, doch ich hatte ihn nicht gelesen. Eine Notlüge hätte es sicher getan, aber am Ende erwiderte ich nur:

»Wie hübsch du aussiehst.«

Sie schien völlig aus dem Konzept zu kommen. Offenbar merkte sie, dass ich es ernst meinte. Sie war wirklich attraktiv.

»Danke«, sagte sie schließlich und schluckte. Sie trat von einem Fuß auf den anderen, als müsse sie dringend auf die Toilette.

»Wir wollten noch in die Bar runtergehen«, sagte sie.

Ich sah mich nach Betty um, aber weder sie noch die anderen waren zu sehen.

»Kommst du mit?«, fragte Jonna.

Eine halbe Stunde später saßen wir an einem Tisch im Halbdunkel des Tegnér. Die Bässe vibrierten in unserem Brustkorb, und die Gläser waren mit billigem Wein gefüllt. Fredrik flirtete mit einem Model, während Betty einen japanischen Austauschstudenten am Hals hatte. Jonna saß so dicht neben mir, dass Berührungen unvermeidlich waren.

»Hast du nie etwas an Verlage geschickt?«, fragte sie.

Sie selbst hatte noch vor der gymnasialen Oberstufe angefangen, Leseproben von Romanen zu verschicken. Peinliches Zeug natürlich, das ohne Begründung abgelehnt wurde. Aber sie war dennoch der Meinung, dass es langfristig von Vorteil war, dass die Verlage sie im Blick behielten und wussten, dass sie es ernst meinte und unverdrossen weiterarbeitete. Als würde die Menge an Manuskripten sie am Ende doch noch durchs Nadelöhr befördern.

»Letztlich sind sie ja auf ein Gesamtwerk aus«, sagte sie überzeugt von ihrer Sache. »Sie wollen das Gesamtpaket.«

Sie erzählte, dass sie in ihr erstes Freundebuch in der Schule als zukünftigen Beruf »Schriftstellerin« geschrieben hatte. Ihr einziger Traum. Inzwischen war daraus eher ein Ziel geworden, eine Frage des Wann und Wie anstatt des Ob.

»Ein Typ in meiner Schreibgruppe hat seine Romane im Eigenverlag publiziert, aber das würde mir fast wie eine Niederlage vorkommen.«

Ich nickte und lächelte bei fast allem zustimmend.

Jonna war wirklich nett, ein normaler, unkomplizierter Mensch, den man einfach gernhaben musste. Während sie redete, sah ich in regelmäßigen Abständen zu Betty hinüber. Zwischen ihr und Jonna lagen Lichtjahre. Sie waren in vielfacher Hinsicht Gegenpole, und ich hatte plötzlich das Gefühl, an einer Weggabelung zu stehen, wobei es im Grunde nur einen Weg für mich gab. Betty war unerreichbar. Sie würde mir nie eine Chance einräumen. Sie war eine Erscheinung, eine Fantasie. Mein ganzes Leben lang hatte ich gelernt, nicht nach der Sonne zu streben.

Ich betrachtete Jonna und lächelte im Stillen. Ihr fehlte nichts. Und mir würde nichts fehlen.

»Ah, da kommt Li!«, unterbrach sie sich und kicherte. »Sie ist fantastisch! Du hast doch bestimmt ihre *Jägerlieder* gelesen, oder? Was für eine Sprache! Und außerdem sieht sie so gut aus. Jemand aus meiner Schreibgruppe hat was mit ihr am Laufen. Aber die Sache ist ziemlich geheim.«

Li Karpe blieb vor unserem Tisch stehen. Sie sah uns an, bis Adrian eilig aufstand und ihr einen Stuhl anbot. Bevor sie sich setzte, schob sie ihr Kleid mit einer weltgewandten Bewegung beiseite.

»Das war das dritte und letzte Mal für mich«, fuhr Jonna fort. Sie hatte sich schon zweimal für Literarisches Schreiben beworben, war aber erst jetzt angenommen worden. Zudem hatte sie sich, wie sie leicht beschämt hinzufügte, im Prinzip bei allen anderen Schreibausbildungen von Umeå im Norden bis Skurup im Süden beworben. Mit demselben Resultat.

»Du willst wirklich schreiben«, stellte ich fest.

Jonna lachte nur, als hätte ich einen Scherz gemacht.

Neben uns rückte Adrian immer dichter an Li Karpe heran, zischte ihr etwas ins Ohr und gestikulierte eifrig. Li nippte ruhig an ihrem Rotwein und sah sich nachdenklich um.

»Er ist manchmal ein bisschen zu viel«, sagte Jonna. »Das meine ich jetzt nicht böse oder so.«

»Wer?«

»Dein Freund. Adrian.«

Wir beobachteten ihn. Wie er immer lauter, seine Bewegungen immer ausholender wurden und sich der Speichel in den Mundwinkeln sammelte.

»Ach«, sagte Jonna. »Er ist sicher nur betrunken.«

Aber ich hatte Sorge, dass es noch etwas anderes war. Ich glaubte zu bemerken, wie Li sich ihm entzog, während Adrian immer aufdringlicher wurde.

Jonna sprach von ihren Lieblingsschriftstellern und leierte mindestens zehn Namen herunter, die ich kaum kannte.

»Wen liest du denn am liebsten?«, fragte sie dann.

Ich trank ein paar Schlucke Wein und dachte nach. Betty saß vornübergebeugt da und schien in eine sehr engagierte Diskussion mit dem Japaner vertieft.

»Darf man Astrid Lindgren nennen?«

Jonna legte die Hand auf ihre Kicherlippen.

»Oder Leo Stark«, sagte ich rasch. »Seine Bücher gefallen mir wirklich.«

»Nie gelesen«, sagte sie. »Die sind viel zu männlich. Und zu sexbesessen.«

Sie lachte über sich selbst, und ich wollte gerade protestieren und Leo verteidigen, als ich abrupt unterbrochen wurde.

Adrian erhob sich, stellte sich auf seinen Stuhl und breitete die Arme aus, als wollte er zur Ruhe mahnen.

»So, alle miteinander! Hört ihr zu?«

Li Karpe versuchte, ihn abzuhalten, aber Adrian fuhr fort:

»Es gibt eine Sache, die ich euch erzählen muss. Wenn ihr mal eben eine halbe Minute zuhören könntet?«

Verstohlen sah Adrian in meine Richtung. Li Karpe kniff die Augen zusammen, wurde immer kleiner auf ihrem Stuhl und sah aus, als wollte sie im Erdboden versinken.

»Ich steige aus«, sagte Adrian. Kunstpause – ganz nach Lis Instruktionen. »Ich mache den Kurs im nächsten Semester nicht weiter, und zwar rein aus ethischen Gründen.«

Jonna stieß mich in die Seite.

»Hat er gesagt aus genetischen Gründen?«

Ich brachte sie mit einem Blick zum Verstummen.

»Es ist so«, fuhr er fort und sah Li Karpe an. »Wir sind seit einer Weile zusammen, Li und ich. Und wenn es fortdauern soll, muss einer von uns gehen.«

Li Karpe schloss die Augen.

»Natürlich schreibe ich auch weiterhin«, sagte Adrian und erhob die Stimme. »Und ich hänge weiterhin im Haus Absalon ab. So leicht werdet ihr mich nicht los!«

Er feuerte ein breites Lächeln ab und sah sich um, suchte eine Reaktion in unseren leeren Gesichtern. Gerade als er wieder den Mund öffnete, stand Li auf. In der nächsten Sekunde erhob sich auch Betty. Sie warfen Adrian einen kurzen Blick zu. Dann gingen sie. Resolut und unwiederbringlich, ohne sich ein einziges Mal umzusehen.

»Hat er das gerade wirklich gesagt?«, stotterte Jonna.

»Leider ja, glaube ich.«

Adrian schob einen Stuhl zur Seite und durchquerte eilig den Raum. Ich spürte, wie es in meinem Körper zuckte. Sollte ich ihm folgen? Vielleicht sollte ich versuchen, Betty einzuholen? Sie brauchte mich jetzt.

»Echt seltsam«, sagte Jonna.

»Was denn?«

»Die Person aus meiner Schreibgruppe, von der ich erzählt habe ... die was mit Li am Laufen hatte.«

»Ja?«

»Das ist eine Frau.«

Der Kripobeamte war ein wandelndes Klischee. Wenn er in einem Text beim Schreibkurs aufgetaucht wäre, hätte der Kursleiter sich die Hände gerieben und die große Säge ausgepackt. Diese grobschlächtige Karikatur hätte kaum in einen Dutzendkrimi von der Tankstelle gepasst. Er sah aus wie ein großer unrasierter Bär, der Nacken war breiter als meine Oberschenkel, er hatte Blumenkohlohren und eine Nase, die nahtlos in die Wangen überging. Bestimmt war er ein Ass darin gewesen, die Gauner in der Stadt zu schnappen. Aber nach dem fünfzigsten Lebensjahr hatten sich die Mittagspausen bei McDonald's auf den Hüften niedergeschlagen, vielleicht hatte seine Frau auch genug gehabt von Nachtschichten und blutigen Hemden, und er hatte sich mehr oder weniger resigniert hinter den Schreibtisch des Polizeireviers in Lund verzogen.

Der Kugelschreiber kratzte langsam über das Papier, als er meine Angaben eintrug. Dann starrte er mich an und klärte mich darüber auf, dass er Sjövall heiße. Ja, ich hätte richtig gehört, allerdings schreibe man ihn mit V, es gebe also keinerlei Verwandtschaft mit diesem Schriftsteller da, und er kenne schon alle Witze und verbitte sich nachdrücklich irgendwelche neuen.

Sjövall schaltete das Aufnahmegerät an, brummte und fluchte leise vor sich hin, bis schließlich ein rotes Lämpchen aufleuchtete. Dann stützte er die Ellbogen auf den Tisch und funkelte mich an, als hätte ich einen Massenmord an Frauen und Kindern begangen, und sagte, dass er mich *informations-halber* befragen wolle.

»Was haben Sie am 11. September dieses Jahres gemacht?«

Aus irgendeinem Grund sah ich auf die Uhr.

»Was ist heute für ein Tag?«

»Der 27.«, antwortete er irritiert.

Ich überlegte, wann ich nach Skåne gekommen war. In der letzten Augustwoche? Aber das half mir nicht weiter.

»Können Leute normalerweise auf solche Fragen antworten?«

Mein Vernehmungsleiter war jetzt ziemlich verärgert. Er berichtete kurz, dass man die Leiche von Leo Stark in einem Waldstück gefunden und es den Anschein habe, als hätte jemand sie ausgegraben, vermutlich in der Nacht vom 11. auf den 12. September.

»Aha, Sie meinen in der Nacht? Dann weiß ich, was ich getan habe«, sagte ich und nickte übertrieben fröhlich. »Ich habe geschlafen.«

Sjövall blickte mir fest in die Augen und rutschte auf seinem Stuhl herum.

»Warum sind Sie hier in Skåne? Sie sind Ende August herge-kommen, und Sie wohnen bei Ihrer Mutter in Veberöd?«

Ich nickte.

»Warum haben Sie Stockholm verlassen?«

»Das Zeitungssterben. Mir wurde gekündigt.«

»Tut mir leid«, murmelte er. »Und was machen Sie jetzt?«

»Ich schreibe ein Buch.«

Seine Augen leuchteten auf, was er sogleich zu verbergen suchte, aber es hatte gereicht, um ihn zu entlarven.

»Wovon handelt es?«

Ich lachte.

»Alle Bücher handeln von derselben Sache: wie es einem gelingt, ein Mensch zu sein und dennoch das Leben zu überstehen.«

»Ach ja?«

»Kein Krimi«, sagte ich. »Oder vielleicht doch. In gewisser Weise.«

»Ironischerweise war es ein Manuskript, das damals vor zwölf Jahren die ganze Ermittlung ins Rollen gebracht hat. Kein Wunder, dass der Fall als Schriftstellermord bezeichnet wurde.«

»Ein Manuskript von Leo Stark?«

»Das haben wir zunächst geglaubt. Aber offenbar schreiben manche Schriftsteller nicht alles selbst.«

»Was meinen Sie?«

Er lächelte geheimnisvoll, und ich dachte sofort an Bettys Besuche bei Leo.

»Das heißt, Leo hatte einen Ghostwriter?«

»Ich kenne mich nicht mit den Fachausdrücken aus«, sagte Sjövall. »Aber es gab auf jeden Fall etliche Zweifel, wer der Urheber war. Oder die Urheberin.«

»Hat Betty das Manuskript geschrieben?«

»Betty Johnsson? Wir haben sie damals als Verdächtige vorläufig festgenommen.«

»Weil Sie ein Manuskript gelesen haben? Ich glaube, es sollte an der Polizeihochschule einen Kurs in Literaturwissenschaft geben.«

Sjövall starrte mich schweigend an. Wir hatten offenbar nicht denselben Humor.

»Wir würden gern eine Speichelprobe von Ihnen nehmen«, sagte er dann. »DNA-Test, Sie wissen schon. Es dauert maximal fünf Minuten, kein Blut oder so, nur ein Wattestäbchen ins Maul.«

Es versetzte mir einen Stoß. Das hier war Ernst. Dass die Polizei meine DNA haben wollte, konnte eigentlich nur heißen, dass sie tatsächlich in Erwägung zog, ich könnte in den Mordfall Leo Stark verstrickt sein.

»Kein Problem.« Ich versuchte, mich cool zu geben. »Ich helfe gern, wenn ich kann.«

»Die überprüfen wohl alle, die mit Leo zu tun hatten«, sagte Fredrik.

Er bewegte unruhig den Mund, als ich nicht sofort seine Hypothese bestätigte. Langsam kaute er sein Lachsstück, der Kiefer mahlte, beinahe wie bei einem Wiederkäuer. Als wir den halben Teller leer gegessen hatten, bestellte er sich ein weiteres Glas Milch.

Ich erzählte, dass ich zu Betty wolle.

»Ob die Polizei auch sie überprüft hat?«, fragte Fredrik.

»Bestimmt«, sagte ich. »Sie stand ja damals unter Verdacht, sobald klar war, dass Leo verschwunden war.«

Auf einmal sah Fredrik sehr beunruhigt aus. Er trank noch einen Schluck und blickte mich an. Er hatte einen dünnen Milchbart, und ich reichte ihm eine Serviette.

Nach dem Mittagessen spazierten wir langsam über den Mårtenstorget, am Kino vorbei und auf den Botulfsplatsen. Fredrik war bei seiner Familie in Bjärred gewesen. Der schlimmste Sturm hatte sich gelegt, und nun ging es um pragmatische Fragen wie die Wohnsituation, die Kinder und das Baudarlehen. Er klang eher lustlos als traurig.

»Und du? Wie läuft es mit dem Buch?«

»Ich habe heute Nacht ein neues Kapitel geschrieben. Ich glaube, es ist richtig gut.«

»Das freut mich!«

»Morgen finde ich es bestimmt grottenschlecht. Aber solange genieße ich die Illusion.«

»Hör auf. Du konntest doch schon immer gut schreiben.«

Er beschleunigte seine Schritte und schaute weiter auf den Boden.

»Danke«, sagte ich aufrichtig erstaunt.

An der Stora Södergatan wäre Fredrik beinahe von einem links abbiegenden Bus überfahren worden. Ich drohte dem Fahrer mit der Faust, der mir wütend die Zunge herausstreckte.

»Hast du das gesehen?«

Aber Fredrik hatte nichts mitbekommen.

»Ich habe noch mal darüber nachgedacht, wie lang das Buch werden soll«, sagte ich. »Es darf kein Ziegelstein werden, weil die Leute es dann nicht lesen. Gleichzeitig soll man etwas für sein Geld bekommen: kein Roman mit jeder Menge Luft, um die Seiten zu füllen.«

Als wir am Kattesund ankamen, blieb Fredrik stehen und sah mich an. Er nickte einige Male so entschlossen, als wollte er das Gespräch beenden. Dann streckte er die Hand aus.

»Dreihundertdreiundsiebzig«, sagte er.

»Wie bitte?«

Ich ergriff seine Hand.

»Dreihundertdreiundsiebzig Seiten. Die perfekte Länge für ein Buch.«

Betty seufzte schwer und hob kaum die Füße, ja, sie schleppte ihren ganzen Körper vor mir durch den Flur. Ich sah in Henrys Zimmer. Er lag bäuchlings auf dem Bett, vor sich auf dem Kopfkissen das Notebook, auf dem er eifrig herumtippte. Zur Begrüßung hob er die Hand.

Betty und ich gingen in die Küche und setzten uns.

»Hast du Leyla Corelli angerufen?«, fragte sie.

»Ich habe mich in Göteborg mit ihr getroffen.«

Sie wirkte überrascht.

»Dann weißt du jetzt mehr.«

Ich nickte. »Wie geht es dir?«

Sie sah an die Decke. Genau wie früher.

»Es ist, wie es ist«, seufzte sie. »Die Polizei war hier. Sie haben mich zu Leo und Adrian vernommen und eine Menge anstrengender Fragen gestellt, zu Dingen, an die man sich unmöglich erinnern kann. Dann wollten sie einen DNA-Test machen.«

»Ich weiß. Ich habe auch eine Speichelprobe abgegeben.«

»Ich habe mich geweigert.«

»Wie? Warum denn das?«

Sie zuckte mit den Achseln.

»Es hat sich irgendwie so demütigend angefühlt. Glauben sie etwa, dass ich etwas mit der Sache zu tun habe? Wir wissen doch schon, wer Leo ermordet hat.«

»Ach wirklich?«

»Adrian war von Li Karpe besessen. Ich habe es vom ersten Moment an begriffen, aber ich habe wohl die Augen davor verschlossen. Erinnerst du dich nicht an den Abend, ganz am Anfang? Er wusste, wo Li wohnte, hatte einen Stadtplan dabei, und wir sollten ihr Haus suchen.«

»Natürlich weiß ich das noch«, sagte ich. »Ich habe es sogar in meinem Buch erwähnt.«

Sie funkelte mich irritiert an.

»Wusstest du, dass er sich in den Kurs hineingemogelt hat?«

»Was? Wie das denn?«

»Jemand anders hat seine Textprobe geschrieben. Er hat ihn dafür gezahlt.«

»Woher weißt du das?«

»Er hat mir alles erzählt, damals an Weihnachten.«

Die Weihnachtsferien 1996, als die Sache ihren Höhepunkt erreicht hatte. Betty verfluchte sich selbst, schlug sich mit der Hand gegen die Stirn und spuckte Flüche über den Küchentisch. Dreimal war sie zu Adrian zurückgekehrt, dreimal – trotz allem, was geschehen war. Wie hätte sie da jemand anders verurteilen können?

»Ich war selbst genauso besessen, verstehst du? Ebenso manisch erfüllt von Adrian wie er von Li Karpe. Verliebtheit, Verzauberung, Wahnsinn – wo verläuft die Grenze?«

Sie hatte Tränen in den Augen.

»Wir waren noch sehr jung«, gab ich zu bedenken und wünschte, ich könnte sie in den Arm nehmen.

»Der Abend nach der Semesterabschlussfeier, als wir im Festsaal der Akademischen Vereinigung zu Abend gegessen haben«, fuhr sie fort. »Es war saukalt, und es hat ein bisschen geschneit. Weißt du noch?«

»Als wäre es gestern gewesen«, sagte ich.

»Da hätte Schluss sein müssen. Ich kann es nicht fassen, dass ich ihm nachgelaufen bin. Warum, verdammt noch mal, bin ich ihm nachgelaufen, Zack?«

»Die Liebe«, sagte ich. »Die lässt sich nicht erklären.«

»Am selben Abend bist du mit diesem Mädchen zusammengekommen ... Jonna, oder? Manchmal habe ich gedacht, ich hätte das sein sollen und nicht sie. Warum habe ich mich nie in dich verliebt, Zack?«

Sie sah mich eindringlich an, mit einem Blick, den ich wiedererkannte. Das war die alte Betty. Sie steckte noch tief in ihr.

»Hast du diesen Gedanken auch mal gehabt? Dass wir beide ein Paar hätten werden können?« Es schien, als wollte sie sich über den Tisch beugen und mich küssen. Ich spürte, wie ich errötete.

»Oft.«

»Dann wäre jetzt alles anders.«

Ich dachte an Caisa. Warum hatte ich nicht besser auf das achtgegeben, was wir beide zusammen gehabt hatten? Was für ein Idiot ich doch war!

»Vielleicht«, sagte ich. »Vielleicht auch nicht.«

Der unschuldige Mörder

von Zackarias Levin

20. Kapitel

Dezember 1996

Eigentlich wollte Betty nur tanzen. So hatte alles begonnen: Leo Stark in seinem Sessel, im Seidenpyjama, mit Fernsteuerung und Klebeblick. Sie und Li hatten getanzt.

Wie Schlangen. So hatte Leo sie beschrieben.

Die Musik blieb am Körper haften, bohrte sich in die Haut und pflanzte sich fort. Das Fiebrige, Rauschhafte, Wilde, die Hand an der Hüfte und der Raum wie ein Ozean. Und dann war sie plötzlich da gewesen: ihre Hand anstelle von seiner, eine Zunge im Ohr, Finger, die herabglitten.

»Mir zuliebe«, bat Leo, als Betty sich dem Ganzen entzog.

Das war Bestandteil des Tanzes. Zungen, Brüste, Kleider, die fielen. Li Karpe von null auf hundert in 8,7 Sekunden.

»Ich will dich.«

Und Betty wollte leben und tanzen, schwerelos, den Arm in die Höhe gereckt, bis der Morgen mit Ding Dong eingeläutet wurde, mit vagen Erinnerungen an eine Nacht, auf die nie eine Morgendämmerung gefolgt war.

Sie erwachte, noch immer benommen, mit Li Karpes Atem an ihrer nackten Haut. Traum und Wirklichkeit ineinander verflochten.

»Leo braucht dich«, sagte Li. »Du musst mitmachen. Das bist du der Kunst schuldig.«

»Aber ich verstehe das nicht.«

»Muss man alles verstehen?«

»Nein, das habe ich nicht gemeint. Mir ist es egal, warum, aber ich muss wissen, wie.«

Li stützte sich auf die Ellbogen, und ihr Blick hellte sich auf. Sie waren so dicht beisammen, dass es rein technisch als Mund-zu-Mund-Beatmung durchgegangen wäre.

»Es ist nichts Sexuelles.«

Betty legte sich auf den Bauch. Ihr Haar entfaltete sich wie eine Blüte, und sie lag still da, während Li mit den Fingerspitzen eine Weltkarte auf ihren Rücken zeichnete.

»In dieser Hinsicht gleichen Leo und ich einander«, sagte Li. »Wir sind fasziniert von Menschen, die begabt sind. Nichts kann sich mit dem Gefühl messen, ein echtes Talent zu finden.«

»Aber was ist mit dem ganzen Gerede von harter Arbeit?«

»Natürlich. Ohne harte Arbeit schaffst du es nicht. Aber Plackerei allein reicht nicht. Sieh dir doch euren Kurs an. Da gibt es einige, die bereit sind, ihre Fäuste in den Morast zu stecken und zu graben, und manche könnten sich durchaus vorstellen, alles zu opfern, um ihre Ziele zu erreichen. Aber das bringt nichts, weil ihnen das Entscheidende fehlt. Keine Schwielen an den Händen, keine durchgeschriebenen Nächte oder verpasste Ehen können das ersetzen, womit du beschenkt worden bist, Betty.«

»Ganz schön ungerecht irgendwie.«

»Das kann man so sehen«, sagte Li und schrieb unzählige Male ihren Namen zwischen die Flügelstummel der Schulterblätter. »Manche von ihnen können sicher etwas publizieren, vielleicht sogar etwas verkaufen und sich dadurch über Wasser halten. Wir müssen sie nicht bemitleiden. Aber sie werden niemals gute Literatur erschaffen.«

Betty setzte sich mit verschränkten Armen in den Schneidersitz.

»Kennst du Nadia Comaneci?«, fragte Li. »Die Kunstturne-
rin?«

Betty schüttelte den Kopf.

»Ich hasse Sport.«

»Nadia ist viel mehr als nur eine Sportlerin. Bei den Olym-
pischen Spielen 1976 hat sie mit vierzehn Jahren drei Goldme-
daillen gewonnen. Sie war vierzehn und die Erste, die je die
volle Punktzahl erreicht hat. Nadia war die reine Perfektion: der
Körper, die Balance, jede Bewegung voller Harmonie. Ich kann
mir es immer und immer wieder ansehen.«

Betty betrachtete sie verständnislos angesichts dieser Begeisterung.

»Du verstehst mich nicht, oder?«, fragte Li. Dann tat sie ihre
eigene Frage lachend ab, spreizte die Finger vor dem Gesicht
wie ein Fächer und beugte sich mit sehnsuchtsvollen Kusslip-
pen über Betty.

Sie verloren das Gleichgewicht und lagen bald ausgestreckt
auf dem Rücken und sahen sich tief in die Augen.

Nach Adrians Enthüllung bei der Semesterabschlussfeier war
Betty ihm durch die schneewirbelnde Stadt gefolgt. Vor der
Haustür in der Grönegatan hatte sie ihn eingeholt. Er sagte,
dass Li ihn abgewiesen habe, und weinte an ihrer Brust.

In der Nacht las sie Adrians Beitrag für das Abschlussheft,
während er neben ihr lag und sich im Schlaf hin und her wälzte.

Es war eine kurze, eindrückliche Erzählung. Betty las sie
zweimal. Sie fand, das war die beste Art, einen anderen Menschen kennenzulernen. Vermutlich hieß es deshalb, dass man in
jemandem wie in einem offenen Buch lesen konnte.

Adrians Text handelte von einem Jungen, der ein Haustier

bekam. Nirgends erfuhr man, was für eine Art Tier es war und wie es in den Besitz des Jungen gekommen war. Es zeigte sich jedoch schon bald, dass das Tier den Jungen nicht mochte. Anfangs machte ihn das sehr traurig, und der Junge gab sich redlich Mühe, damit das Tier sich in seiner Gesellschaft wohlfühlte, aber es funktionierte nicht. Schließlich gab er auf, resignierte und wollte es dabei bewenden lassen. Zu seinem großen Erstaunen stellte er fest, dass es ihm nichts ausmachte. Dem Jungen ging es nicht schlechter, weil das Tier ihn nicht mochte. Das Wichtige war nicht, die Sympathie des Tiers zu gewinnen. Im Grunde war der Besitz das Einzige, was zählte.

Betty wurde ganz ruhig. Es war schwer zu erklären und noch schwerer zu verstehen, aber irgendwie hatte der Druck nachgelassen. Sie war wieder bei Adrian. Sie legte sich im Bett dicht neben ihn und barg ihr Gesicht an seiner Brust. Der Arm, der zuvor nervös herumgeflattert war, fand einen sicheren Halt an seinem Körper.

Betty war wieder mit Adrian zusammen. Er hatte zugegeben, von Li geblendet worden zu sein, und war der Meinung, sie habe ihn getäuscht. Eigentlich wolle er nur mit Betty zusammen sein.

Natürlich war Betty außer sich, als sie zu Li in die Trädgårdsgatan radelte.

»Du wolltest mir alles kaputtmachen und mich besitzen! Also hast du mit Adrian geschlafen. Er war hier in deinem Bett, oder? Während ich als Babysitter bei Leo war.«

Li stritt alles ab.

»So war es nicht. Manche Dinge passieren einfach. Man kann sie im Nachhinein bereuen, aber was bringt das schon?«

Betty gab zurück, von ihr aus könne sie zur Hölle fahren. Sie schlug die Tür zu und rannte die Treppen hinunter.

Am nächsten Tag spazierte sie mit Adrian durch die Stadt. Seine Finger umspielten ihre. Er ging schnell, es wirkte irgendwie unnatürlich. Warum hatte er es so eilig, wenn ihre Wanderung kein Ziel hatte? Es war Sonntag, es waren Ferien und Weihnachten war vorbei: Nichts trieb sie an.

Sie hatten eine Entscheidung getroffen. Weder Betty noch Adrian würden den Kurs in Literarischem Schreiben fortsetzen. Sie konnten nach dieser Sache nicht weitermachen. Zumindest nicht mit Li Karpe als Dozentin. Adrian war schon für den Grundkurs in Literaturwissenschaft angenommen worden.

»Sobald das Studentensekretariat aufmacht, gehen wir hin«, sagte er zu Betty.

»Aber ich will nicht Literaturgeschichte studieren, ich will Literaturgeschichte schreiben.«

Sie war bei der Studienberatung gewesen und hatte Broschüren von der Heimvolkshochschule in Skurup und einer anderen in Sundbyberg bekommen. Die Beraterin hatte sogar geglaubt, es würde zu ihr passen. Aus welchen Gründen auch immer.

»Wir hauen ab«, sagte sie zu Adrian. »Es gibt nichts, was uns hier in Lund hält.«

Sie standen auf dem Platz vor der Domkirche, deren Türme in den wolkenbedeckten Himmel emporragten wie schützende Eltern. In dem Moment, in dem Adrian antwortete, schlugen die Kirchenglocken, und die Worte gingen in dem Dröhnen unter. Sie blickten hinauf zum Doppelturm und machten ein paar Schritte rückwärts. Bettys Vorschlag blieb in der Luft hängen.

»Willst du über all das schreiben?«, fragte Betty und griff nach ihrer Kaffeetasse. »Über die Beziehung zwischen Adrian und mir? Ist das wirklich relevant für die Geschichte?«

Sie blickte in ihre Tasse, stand auf und ging zur Kaffeemaschine.

»Es ist äußerst relevant«, sagte ich. »Der Leser will Schlussfolgerungen ziehen und sich intelligent vorkommen. Alle Leser wollen verstehen, was geschieht.«

Sie lachte auf.

»Genau wie du. Du wolltest auch immer alles verstehen.«

Sie beugte sich vor und befüllte die Kaffeemaschine. Die fusselige Kuschelhose war vermutlich rot gewesen, bevor die Waschmaschine sie ruiniert hatte. Ich betrachtete ihren Rücken, ihren Nacken und dachte, dass ich aufstehen und sie in den Arm nehmen sollte. Aber es hätte sich nur gezwungen angefühlt. Es war zu spät.

Betty! Eine tiefe Trauer überfiel mich. Sie sah mich mit weichem Blick an, als hätte sie meine Gedanken gelesen.

»Das spielt keine Rolle mehr«, sagte sie. »Leo ist tot, und sein Mörder hat längst seine Strafe abgesessen. Li Karpe führt ein ganz anderes Leben. Du sitzt dort, und ich stehe hier.«

Sie deutete erst auf mich und dann auf sich selbst.

»Das verstehe ich nicht«, sagte ich.

Betty lachte herzlich.

»Du bist genau wie damals, Zack.«

Im Flur zog ich meine Jacke an. Die Tür zu Henrys Schlafzimmer stand einen Spaltbreit offen, und das Geräusch von klappernden Computertasten erfüllte das Zimmer. Ich warf einen Blick hinein, um mich zu verabschieden, aber Henry bemerkte mich nicht. Er hatte das Bett verlassen und saß an seinem Schreibtisch, mit dem Rücken zu mir. Der blonde Lockenschopf tanzte über den Schultern, während er schrieb. Er war ganz in seinen Roman vertieft.

Ich schrieb Bettys Kapitel in einem menschenleeren Chinarestaurant. Ein paar wässrige Krabben und eine zerlesene Zeitung mussten sich den Platz mit meinem Laptop teilen. Jede Tastaturbewegung wurde von einem gierigen grünen Porzellandrachen überwacht. In regelmäßigen Abständen schlich die Kellnerin heran und verbeugte sich, bot frittierte Bananen, Chaitee und Glückskekse an. Ich hieß die kleinen Unterbrechungen willkommen, bemühte mich, nicht abweisend zu wirken, als ich ablehnte, und bat sie indirekt, an meinen Tisch zurückzukehren. Erst als ich den letzten zitternden Punkt gesetzt hatte, ließ ich alle höflichen Verhaltensregeln fahren, griff nach meinem Mantel und bat um die Rechnung.

Ich empfand einen kindlichen Eifer, mein Werk vorzeigen zu dürfen. Im Grunde entsteht der Text erst in den Augen des Lesers, und ich wollte während der Lektüre dem Leser gegenübersitzen, ungeduldig und erwartungsvoll. Deshalb rief ich Fredrik noch zwei weitere Male an, nachdem er sich beim ersten Anruf nicht gemeldet hatte. Vielleicht hatte er sein Handy bei der Arbeit abgestellt.

Ich lief durch die Stadt, blind und taub wie in einem Tunnel, stieß vor Åhléns mit einem Kinderwagen zusammen und wäre beinahe einem Hund auf die Pfote getreten, den ein gebeugt gehender Rentner am Kattesund hinter sich herschleifte.

»Tut mir leid!«, rief ich im Weiterlaufen.

Dieses Gefühl, etwas Gutes geschrieben zu haben. Der Körper erfüllt von knisterndem Feuerwerk. Und plötzlich war es das alles wert: Schweiß, Blut und Selbstmordgedanken. Mit zweiunddreißig hatte ich noch keine Droge, keine Stellung beim Sex oder eine Partnerin gefunden, die auch nur annähernd an dieses Gefühl heranreichten.

Der Verlag war nichts Besonderes. Eine grüne Kellertür mit einem unansehnlichen Schild, und da der Verlagsname identisch mit dem Nachnamen des Verlegers war, musste man entweder eingeweiht sein oder die richtige Schlussfolgerung ziehen, welche Art von Betrieb sich im Keller verbarg.

Ich stand auf der Treppe und dachte eine Weile nach, fragte mich, ob ich anklopfen sollte, entschied mich dann aber, einfach einzutreten. Eine stickige Wärme schlug mir entgegen, vermischt mit dem ganz eigenen Geruch von Institutionen. Erst ein Garderobenständer, der unter der Last der Mäntel und Dufflecoats zusammenzubrechen drohte, dann ein langer Gang mit niedriger Decke und überquellenden Bücherregalen.

Eine ganze Weile stand ich da, verwirrt und erstaunt, versuchte, die Aufmerksamkeit auf mich zu lenken, indem ich mich räusperte, hustete und ein wenig mit dem Fuß über den Boden scharrte, aber nirgendwo war jemand zu sehen. Vielleicht war gerade Kaffeepause im Verlagsland?

Mein Blick fiel auf ein Bücherregal, das sich von den anderen abhob. Jedes einzelne Buch schien mit besonderer Umsicht hineingestellt worden zu sein, die Regalböden waren nicht eng bestückt und luden zum Stöbern, Blättern und Lesen der Umschlagrückseiten ein. Ich schaute mich um und begriff, dass dies die verlagseigenen Publikationen waren: die gesamte Backlist an einem Ort. Neuausgaben von Dichtern des neunzehnten Jahrhunderts, Biografien und Anthologien, alles sehr stilvoll. Einige japanische, französische und lateinamerikanische Autoren, von denen ich noch nie gehört hatte, Festschriften und Jubiläumsbände. Mein Blick blieb an einer Essaysammlung zum Thema Beatnick hängen. Ich blätterte zerstreut darin herum und vertiefte mich schließlich in einen Text über Gary Snyder.

»Das Buch ist leider vergriffen.«

Erschrocken wirbelte ich herum. Ein hochgewachsener Mann mit schütterem Haar stand hinter mir.

»Sie können es natürlich im Antiquariat probieren. Aber ich vermute, dass Sie dafür ein bisschen was hinblättern müssen.«

Er zog ein anderes Buch aus dem Regal.

»Wenn Sie Beat mögen«, sagte er.

Als wäre es das Natürlichste auf der Welt, dass ich da im Keller stand und heimlich in den Büchern des Verlags schmökerte.

»Spannend«, sagte ich angesichts der Biografie über Ken Kesey und Neal Cassady, die er mir in die Hand drückte. »Dürfte ziemlich schwer verkäuflich sein, oder?«

Er trat einen Schritt zurück und sah mich an, als wäre meine Frage nicht nur dumm, sondern völlig unbegreiflich.

»Natürlich ist das kein Blockbuster«, sagte er und riss mir das Buch aus den Händen. »Nichts, was Sie an der Tankstelle finden.«

Ich lachte.

»Mit wem wollten Sie sprechen?«, sagte er ohne die geringste Andeutung eines Lächelns.

»Mit Fredrik Niemi.«

Ich folgte ihm durch den Flur, und erst jetzt merkte ich, dass der Mann sehr groß war. Er musste ständig den Kopf einziehen, um nicht an die Decke zu stoßen. Die Cordhose war zerschlissen und zu kurz, und er trug Sandalen mit dicken Socken.

»Fredrik ist gerade in einer Besprechung«, sagte er und zeigte auf ein verglastes Büro. Fredrik saß an einem Tisch, vorgebeugt und in ein lebhaftes Gespräch vertieft. Sein Gesprächspartner saß mit dem Rücken zu mir.

»Nehmen Sie doch solange Platz«, sagte der Große und zeigte auf einen Sessel.

Mir gegenüber saßen zwei weitere Gestalten, die genauso aussahen wie der Hochgewachsene mit dem schütteren Haar. Sie waren mit irgendetwas beschäftigt, hantierten mit Büchern und Notizen und tippten linkisch auf der Computertastatur herum.

Ich reckte mich, um durch die Glasscheibe sehen zu können. Fredrik hatte eine besorgte Falte auf der Stirn, während er zuhörte. Er kratzte sich am Haaransatz und setzte sich anders hin. Während die Minuten davonrasten, entschied ich, meinen Laptop auszupacken, und war schließlich so in mein Manuskript versunken, dass ich beinahe nicht mitbekommen hätte, wie die Tür neben mir aufging und Fredrik heraustrat. Sein Blick blieb an mir hängen, und er starrte mich wie ein Fisch an.

Hinter ihm stand niemand anderes als Adrian Mollberg.

»Zackarias!«, sagte er, eher freudig überrascht als erschrocken. »Was machst du denn hier?«

»Ich wollte zeigen, was … Ich habe gerade etwas geschrieben … Die Frage ist doch wohl eher, was du hier machst!«

Er streckte die Hand aus, um mich zu begrüßen, aber als ich ein wenig zu lange zögerte, klopfte er mir stattdessen auf den Oberarm und wischte die Frage mit einem leichtfertigen Lachen beiseite.

»Wie weit bist du mit dem Buch? Bist du schon in der Gegenwart gelandet? Hat die Polizei schon mit den DNA-Tests begonnen?«

Ich schaute zu Fredrik hinüber, der ziemlich ängstlich aussah. Er würde mir einiges erklären müssen.

»Du weißt doch«, fuhr Adrian fort. »Die Wirklichkeit übertrifft immer die Fiktion. Denn das konntest du ja nicht ahnen, dass die Geschichte sich so entwickeln würde?«

Fredrik machte einen unbeholfenen Versuch, uns zu unterbrechen.

»Wir können vielleicht draußen weiterreden?«

»Immer mit der Ruhe«, sagte Adrian lächelnd. »Ich muss sowieso weiter. Nett, dass wir uns gesehen haben, Zackarias. Komm doch bald wieder zu mir und gib mir was zu lesen. Ich bin verdammt neugierig auf dein Manuskript.«

Er bewegte die Schultern hin und her, als er wegging, drehte sich um und winkte, noch immer lächelnd. Ich erkannte ihn nicht mehr. Oder vielleicht war es genau umgekehrt? Erst jetzt erkannte ich ihn.

»Was wollte er?«, fragte ich.

Fredrik sah sich verwirrt um, zeigte auf die Tür und schluckte.

»Komm«, sagte er und führte mich in das kleine Zimmer. Ein Tisch und vier schlichte Stühle, muffige Luft und ein Joy-Division-Poster an der Wand. Fredrik zog den Vorhang mit einem Ruck zu und starrte mich atemlos an.

»Ist er einfach aufgetaucht?«, fragte ich. »Wie ist er hergekommen? Ich dachte, er würde diese Bruchbude in der Pampa nie verlassen.«

»Doch, er hat ein altes Auto.«

»Stimmt.« Ich erinnerte mich an den Schrotthaufen auf dem Grundstück.

»Du musst versprechen, dass die Sache unter uns bleibt«,

sagte Fredrik. »Du darfst es auf gar keinen Fall im Buch erwähnen. Kann ich mich darauf verlassen?«

»Ich weiß nicht, ob ich dir das versprechen kann. Ich bin in erster Linie Schriftsteller.«

Da verlief die Grenze. In Fredriks Blick leuchtete etwas Wahnsinniges auf. Er sah aus, als wollte er mich mit bloßen Händen umbringen.

»Okay, okay«, sagte ich. »Versprochen. Aber ich behalte mir das Recht vor, mein Versprechen in der Zukunft neu zu verhandeln.«

»Du ahnst ja nicht, Zack. Die Sache hier stellt alles auf den Kopf. Das ist keine Übertreibung.«

»Dann raus mit der Sprache!«

Er blickte über seine Schulter, beugte sich vor und senkte die Stimme.

»Adrian hat erzählt, dass die Polizei ihn zweimal lange vernommen hat. Offenbar haben sie auf Leos Uhr DNA gefunden, und sie stammt nicht von Adrian.«

»Wie? Nicht von Adrian?«

»Es ist die DNA von jemand anderem. Anscheinend haben sie ihn ordentlich unter Druck gesetzt, aber er hat nichts verraten.«

»Nichts verraten?«

Fredrik nahm seine Brille ab und legte die Hand an sein Kinn.

»Er hat mir alles gesagt, Zack. Betty hat Leo Stark erschlagen. Natürlich war es ein Unfall, aber sie hat Panik bekommen und Adrian angerufen.«

»Betty?«

Ich torkelte nach hinten und klammerte mich an eine Rückenlehne. Die Luft war dick und zäh.

»Nein, das stimmt nicht! Das kann nicht wahr sein.«

Fredrik nickte langsam.

»Als Adrian gefasst wurde, war er sich ganz sicher, dass er freigesprochen werden würde, also hat er beschlossen zu schweigen.«

Die Härte in seinem Blick war jetzt verschwunden, nur die Angst war geblieben. Ich musste mich hinsetzen. Mit der Hand an der Stirn versuchte ich, die Gedanken zu sortieren.

»Eines steht jedenfalls fest: Dieser Umstand eignet sich sehr gut für die Dramaturgie.«

Der unschuldige Mörder

von Zackarias Levin

21. Kapitel

Neujahr 1996/1997

Schlips und Anzugjacke und Jonna im Arm. Ein Jahresende, das man sich besser kaum vorstellen konnte.

Wir standen im Flur in der Grönegatan, etwas Altes sollte hinausgeworfen und etwas Neues eingeläutet werden. Betty und Adrian feierten zu Hause, ich hingegen wollte mit Jonna ausgehen.

»Schicker Schlips«, sagte Adrian und legte vor dem Spiegel den Arm um mich. Zusammen standen wir da und betrachteten uns eine Weile. »Ich werde dich heute Abend vermissen.«

Einen kurzen Moment erwog ich, auf die Party in Kävlinge zu pfeifen, zu der Jonna mich eingeladen hatte, und stattdessen in der Grönegatan zu bleiben, wo ich zu Hause war – obwohl ich hier eigentlich gar nicht hingehörte.

»Wir sehen uns nächstes Jahr«, sagte ich zu Adrian.

Als wir zur Haustür hinausschlenderten und die Straße überquerten, nahm Jonna meine Hand. Wenig später saß ich im Zug nach Kävlinge mit der Tüte vom Alkoholladen zwischen den Füßen, angespannter Erwartung in der Brust und sich überschlagenden Gedanken im Kopf.

Ich dachte an Betty. Ich sehnte mich nach ihr. Ich schloss die

Augen und spürte das Rattern des Zuges. Vor mir sah ich Betty, die wie ein Engel strahlte, ein schiefer Engel mit eckigem Heiligenschein und halben Flügeln, als hätte ein Kindergartenkind sie aus Goldpapier ausgeschnitten.

Ich dachte an Betty und legte meine Hand auf Jonnas Knie.

Zunächst hatte mich die Sehnsucht angetrieben, eine Sehnsucht, die nicht nur körperlicher Art war, sondern ich wollte einen Lebenszusammenhang finden, um dazuzugehören und im Zusammensein mit einem anderen Menschen ich selbst zu werden. Es war eine Sehnsucht danach, gesehen und gemocht zu werden, aber auch eine Sehnsucht nach Normalität, danach, eingelassen zu werden und in dem aufzugehen, was andere offensichtlich besaßen und wertschätzten.

Dann trieb mich ein kindisches und fehlgeleitetes Rachegefühl an. Als könnte ich die Kontrolle über mich zurückgewinnen, wenn Betty auf dem Sofa saß und dabei zusah, wie meine Arme Jonnas Körper umschlossen. Als würde mich das in Bettys Augen begehrenswerter machen.

Jetzt trieb mich in erster Linie das mächtige Gefühl an, gebraucht zu werden, die Macht, die einem gegeben ist, wenn einen jemand voller Begehren und Anbetung ansieht. Nie zuvor hatte ich diese Kraft verspürt – und jetzt mochte ich mich von dem Wohlgefühl, das sie in mir auslöste, nicht mehr trennen. Hungrig verschlang ich alles auf einmal.

Die Party fand in angemieteten Räumen statt. Der einzige Unterschied zwischen den drei Gastgeberinnen bestand in den Farbnuancen ihrer blauen Augen. Sie gehörten zu den Frauen, die mich umarmten, obwohl wir uns noch nie begegnet waren, die behaupteten, sie hätten so viel von mir gehört und sich schon darauf gefreut, mich kennenzulernen. Die Jungs saßen in Grüppchen vor der Willkommensbowle, warfen mir finstere

Blicke zu und drückten meine Hand ein bisschen zu fest, als Jonna mich vorstellte.

»Wo kommst du her?«, fragte einer. Und als ich »Veberöd« antwortete, verdrehte er die Augen.

»Zackarias, das klingt aber nicht besonders schwedisch«, sagte ein anderer.

»Ist auch eher biblisch«, antwortete ich.

Er sah skeptisch aus.

Man hatte lange Tische gedeckt und mit Girlanden und Luftschlangen dekoriert, es lagen kleine lustige Hüte, Trillerpfeifen und Liederhefte mit witzigen Clipartbildern herum, und es gab drei Gänge mit Vollkornbrot und Krabbensalat als Vorspeise, Schweinefilet als Hauptgericht und als Dessert eine Crème brulée aus einer Fertigmischung.

»Zieht eine Spielkarte«, sagten die Gastgeberinnen im Chor. »Dann sucht ihr am Tisch nach derselben Karte, und schon wisst ihr, wo ihr sitzt.«

Ich schlug Jonna vor, zu mogeln und die Spielkarten so auszutauschen, dass wir nebeneinandersitzen konnten, aber sie starrte mich nur an, als hätte ich ihr vorgeschlagen, einen Rentner auszurauben.

Als ich meinen Platz gefunden hatte, setzte ich mich. Jonna saß zehn Meter weiter weg auf der anderen Seite des Tisches. Sie sah mich die ganze Zeit an. Ein Typ mit gepiercter Augenbraue plauderte mit ihr, sie nickte und lächelte, während sie mich nicht aus den Augen ließ.

Rechts von mir saß eine der Gastgeberinnen. Abgesehen von der verwirrenden äußeren Ähnlichkeit hatten alle drei Namen, die mit E anfingen. Ellen, Elin, Ella. Vorsichtshalber wechselte ich zwischen den drei Namen, als ich sie ansprach.

»Nett hier.«

»Das will ich doch hoffen«, sagte sie.

»Wird bestimmt ein schöner Abend.«

»Freut mich, dass du das sagst.«

In meiner Plastiktüte zwischen den Füßen stand eine Flasche Wodka, und ich beschloss, mir einen Drink zu mixen, um die Zunge und die Sinne zu lockern.

»Prost, Ella!«, sagte ich laut.

»Elin«, zischte sie.

»Wie bitte?«

»Ich heiße Elin.«

»Stimmt ja. Also Prost, Ellen!«

Sie lehnte mein Angebot ab, ihr ebenfalls einen Drink zu mixen, aber der Typ auf meiner Linken hielt mir gierig sein leeres Glas hin. Ihn müsse man nicht lange bitten, meinte er. Ich machte ihm einen Drink im Verhältnis vierzig zu sechzig und reichte ihm das Plastikglas. Er grinste zufrieden, setzte das Glas an und kippte das Getränk hinunter. Dann gab er ein zischendes Geräusch von sich und wischte sich lächelnd den Mund ab.

»Hey, heute Abend werd ich mich richtig besaufen«, kündigte er an. »Immerhin ist Silvester!«

Er war Baggerfahrer. In einem endlosen Monolog legte er mir bis ins kleinste Detail die Konstruktion und Eigenschaften eines Baggers dar. Dass er bei mir auf taube Ohren stieß, schien ihm egal zu sein. Sein Glas leerte sich, und ich füllte nach. Elin und ich hörten zu und nickten höflich. Schließlich verstummte er, um klarzumachen, dass er fertig war. Sein langer Monolog ließ jede Form von Abschluss vermissen und ebbte stattdessen aus, als wären ihm keine weiteren Wörter eingefallen. Er starrte mich an.

»Und was machst du beruflich?«

Ich hatte tatsächlich eine Notlüge in der Hinterhand, weil ich mit dieser Frage gerechnet hatte. Aber jetzt fühlte sich meine

Lüge total verkehrt an. Warum sollte ich eigentlich lügen? Ich sah ihm direkt in die Augen.

»Momentan besuche ich einen Kurs in Literarischem Schreiben.«

Er starrte mich an, ohne zu blinzeln.

»Was hast du gesagt?«

»Literarisches Schreiben. Eine Art Schreibschule, könnte man sagen.«

Der Baggerführer blickte mich noch eine Weile an und wandte sich dann an die Gastgeberin neben mir, als wollte er eine Bestätigung haben, dass es ernst meinte.

»Und was willst du machen, wenn du groß bist?«, fragte er glucksend.

»Bagger fahren vielleicht«, konterte ich und leerte mein Glas.

Als ich mich erhob, schaukelte die Welt. Ich torkelte mit Jonna im Schlepptau davon. Tapfer unternahm sie mehrere Versuche, mich festzuhalten und die Führung zu übernehmen, während wir von langen Blicken verfolgt wurden. Die Münder lachten, aber die Augen zeugten von Ekel.

»Frische Luft«, sagte ich und machte die Tür auf. Raus auf die Treppe, wo wir von den letzten Windstößen des alten Jahres erfasst wurden. Sie zerrten am Revers meiner Anzugjacke, und Jonnas Haare entfalteten sich wie ein Regenschirm.

»Saukalt«, sagte sie zitternd und drückte sich an mich. Ich legte die Arme um sie und versuchte linkisch, sie zu küssen, damit ihr warm wurde, aber ich vermochte meine herumgleitende Zunge nicht auf den rechten Kurs zu bringen. Jonna wehrte sich.

Wir gingen um eine Hausecke und fanden hinter einem Schuppen Schutz vor dem Wind. Jonna fasste ihr Haar zusammen, und ich fasste Mut.

»Ich bin so froh, dass du heute Abend mitgekommen bist«, murmelte sie mit der Haarspange im Mund. »Obwohl Adrian eine Party macht.«

»Ach, dort ist es bestimmt langweilig und öde.«

Sie lachte. Und dann sagte ich es:

»Ich mag dich.«

Die Worte landeten weich in Jonnas Gesicht. Sie löste ihr Haar, das ihr über die Schultern fiel. Um ihre Augen bildeten sich kleine Striche, die ihre mädchenhaften Züge noch betonten.

»Warum?«, fragte sie.

Warum? War das nicht ein Satz, den man sagte, den man sagen sollte, der gut klang? Ich hatte diesen Satz noch nie gesagt, aber ich hatte mir diesen Moment natürlich mindestens tausendmal vorgestellt. Ich hatte die Szene vor mir gesehen, aber solch eine Reaktion hatte ich nicht erwartet.

»Warum magst du mich?«, wiederholte sie und sah mich mit ihren hellblauen Augen erwartungsvoll an. Ein heftiges Wechselspiel zwischen sehnsuchtsvoller Hoffnung und nagelkauendem Entsetzen.

Die Worte brachen nur so aus mir hervor.

»Ich mag es, dass du kein R sagen kannst und dich dreimal für Literarisches Schreiben beworben hast. Ich mag deine Lachgrübchen, und weißt du was? Ich mag es, wie du mich ansiehst, wenn du einen meiner Texte in der Feedbackgruppe liest.«

Ich fühlte mich wie der Protagonist einer romantischen Komödie. Ich schloss die Augen und schluckte.

»Ich mag dich auch«, flüsterte Jonna.

Der Kuss, der folgte, passte definitiv nicht in eine romantische Komödie. Ich wälzte mich über sie, strich ungeschickt mit der Zunge über ihre Lippen und auf ihren Wangen herum, schob sie schließlich in ihren Mund und rührte darin herum, bis ich mich an einem scharfen Backenzahn schnitt. Mein Gefummel unter ihrem Kleid verharrte auf einer eher technischen Ebene, ohne jegliche Finesse, weshalb wir bald nebeneinander an der Hauswand saßen und uns einig waren, dass die Kälte unerträglich geworden war.

Zurück zum Tisch und den Drinks. Durch die Nebelschwaden nahm die Welt wieder Gestalt an. Fremde Stimmen und Gelächter, eine Sprache, die ich nicht verstand. Auf einmal wurde ich von einem brennenden Gedanken ergriffen. Vielleicht würde ich genau so enden? Entfremdet in meinem eigenen Land, zu Hause in meinem eigenen Wohnzimmer.

Es war immerhin ein Trost, dass der Baggerführer sich als großer Fan des Sängers Björn Afzelius entpuppte. Er nannte ihn Affe und konnte alle seine Texte zum Besten geben, die Worte strömten aus ihm heraus wie fließender Wodka. Er hatte sogar den Roman gelesen und die Wiedervereinigung der Hoola Bandoola Band auf dem Mölleplatsen miterlebt. Wir stellten uns auf die Stühle und sangen:

»Politik ist keine Mode, nicht cool und angesagt, für die meisten ist sie eine Lebensnotwendigkeit. Und die Spinner, die sich leisten können, nur an sich selbst zu denken, die pfeifen auf den Rest unserer Menschheit.«

Crème brulée wurde über den Tisch geworfen, und man bezeichnete uns als Kommunisten. Bald drohte eine Schlägerei. Die anderen standen Arm in Arm da und brüllten stolz und wütend Zeilen aus Ultima-Thule-Songs. Man hielt mich für einen Dichteridioten und beschimpfte Jonna, als sie mich verteidigte. Ein Typ in Weste und Seglerschuhen war offenbar vor einigen Jahren von einer Gang aus Veberöd verprügelt worden und fand es durchaus angemessen, dass ich jetzt dafür büßen musste. Jonna versperrte ihm mit ausgebreiteten Armen den

Weg und musste sich anhören, dass sie eine Hure sei, aber niemand eine Frau schlagen werde.

Als in den Lautsprechern *Happy New Year* von Abba erklang, legte sich die aggressive Stimmung wieder. Raketen wurden abgeschossen. Lauter aufgedrehte Kinder, die den Marshmallowtest nicht bestanden hätten. Die Mädchen entdeckten ihre mütterliche Seite, ermahnten und zerrten an alkoholbetäubten Gummiarmen, schrien etwas von Sicherheitsabstand und versorgten die Jungen mit Horrorgeschichten, was aber im Eifer des Gefechts natürlich unterging.

»Komm, wir gehen«, sagte ich zu Jonna. »Bevor hier die Hütte brennt.«

Ein umstrittener Unternehmer aus Furulund unterhielt ein illegales Taxi, das zwischen den Dörfern hin und her fuhr, und Jonna schmeichelte sich bei dem Fahrer ein und gab ihm ein erhöhtes Trinkgeld, damit er eine schnelle Tour nach Lund einschob.

»Grönegatan«, sagte sie. »Liegt ganz in der Nähe der Katedralskolan.«

Ich schlief auf dem Rücksitz beinahe ein, während es draußen knallte und knisterte und der Himmel von Feuerwerkskörpern loderte.

»Ihr verpasst den Jahreswechsel«, sagte der Taxifahrer.

Jonna schaute auf die Uhr, schnappte nach Luft und hinterließ einen nassen Abdruck auf meinem geschlossenen Mund. Sie murmelte »Gutes neues Jahr« und strich mir übers Haar.

Rauch quoll durch die Tür. Überall waren Leute, und wir stolperten hinein und fielen Fredrik, Betty und Adrian in die Arme.

»Wo wart ihr?«, und: »Endlich!«, und: »Gutes neues Jahr!«

Pearl Jam brachte den Fußboden zum Beben. Jonna hakte sich bei mir unter, und im Flur duckten wir uns, weil einige

Jungs in Band-T-Shirts ihre Haarmähnen durch die Luft feg-ten. Fremde Gesichter schwebten im Rauchschleier vorbei. In meinem Zimmer hockten drei Typen im Schneidersitz um einen Aschenbecher herum und diskutierten über Göran Pers-sons China-Besuch. Vor dem Spiegel stand eine Blondine auf Speed und trug bei einem Mann mit Nasenring und nacktem Oberkörper Lidschatten auf. Geballte Fäuste schlugen an die Klotür, bis ein rotäugiger Hampelmann herauspurzelte und drei schreiende Mädchen einander an den Haaren zogen, um als Erste ins Bad zu gelangen.

Fredrik stürzte sich auf mich. Er war in Kuschelstimmung und wollte mir durch Zärtlichkeitsbeweise und schwer ver-ständliche Ausführungen vermitteln, wie sehr er unsere Freund-schaft wertschätzte.

»Habt ihr Spaß?«, schrie er mir viel zu laut ins Ohr.

»Du«, sagte ich und bohrte ihm den Finger in die Brust. »Das ist eine verdammte Scheißparty.«

Er warf den Kopf zurück und lachte.

»Du bist besoffen, Zack.«

»Kein bisschen«, sagte ich und drängelte mich weiter durch den Flur. »Das hier ist mein neues Ich. Zack, Version 1997.«

Jonna klammerte sich an mich und versuchte mir etwas zu sagen, was im allgemeinen Geräuschchaos unterging. Ich öff-nete die Küchentür, wo eine ganz andere Atmosphäre herrschte: streng und konzentriert. Sechs oder sieben Köpfe blickten in dieselbe Richtung. Am Fenster, im Schein der alten Indus-trielampe, die Adrian bei einem Schulhofflohmarkt für zehn Kronen erstanden hatte, saß er höchstpersönlich: Leo Stark.

Er hatte die Beine übereinandergeschlagen und sich auf dem Holzstuhl zurückgelehnt. Er trug ein helles Hemd und einen leuchtend roten Schal, dazu eine verspiegelte Brille und schwarze Lederhandschuhe. Seine Stimme war schleppend, als streiche jemand langsam über ein Cello. Er hielt inne und besann sich, wählte jedes Wort mit der Genauigkeit eines Hirnchirurgen. Und die jungen Zuhörer folgten seinem Monolog mit einem Interesse, das an Fanatismus zu grenzen schien. Jonna und ich gingen leise hinein und blieben am Kühlschrank stehen, ohne dass uns auch nur ein einziger Blick vergönnt gewesen wäre. Leo redete zur großen Begeisterung seiner Zuhörer weiter. Nichts deutete darauf hin, dass er uns bemerkt hatte.

»Ich bin einmal einem jungen Mann begegnet ... Er hat mich ein wenig an euch erinnert ... Hättest du sein können ... oder du.«

Die beiden, auf die er gezeigt hatte, richteten sich auf und strahlten.

»Er hatte Talent, konnte schreiben ... An den Voraussetzungen hat es wirklich nicht gemangelt. Aber er hatte eine sehr seltsame Einstellung zur Literatur als Kunstform. Er las nämlich keine Bücher.«

Das Publikum seufzte empört.

»Er befürchtete, die Lektüre anderer Texte könnte seinen Ton und Stil zerstören ... seine Stimme zu einem bloßen Echo machen, das die Texte anderer reproduzierte. Er wollte sich das Einzigartige und Besondere bewahren, seine eigene Kreativität.«

»Klingt doch eigentlich ganz vernünftig«, meinte ein Mädchen mit vollem rotem Haar und glitzerndem Haarreif. Kaum hatte sie ihren Satz beendet, da schloss sich der Rest der Truppe zu einem entsetzt johlenden Protest zusammen.

»Immer mit der Ruhe«, sagte Leo Stark mit einer beschwichtigenden Handbewegung. »Was meint ihr? Wie ist es diesem talentierten Schreiberling wohl ergangen? Ganz richtig, er durfte seine Stimme ganz für sich allein behalten. Sein Stil und sein Ton waren wohl tatsächlich einzigartig, aber er hatte das innerste Wesen der Literatur missverstanden. Schreiben heißt nicht, in einer verlassenen Gasse am lautesten zu rufen, nein, es bedeutet, in einem farbenprächtigen Chor seine Stimme zu finden.«

Man konnte beinahe hören, wie seine Worte aufgesaugt und im Ganzen geschluckt wurden. Die Blicke am Küchentisch glitzerten, als würde sich Leo Starks Brillanz in ihnen widerspiegeln.

Ein planloser Einfall veränderte alles. Ich nahm Jonnas Arm weg und hievte mich auf die Tischplatte. Plötzlich kam Bewegung in die Leute. Nun wurde ich nicht mehr ignoriert. Empörte Mienen und Gesten, Sätze wie »Was verdammt ...?« und »Wer zum Teufel ...?«, ehe ich mit den Armen in der Luft fuchtelte und sie zum Verstummen brachte.

»Wir wurden nie eingeladen
Auf die Partys
Denn wir hatten nicht
Die richtigen Gesichter.
Die Welt war weiß und rein
Unangetastet seit tausend Jahren.«

Alles war verstummt, alle Blicke ruhten auf mir. Ich zog die Pause in die Länge, zählte im Kopf die Sekunden, wie Li Karpe es uns beigebracht hatte, und spürte, wie die Wärme sich von den Oberschenkeln und dem Zwerchfell ausbreitete, eine kribbelnde Wollust, die Gänsehaut erzeugte. Leo sah sich verblüfft um, plötzlich ganz allein in seiner Ecke, wie ein angeleinter zurückgelassener Hund.

»Wir kommen niemals irgendwohin«, fuhr ich fort.

Da erhob sich Leo. Ohne sich umzusehen, ging er eilig zur Tür und verschwand.

In der Küche erklang ein Murmeln, fragendes Achselzucken, Geflüster, ein Finger, der zur Tür deutete.

»Ich glaube, ich muss mich in den Arm kneifen«, sagte ein untersetzter Typ in Tweedsakko und Fliege. »Haben wir gerade eben etwa mit Leo Stark geplaudert?«

»Ist das cool«, sagte ein Mädchen in einem Fünfzigerjahre-Kleid.

Im nächsten Moment stürzte Adrian mit wildem Blick herein. Er wollte wissen, was ich gesagt hatte, warum Leo so erzürnt war. Und warum nur hatte er die Party so plötzlich verlassen?

»Scheiß auf ihn«, sagte ich. »Warum ist dir Leo Stark so wichtig, verdammt?«

Adrians Blick erstarrte. Er schien sich ertappt zu fühlen.

»Ich weiß es nicht.« Er wirkte verlegen. »Ich weiß es wirklich nicht.«

Vor dem Haus meiner Mutter stand ein Polizeiauto. In der Küche saßen zwei Männer, die vermutlich in meinem Alter waren, aber aufgrund der Uniform bedeutend älter aussahen. Es roch nach Kaffee und Wochenende, frisch gebackener Sandkuchen lag auf den Tellern, und auf P4 wurde gemütliche Popmusik gespielt – so leise, dass die debilen Texte nicht störten. Meine Mutter hatte sich eine Schürze umgebunden und stand an der Spüle. Sie blickte erschrocken auf, als ich eintrat, und plapperte ungefiltert vor sich hin, begleitet von einer hysterischen Körpersprache, als wollte sie durch ihre krankhafte Geschwätzigkeit heimliche Signale aussenden.

»Zackarias Levin?«, sagte die eine Uniform und erhob sich mit ihren zwei Metern.

Der eine hieß Sten und der andere Fält, und sie waren gekommen, um mich abzuholen, wie sie mir erklärten. Sehr viel mehr wussten sie auch nicht, sie konnten es nicht einmal erraten und wollten keinerlei Spekulationen anstellen. Ich sollte zur Vernehmung mitkommen, Sten und Fält führten nur die Anweisungen aus.

»Ich bin so froh, dass es Sie gibt«, sagte meine Mutter und tat ihr Bestes. »Es gibt ja so viele, die sich über die Polizei beschweren, aber ich stehe immer auf Ihrer Seite. Sie haben keinen leichten Auftrag. Und ich weiß, wovon ich spreche. Ich habe alle Wallander-Bücher gelesen und alle Krimis mit Maria Wern und auch die Anders-Knutas-Serie.«

Sten und Fält wuchsen um mehrere Zentimeter, und meine Mutter fuhr fort:

»Zackarias wollte auch Polizist werden. Das war sein größter Traum.«

Ich atmete tief durch. »Das ist der Traum eines jeden siebenjährigen Jungen, Mama.«

Unbeirrt sprach meine Mutter weiter.

»Polizist oder Feuerwehrmann – das waren seine Lieblingsberufe. Aber er war viel zu weich für so einen Job. Ich wollte ihn überzeugen, stattdessen Lehrer zu werden. Du wärst ein guter Lehrer geworden, Zack. Das ist ein wichtiger Beruf, und dann hättest du auch einen sicheren Job.«

»Und ich müsste nicht im Alter von zweiunddreißig Jahren bei meiner Mutter wohnen.«

Die Bullen lachten, und auch meine Mutter grinste ein bisschen aufgesetzt.

»Er schreibt ein Buch«, sagte sie dann sehr ernst. »Er wohnt hier, um an dem Buch zu arbeiten. Kann man es einen Krimi nennen, Zackarias?«

Die Frage überrumpelte mich.

»Nein«, antwortete ich dann. »Das glaube ich nicht.«

»Aber es kommen Polizisten darin vor?«, fragte meine Mutter.

»Ja, sicher.«

Sie lächelte.

»Und es handelt von einem Mord?«

Ich warf ihr einen scharfen Blick zu und seufzte. Einer der Polizisten, Sten oder Fält, wer auch immer, lachte verhalten.

»Gilt das nicht für alle Bücher heutzutage?« Er aß ein Stück Kuchen und kaute mit offenem Mund.

»Fahren wir?«, schlug sein Kollege vor.

Im Flur fing meine Mutter mich ab.

»Du hast doch wohl nichts angestellt?«

»Hör schon auf!«

Wir gingen hinaus auf die Auffahrt, in einiger Entfernung bellte ein Hund, und im Nachbarhaus flatterte eine Gardine. Sten oder Fält, derjenige jedenfalls, der noch immer Kuchenkrümel am Mund hatte, legte seine Hand auf meinen Rücken.

Kommissar Sjövall trat mir mit einem breiten Lächeln entgegen. Kein freundliches oder einladendes Lächeln. Es triefte nur so von Triumph und Rachgier.

»Dann ist es ja wieder so weit«, sagte er.

Dieses Mal war er in Begleitung einer blauäugigen Blondine mit Blazer und einem Tuch mit Leopardenmuster, deren Lächeln bedeutend entgegenkommender war.

»Clara Blomqvist, die ermittelnde Staatsanwältin.«

Ich saß am selben Tisch wie beim letzten Mal, Sjövall hatte dasselbe Problem mit dem Aufnahmegerät, und sein Sprachgebrauch war unverändert: Ich solle informationshalber im Mordfall Leo Stark vernommen werden. Ungefragt fiel mir Josef K. ein. Was er wohl an meiner Stelle getan hätte?

»Sie wurden in dieser Angelegenheit am 27. September hier bei der Polizei verhört«, sagte Staatsanwältin Blomqvist und blätterte in einem Papierstapel. »Dabei wurde auch eine Speichelprobe zur DNA-Analyse gemacht.«

Sie sah zu mir auf und legte den Kopf ein klein wenig schief. Auf den Lippen lag noch immer eine Andeutung des liebenswürdigen Lächelns.

»Wir haben das Ergebnis Ihrer Probe erhalten«, sagte sie und richtete sich auf. Plötzlich schien sie sich ein bisschen unbehaglich zu fühlen, als sitze sie auf etwas sehr Hartem. Neben ihr schnaufte Sjövall schwer.

»Wie Ihnen klar sein dürfte«, sagte die Staatsanwältin, »waren die sterblichen Überreste von Leo Stark in einem sehr schlechten Zustand. Die Leiche war zwar in dichtem Plastik eingeschlossen, aber sie war über elf Jahre vergraben, daher gab es nur wenig Material für die Analyse. Aber eine Sache haben wir gefunden.«

Ihr Blick veränderte sich schlagartig. Das ganze Zimmer veränderte sich. So wie wenn Glas zerspringt.

Das Kafka-Gefühl verwandelte sich in ein Hitchcock-Feeling: schwarze Vögel und quietschende Streicher. Mir kam es so vor, als würde ich aus einem schlechten Traum erwachen. Das alles war real und keine Fiktion, und die ungeeigneten Passagen würden sich nicht im Nachhinein wegretuschieren lassen.

»Leo Stark trug eine Armbanduhr am Handgelenk«, sagte die Staatsanwältin. »Im Inneren der Uhr, am Knöpfchen, mit dem man die Zeit einstellt, befand sich eine kleine Menge Blut. Eine winzige Spur, die man nur findet, wenn man weiß, wo man suchen muss, aber unseren Technikern ist es dennoch gelungen, die DNA aus diesem Blut zu gewinnen.«

Ich hielt die Luft an.

Staatsanwältin Clara Blomqvist nickte.

»Es ist Ihr Blut, Levin.«

Der unschuldige Mörder

von Zackarias Levin

22. Kapitel

Neujahr 1997

Der Neujahrstag war der kürzeste Tag des Jahres. Jonna und ich waren in Veberöd in den Bus gestiegen. Dort hatten wir die Nacht verbracht, nachdem wir von der nicht enden wollenden Party in der Grönegatan geflohen waren. Als wir in Lund ausstiegen, dämmerte es schon.

An der Markthalle küssten wir uns hastig und verabschiedeten uns. Jonnas Vater saß in seinem laufenden BMW mit den getönten Scheiben, auf dem Rücksitz lagen Boxen mit Take-away-Essen.

»Bis bald!«, rief Jonna und lief auf wackligen Absätzen über den vereisten Gehweg.

Ich beeilte mich, um noch vor Einbruch der Dunkelheit in der Grönegatan zu sein. Auf dem Schulhof der Katedralskolan fielen die Schneeflocken langsam und poetisch durch das Geäst der Baumkronen. Es war so kalt, dass mir die Knie schlotterten, und die Luft fühlte sich beim Einatmen eisig an. In meiner Jackentasche steckte zwar eine Mütze, aber ich bildete mir ein, dass die Kälte meine Sinne schärfte. Ehe ich unten den Türcode eingab, hauchte ich meine Finger an.

Auf einem Küchenstuhl saß Betty in einem zu großen Basketballtrikot und Fahrradhose. Sie hatte die Knie hochgezogen und sah aus dem Fenster, während sie eine langsame Melodie summte. Sie drehte sich kurz um und schaute mich an.

»Ist Adrian nicht hier?«

Sie schüttelte den Kopf und fuhr fort zu summen, als würde sie jemandem draußen vor dem Fenster etwas vorsingen.

»Und was ist mit Fredrik?«

»Nein«, sagte sie. »Nur ich.«

Die Melodie entspann sich auf ihren geschlossenen Lippen, Schneeflocken landeten auf dem Fensterbrett, eine einsame Elster sprang in der knorrigen Weide von Ast zu Ast. Mir wollte einfach nicht einfallen, woher die Melodie stammte.

Ich betrachtete verstohlen die Spüle, in der sich leere Flaschen, zerdrückte Bierdosen und Gläser mit trüben Resten stapelten. Der Küchentisch hatte rote Flecken, und der Aschenbecher quoll über.

»Ich weiß. Ich sollte eigentlich aufräumen«, sagte Betty resigniert.

»Ist was passiert?«

Sie blickte mich ernst an.

»Nein, nichts ist passiert«, sagte sie. »Oder alles. Kommt drauf an, wie man es sieht.«

»Und wie siehst du es?«

Sie seufzte tief, und ihre Schultern sanken herab. Einen Moment erwog ich, sie zu berühren.

»Ich bin so müde«, sagte sie. »Aber ich kann nicht schlafen.«

»Willst du, dass ich dir über den Rücken streiche? Ich kann dich streicheln, bis du einschläfst.«

Sie lachte auf.

»Für dich ist alles so einfach, Zack. Ich wünschte, dass es wirklich so einfach wäre.«

»Was ist denn so schwierig?«

Sie schloss die Augen und summte wieder.

»Es gibt eine Schreibausbildung an der Heimvolkshoch-schule in Sundbyberg, ich habe mich dort beworben. Ich kann nicht mehr hierbleiben …«

»Ich kapiere das nicht. Und was ist mit Adrian?«

»Er kommt mit. Er muss mitkommen.«

»Was passiert dann mit mir? Und mit dem Literarischen Schreiben?«

Sie schüttelte den Kopf.

»Ich muss weg von Li und Leo. Es ist zu weit gegangen.«

Im nächsten Moment wurde die Wohnungstür geöffnet. Geschepper und Schritte, Schuhsohlen auf dem Teppich. Wir hörten Adrians Stimme.

»Er macht mir Angst«, flüsterte Betty.

Ich wusste nicht, wen sie meinte.

Oktober 2008

Kommissar Sjövall trommelte mit den Fingern auf die Tischplatte, bis Staatsanwältin Blomqvist ihm einen ärgerlichen Blick zuwarf.

»Sind Sie sich da sicher?«, fragte ich.

»In solchen Fällen verlassen wir uns nicht auf unsere Ratekunst«, erklärte Sjövall.

Mein Gehirn lief auf Hochtouren. Ich versuchte mich vergeblich an die Uhr zu erinnern, doch in meinem Gedächtnis wollte kein Bild auftauchen. Und was war das für Blut? Mein Blut?

»Können Sie sich irgendeinen Grund vorstellen, warum Ihr Blut auf Leo Starks Uhr ist?«

Das konnte ich nicht. Stattdessen erzählte ich wirres Zeug von einem Set-up, einem höchst avancierten und inszenierten Plan und wie alles zeitlich mit meinem Buch zusammenzufallen schien.

»Deshalb sind Sie also hergezogen? Um ein Buch über den Fall Leo Stark zu schreiben?«

»Ungefähr so, ja.«

Die Frage nach Ursache und Wirkung spielte in diesem Zusammenhang doch eine eher untergeordnete Rolle.

»Warum wollen Sie ausgerechnet über diesen Fall schreiben?«, fragte Sjövall.

»Um Geld zu verdienen.«

Weder der Kommissar noch die Staatsanwältin schienen mir meine Antwort abzunehmen.

»Die Leute lesen doch am liebsten von Mord und Totschlag«, erklärte ich. »Und wenn es außerdem auf einer wahren Begebenheit basiert, kann man richtig viel Geld verdienen. Vielleicht reicht es ja auch, wenn man behauptet, dass es tatsächlich passiert ist.«

Sjövall warf der Staatsanwältin einen fragenden Blick zu.

»Das mag schon sein«, entgegnete sie.

»So ist es«, sagte ich. »Außerdem ist mir gerade gekündigt worden. Ich brauche Geld.«

Staatsanwältin Blomqvist war auf einmal sehr mit ihren Unterlagen beschäftigt.

Sie überflog sie, blätterte weiter und schlug die Seiten mit einer Geschwindigkeit um, die wunderbar veranschaulichte, warum sie ihr Jurastudium mit einem Prädikatsexamen abgeschlossen hatte.

»Wie würden Sie Ihre Beziehung zu Leo Stark beschreiben?«, fragte sie und blieb mit dem Blick auf einer Seite hängen.

»Beziehung? Ich glaube nicht, dass wir eine … Beziehung hatten.«

»Aber Sie haben doch in denselben Kreisen verkehrt? Sie sind ihm kurz vor seinem Verschwinden mehrfach begegnet. Das haben Sie selbst in einer Vernehmung angegeben. Ich habe ein Protokoll vom 23. Januar 1997, in dem Sie als Zeuge vernommen wurden. Das war nur wenige Tage nach dem Verschwinden von Leo Stark.«

»Sicher, ich bin ihm damals im Herbst und im Winter oft begegnet. Aber ich habe ihn nicht näher gekannt.«

»Trotzdem scheint es zwischen Ihnen zu einer Art Disput gekommen zu sein.«

Sie blätterte weiter, hielt immer wieder inne und sah mich an, ehe sie erneut in ihre Papierstapel abtauchte.

»Was heißt schon Disput? Leo war wütend auf mich, weil ich eines seiner Gedichte umgeschrieben habe. Er hat meinen Text auf einer Lesung gehört, und … man könnte sagen, dass es ihm nicht gefallen hat.«

»Und was hat er gemacht?«

»Er hat mich angesprochen, ich hätte sein Gedicht gestohlen und kaputtgemacht. Im Nachhinein kann ich schon verstehen, dass er sich aufgeregt hat. Ich war ja nicht gerade ein Tomas Tranströmer.«

»Ein Gedicht?«, wiederholte der Kommissar und kratzte sich die Bartstoppeln. »Es muss noch einen anderen Grund gegeben haben. Geld? Unglückliche Liebe? Eifersucht?«

Ich schüttelte den Kopf.

»Für einen richtigen Schriftsteller reicht ein Gedicht.«

Die Staatsanwältin und der Kommissar wechselten Blicke.

»Sie wurden beim Prozess aber nicht als Zeuge vorgeladen?«, hakte Blomqvist nach.

»Nein, ich hatte nichts beizutragen.«

Sjövall starrte mich wütend an, und seine Hand schoss ohne Vorwarnung vor, als wollte er mich packen. Ich zuckte zusammen und fuhr zurück.

»Aber Sie waren mit dem Urteil nicht einverstanden«, sagte er.

Ich murmelte nur irgendetwas und presste mich an die Rückenlehne des Stuhls.

»Denn so heißt doch Ihr Buch«, fuhr Kommissar Sjövall fort. *Der unschuldige Mörder*, nicht wahr?«

Ich nickte.

»Halten Sie ihn für unschuldig?«, fragte Staatsanwältin Blomqvist.

»Ich weiß es nicht.«

Sie musterte mich eindringlich.

»Es ist ein guter Titel«, sagte ich.

Die Staatsanwältin sah erstaunt aus.

»Können Sie mir etwas über das Verschwinden von Leo Stark sagen? Was ist passiert, Levin?«

Ich seufzte schwer.

Was war passiert? Diese Frage war leicht zu stellen und verdammt schwer zu beantworten. Was ist der Sinn des Lebens? Wovon handelt ein Buch?

Der unschuldige Mörder

von Zackarias Levin

23. Kapitel

20. Januar 1997

Am ersten Tag nach den Weihnachtsferien stand ich auf der Treppe des Instituts und wartete. Einige Tage zuvor hatte es aufgehört zu schneien, und der Schnee war bereits getaut.

Ich zündete meine zweite Zigarette an der ersten an. Dann entdeckte ich Jonna am Fuß des Hügels. Sie war beinahe zehn Minuten zu spät und hatte die halbe Bibliotheksclique dabei. Sie sahen in meine Richtung, zogen ihre Strickmützen tief in die Stirn und tuschelten. Als sie in der warmen Rauchwolke vor mir standen, hielten sie sich die Nase zu und vergaßen zu grüßen.

»Wartest du schon lange?«, fragte Jonna.

Ich zuckte mit den Schultern, sah aber vermutlich recht genervt aus.

»Tut mir leid.« Sie stellte sich auf die Zehenspitzen, doch ihr Kuss war flüchtig, ausweichend. »Ein paar von den Mädels mussten sich neue Schreibblöcke kaufen.«

Wir gingen zusammen die Treppe hinunter in den akademischen Mief. Zum ersten Mal fand der Kurs im Literaturkeller ohne Adrian statt. Wir hatten uns in den letzten zwei Wochen kaum gesehen, aber ich hatte ihn angerufen und ihn angebettelt, den Kurs nicht zu schmeißen. Meine Überredungsversuche schienen jedoch fruchtlos gewesen zu sein.

Es war seltsam, wieder dort im Keller zu sitzen, zugleich jedoch sehnte ich mich danach, wieder loszulegen. Ich schrieb jetzt besser als je zuvor.

Li Karpe kam gleich zum Wesentlichen. Keine Höflichkeitsphrasen oder Willkommensgrüße, kein Wort davon, dass die Anzahl der Studenten sich dezimiert hatte.

»Wo steckt Betty?«, fragte Jonna und sah sich um. »Und Fredrik ist auch nicht da?«

Ich zuckte mit den Achseln. Ich hatte über eine Woche nichts von Fredrik gehört. Warum war er nicht hier?

»Wie geht es dir?«, fragte Jonna.

»Schon okay.«

Li Karpe unterbrach sich kurz und starrte zu uns herüber. Der ganze Keller glotzte uns an. Wir senkten beschämt den Blick.

»Vergleiche sind im Grunde eine Art Verteidigung«, fuhr Li fort und durchquerte langsam den Raum. »Eine Art, sich von der Wirklichkeit abzuschirmen, vor dem Exakten zu fliehen, vor dem, was eigentlich gesagt werden muss, was man aber aus verschiedenen Gründen meidet.«

Ganz vorn hob jemand zögerlich den Arm. Widerwillig überließ Li das Wort einer Bibliotheksmaus mit strengem Dutt und Helly-Hansen-Pullover.

»Du meinst also, man sollte generell keine Vergleiche anstellen?«

»Ein Vergleich ist ein Ausdruck von Feigheit«, antwortete Li. »Genau genommen kann alles mit allem verglichen werden. Es gibt nichts, was nicht allem in irgendeiner Hinsicht gleicht. Wer einen Vergleich anstellt, weicht vor dem Exakten und Prägnanten aus. Zugleich überlässt man dem Leser die Verantwortung, weil man als Autor nicht die richtigen Worte findet oder nicht die Kraft zum Suchen hat.«

Mit ausladenden Gesten schrieb sie das Wort »Wie« an die Tafel. Sie bat uns, es in Augenschein zu nehmen, uns wirklich anzustrengen, um zu verstehen, was dieses kleine Wort bedeutete, sobald man es in einem Text verwendete.

Unaufhörlich dachte ich an Betty. War sie wirklich nach Sundbyberg abgehauen?

»Das kommt mir ein bisschen wirr vor«, flüsterte Jonna.

Ich sah sie nicht einmal an. Ich schloss die Augen, wurde den Schwindel nicht los, das Gefühl, dass sich die Erde unter meinen Füßen bewegte. Fredrik? Wo steckte er bloß? Er hätte nie auch nur eine einzige Vorlesung verpasst, irgendetwas musste passiert sein.

»Schon Shakespeare hat den Vergleich als Stilmittel infrage gestellt. *Shall I compare thee to a summer's day?*, heißt es bei ihm. Seine kleinen Ausrutscher sollen ihm verziehen sein, ihm und Burns und all den anderen Romantikern, denn sie wussten es nicht besser. Aber kann man heute, im Jahr 1997, noch die Verwendung eines Vergleichs als Stilmittel verteidigen?«

Ich sah mich gezwungen aufzustehen. Kurz verschwand der Keller im Nebel, und ich lief auf unsicheren Beinen zwischen den Tischreihen entlang, wie durch einen Tunnel, spürte die Klinke an meiner Hand und trat hinaus. Rasch schloss ich mich auf der Toilette ein, drückte mich an die Wand und atmete stoßweise.

Wenig später stand Jonna vor der Tür und klopfte.

»Geht es dir nicht gut?«

Ich murmelte irgendeine Antwort, kühlte mein Gesicht mit fließendem Wasser und bat sie zurückzugehen, ich werde gleich nachkommen.

Als ich die Tür aufriss, war sie immer noch da. Ich lief geradewegs an ihr vorbei.

»Was ist denn los, Zack?« Sie zog mich am Arm.

»Vielleicht ein Virus«, sagte ich und wich ihrem Blick aus. »Ich muss nach Hause.«

»Soll ich mitkommen?«

»Geh zurück zur Vorlesung«, sagte ich.

Draußen auf der Treppe steckte ich mir eine Zigarette an, aber schon nach zwei Zügen vermochte ich nicht weiterzurauchen, und so ließ ich sie zwischen den Fingern verglimmen.

Dann radelte ich den Hügel hinunter, verfolgt von einer Unruhewolke aus Katastrophengedanken. Nachdem ich meine Jacke an der Garderobe im Flur aufgehängt hatte, stürzte ich zum Telefon. Es tutete und tutete. Betty ging nicht ran. Mein Herz raste.

Ich legte auf und rief noch einmal an. Auch diesmal keine Antwort.

Ich probierte es auf Fredriks Handy. Er hob nach dem ersten Klingeln ab.

»Wo bist du?«, schrie ich in den Hörer.

»Ich bin zu Hause«, sagte er, »bei meinen Eltern.«

»Aber heute hat das neue Semester angefangen.«

Er zögerte ein wenig.

»Ich werde nicht weitermachen, Zack. Es ist doch nicht das Richtige für mich, das Schreiben.«

»Wovon redest du, verdammt noch mal?«

»Ich schmeiß es hin. Ich habe mich entschieden.«

Mir wurde wieder schwindlig, und mein Herz legte den Turbogang ein.

»Aber du kannst doch nicht einfach abhauen.«

»Doch, es ist mir alles zu viel geworden. Und jetzt noch diese Sache mit Leo.«

»Wie jetzt? Was ist mit Leo?«

»Weißt du gar nicht, was passiert ist?«, fragte er.

»Nein, ich weiß von nichts!«

Fredrik verstummte. Es knackste ein paar Mal in der Leitung, und ich hörte, wie er Luft holte.

»Leo ist verschwunden.«

»Wovon redest du?«, sagte ich. »Verschwunden?«

»Niemand weiß, wo er steckt. Sie glauben, dass er vielleicht ermordet worden ist.«

Plötzlich fühlte ich mich schwerelos. Im Flurspiegel merkte ich, wie mein Gesicht blass wurde, und der schwere Hörer glitt mir beinahe aus der Hand.

»Die Polizei hat Betty festgenommen«, fuhr Fredrik fort. »Offenbar haben sie Leos Manuskript gefunden. Er hat darin Dinge geschrieben, die ... Sehr viel mehr weiß ich auch nicht, aber Betty steht jedenfalls unter Verdacht.«

Im nächsten Moment entglitt mir der Hörer und fiel zu Boden.

Oktober 2008

Clara Blomqvist blickte mich aus ihren großen blauen Augen an, mit einer deutlichen, aber möglicherweise heimtückischen Empathie. Bisher war ich davon ausgegangen, dass ihr anziehendes Äußeres ihrer juristischen Karriere eher hinderlich gewesen war, doch als ich jetzt bemerkte, wie sicher ich mich in ihrer Gesellschaft fühlte, begann ich daran zu zweifeln.

»Haben Sie jemals geglaubt, dass Betty Johnsson Leo Stark ermordet hat?«

»Das habe ich nicht behauptet.«

»Aber Sie haben gewusst, dass sie ihm bei seinem Manuskript geholfen hat?«

»Ich wusste, dass sie … Nein, das wusste ich nicht. Sie war oft bei Leo, aber keiner von uns hat gewusst, was sie dort getrieben haben.«

Kommissar Sjövall beugte sich vor und musterte mich. Er holte Luft, aber die Staatsanwältin kam ihm zuvor.

»Leo Stark ist vermutlich am Wochenende vom 4. bis 6. Januar verschwunden«, sagte sie und blickte in ihre Unterlagen. »Wo waren Sie da?«

»Das ist doch beinahe zwölf Jahre her.«

»Das ist mir klar«, sagte sie. »Aber ich glaube nicht, dass man ein so außerordentliches Ereignis vergisst.«

»Außerdem scheinen Sie ein ganz ausgezeichnetes Gedächtnis zu haben«, warf Sjövall ein. »Sie schreiben ja sogar ein Buch über die Ereignisse von damals.«

Ich schluckte meine Irritation hinunter und betrachtete die Staatsanwältin.

»Am fraglichen Samstag waren wir alle zusammen in der Wohnung in der Grönegatan, aber das wissen Sie bestimmt schon. Welches Datum mag das gewesen sein? Der vierte, oder?«

»Es war Samstag, der 4. Januar.« Sie strich mit der Fingerspitze übers Papier. »Wir wissen, dass Leo Stark am Samstagnachmittag noch am Leben war. Mehrere Zeugen haben ihn gegen sechzehn Uhr vor dem Haus im Pålsjövägen gesehen.«

»Was haben Sie am Abend gemacht? Sie sind nicht in der Wohnung in der Grönegatan geblieben, oder?«, fragte Sjövall mit scharfer Stimme.

Erst hatte ich mir eingebildet, dass es Teil des Spiels *good cop bad cop* sei, aber nun war ich immer mehr davon überzeugt, dass er mich als Person nicht leiden konnte.

»Ich weiß, dass ich Ihnen das schon mal erzählt habe«, sagte ich und zeigte auf die Unterlagen der Staatsanwältin. »Dort stehen bestimmt alle Angaben. Aber ich kann es natürlich noch einmal wiederholen.«

»Das müssen Sie wohl«, sagte der Kommissar. »Für alle Fälle.«

»Jonna und ich sind zu ihr nach Hause nach Kävlinge gefahren. Wir haben mit ihren Eltern zu Abend gegessen. Wenn ich mich recht erinnere, sind wir gegen fünf oder sechs Uhr abends hingefahren.«

»Und wie lange sind Sie geblieben?«

»Ich habe dort übernachtet. Wahrscheinlich haben wir ziemlich lange geschlafen, das hat man ja damals gemacht. Na ja, in der Hinsicht hat sich vielleicht nicht so viel verändert. Zumindest nicht sonntags. Vielleicht bin ich bis elf oder zwölf geblieben? Anschließend bin ich zu meiner Mutter nach Veberöd gefahren.«

»Das haben Sie damals auch ausgesagt«, sagte die Staatsanwältin und las von einem Blatt ab, das vor ihr auf dem Tisch lag. »Sie haben bei der Vernehmung von 1997 angegeben, dass Sie sich in Jonna Johansens Elternhaus in Kävlinge aufgehalten haben, und zwar von Samstag, den 4. Januar um achtzehn Uhr bis Sonntag, den 5. um elf Uhr. Danach sind Sie angeblich zu Ihrer Mutter nach Veberöd gefahren.«

Sie legte eine Pause ein. Beide sahen mich abwartend an.

»Halten Sie noch immer an diesen Angaben fest?«, fragte Sjövall in neutralem Ton.

»Ja, natürlich. Warum sollte ich …?«

Er unterbrach mich und hob den Zeigefinger in die Luft.

»Wir haben Jonna Johansen gebeten, eine Zeugenaussage für Samstag, den 4. Januar 1997, zu machen. Seinerzeit wurde sie nicht vernommen. Es gab keinen Grund, Ihre Angaben infrage zu stellen. Aber heute ist die Situation, wie Sie sicher verstehen werden, eine andere.«

Auffordernd sah er Clara Blomqvist an, die ihre Hände knetete. Ihre Haut war glatt und braun gebrannt, und am Handgelenk hing ein dünnes Silberkettchen. Im Jahr 1997 dürfte sie ungefähr zwanzig Jahre alt gewesen sein und hatte vermutlich im Mittelpunkt der Juristenpartys gestanden. Vielleicht mit einem Einlassbändchen vom Hultsfredfestival statt mit Silberkettchen.

»Wir haben mit Jonna Johansen gesprochen«, fuhr sie fort und beugte sich vor. »Ihre Versionen stimmen allerdings nicht ganz überein.«

In meinem Kopf herrschte ein Durcheinander von widerstreitenden Gedanken. Als stünde ich mitten auf einer Kreuzung und von überallher stürmte jeder Augenblick meines Lebens auf mich ein. Ich bekam allmählich Atemnot.

»Sie behauptet, dass Sie das Haus in Kävlinge schon am Samstagabend, dem 4. Januar, verlassen hätten, und zwar kurz vor Mitternacht.«

»Sie ist sich ihrer Sache sehr sicher«, sagte Sjövall, der mit seinem Stahlblick in mein zitterndes Inneres vorgedrungen war. »Sie haben einen Anruf von Adrian Mollberg bekommen. Er hat bei irgendetwas Hilfe gebraucht. Wobei hat er Hilfe gebraucht?«

Ich hielt die Hand vor den Mund. Es fühlte sich an, als müsste ich erbrechen. Ich erinnerte mich, dass mir auch damals übel gewesen war, in jenen überwältigenden Tagen vor zwölf Jahren. Ich wurde von einem psychedelischen Déjà-vu überflutet.

»Ich weiß nicht so genau. Ich erinnere mich nicht. Sind Sie sicher ...?«

»Sie verstehen, dass uns das verblüfft?«, fragte Clara Blomqvist.

»Natürlich. Aber es ist zwölf Jahre her. Auch Jonna kann sich irren.«

»Sie irrt sich nicht. Sie haben einen Anruf von Adrian Mollberg bekommen und sind mit dem Zug nach Lund gefahren. Betty Johnsson war schon früher am Abend zu Leo Stark geradelt, und Fredrik Niemi war ihr gefolgt. Was ist eigentlich in dem Haus passiert?«

Sjövall ließ mich nicht aus den Augen. Es war zwei Minuten her, dass er zum letzten Mal geblinzelt hatte, und jetzt stand er auf, um zu zeigen, wer am längeren Hebel saß.

»Ich weiß es nicht. Ich war nicht dort!«

In meinem Kopf herrschte ein heilloses Durcheinander.

»Was wollte Adrian Mollberg denn, als er angerufen hat? Wobei brauchte er Ihre Hilfe?«

»Ich weiß es nicht. Er hat es mir nicht gesagt.«

Für einen Moment löste Sjövall seinen Blick von mir und schaute zögernd die Staatsanwältin an.

»Aber Sie glauben doch nicht etwa, dass ich mit der Sache etwas zu tun habe?«, sagte ich rasch. »Ich soll Leo Stark ermordet haben? Das ist doch völlig absurd!«

Sie betrachteten mich schweigend. Sjövall lehnte sich zurück und verschränkte die Arme vor der Brust.

»Was haben Sie am 11. September dieses Jahres gemacht?«, fragte Clara Blomqvist.

»Das hat mich Ihr Kollege auch schon gefragt, als ich letztes Mal hier war. Ich habe keine Ahnung, warum das so wichtig ist, aber ich kann gerne nachschauen.«

»Das wäre gut«, meinte die Staatsanwältin.

»Ich habe einige Aufzeichnungen in meinem Laptop. Ist es okay, wenn ich eben kurz reinschaue?«

Ich hatte meine Laptoptasche schon auf meine Knie gelegt, aber Sjövall bremste mich. »Das hat noch etwas Zeit.«

»Ja, aber …«

Unbarmherzig hielt er die Hand hoch.

»Das hat noch Zeit!«

»Bitte entschuldigen Sie mich einen Augenblick«, sagte Clara Blomqvist und erhob sich. »Ich bin gleich zurück.«

Sjövall und ich blieben sitzen und starrten uns an. Allmählich begriff ich, was gerade geschah, zumindest auf intellektueller Ebene. Meine Gefühle hingegen versteckten sich unter einer zunehmenden Übelkeit. Es fehlte nicht mehr viel, und ich musste mich übergeben. Ich war müde, mir war schwindlig und heiß.

Als die Staatsanwältin nach einigen Minuten zurückkehrte,

wirkte sie verbissen. Offenbar war sie sich darüber im Klaren, dass sie auf Zeit gespielt hatte. Wahrscheinlich würde sie sich gleich für das unglückliche Missverständnis entschuldigen und erklären, es gebe natürlich keinerlei Verdachtsmomente gegen mich. In fünf Minuten würde ich das Polizeirevier wieder verlassen.

Clara Blomqvist sah mich an. Sie kräuselte die Lippen und blieb vor ihrem Stuhl stehen.

»Zackarias Levin«, sagte sie und wiegte den Kopf hin und her. »Wir werden Sie auch weiterhin als Verdächtigen vernehmen. Das heißt, Sie haben das Recht, sich einen Anwalt zu nehmen.«

Ich wollte protestieren, konnte mich aber nicht vom Fleck bewegen.

»Sie stehen unter dringendem Mordverdacht.«

Der unschuldige Mörder

von Zackarias Levin

24. Kapitel

4. Januar 1997

Betty wartete vor der Haustür auf mich.

»Endlich«, sagte sie und zog mich mit sich um die Ecke auf den Innenhof. »Ich liebe diesen Ort. Ist es nicht schön hier?«

Der Himmel war weit offen, man konnte die ganze Galaxie sehen, und der Sonnenschein verwandelte den quadratischen Hof zwischen den Häusern in ein Lichterbecken. Betty stand in dem Kranz von struppigem Gesträuch, das im Frühling zu einem grünenden Laubgewölbe werden würde, und das Sonnenlicht fiel friedlich von schräg oben auf sie herab wie ein Spotlight. Sie blinzelte mich an.

»Tut mir leid, dass du warten musstest«, sagte ich.

Sie lachte. »Egal!«

Die hautfarbene Strumpfhose war zwischen dem Lederrock und den kirschroten Springerstiefeln kaum zu erkennen. Sie schob ihre Hände in die Taschen der Bomberjacke und lächelte. Mein Brustkorb füllte sich mit Luft, und mein Herz sang. So sollte es sein, dachte ich.

»Wo ist Jonna?«

»Unterwegs«, sagte ich knapp. Ich hatte überhaupt keine Lust, Jonna in diesem Moment in meine Gedanken zu lassen.

Wir blieben eine Weile stehen und sahen uns an, während die Sonne so hell auf Bettys Gesicht schien, dass die Wangen beinahe weiß aussahen.

Die Zeit war ebenso erstarrt wie Betty. Ich spürte, wie meine Schultern herabsanken, ein Ausdruck des Verzichts, der Resignation. Vielleicht war ich einer von denen, die sich begnügten, die nicht den Sternen hinterherjagen mussten, die mit beiden Beinen auf dem Boden blieben und zufrieden dem Lauf der Dinge folgten. Auch Leute wie ich wurden gebraucht, auch wir waren Menschen, genau wie alle anderen. Vielleicht waren wir sogar glücklicher als sie.

»Gehen wir rein?«, fragte Betty.

»Okay.«

Dabei hätte ich am liebsten bis in alle Ewigkeit mit ihr dort draußen gestanden.

Wir saßen auf dem ausgeleierten Sofa und lebten für den Augenblick. Adrian verteilte seine Aufmerksamkeit zwischen einer Flasche Vino Tinto und einem zerlesenen Exemplar der *Blumen des Bösen*, Betty zupfte auf den abgenutzten Saiten von Adrians verstimmter Secondhandgitarre herum, und Fredrik las laut aus der aktuellen Ausgabe der *Pop* vor. Jonna und ich knutschten herum, als ginge es um Leben und Tod.

Es war Samstagvormittag, das Jahr war neugeboren, ein unbeschriebenes Blatt, und nichts schmerzte. Doch gerade, als alles verlässlich, von Dauer und sorgenfrei zu sein schien, betrat Li Karpe das Zimmer und erschütterte unsere entspannte Existenz.

»Es geht um Leo«, sagte sie. »Ich weiß nicht mehr, was ich tun soll.«

Wir setzten uns ordentlich hin, lehnten uns vor, und irgendwann hörte auch Betty mit dem Gitarrezupfen auf.

»Er ist verrückt«, sagte Li.

Sie stand in der Türöffnung, und das Licht aus dem Flur umgab ihren Kopf wie ein Schleier.

»Was ist passiert?«, fragte Adrian.

»Leos Manuskript ist abgelehnt worden.«

Betty zuckte zusammen und fing die Gitarre auf, die ihr von den Knien zu gleiten drohte.

»Zumindest deutet er es so«, fuhr Li fort. »Ich glaube ja, dass er voreilige Schlüsse zieht. Der Verleger will, dass er den Text umarbeitet, aber für Leo ist das natürlich die totale Niederlage.«

»Ist es nicht ziemlich normal, dass der Verlag Anmerkungen zum Text hat?«, fragte Adrian.

Li warf ihm einen müden Blick zu.

»Nichts ist normal, wenn es um Leo geht. Gar nichts.«

Adrian machte ihr auf dem Sofa Platz und schenkte ihr ein Glas Wein ein. Wir sagten nicht viel, sahen uns nur immer wieder an. Und jedes Mal, wenn Li sich vorbeugte, um zu trinken (und das tat sie häufig, als wollte sie damit irgendetwas in Gang setzen), legte sie die Hand auf ihr Dekolleté, um ihre Brüste an Ort und Stelle zu halten.

»Ich radle hin«, sagte Betty schließlich und lehnte die Gitarre an die Wand. »Ich radle zu Leo und schaue nach, wie es ihm geht. Ich kann mit ihm reden.«

Adrian protestierte. Das sei doch Leos Sache, und sie solle ihn besser in Ruhe lassen. Aber Betty beharrte darauf, zu ihm zu fahren, und stand wenig später in Bomberjacke und locker geschnürten Stiefeln im Flur und winkte uns zu.

»Glaubst du wirklich, dass sie ihn zur Vernunft bringen kann?«, fragte Adrian, als die Wohnungstür hinter ihr zugefallen war.

Li Karpe verzog den Mund.

»Wenn es jemand kann, dann ist es Betty.«

»Er hat ein Auge auf sie geworfen«, sagte Adrian und ließ seinen Blick über das Sofa wandern, damit wir alle seine Aussage mit einem Nicken bestätigten. Die Überzeugung in seiner Stimme klang so unecht, dass er sich nicht einmal selbst betrügen konnte. Keiner von uns brachte es übers Herz, etwas zu sagen.

»Hört zu!«, sagte er schließlich und las aus seinem Baudelaire vor.

Nach einer Weile umfasste Li seinen Nacken und flüsterte ihm etwas ins Ohr. Adrian erklärte, sie würden eine Weile in sein Zimmer gehen. Sie hätten einiges zu besprechen.

Fredrik, Jonna und ich murmelten etwas Sarkastisches und drehten die Lautstärke von Nirvanas *Unplugged*-Album hoch. Dann suchte Fredrik nach irgendetwas, wo er seine Hände lassen konnte, während ich an Jonnas Hals knabberte, der knallrot wurde.

Als die Musik verstummt war, saßen wir nebeneinander auf dem Sofa, starrten auf unsere Hände, sahen uns an, lächelten und schwiegen.

»Wollen wir nicht Leo anrufen?«, fragte Fredrik.

»Warum das?«

Fredrik bedachte mich mit einem ungewöhnlich scharfen Blick.

»Ich mache mir Sorgen wegen Betty! Leo Stark hat sie nicht mehr alle, und wenn er wirklich eine Art Koller bekommen hat, wie Li es gesagt hat, dann …«

»Du glaubst doch nicht etwa, dass er ihr was antut?«, meinte Jonna.

»Na ja«, setzte ich an und dachte an den Abend vor der Kunsthalle. Leo Stark konnte erwiesenermaßen gewalttätig werden. Und Betty hatte mir gesagt, dass sie Angst hätte.

»Komm schon!«, sagte Fredrik und stand auf.

Wir klopften an Adrians Tür, denn wir wollten die beiden um Leo Starks Telefonnummer bitten. Li Karpe saß mit offenem Haar auf dem Bett und hielt es für keine gute Idee, ihn anzurufen, doch als Adrian sie drängte, gab sie schließlich nach.

Fredrik hob den Hörer im Flur ab und wählte. Ich sah zu Jonna. Fredrik musterte den Hörer, legte auf und wählte erneut.

»Es meldet sich niemand.«

»Bestimmt ist alles in Ordnung«, sagte ich. »Betty kann mit Leo umgehen.«

Doch das klang nicht besonders überzeugend, und Fredrik blickte mich skeptisch an

»Ich fahr schnell hin«, sagte er. »Kommt ihr mit?«

Er wirkte erstaunlich tatkräftig, zog den Mantel an und setzte die Mütze auf.

»Ich weiß nicht, ob das geht. Jonnas Eltern haben uns zum Abendessen eingeladen.«

Ich sah verstohlen zu Jonna.

»Es geht um Betty!«, sagte Fredrik.

Jonna funkelte mich an.

»Tut mir leid«, sagte ich zu Fredrik.

»Darf ich mir dann dein Rad ausleihen?«

Ich wühlte den Fahrradschlüssel aus der Kommodenschublade hervor und sagte Fredrik, er solle aufpassen, dass die Kette nicht abspringe.

»Willst du wirklich allein hinfahren?«

»Ich könnte mir selbst nicht mehr in die Augen schauen, wenn Betty etwas passiert.«

»Sie kommt schon klar«, sagte ich, klang aber nicht halb so sicher wie beabsichtigt.

Fredrik schüttelte den Kopf. »Ich traue Leo Stark nicht über den Weg, nicht eine Sekunde.«

Oktober 2008

Ich erwog nicht einmal, mir einen Anwalt zu nehmen. Vielleicht war das ein Fehler, aber ich war immer davon ausgegangen, dass sich nur Schuldige verteidigen müssen. Zugleich war das wohl auch ein Selbstschutz vor einer sich immer stärker aufdrängenden Realität. Die Anwesenheit eines Anwalts hätte zweifellos das Ausmaß der unglücklichen Umstände unterstrichen.

Dieses Missverständnis würde mit größter Sicherheit aufgeklärt werden und wäre bald vergessen.

»Erinnern Sie sich, wie Sie davon erfahren haben, dass man eine Leiche im Wald gefunden hat?«, fragte Staatsanwältin Blomqvist.

»Natürlich! Fredrik hat mich angerufen und es erzählt. Ich habe an einer Tankstelle im Auto gesessen. Dann bin ich reingegangen und habe mir eine Zeitung gekauft.«

»Sie haben also in der Zeitung darüber gelesen?«

»Wann war das eigentlich?«, fragte ich. »An einem Freitag, oder? Am Freitag, dem 12., haben die Boulevardzeitungen darüber geschrieben.«

»Was haben Sie an dem Freitag noch gemacht?«

Ich plapperte drauflos. Meine Erinnerung war plötzlich scharf wie ein Foto.

»Ich war bei Betty. Als ich Adrian nach Hause bringen wollte und wir im Auto saßen, hat Fredrik angerufen.«

»Moment mal«, sagte Kommissar Sjövall. »Adrian Mollberg und Betty Johnsson?«

Ich nickte. Ich verstand noch immer nicht, was das alles zu bedeuten hatte.

»Und Fredrik ist also Fredrik Niemi?«, fragte Clara Blomqvist nach. »Habe ich das richtig verstanden?«

»Äh, ja.«

Sjövall schnaubte. »Dieselbe alte Clique wie in den Neunzigerjahren?«

»Ja … schon …«

»Dieselben Personen aus den Ermittlungsakten? Die sich möglicherweise zum Zeitpunkt von Leo Starks Verschwinden in seinem Haus aufgehalten haben?«

Ich machte einen halbherzigen Versuch, alles zu erklären. Wie ich zuerst Fredrik wegen meines Buchprojekts kontaktiert hatte, weil er in der Buchbranche tätig war, und dann Betty über Facebook und wie sie mir erzählt hatte, wo Adrian wohnte. Sie alle waren wichtige Zahnrädchen in der Konstruktion meines Romans.

Sjövall und Blomqvist hörten mit großem Interesse zu. Erst nachdem ich eine Weile mich wort- und kurvenreich erklärt hatte und zu dem Punkt kam, dass ich Adrian draußen in Flädie abgesetzt hatte und mit dem Auto in den Wäldern von Veberöd und Genarp umhergefahren war, begann ich zu begreifen, dass diese Darstellung nicht gerade zu meinem Vorteil war.

»Sie sind also zum Fundort gefahren?«, vergewisserte sich Sjövall und fuhr sich mit der Hand durch den Bart. »Warum?«

Ich wusste genau, wie sich das anhören musste, seufzte und

sank in mich zusammen. Was hätte Josef K. jetzt getan? Oder meinetwegen Meursault. Aber die Literatur bot leider keine Auswege aus meinem Dilemma.

»Ich versuche, ein Buch zu schreiben.«

»*Der unschuldige Mörder*«, sagte der Kommissar in einem Tonfall, als wäre das der dümmste Titel aller Zeiten. »Sie vertreten also die These, dass Adrian Mollberg zu Unrecht verurteilt wurde?«

In diesem Augenblick verfluchte ich mich selbst und meine verdammten Ideen. Ein Buch schreiben? Jetzt bereute ich es bitterlich, dass ich keinen Taxischein gemacht hatte oder Beerenpflücker geworden war.

»Es geht hier nicht um Argumente«, sagte ich mit einer gewissen Verzweiflung. »Es handelt sich um Belletristik, um einen Roman.«

»Aber die tatsächlichen Umstände verändern sich doch nicht, nur weil man das Ganze als Roman bezeichnet.«

»Selbstverständlich nicht, aber es ist …«

Ich gab auf. Ich wollte keine Diskussionen über das Verhältnis zwischen Fiktion und objektiver Wahrheit führen.

»Was haben Sie getan?«, fragte Clara Blomqvist, »nachdem Sie in den Wald gefahren waren und sich den Fundort angeschaut hatten?«

»Ich bin nach Veberöd zu meiner Mutter. An dem Abend kam Fredrik zu uns. Er hatte sich gerade getrennt und eine Auseinandersetzung mit seiner Frau gehabt. Sie hat ihn wohl rausgeworfen, oder er ist abgehauen. Aber das ist vielleicht nicht so wichtig.«

Ganz unerwartet bekam Sjövall einen Wutausbruch und knallte die Faust auf den Tisch.

»Alles ist wichtig!«, zischte er und funkelte mich an. »Bitte halten Sie sich an die Wahrheit.«

Ich schloss die Augen. Vermutlich warf die Staatsanwältin

Sjövall einen beruhigenden Blick zu. Ich hörte, wie er seufzte, und glaubte zu sehen, wie er die Augen verdrehte.

»Dieser Fredrik ist also identisch mit Fredrik Niemi?«, hakte Blomqvist nach.

»Genau«, antwortete ich vorlaut.

»Fredrik Niemi fährt also abends zu Ihnen nach Veberöd. Es war ziemlich spät, oder?«

Mir kam es so vor, als würden wir uns im Kreis drehen. Ich steckte in einem Karussell fest, das Amok lief, und rieb mir die Augen.

»Es war mitten in der Nacht«, sagte ich und wusste, wie das klang.

»Mitten in der Nacht?«, wiederholte Sjövall.

»Das heißt, Sie kennen sich so gut, Sie und Fredrik Niemi?«

»Nicht wirklich.«

»Aber Sie haben über all die Jahre Kontakt gehalten?«

Das war eine Falle, und ich hatte keine Ahnung, wie ich mich daraus befreien sollte.

»Nein«, sagte ich. »Wir hatten keinen Kontakt.«

»War es denn da nicht seltsam, dass er Sie mitten in der Nacht aufgesucht hat?«, fragte die Staatsanwältin.

»Warum ausgerechnet Sie?«, warf Sjövall ein. »Er hätte doch zu jemand anders fahren können.«

Ich wollte ihn anschreien, dass es niemand anderen gegeben hatte. Einer wie er müsste das eigentlich verstehen. Stattdessen seufzte ich nur.

»Wie lange ist er geblieben?«, wollte Clara Blomqvist wissen.

»Er hat übernachtet.«

Die Staatsanwältin sah überrascht aus. Dann bekam ihr Blick etwas Aggressives.

»Denken Sie zurück an den Donnerstag. Donnerstag, den 11. September. Was haben Sie da gemacht?«

Ich spulte den Film in meinem Gehirn zurück und versuchte, mich zu konzentrieren. Sjövall schien mich unterbrechen zu wollen, aber Blomqvist hielt ihn davon ab.

»Ich war an dem Tag bei Adrian. Er durfte die ersten Kapitel meines Manuskripts lesen.«

»Was hat er dazu gesagt? Wie findet er es, dass Sie dieses Buch schreiben wollen?«

Das war eine unerwartete Frage. Ich hätte sie mir vermutlich schon längst selbst stellen sollen.

»Ich bin mir nicht ganz sicher. Er hat gesagt, dass es ihm gefallen hat. Doch, er fand das Manuskript wohl gut. Aber wir hatten eine kleine Diskussion darüber, wie ich ihn beschrieben hatte.«

»Was denn für eine Diskussion?«, fragte Clara Blomqvist.

»Er war nicht ganz zufrieden mit meiner Darstellung. Er versteht sich selbst offenbar nicht als Anführer.«

»War das ein Problem für ihn?«

»Anscheinend schon.«

»Wollte er, dass Sie etwas verändern? Den Text umschreiben?«

»Nein, zumindest hat er das nicht gesagt.«

Sjövall räusperte sich. »Könnte es sein, dass er unzufriedener war, als Sie geahnt haben?«

»Ach, das war keine große Sache.«

Der Kommissar sah erstaunt aus.

»Sie haben es doch selbst gesagt. Wie haben Sie es gleich ausgedrückt? Für einen richtigen Schriftsteller reicht ein Gedicht.«

Ich hatte das unangenehme Gefühl, in eiskaltes Wasser getaucht zu werden.

»Was haben Sie anschließend gemacht?«, fragte die Staatsanwältin. »Wie lange sind Sie bei Adrian geblieben?«

»Nicht besonders lange. Ich bin um die Mittagszeit gekommen und ein paar Stunden später aufgebrochen. Ich glaube, ich habe in Lund noch etwas zu Abend gegessen, bevor ich nach Veberöd rausgefahren bin.«

»Und Adrian?«

»Was meinen Sie?«

»Ist er mitgekommen?«

»Nein, ich war allein.«

Sjövall nickte, aber in seinem Blick lag eine gewisse Skepsis.

»Jetzt würden wir uns gern Ihren Computer ansehen«, sagte er und zeigte auf den Laptop.

»Schauen Sie ruhig. Ich habe nichts zu verbergen.«

Clara Blomqvist schob ein Protokoll zu mir herüber und zeigte auf die gestrichelte Linie ganz unten.

»Was passiert jetzt?«, fragte ich.

»Untersuchungshaft«, sagte Sjövall.

»Gibt es jemanden, den Sie anrufen wollen?«, fragte die Staatsanwältin.

Ich dachte an meine Mutter.

»Nein«, antwortete ich.

Der unschuldige Mörder

von Zackarias Levin

25. Kapitel

4. Januar 1997

»Boxen«, sagte Benke Johansen in seinem ausgeprägten Småländisch. »Magst du Boxen?«

Er schlug ein paar Mal in die Luft und tänzelte auf den
Zehenspitzen hin und her.

Jonna seufzte und sagte mehrmals genervt: »Papa!«, gab aber
auf, als hätte sie das bei ihm schon oft erlebt.

»Zu meiner Zeit habe ich achtunddreißig Kämpfe als Halb-
schwergewicht absolviert. Siebenundzwanzig davon habe ich
gewonnen, acht durch K. o. und zwei durch Techniksieg.«

Das imponierte mir. Selbst für jemanden, der seine Box-
kenntnisse nur aus den Filmen *Rocky* und *Mein Leben als Hund*
bezog, klang das beeindruckend.

»Ein fantastischer Sport«, sagte Benke.

Ich lächelte darüber, wie er das Wort Sport aussprach. *Spott.*

»Viele Leute halten Boxen für eine gewalttätige Sportart«,
fuhr er fort. »Dabei ist Boxen logisch und intelligent, wenn
man sich nur die Zeit nimmt, es zu verstehen. Ist das nicht
bei allem so, Jack? Dass man Zeit und Geduld braucht, um zu
verstehen?«

»Zack, Papa!«

Er sah Jonna an, als hätte er ganz vergessen, dass sie im Wohnzimmer auf dem Lederhocker saß.

»Er heißt Zack«, erklärte sie.

»Richtig«, sagte Benke und sprach voller Begeisterung weiter. »Weißt du, als Boxer ist man im Moment gefangen, alles findet im Hier und Jetzt statt. Dein eigenes Überleben hängt vom Augenblick ab. Das ist wohl der Grund, warum ich diesen Sport so gern mag.«

Unbemerkt versuchte ich, Jonnas Blick zu erhaschen, aber sie sah mich nicht, sondern wirkte zu meinem Erstaunen vollkommen absorbiert vom Enthusiasmus ihres Vaters.

»Wenn du dir einen guten Kampf anschaust, lässt du dich schnell mitreißen. Keiner kann sich einen Boxkampf ansehen, ohne selbst mit hineingezogen zu werden. Du weißt, dass es jeden Moment knallen kann, und du bist da, kannst es aber nicht verhindern.«

Er zog eine Videokassette aus dem Regal, strich sorgfältig über die Hülle und nahm die Kassette von einer Hand in die andere, bevor er sie in den Schlund des Videorekorders schob.

»Liston gegen Patterson, Chicago 1962, ein echter Klassiker.«

Benke fingerte an der Fernbedienung herum.

»Ein alter Kampf?«, fragte ich. »Dann weißt du doch schon, wie er ausgegangen ist.«

Er lachte über meinen mangelnden Verstand.

»Kein bisschen. Ein Boxkampf findet nur im Hier und Jetzt statt. Alles geschieht im Präsens, um es in der Schriftstellersprache zu sagen.«

Ein kurzes Lachen, dann wurde er todernst, startete die Kassette mit dem Boxkampf und versank tief im Bildschirm, während Sonny Liston in nur zwei Minuten Floyd Patterson k. o. schlug. Im selben Moment, in dem der Ringrichter Patterson anzählte, fuhr Benke auf und imitierte die entscheidende Schlagserie.

Später saßen Jonna und ich auf Sitzsäcken in ihrem Zimmer. Sie hatte Räucherstäbchen angezündet und *Changing of the Guards* aufgelegt, und plötzlich war in der Stille zwischen uns eine nie zuvor da gewesene Spannung. Zum ersten Mal waren wir wirklich allein und nüchtern. Zum ersten Mal saßen wir uns gegenüber, ohne uns anzufassen, ohne mit der Zunge im Mund des anderen herumzuwühlen.

»Ist es okay für dich?«, sagte ich und sah an die Decke.

»Was denn?«, fragte sie.

»Wie?«

»Was ist okay für mich?«

Ich folgte einer Linie an der Decke, einem dünnen Riss, der über dem Fenster in ein ganzes Delta von Spalten und Löchern mündete.

»Alles, hoffe ich.«

Sie antwortete nicht.

Jonna schlummerte mit dem Kopf an meiner Schulter, als das Telefon klingelte. Ich hörte feste Schritte vor der Tür – leichtes Schwergewicht –, ein rasches Klopfen, und dann stand Benke verschlafen, mit zerzauster Frisur und im Morgenmantel auf der Schwelle.

»Telefon für dich.«

Jonna hatte die Augen aufgeschlagen.

»Für mich?«, fragte sie.

»Nein, für ihn.« Er zeigte mit der Boxerfaust auf mich.

Jonna rieb sich die Augen. Dann zeigte sie mir das Telefon im Flur und verfolgte das Gespräch mit verschränkten Armen.

»Zackarias«, keuchte Adrian in den Hörer. »Ich brauche Hilfe. Ich weiß nicht, was ich tun soll.«

Alle meine Sinne gingen in Habachtstellung. Mein Körper war gespannt wie eine Feder.

»Kannst du herkommen?« Seine Stimme erreichte mich wellenartig, als könne er den Hörer nicht stillhalten.

»Wo bist du?«, fragte ich.

»In Leos Haus.«

Jonna zupfte mich am Ärmel.

»Was ist los?«, fragte sie ungeduldig.

»Warte mal kurz. Ich muss …«

»Sei ruhig!«, schrie Adrian. »Sie kann nicht mitkommen. Nur du!«

»Ist Fredrik denn nicht da? Und Betty? Ist Betty bei dir?«

Jonna starrte mich misstrauisch von der Seite an.

»Fredrik, nein, der ist nicht hier.«

»Aber er ist doch hingeradelt …«

»Kommst du oder nicht?«

Ich sah Jonna an. Der zornige Ausdruck in ihren Augen war auf einmal verschwunden. Als hätte sie aufgegeben.

»Selbstverständlich. Ich komme«, sagte ich und legte auf.

Wir gingen zurück in Jonnas Zimmer, und ich packte meine Sachen zusammen. Keiner von uns sagte etwas. Als ich im Flur meine Schuhe zuband, stellte sie sich mir demonstrativ in den Weg und stemmte die Hände in die Hüften.

»Er ist mein Freund«, sagte ich.

»Ist er das wirklich?« Sie streckte sich noch ein bisschen mehr, und ihr Blick wurde schmal. »Und ich? Was bin ich?«

»Vielleicht ist etwas Schlimmes passiert«, sagte ich. »Angenommen, es ist was mit Betty? Stell dir nur mal vor …«

Jonna betrachtete mich mit Abscheu.

»Ja, angenommen, es ist was mit Betty«, äffte sie mich nach.

»Ich gehe jetzt«, sagte ich.

Sie nickte.

Ich lief zum Bahnhof. Die Panik in Adrians Stimme verfolgte mich wie eine unheilbare Erinnerung, ein Insektenstich im Gehirn. Jemand hatte die Straßenbeleuchtung demoliert, und ich folgte der Dunkelheit, spürte, wie ich fiel, und lief auf einem schmalen Lichtstreifen hinauf zum Bahnsteig.

Oktober 2008

Als ich erwachte, tobte in meinem Kopf die Hölle. Die Nacht war lang und so schmerzhaft wie eine Rasierklinge gewesen. Auf dem Boden neben mir lag das Notizbuch mit dem handgeschriebenen Entwurf des fünfundzwanzigsten Kapitels. Zwei Stunden hatte ich geschlafen und las mir nun den Text noch einmal durch. Die vielen Anspielungen kamen mir maniert und prätentiös vor. Mit Entsetzen dachte ich an *Ein Eichhörnchen saß in einer Tanne und grübelte über den Sinn des Lebens nach* und fühlte mich wie ein Totalversager.

Die Zelle war eine Klasse besser als die Ausnüchterungszelle der Polizeiwache in Stockholm-Södermalm und eine Klasse schlechter als ein siffiges Hostelbett in einer x-beliebigen südostasiatischen Großstadt. Die Matratze war hart, und die Laken rochen nach Desinfektionsmittel. Auch wenn jetzt Morgen sein musste, hatte ich keine Ahnung, wie viel Uhr es war.

Ich dachte an Caisa.

Ich sah sie vor mir, schöner denn je, wie in einem verzauberten Traum. Ich würde sie anrufen, wenn alles vorbei war. Ich würde Caisa anrufen, nach Stockholm zurückkehren und vor ihr auf meine blutigen Knie fallen. Ich würde diesen verdammten Roman und das ganze Bücherschreiben aufgeben. Und stattdessen wieder leben. Ich würde mich wieder durchboxen, im Hier und Jetzt, würde alles begraben, was gewesen war und was nicht gewesen war und was womöglich irgendwann geschah. Ich würde nur auf den Moment schauen. Jederzeit konnte ein Überraschungsangriff kommen.

Dann und wann schepperte die Luke in der Tür, und ein Gefängniswärter starrte schweigend zu mir herein. Die ganze Situation war so absurd, dass die Unruhe, die ich hätte empfinden müssen, von einem existenziellen Schwindel überlagert wurde, einem fiebrigen Dämmerzustand eines Raskolnikows – mit dem nicht unwesentlichen Unterschied, dass ich zu hundert Prozent unschuldig war.

Schließlich wurde die Tür aufgeschlossen, und der Wärter, ein pickliger Zwanzigjähriger mit Kleiderbügelschultern, servierte mir ein Plastiktablett mit trockenen Brötchen und hartkantigem Käse.

»Wie lange muss ich hier sitzen?«, fragte ich.

»Keine Ahnung. Bei so was mische ich mich nicht ein.«

Ich verschlang das Frühstück, er holte das Tablett ab, und ich begann, über einen Anwalt nachzudenken. Man konnte sich den Strafverteidiger selbst aussuchen, oder? Einer von diesen Promianwälten mit automatischer Eintrittskarte in die Medien könnte für mein Buch Wunder bewirken. Leif Silbersky zum Beispiel, lebte der eigentlich noch?

Das nächste Mal schloss der Wärter die Tür auf, um mich zu holen. Auf der Uhr im Korridor war es zwanzig vor drei, und er führte mich mit festem Griff durch das leere Gebäude.

Ich muss zugeben, dass ich erleichtert war, Kommissar Sjövall wiederzusehen. Er saß schon im Vernehmungsraum und blätterte in seinen Unterlagen, nickte und zeigte auf den Stuhl gegenüber.

»Ich habe Ihr Manuskript gelesen.«

Er hielt einen Stapel hoch, und ich erkannte meinen Prolog auf der ersten Seite.

»Das ist nur ein Entwurf«, erklärte ich. »Das wird noch besser.«

Er lächelte.

»Meine Frau liest ja nur Liza Marklund«, sagte er. »Im Sommer hat sie mich gezwungen, das aktuelle Buch von ihr zu lesen. Und ich muss sagen, Ihr Text ist etwas völlig anderes. Sie können ja wirklich schreiben.«

Er sah mich an und wirkte beinahe verlegen.

»Danke«, sagte ich.

»Aber es gibt etliche Dinge, die mir Sorgen machen«, fuhr er fort und fingerte an dem Stapel herum. »Zum Beispiel das hier.«

Er schob mir eine Seite hin, und ich überflog sie rasch. Obwohl es gerade mal eine Woche her war, dass ich den Text geschrieben hatte, erstaunten mich manche Formulierungen. Mir kam es beinahe so vor, als hätte jemand anders ihn verfasst. Außerdem war er in der Tat richtig gut.

»Ich habe doch schon davon erzählt. Leo ist wahnsinnig geworden, weil ich eines seiner Gedichte paraphrasiert habe.«

»Und er hat Sie wirklich blutig geschlagen?«

»So schlimm war es nicht, nur ein bisschen Nasenbluten.«

»Und das hier?« Sjövall reichte mir eine weitere Seite. »Das haben Sie vergessen zu erwähnen.«

Es war ein Auszug aus dem siebzehnten Kapitel, als Leo mitten in der Nacht an unsere Tür klopfte und verlangte, mit Betty zu sprechen. Ich las mir aufmerksam durch, was ich geschrieben hatte.

»Wenn man das liest«, sagte der Kommissar, »bekommt man den Eindruck, als wäre der Konflikt zwischen Ihnen und Leo Stark viel ernster gewesen, als Sie uns bisher vermittelt haben.«

Er nahm mir das Blatt aus der Hand und las vor:

»Mit einer raschen Bewegung rammte ich ihm die Faust in den Bauch. Er krümmte sich, als hätte ich ihm ein Loch in den Körper geschlagen, und beugte sich schnaufend vor. Das ist doch nur ein Roman.«

Ich ließ meinen Blick durchs Zimmer schweifen. Eine leere Wand, eine geschlossene Tür, nirgends Farben.

»Kommt die Staatsanwältin gar nicht?«, fragte ich.

»Nein, heute nicht. Es ist eigentlich nicht üblich, dass Staatsanwälte bei den Vernehmungen anwesend sind.«

Sjövall hatte die Stimme gesenkt. Er wirkte fast ein wenig gekränkt.

»Sie schreiben hier, dass Leo Stark mitten in der Nacht zu Ihnen kommt und Sie sich prügeln. Er sagt, dass Betty ihm gehört und dass Sie ihn nicht aufhalten können. Was hat er damit gemeint?«

»Das ist ein Roman, verdammt noch mal!«

Sjövall zuckte zusammen. Er presste die Lippen aufeinander und kniff die Augen zusammen.

»Wie meinen Sie das?«

»Was in einem Roman steht, muss nicht der Wahrheit entsprechen.«

»Das heißt, es ist alles nur erfunden?«

»Erfunden ist ein seltsames Wort. Man spricht von Fiktionalisierung.«

Er fixierte mich.

»Das heißt, Leo Stark ist in jener Nacht nicht zu Ihnen nach Hause gekommen?«

»Doch, er ist gekommen.«

»Und Sie haben sich gestritten?«

»Was heißt schon gestritten. Ich kann mich nicht so genau erinnern, es ist immerhin zwölf Jahre her.«

Sjövall seufzte und musterte mich. Offenbar wusste er nicht, was er von mir halten sollte.

»Und die Sache mit der Silvesterparty? Als Sie sich auf den Tisch stellen und das Gedicht vortragen, das Leo Stark so fuchsteufelswild gemacht hat. Stimmt das etwa auch nicht?«

Ich murmelte etwas.

»Wie bitte?«

»Ich war an diesem Abend ziemlich besoffen.«

»Das heißt, das ist auch eine … Fiktionalisierung?«

»Ehrlich gesagt, weiß ich es nicht mehr so genau. Aber es ist schon echt cool, sich auf einen Tisch zu stellen und ein Gedicht zu rezitieren, oder?«

Der Kommissar verschränkte die Arme vor der Brust.

»Ich verstehe das nicht«, sagte er und klang beinahe beleidigt. »Ich dachte, dieses Buch soll Adrian Mollberg reinwaschen, aber es scheint ja vor allem aus wilden Fantasien zu bestehen.«

»Eine gute Erzählung ist wichtiger als alles andere, Herr Kommissar. In diesen postmodernen Zeiten ist die Wahrheit ein äußerst relativer Begriff.«

»Aber nicht in einer Mordermittlung.«

»Da haben Sie natürlich recht.«

Über zwanzig Minuten saß ich allein in dem kahlen Vernehmungsraum und lauschte der Stille. Mehr und mehr war ich davon überzeugt, dass ich das Romanprojekt in einem Kachelofen verbrennen sollte – wäre es nicht digital verfasst.

Endlich kam Sjövall mit großen Schritten hereingestapft.

»Die Staatsanwältin hat beschlossen, Sie freizulassen.«

»Was?«

»Sie dürfen gehen, aber der Verdacht gegen Sie bleibt bestehen.«

Das kam mir beinahe zu einfach vor. Zu gut, um wahr zu sein.

»Übrigens habe ich ein Protokoll für Sie.«

Sjövall reichte mir ein Blatt Papier.

»Wie ...?«

Es war ein Sicherstellungsprotokoll. Die Polizei hatte bei meiner Mutter in Veberöd eine Hausdurchsuchung durchgeführt und ihr Auto konfisziert.

Fredrik Niemis neue Wohnung lag fünf Minuten vom Polizeirevier entfernt. Als Fredrik die Tür öffnete, fiel mir auf, wie blass sein Gesicht war. Sein Oberkörper war nackt, und er war barfuß und trug nur eine zerschlissene Jeans. Er sah aus, als hätte er Magendarmgrippe gehabt.

»Schön, dich zu sehen, Zack.«

»Wie geht es dir?«

»Nicht so gut, ehrlich gesagt. Heute Vormittag war die Polizei da und hat mein Auto abgeholt. Ich stehe unter dringendem Verdacht, ein Verbrechen begangen zu haben.«

»Du auch?«

Ich erzählte von den vergangenen vierundzwanzig Höllenstunden in der Untersuchungshaft und vom kahlen Vernehmungsraum. Fredrik fiel es schwer, meinem Bericht zu folgen.

»Sie haben auch das Auto meiner Mutter eingesackt«, sagte ich. »Aber wonach suchen sie eigentlich?«

Er wand sich, schüttelte den Kopf.

»Es gibt da einige Dinge, die du mir erklären musst«, fuhr ich fort. »Ein paar Dinge, die ich nicht ganz zusammenbekomme.«

Fredrik starrte mich mit schreckgeweiteten Augen an.

Der unschuldige Mörder

von Zackarias Levin

26. Kapitel

Nacht vom 4. zum 5. Januar 1997

Fredrik Niemi erkannte sich selbst nicht mehr. Wie sehr kann sich ein Mensch in einem halben Jahr verändern?

Das Zittern seiner Hände nahm er als gutes Omen, als Bestätigung, dass seine Werte und moralischen Prinzipien noch nicht ganz verloren gegangen waren, auch wenn sie auf dem besten Weg waren, sich aufzulösen. Die Hände zitterten, während er den Autoschlüssel aus der Kommode im Flur fischte, und sie zitterten immer noch, als er auf Zehenspitzen am Schlafzimmer der alten Dame vorbeischlich, obwohl er wusste, dass sie ihr Hörgerät nachts herausnahm.

Er fuhr mit ihrem roten Golf rückwärts auf die Straße, hantierte mit dem Sicherheitsgurt und spürte sein Herz in der Brust rasen. Dass er keinen Führerschein hatte, war in diesem Moment eines seiner geringsten Probleme.

Adrians Stimme am Telefon war wie eine ausgestreckte Hand gewesen. Nicht ohne Bedingungen natürlich, aber das hatte er auch nicht erwartet.

»Kannst du kommen? Schnell? Ich weiß nicht, was ich tun soll!«

Fredrik zweifelte keinen Moment an der Bedeutung des Anrufs. Er hatte darauf gewartet, einbezogen und anerkannt, gebraucht zu werden. Wie ein richtiger Freund.

Lange hatte er geglaubt, dass dieses nächtliche Gespräch eine Art Stellungnahme gewesen war, ein ganz besonderer Freundschaftsbeweis. Bis er begriff, dass er nicht Adrians erste Wahl gewesen war.

»Komm allein«, sagte Adrian am Telefon. »Und sag niemandem was davon!«

»Aber ich kann doch auch mit dem Taxi hinfahren?«

»Nein! Wir brauchen ein Auto. Du musst das Auto organisieren!«

Und dann kam die Frage nach dem Werkzeug. Ein Spaten? Das war der Moment, als ihm das Herz in die Hose rutschte und die Hände anfingen zu zittern.

»Frag nicht«, sagte Adrian. »Komm einfach her. Und beeil dich!«

Fredrik stellte den Golf in der nächtlich einsamen Straße in der Professorsstaden ab und sah sich um, bevor er durch das Gartentor über den Rasen lief, um den knirschenden Kiesweg zu meiden.

Nur wenige Stunden zuvor war er mit dem Fahrrad des Erasmus-Studenten hierhergefahren, die Finger schwarz vom Öl, weil die Kette erwartungsgemäß abgesprungen war. Diesmal fand er das Haus dunkel und verlassen vor. Die ganze Zeit hatte er ein unheilschwangeres Gefühl im Bauch gehabt, ein Gespür, dass irgendetwas nicht stimmte. Er hätte nicht so schnell aufgeben sollen.

Jetzt nahm Adrian ihn an der Tür in Empfang und riss ihn in die Dunkelheit hinein. Fredrik brachte kein Wort heraus.

»Es war ein Unfall«, wiederholte Adrian immer wieder. Er

hatte einen wilden Blick und stürmte vor Fredrik die Treppe hinauf. Im Wohnzimmer erklang gedämpfte Instrumentalmusik wie Wellenplätschern im Hintergrund, und da die Vorhänge zugezogen waren, konnte Fredrik nur die Umrisse einer Gestalt im Sessel erkennen. In einer seltsamen, beinahe verkrampften Position mit angewinkelten Beinen, die Finger den dünnen Arm umklammernd, das Haar wie ein Schleier vor dem Gesicht.

»Li?«, sagte Fredrik.

Seine Frage hatte keinen Adressaten, und Adrian antwortete rasch:

»Wir halten sie aus der Sache heraus.«

Li Karpe schluchzte und blickte nicht auf.

Um ins Schlafzimmer zu gelangen, mussten sie am Sessel vorbeigehen, in dem sie saß. Adrian näherte sich zögernd der geschlossenen Schlafzimmertür, vor der er erst einmal tief durchatmete.

»Wir müssen einen klaren Kopf behalten«, sagte er ohne weitere Erklärungen.

Langsam drückte er die Klinke hinunter. Der diskrete Mondschein verwandelte sich in einen Lichtpfad. Wo das Licht endete, mitten auf dem zerwühlten Doppelbett, lag Leo Stark, ausgestreckt auf dem Rücken. Aus dem schwarzen Pyjama mit den Kirschen auf der Brust ragten seine nackten Füße hervor. Er schien zu schlafen, doch Fredrik begriff sofort, dass dies nicht der Fall war.

»Es war ein Unfall«, sagte Adrian wie in Trance.

Fredrik blieb stehen. Ein fauliger Geruch, seine Kehle wurde rau. Er sah auf Leo hinab, musterte ihn und hoffte noch immer, dass er sich bewegen würde.

»Was ist passiert, verdammt?« Seine Stimme versagte. Er räusperte sich.

»Es war ein Unfall«, sagte Adrian mantraartig.

Fredrik sah ihn kurz an. Dann wurde ihm schwindlig, und er verlor die Kontrolle. Er warf sich auf Leo Stark und packte seine Arme, um Leben in den schlaffen Körper zu schütteln.

Oktober 2008

Ich versuchte, klar zu denken.

»Warum hat Adrian nicht einfach einen Rettungswagen gerufen? Wenn es doch ein Unfall war?«

Fredrik machte eine resignierte Handbewegung. Hinter ihm standen volle Umzugskartons, die bis zur Decke gestapelt waren. Ein auffälliger Kontrast zur ansonsten eher klinisch wirkenden Wohnung, in der jegliche Gemälde, Möbel und Dekorationsgegenstände fehlten.

»Ich wünschte mir, ich hätte eine Antwort darauf, Zack. Diese Frage plagt mich seit zwölf Jahren. Das Einzige, was mir dazu einfällt, ist … Na ja, der einzig nachvollziehbare Grund wäre …« Er schloss die Augen und atmete hörbar durch die Nase.

»Dass es gar kein Unfall war?«

Fredrik schlug die Augen auf und starrte mich an. Dann nickte er kurz und presste die Lippen aufeinander.

»Er hat nicht einmal Berufung gegen das Gerichtsurteil eingelegt. Die Beweislage war ziemlich dünn, und das Oberlandesgericht hätte ihn vermutlich freigesprochen. Wenn er unschuldig wäre, hätte er doch wohl Berufung eingelegt?«

Ich begriff allmählich, was das hieß.

»Dann wärst du sein Mittäter. Du hast ihm doch geholfen!«

Fredriks Blick flackerte.

»Ich habe geglaubt, Adrian würde mich endlich ernst nehmen. Ich wollte so gern sein Freund sein. Wie hätte ich ihm die Bitte abschlagen können?« Er schüttelte den Kopf und kratzte sich am Nacken. »Mir ist es richtig schlecht gegangen. Adrian hat mir gesagt, dass ich bei den Vernehmungen lügen sollte, und ich wollte es ihm recht machen. Glaubst du, dass es anders gelaufen wäre, wenn ich die Wahrheit gesagt hätte?«

»Für dich wohl schon«, entgegnete ich. »So bist du davongekommen.«

»Ich weiß nicht, ob man sagen kann, dass ich davongekommen bin.« Er hielt seine Hand hoch. Der Arm zitterte.

»Wie ist es weitergegangen?«, fragte ich. »Denn als ich bei Leos Haus ankam, war alles dunkel und leer.«

Er nickte.

»Adrian wusste, dass du unterwegs warst. Er hatte dich zwar vorher angerufen, aber dann war ihm aufgegangen, dass er ein Auto brauchte. Deshalb hat er mich angerufen.«

»Um die Leiche zu beseitigen?«

Fredrik barg sein Gesicht in den Händen.

»Adrian sagte, ich sollte mir Leo lieber nicht ansehen. Wir haben die Leiche in Müllsäcke gepackt und sie die Treppe hinuntergeschleppt. Es war entsetzlich.«

Es klang so unwirklich. Die ganze Zeit war diese Nacht eine Leerstelle in meinem Bewusstsein gewesen. Unzählige Male hatte ich mir denkbare Szenarien vorgestellt und mir eingebildet, ich würde einen inneren Frieden finden, wenn ich erführe, was wirklich passiert war. Jetzt empfand ich alles andere als inneren Frieden.

»Und Li? War sie auch mit von der Partie?«

Fredrik schüttelte den Kopf.

»Sie hat die ganze Zeit völlig paralysiert im Sessel gesessen. Sie hat geschluchzt und geweint hat, aber kein Wort gesagt.«

Also nicht nur Adrian. Auch Fredrik und Li. Sie waren alle drei dort gewesen.

»Und was ist mit Betty? Wo war sie eigentlich?«

»Betty war schon nach Hause geradelt. Dabei hat das alles mit Betty angefangen. Leo ist über sie hergefallen. Er war unglaublich wütend, weil sein Manuskript abgelehnt worden war. Und aus irgendeinem Grund hat er Betty die Schuld dafür gegeben.«

»Aber was ist mit dem ganzen Gerede, dass es Betty war? Habt ihr versucht, sie dranzukriegen?«

Fredrik senkte den Blick.

»Nein, nein, das war Adrians Idee. Er hat mir die ganze Zeit damit in den Ohren gelegen, seit du aufgetaucht bist und dieses Buch schreiben wolltest. Ich weiß nicht, warum, aber er wollte Betty mit hineinziehen. Er hat gesagt, sie sei es gewesen oder ich.«

»Was für eine Scheiße!«

»Er hat gesagt, dass es ihm nur ums Buch ginge.«

»Das Buch? Das ist keine Fiktion, Fredrik. Scheiß aufs Buch!«

Er schien sich zu schämen und sah mich fragend an.

»Aber eine Sache verstehe ich nicht. Wie kam deine DNA in Leos Armbanduhr? Steckt da auch Adrian dahinter?«

Ich versuchte, mich zu sammeln. Plötzlich befand ich mich mitten in einem schlechten Thriller. Der einzige mildernde Umstand bestand darin, dass diese Geschichte beim breiten Lesepublikum und den Marketingabteilungen der Verlage sehr gut ankommen würde. In diesem Punkt musste man Adrian recht geben. *Der unschuldige Mörder* würde die Bestsellerlisten stürmen. Allerdings sollte ich mir wohl noch einmal Gedanken über den Buchtitel machen.

Fredrik begleitete mich als moralische Unterstützung nach Veberöd. Das war das Mindeste, was er tun konnte.

»Du bist nicht mehr mein Sohn!«, schrie meine Mutter, noch ehe wir uns die Schuhe ausgezogen hatten. »Und du Pechvogel, du bist hier auch nicht mehr willkommen. Jetzt verstehe ich, warum deine Frau dich rausgeschmissen hat!«

»Aber Mama …«

»Hör auf! Verstehst du, in was für eine demütigende Situation du mich gebracht hast? Das ganze Viertel stand auf der Straße und hat zugesehen, wie die Polizisten in mein Haus eingefallen sind. Über eine Stunde haben sie hier drinnen herumgewühlt.«

Ihre Augen funkelten. So wütend hatte ich sie nicht mehr gesehen, seit Bobby Ewing Mitte der Achtzigerjahre umgebracht wurde. Ich bemühte mich, mindestens eine Armlänge Abstand zu ihr zu halten.

»Ich bin mindestens genauso wütend wie du, Mama. Ich bin vollkommen unschuldig, aber sie behaupten, dass sie meine DNA auf Leos Leiche gefunden haben. Es scheint so, als wollte mich jemand drankriegen.«

Ich sah vielsagend zu Fredrik hinüber, der sich sofort zurückzog. Sein Gesichtsausdruck war schuldbewusst und jämmerlich zugleich.

»Aber warum denn das?«, fragte meine Mutter aufrichtig erstaunt.

»Ich bin mir noch nicht sicher. Aber ich werde es herausfinden.«

Sie fing an zu weinen, und ich wagte mich ein bisschen näher heran, streckte sogar die Hand aus und berührte ihren Ellbogen.

»Wie geht es jetzt mit deinem Buch weiter?«, fragte sie unter Tränen. »Und wer wird dich jetzt noch heiraten?«

Fredrik blieb über Nacht. Er wälzte sich im Schlaf herum, als würde die Matratze in meinem Jugendzimmer brennen. Von meinem Platz am Schreibtisch aus vernahm ich sein Keuchen und seine abgrundtiefen Seufzer. Währenddessen schrieb ich immer wieder den ersten Satz des siebenundzwanzigsten Kapitels. Ich löschte ihn und begann von vorn, fluchte in allen Sprachen, die ich konnte, und als die Tageszeitungen in die klappernden Briefkästen gesteckt wurden, war ich davon überzeugt, dass ich kein Schriftsteller war, mein Manuskript der letzte Mist war und dass aus dem *Unschuldigen Mörder* nie etwas werden würde.

Als ich am Vormittag erwachte, glaubte ich genau zu wissen, wie Leo Stark sich wegen seines Manuskripts gefühlt hatte.

»Bist du auch so schlecht eingeschlafen?«

Fredrik saß am Schreibtisch und tippte auf seinem Handy herum.

»Solltest du nicht bei der Arbeit sein?«, konterte ich.

»Hab mich krankgemeldet. Das ist mir gerade zu viel.«

In der Küche hatte meine Mutter eine Thermoskanne mit lauwarmem Kaffee hingestellt, dazu belegte Brote, die sie in Alufolie eingewickelt hatte, und einen Zettel, auf dem stand, dass sie für unbestimmte Zeit zu Tante Margareta aufs Land geflüchtet sei. Offenbar hatte irgendein Idiot von der Boulevardpresse angerufen und ihr Fragen über meine Kindheit gestellt.

»Glaubst du, dass sie darüber schreiben werden?«, fragte Fredrik.

»Na klar. So was wollen die Leute doch lesen.«

Die Brote schmeckten überhaupt nicht wie damals in den Achtzigerjahren, obwohl meine Mutter dick Butter draufgeschmiert hatte.

»Mir ist heute Nacht etwas eingefallen«, sagte Fredrik. »Ich habe da was in deinem Manuskript gelesen, die Lesung in der

Kunsthalle. Du hast geschrieben, dass dir Leo eine gelangt hat, oder?«

»Er hat mich geschlagen.«

»Ist das wahr? Ich meine, wirklich wahr?«

Ich erhob gekränkt meine Stimme. »Jedes Wort ist wahr! Er hat mir auf die Nase gehauen.«

»Und es hat geblutet?«

Fredrik merkte, dass bei mir der Groschen fiel. Sein erwartungsvolles Lächeln zeugte von einer gewissen, durchaus berechtigten Zufriedenheit.

»Meinst du, dass …?«

»Genau«, sagte Fredrik, »dein Blut.«

»Meinst du, etwas könnte in den kleinen Spalt seiner Uhr gelaufen sein? Das klingt ein bisschen weit hergeholt.«

Er wirkte unerschütterlich.

»Ich glaube nicht, dass es weit hergeholt ist.«

»Vielleicht hast du recht. Die Polizei hat gesagt, es sei eine winzige Menge.«

»Und du hast in deinem Manuskript geschrieben, dass das Blut nur so gespritzt hat.«

Gab es wirklich einen Zusammenhang?

»Ich bin überzeugt davon, dass jemand mich drankriegen will.«

Fredrik sagte nichts, aber ich sah ihm an, dass seine Version ihm plausibler vorkam.

»Irgendjemand muss ja auch die Leiche ausgegraben haben«, sagte ich. »Das kannst du nicht abstreiten.«

Fredrik wollte etwas erwidern, aber ich sprach weiter.

»Das kann kein Zufall sein. Am selben Tag, an dem ich bei Adrian bin und von meinem Manuskript erzähle, gräbt jemand im Wald Leos Leiche aus. Da drängt sich mir doch der Verdacht auf, dass dahinter ein Plan steckt!«

Fredrik kaute an seiner Unterlippe. Offenbar wollte er etwas sagen. Es schien etwas Wichtiges zu sein – und ich wartete, aber er brachte nichts über die Lippen.

»Gehen wir raus«, sagte ich schließlich. »Ich muss irgendwas tun.«

Wir gingen zur Tankstelle. Die beiden großen Abendzeitungen hatten den Schriftstellermord als Aufmacher gewählt. Auf der einen Titelseite hieß es, dass die Polizei kurz vor der Lösung des Falls stehe, auf der anderen wurde ich als Medienfuzzi und ehemaliger Mitarbeiter der Konkurrenz geoutet. Fredrik blieb stehen und starrte erschrocken auf die Schlagzeilen.

»Warte mal kurz.« Er zog sein klingelndes Handy aus der Hosentasche, sah aufs Display und signalisierte mir mit einer Geste, dass ich schon mal weitergehen solle.

Als Fredrik das Gespräch mit seiner samtigsten Stimme annahm, betrat ich den Tankstellenshop. Ich steuerte direkt auf den Zeitungsständer zu, ohne nach rechts und links zu schauen, während Malin Åhlén das Regal vor mir umrundete. Nur wenige Zentimeter retteten uns vor einem Totalzusammenstoß.

»Hoppla«, sagte sie und lächelte. »Bist du's?«

Sie zwinkerte, und mir wurde ganz warm in der Brust. Dann fiel mein Blick auf weitere Schlagzeilen: neue Verdächtigungen, Hausdurchsuchung im Wohnviertel. Ich machte auf dem Absatz kehrt und ging zum Kaffeeautomaten. Während der brennend heiße Kaffee in einen Pappbecher lief, versuchte ich, unauffällig in Malin Åhléns Richtung zu schauen. Drüben bei den Süßigkeiten standen einige Teenies und kicherten. Ich merkte, wie sie mich beobachteten, sie schienen mich wiederzuerkennen. Ein Typ, der anscheinend den Hipsterbart in Veberöd eingeführt hatte, ging an mir vorbei und glotzte mich an. Überall diese entsetzlichen Blicke.

»Heute mal was anderes?«, fragte Malin Åhlén, als ich den Kaffee auf den Tresen stellte. »Vielleicht eine Zimtschnecke zum Kaffee?«

Sie sah mich an und lächelte wieder. Doch diesmal entdeckte ich etwas Neues in ihrem Lächeln, einen kleinen, aber wichtigen Unterschied. Es lag etwas Unsympathisches darin, etwas Arrogantes, vielleicht so etwas wie Vergeltung.

»Einen schönen Tag noch!«, sagte sie übertrieben jovial.

Ich eilte zum Ausgang und hörte die Teeniemädels hinter mir tuscheln. Sie wussten natürlich alles. Alle wussten es! Veberöd hat schließlich nicht sehr viel mehr Einwohner, als sich an einem Samstagvormittag in einem Einkaufszentrum versammeln.

Ich sah mich hastig um. Ein Stück entfernt lehnte Fredrik an der Wand. Als ich zu ihm lief, schwappte der Kaffee aus dem Pappbecher und verbrannte mir die Hand. Ich fluchte laut, und Fredrik blickte auf. Erst da merkte ich, dass er weinte.

Er stand da und weinte.

»Was ist denn passiert?«

Er schluchzte und schnäuzte sich, wischte sich über die Augen.

»Hast du dir keine Zeitung gekauft?«

»Die gibt es auch im Internet.«

Er nickte nachdenklich.

»Sag schon, was ist los, Fredrik? Was ist los?«

Ich versuchte, mich zu beruhigen. Fredrik schluchzte noch immer, sah mich verzweifelt an und kratzte sich im Gesicht.

»Es war Cattis. Sie ist völlig aufgelöst. Das, was wir mal zusammen hatten, wird sich nicht mehr kitten lassen. Jetzt ist es endgültig gelaufen.«

Ich wusste nicht, was ich sagen sollte. Es wunderte mich, dass er noch immer Hoffnungen gehegt hatte – schließlich war er doch von zu Hause ausgezogen. In meinen Augen war die Trennung schon seit geraumer Zeit endgültig gewesen. Doch dann dachte ich an Caisa und verstand ihn nur zu gut.

»Die Polizei ist draußen in Bjärred gewesen«, fuhr Fredrik fort. »Sie haben das ganze Haus durchsucht, den Schuppen und die Garage. Sie haben einiges an Werkzeug mitgenommen, darunter auch den Spaten.«

Er senkte den Kopf, und weitere Tränen liefen ihm übers Gesicht. Ich wusste nicht, wie ich mich verhalten sollte, und streckte tröstend die Hand aus, doch ich hatte keine Ahnung, wo ich sie hinlegen sollte.

»Ich habe Angst«, sagte er leise.

»Das wird sich alles aufklären, Fredde. Sie haben nichts gegen dich in der Hand.«

Er verstummte schlagartig. Die Tränen hörten auf zu fließen, und er hob den Blick.

»Ich war es. Ich habe die Leiche ausgegraben.«

»Was sagst du da?«

Sein Gesicht war ganz blass.

»Ich habe totale Panik bekommen. Mir kam es so vor, als würde mein ganzes Leben zusammenstürzen. Meine Ehe geht gerade den Bach runter, und dann tauchst du plötzlich auf und willst ein Buch über Leo Stark schreiben. Was, wenn Adrian beschlossen hat, die Wahrheit zu sagen? Was, wenn er den Fundort der Leiche verrät? Ich habe vor mir gesehen, wie mein ganzes Leben zur Hölle ging. Also bin ich total panisch mitten in der Nacht in den Wald gefahren und habe losgebuddelt.«

Ich verstand gar nichts mehr.

»Was hast du dir dabei gedacht?«

»Ich habe mir nichts gedacht! Oder na ja, ich wollte die Leiche eben woanders hinbringen, damit niemand außer mir wüsste, wo sie lag. Ich hatte Angst vor Adrian und vor dem, was er dir erzählen würde.«

»Und was ist dann passiert?«

»Ich habe es nicht fertiggebracht. Ich stand mitten im Wald und habe gegraben. Es war stockfinster, und ich wurde immer nervöser. Am Ende war ich völlig hysterisch und bin einfach davongelaufen.«

»Verdammt, Fredrik«, brachte ich nur hervor.

»Jetzt hat die Polizei den Spaten gefunden.«

Er sah mich flehend an, als suchte er Trost bei mir, doch mein Griff um seinen Arm wurde immer fester, und ich hatte nicht vor, ihn in absehbarer Zeit zu lockern.

Der unschuldige Mörder

von Zackarias Levin

27. Kapitel

24. Januar 1997

Fredrik war nach Hause gefahren, und Betty stand unter Mordverdacht und saß in Untersuchungshaft. Der Himmel war so hoch, dass er mir endlos erschien, und als ich auf der Bank im Innenhof der Grönegatan den Kopf in den Nacken legte und all das endlose Blau sah, wurde ich von einem solchen Schwindel ergriffen, dass ich beinahe hintübergekippt wäre.

Adrian und Li Karpe fragten, wie es mir ginge, und betrachteten mich neugierig.

»Man muss sich erlauben, traurig zu sein«, sagte Adrian altklug.

Li Karpe hielt ihn an der Hand.

»Ich vermisse sie«, sagte ich. »Stell dir vor ...«

»Jonna ist ein nettes Mädchen«, sagte Adrian. »Aber es gibt viele andere, Zackarias. Du bist jung und voller Leben.«

Er begriff nicht, dass ich von Betty gesprochen hatte.

»Warum hat sie Schluss gemacht?«, fragte er.

»Ach, das war vielleicht ganz gut so.«

Adrian und Li Karpe nickten.

Es waren nur wenige Stunden vergangen, seit Jonna die Bombe hatte platzen lassen. Sie und ich waren nach dem Kurs noch in der Stadt geblieben. Wir saßen vor einem Cappuccino, mit einer Fleecedecke auf den Knien und brennenden Kerzen auf dem Tisch, als sie sagte: »Es funktioniert einfach nicht mehr.«

Davor hatten wir ein, zwei Stunden lang die ganze Geschichte von Leos rätselhaftem Verschwinden bis ins kleinste Detail diskutiert und waren zum Ergebnis gekommen, dass Betty unschuldig war, dass Leo höchstwahrscheinlich freiwillig verschwunden war und bald aus heiterem Himmel wiederauftauchen würde.

»Was funktioniert denn nicht?«, fragte ich.

»Keine Ahnung«, sagte Jonna, aber sie schien es ganz genau zu wissen und wollte nur Zeit gewinnen.

»Habe ich irgendwas getan?«, wollte ich wissen.

»Nein, nicht direkt. Aber ich habe wohl gedacht, du wärst … anders.«

»Anders? Wie denn?«

»Du bist nicht so, wie ich gedacht habe. Ich weiß nicht, wie ich …«

Immer wieder verlor sie den Faden, und ich beharrte starrköpfig auf einer Antwort und verlangte Erklärungen.

»Mir hat das, was du geschrieben hast, so gut gefallen.«

»Das, was ich geschrieben habe?«

»Ja, deine Texte. Sie sind fantastisch!«

»Aber meine Persönlichkeit ist diesem Standard nicht gerecht geworden?«

Sie senkte den Blick.

Ich war hin- und hergerissen. Natürlich war es bedauerlich, dass ich sie enttäuscht hatte, aber zugleich fand ich es schwindelerregend, dass ich mich in ihr Herz geschrieben hatte. Dass sie jetzt Schluss machte, traf mich nicht besonders hart. Meine Gefühle waren gelinde gesagt abgeflaut.

»Du solltest deine Texte bei Verlagen einreichen«, sagte sie dann.

In diesem Moment hätte ich mich am liebsten auf sie gestürzt und sie geküsst, doch ich zügelte mich. Jonna legte ihren Kopf schief und sagte bedauernd:

»Es tut mir leid, Zack, aber so ist es nun mal. Verliebtheiten gehen zu Ende, und man muss weitermachen.«

Ich konnte das spontane Lächeln, das sich auf meinem Gesicht ausbreitete, nicht zurückhalten.

»Das heißt, du warst in mich verliebt?«

Sie starrte mich verwirrt an.

»Natürlich. Du etwa nicht?«

»Vielleicht«, sagte ich und zuckte mit den Achseln. In erster Linie aus Gemeinheit, um sie zu verletzen.

Wir gingen zum Bahnhof, obwohl sie mich ausdrücklich gebeten hatte, sie nicht zu begleiten. Ich wollte ihr so gern beweisen, dass sie mich brauchte, dass ich irgendeine Funktion erfüllte. Ich sagte Dinge, die klug und ungewöhnlich klangen, und Jonna hörte wenigstens mit einem Ohr zu.

»Danke jedenfalls«, sagte ich, als der Zug am Bahnsteig einfuhr.

»Danke?«

»Danke für die Zeit mit dir.«

Ich streckte meine Hand aus, aber sie zog mich hastig an sich. Ich blieb stehen, innerlich völlig leer, und beobachtete, wie sie in den Zug stieg. Die Art, wie sie mich ansah, als sie über die Schulter blickte, war völlig neu. Alles hatte sich verändert. Es gab uns nur noch im Präteritum. Und wer will sich schon verlieben oder sich einen Boxkampf anschauen, wenn das Ergebnis schon feststeht?

Keiner von uns konnte schlafen. Wir hörten *Rain Dogs* auf Adrians Plattenspieler, und der Wind raschelte im Schein der Straßenlaternen. Als Adrian die LP umdrehte und Tom Waits eine Ruhepause einlegte, drang durch die Fensterritzen etwas herein, was an ein flüsterndes Gebet erinnerte. Dann kam der Regen, erst wie ein stiller Applaus, dann wie Hammerschläge auf dem Dach der Katedralskolan. Obwohl es erst Anfang Januar war, kam es mir vor wie ein Abschluss, so schicksalhaft und schwer, als sähen wir den Winter davonregnen.

Wir saßen auf dem Fensterbrett und bliesen Rauchkringel an die Decke. Li Karpes Hand ruhte auf Adrians Oberschenkel, aber das ignorierten wir.

»Glaubt ihr, dass Leo zurückkommt?«

Li und Adrian wechselten hastige Blicke.

»Bestimmt«, sagte Li. »Er hat sicher nur irgendeine Einge-bung bekommen und ist nach Italien oder Frankreich abge-hauen.«

Offenbar hatte Leos Verleger ihn als vermisst gemeldet. Schon vor Dreikönig, als Leo sein Manuskript mit dem Kom-mentar zurückbekommen hatte, dass man es in der Form nicht publizieren könne, hatte der Verleger für einige Wochen spä-ter ein Treffen mit Leo in Lund vereinbart. Als Leo nicht auf-tauchte, hatte der Verleger sich Sorgen gemacht und war zu ihm nach Hause gefahren.

»Das heißt, die Polizei hat sein Haus aufgebrochen?«

»Scheint so«, sagte Adrian.

»Bei meiner Vernehmung haben sie erzählt, dass sie ein Manuskript gefunden hätten, vermutlich Leos neues. Sie woll-ten wissen, ob ich es gelesen hätte. Offenbar gibt es irgendwas darin, das Verdacht erregt hat.«

»Irgendwas mit Betty«, sagte Adrian nachdenklich.

Im nächsten Moment kletterte Li vom Fensterbrett. Kaum

hatte sie ihren Kopf aufs Kissen gebettet, wurde ihr Atem tiefer, und sie schlief ein. Wir blieben sitzen und betrachteten sie, als wäre sie ein Gemälde. Adrian sah mich verstohlen an, während der Regen stärker wurde und die Musik in dem Tosen unterging.

Er legte sich dicht neben Li, ohne sie zu berühren. Ich fühlte mich wie ein Voyeur und blickte auf die Straße. Der Regen prasselte unerbittlich auf den Asphalt, Sturzwellen peitschten gegen den Rand des Gehsteigs, und die Straße wurde sauber gespült, bis sie wie neu aussah. Als ich Adrian wieder anschaute, war er ebenfalls eingeschlafen. Die LP war zu Ende, aber der Plattenteller drehte sich immer weiter, während die Nadel am Label entlangkratzte.

An der Tankstelle nahmen wir uns ein Taxi. Schweigend blickten wir hinaus, während der Wagen stadtauswärts zum Dorf Flädie fuhr. Als wir vor den geschlossenen Schranken am Bahnübergang hielten, sah ich Fredrik an.

»Hat Adrian dich bedroht?«, fragte ich. »Du glaubst doch wohl nicht, dass er ...«

»Nein, ich habe keine Angst vor Adrian.« Fredrik schüttelte den Kopf.

Ich hatte noch immer Schwierigkeiten, mir das alles vorzustellen. Fredrik Niemi, der mitten in der Nacht mit seinem SUV in den Wald fährt, um die Leiche auszugraben, die er zwölf Jahre zuvor versteckt hat. Offenbar hatte Adrian ihn noch am selben Abend angerufen, an dem ich in seinem heruntergekommenen Haus in Flädie gewesen war und ihm meine ersten Kapitel zum Lesen gegeben hatte. Er hatte Fredrik von meinem Manuskript erzählt und ihm erklärt, wie gut es sei und dass er jetzt ein für alle Mal vom Mordverdacht befreit werden würde.

»Er redete so, als wüsste ich von nichts, als wäre er wirklich unschuldig«, sagte Fredrik. »Es war mir richtig unangenehm, und ich habe mich nicht getraut, etwas zu sagen.«

»Warum nicht?«

»Wer weiß, womöglich hat er sich wirklich nicht erinnert und alles verdrängt? Vielleicht hat er allen Ernstes gedacht, dass er unschuldig ist.«

»Das klingt aber ziemlich unwahrscheinlich.«

»Was in diesem Schlamassel klingt denn nicht unwahrscheinlich?«, gab Fredrik zu bedenken.

Wir lachten. Ein nervöses, flüchtiges Lachen – aber immerhin lachten wir.

»Es kann auch einen anderen Grund geben«, sagte ich und biss mir vorsichtig auf die Oberlippe.

Fredrik starrte mich an. »Was meinst du?«

»Dass Adrian tatsächlich unschuldig ist.«

Wir stiegen ein Stück vom Haus entfernt aus dem Taxi. Dann standen wir da und sahen den Rücklichtern hinterher, die immer kleiner wurden, um sich schließlich zwischen den Feldern aufzulösen, wo die Straße sich durch eine Senke schlängelte. Auf den Koppeln standen zwei neugierige Pferde und schnaubten, in der Ferne war das Summen der E6 zu vernehmen, und die unendliche Stille wurde nur von einer Gänseschar durchbrochen, deren Flügelschläge die Luft zum Vibrieren brachten.

»Aber wenn es nicht Adrian war …?«

Fredrik schüttelte den Kopf. Er sah so klein aus in der offenen Landschaft – wie ein winziger Punkt im Universum –, der Himmel erstreckte sich unendlich weit, und der Horizont lag in großer Ferne.

Seine Frage blieb in der Luft hängen, als wir am Straßengraben entlang zum Haus gingen. Adrian stand schon am Fenster und sah uns entgegen. Vielleicht weil er zu Recht wachsam bis paranoid war oder aber weil Fußgänger hier draußen eine Seltenheit darstellten.

»Hast du das Manuskript dabei?«, war die Frage, mit der er mich empfing.

Er wirkte aufgedreht, hatte seinen Mund zu einem vergnügten Lächeln verzogen und ein erwartungsvolles Glitzern in den Augen.

Wortlos ging ich an ihm vorbei und durchquerte den Flur mit großen Schritten, weil ich nicht auf etwas Scharfkantiges treten wollte, was sich womöglich unter dem ganzen Zeug auf dem Fußboden verbarg. Fredrik hielt sich dicht hinter mir, während Adrian an der Tür stehen blieb und uns anstarrte.

»Was ist los, verdammt noch mal?«, fragte er. »Ist was passiert?«

»Wir stehen unter Mordverdacht«, erklärte Fredrik.

Es klang zweifellos absurd, und Adrians Reaktion war im Grunde nur logisch, auch wenn wir sie momentan überhaupt nicht zu schätzen wussten. Er lachte laut.

»Meint ihr das ernst?«

Dann ging er zu seinem Sessel, setzte sich auf die Armlehne, und schüttelte heftig den Kopf. Sein Mund bekam einen strengen Zug, und eine Falte trat auf seine Stirn.

»Das ist nicht wahr«, murmelte er.

»Es ist wahr«, sagte Fredrik.

Ich war mir nicht mehr sicher, was dieser Begriff eigentlich bedeutete.

Ich berichtete, dass die Polizei meine DNA auf Leos Leiche nachgewiesen hatte. Ich erzählte alles von Anfang bis Ende – die Vernehmungen, die Hausdurchsuchung und meine Nacht in der Untersuchungshaft –, während ich versuchte, Adrians Reaktion zu deuten.

»Das ist ja vollkommen irrsinnig«, fasste er die Lage zusammen.

Auch wenn nichts darauf hindeutete, dass er eigentlich anderer Auffassung war, war mir mittlerweile klar, dass Adrian über viele antisoziale Charakterzüge verfügte und seine äußeren Reaktionen nicht unbedingt authentisch sein mussten.

»Eine Weile habe ich geglaubt, du hättest mein Blut auf Leos Leiche platziert«, sagte ich. »Jetzt weiß ich, dass ihr beide damals den Toten vergraben habt und Fredrik nun versucht hat, die sterblichen Überreste woanders hinzuschaffen.«

Adrian erhob sich. Er strahlte nichts Bedrohliches aus, sondern schien in die Defensive zu gehen. Er sah Fredrik an und wollte ihn mit einem Blick für sich gewinnen, doch Fredrik machte einen Schritt auf mich zu, um zu demonstrieren, wo er stand. Ich betrachtete ihn, und ein Gefühl der Stärke erfüllte mich.

»Warum hast du versucht, meinen Verdacht auf Betty zu lenken?«, fragte ich.

Adrian trat einen Schritt rückwärts.

»Das war doch einzig und allein wegen des Buchs«, sagte er. Für ihn war damit anscheinend alles geklärt.

»Wie? Was meinst du?«

»Ich habe nur an das Buch gedacht. Für die Dramaturgie braucht man doch einen weiteren Verdächtigen – oder warum nicht gleich mehrere?«

Er senkte die Stimme und sprach die letzten Wörter sehr langsam.

»Es ist nur ein Buch«, sagte Fredrik.

Adrian und ich blickten ihn erstaunt an.

»Ich wollte das Ganze in Gang setzen, Zackarias. Ich habe es als Marketingmaßnahme gesehen. Ich wollte neues Interesse für den Fall wecken.« Adrian fuchtelte mit den Händen herum. »Es ging nur um das Buch. Ich habe schon mit ein paar interessierten Verlagen gesprochen.«

»Was hast du gemacht?«

Adrian blickte zu Boden und sah aus wie ein ungehorsames Kind.

»Die Sache hat eine Eigendynamik entwickelt. Ich bin regelrecht überrollt worden«, sagte er. »Ihr habt ja keine Ahnung, was es heißt, über zehn Jahre lang überhaupt nichts zu tun. Menschen sind für Taten geschaffen. Ich habe gespürt, wie ich von Tag zu Tag immer mehr verdorrt und erloschen bin, und dann bist du hierhergekommen und hast von deinem Buch erzählt …«

Fredrik und ich wechselten Blicke. Wie viel davon konnte man eigentlich für bare Münze nehmen?

»Es wird kein Buch geben«, erklärte ich. »Ich pfeife darauf.«

»Nein!«, rief Adrian. »Das darfst du nicht!«

»Ich bin kein Schriftsteller. Dieses ganze Dilemma mit dem Manuskript hat nur zu Problemen geführt. Allmählich verstehe ich, wie sich Leo Stark gefühlt haben muss.«

»Aber es ist richtig gut«, sagte Adrian. »Ein verdammt guter Roman.«

»Das ist nicht einmal ein Roman. Es ist eine Textmasse, ein einziges verworrenes Durcheinander von Wahrheit und Spekulationen. Wie soll ich jemals alle Fäden entwirren?«

»Wir helfen dir! Wir haben doch alle eine Ausbildung in Literarischem Schreiben durchlaufen. Wir können wieder Feedbackgruppen bilden und Textgespräche führen.«

Trotz der prekären Lage konnte ich mir ein Lachen nicht verkneifen. Adrian sah erstaunt aus, als hätte er seinen Vorschlag todernst gemeint.

Die Stimmung entspannte sich jedenfalls ein wenig, und wir setzten uns hin. Adrian wirkte tatsächlich schuldbewusst. Er versicherte, dass er nie die Absicht gehabt habe, jemandem zu schaden. Natürlich habe er nie gewollt, dass das Ganze so endete. Ich hätte seine Aussage natürlich anzweifeln sollen, jede

Faser in mir schrie danach, und dennoch empfand ich nur Sympathie. Zum ersten Mal flossen die Bilder von Adrian zusammen: auf der einen Seite der lockere Typ mit den Zigaretten und der wilden Frisur, den ich an meinem ersten Tag in Lund vor der Unibibliothek getroffen hatte, auf der anderen Seite der resignierte ehemalige Knastbruder, der sich in eine Bruchbude am Rand der Gesellschaft zurückgezogen hatte. Wie man es auch drehte und wendete – Adrian Mollberg bedeutete mir ungeheuer viel.

Fredrik sagte, was für Sorgen er sich gemacht habe, dass die Kriminaltechniker unter den beschlagnahmten Gegenständen aus der Garage in Bjärred etwas Kompromittierendes finden könnten, aber Adrian versuchte, ihn zu beruhigen, und erbot sich sogar, mit Kommissar Sjövall zu sprechen.

»Denn du hast den Spaten doch wohl sauber gemacht?«

»Ich habe ihn abgewaschen und geschrubbt«, sagte Fredrik. »Aber wenn sie nach zwölf Jahren einen Tropfen Blut in einer Uhr finden, dann können sie bestimmt auch ...«

Adrian legte die Hand auf seinen Arm und redete ihm gut zu, dass er ganz ruhig bleiben solle. Schließlich redeten wir von der schwedischen Polizei und nicht vom CSI.

»Hast du in letzter Zeit viel geschrieben?«, wandte er sich an mich.

»Einiges«, antwortete ich, denn es war zwischendurch erstaunlich gut gelaufen. »Es sind jetzt insgesamt siebenundzwanzig Kapitel.«

»Nicht schlecht«, sagte Adrian. »Darf ich es lesen?«

Obwohl ich eben noch völlig überzeugt gewesen war, dass es kein Buch geben würde, weil aus meinem Text nie etwas Vernünftiges entstehen würde, konnte ich Adrians Bitte einfach nicht abschlagen. Er war wirklich Feuer und Flamme. Und ich wollte seinen Blick sehen, wenn er das Manuskript las, ich wollte seine Kommentare hören. Ich sehnte mich nach seiner Reaktion.

»Es ist komplett unredigiert«, sagte ich und holte meinen Laptop hervor.

»Ja, ja, mach dir deshalb keine Gedanken«, entgegnete Adrian, der sich kaum noch zurückhalten konnte.

Während er las, saßen Fredrik und ich uns gegenüber und führten ein wortloses Gespräch über Adrians Kopf hinweg. Blicke, Nicken und kleine Gesten. Ich deutete es so, dass wir uns einig waren, Adrian eine Chance zu geben.

Adrian brummte und murmelte vor meinem Laptop, verzog den Mund und schärfte den Blick. Ich wartete ungeduldig.

»Nein«, sagte er schließlich und sah auf.

Es versetzte mir einen Stich. Gefiel es ihm etwa nicht?

Adrian kratzte sich am Kinn und las weiter.

»Es gibt hier eine Reihe von Sachen, die nicht stimmen«, sagte er dann.

Fredrik starrte ihn ängstlich an.

Ich hingegen hatte mich allmählich daran gewöhnt.

Der unschuldige Mörder

von Zackarias Levin

28. Kapitel

4. Januar 1997

Adrian saß auf dem Bett und hatte sich die Decke um die Beine gewickelt. Li war nackt und lag ausgestreckt neben ihm. Das ganze Zimmer duftete nach ihrer Vereinigung.

Scham und Schuld schlugen in seinem Körper hohe Wogen. Das war der Preis für die Spannung, die bis eben alles bedeutet hatte.

Mitten während des Aktes hatte er durch die Wand hindurch Betty und Leo reden gehört. Doch Li hatte nur gelacht. Als sie kam, hatte er ihr die Hand auf den Mund gelegt.

Jetzt brachte er sie wieder zum Schweigen, und Li antwortete, indem sie ihn küsste. Nur eine Wand barg ihr Geheimnis. Auf der anderen Seite, im Wohnzimmer, wurden Leo und Betty immer lauter. Leo Stark fluchte heiser, und Bettys Schreie gingen in zischendes Geheul über.

Sie rannten durchs Wohnzimmer. Betty weinte und schrie. Jagte Leo sie etwa?

»Ich muss etwas tun«, sagte Adrian. Er rutschte vom Bett und zog sich die Hose an.

»Warte«, sagte Li.

Aber Adrian wollte nicht länger warten. Er hatte Angst.

»Was ist denn hier los?«, brüllte er und riss die Tür auf.

Der Tumult hörte sofort auf. Leo und Betty starrten ihn an.

»Adrian?«, sagte Betty erschrocken.

»Das hier geht dich gar nichts an«, sagte Leo Stark und versuchte, Bettys Arm zu packen.

Sie riss sich los, lief durch das Zimmer und Leo hinterher. In den Armen hielt sie ein dickes Papierbündel, das sie zu schützen schien. Leo taumelte, sein Blick flackerte, und seine Hände wollten nach Betty greifen, die ihm mühelos entschlüpfte.

»Bleib doch stehen, verdammt noch mal!«, schrie Leo.

Betty sah ihn atemlos an. Ihr Oberteil war ihr über die Schulter gerutscht. Sie stand reglos da und drückte das Papierbündel an die Brust.

»Warum tust du mir das an?«, fragte Leo und wankte auf sie zu.

Betty wich nach hinten aus, doch Leo torkelte wie in einem langsamen Tanz auf sie zu. Ihre Blicke hatten sich verhakt, es war nur noch ein Keuchen zu hören. In dem Moment, als Bettys Fersen die Wand berührten und Adrian merkte, wie kritisch die Lage tatsächlich war, ging Leo zum Angriff über.

Alles geschah sehr schnell. Leo stürzte sich auf Betty, schloss die Hände um ihren Hals und drückte sie mit voller Kraft an die Wand. Sie ließ das Manuskriptbündel fallen. Hunderte dicht beschriebene Blätter segelten hinab und verteilten sich auf dem Boden.

Adrian zerrte an Leo, während Bettys Augen immer größer wurden und ihr Gesicht sich bläulich verfärbte.

»Lass sie los, Leo! Lass sie, verdammt!«

Aber Adrian gelang es nicht, Betty aus Leos Griff zu befreien. Ihre Füße baumelten in der Luft, die Sehnen am Hals traten lila hervor, und der Speichel lief ihr aus dem Mundwinkel.

Verzweifelt irrte Adrians Blick umher. Er schrie, keine Wörter, brüllte nur. Irgendetwas musste geschehen!

Am Kachelofen stand das schwere schmiedeeiserne Kamin-besteck. Adrian riss den Schürhaken an sich, packte ihn mit beiden Händen und nahm Anlauf.

Er sah die Todesangst in Bettys Augen. Ein zischendes Geräusch stieg aus ihrer Kehle empor, als er mit dem schweren Schürhaken zuschlug. Es flimmerte vor seinen Augen. Ein ein-ziger kraftvoller Schlag traf Leo am Hinterkopf und zwang ihn auf die Knie.

Den Blick an die Decke gerichtet, rutschte Betty langsam an der Wand hinab und schnappte nach Luft. Sofort war Adrian bei ihr, mit behutsamen Händen und rasendem Herzen. Ihre Augen nahmen wieder die normale Größe an, ihr Gesicht war nicht mehr lila, es rötete sich. Sie hyperventilierte und würgte. Adrian hielt sie in den Armen, bis alles über ihm zusammen-stürzte und die Tränen kamen.

Betty, Adrian und Li saßen im Wohnzimmer und horchten auf den Atem der anderen, hörten, wie er sich langsam beruhigte und zu seinem normalen, gleichmäßigen Rhythmus zurück-fand. Der Einzige, der sich nicht zu erholen schien, war Leo, der noch immer vornüber auf dem Boden lag und wimmerte.

Nach einer kurzen Beratung entschieden sie sich, ihn ins Schlafzimmer zu bringen. Sie drehten ihn auf den Rücken und trugen ihn gemeinsam zum Bett. Mit kläglichem Gesichts-ausdruck sah er sie an und schien etwas zu Betty sagen zu wollen.

Sie schlossen die Tür und setzten sich aufs Sofa. Auf dem Fußboden lag Leos Manuskript, ausgebreitet wie ein großer Fächer aus losen Blättern, doch niemand brachte es fertig, sie einzusammeln.

Versöhnlich streckte Adrian die Hand nach Betty aus, doch sie schob sie demonstrativ beiseite.

Nach einer Weile erhob sie sich, wusste nicht, wohin mit ihren Händen: Jeanstaschen, Gesäßtaschen, Wangen, Haare.

»Ich gehe mal rüber und schau nach ihm«, sagte sie.

Adrian sah sie scharf an.

»Er kann doch nicht einfach da rumliegen«, sagte Betty. »Angenommen, er ist ernsthaft verletzt?«

»Er hat versucht, dich umzubringen!«

»So ist Leo«, sagte sie. »Er hat so viel Frust in sich. Manchmal explodiert er. Das Manuskript war ein Alptraum für ihn.«

Adrian schüttelte den Kopf.

»Ich setze mich nur ein Weilchen zu ihm«, sagte Betty und ging langsam zum Schlafzimmer.

Adrian und Li wechselten Blicke. Die Gewalt und die Bedrohung hingen wie immer noch in der Luft. Li berührte Adrian. Er hielt nach Betty Ausschau, aber die Schlafzimmertür schwieg.

Adrian kämpfte vergeblich gegen das Begehren an, das erneut geweckt wurde, als Li sich vorbeugte und er ihren Atem an seinem Hals spürte. Langsam strich sie über seinen Oberschenkel, und er kapitulierte. Er hatte seinen eigenen Körper nicht mehr im Griff. Li verfügte über ihn.

»Gehen wir runter?«, fragte sie und machte mit einem auffordernden, sehnsuchtserfüllten Blick eine Kopfbewegung zur Treppe. Und noch ehe sie an der untersten Treppenstufe angelangt waren, hatte sie ihre Arme um seine Taille geschlungen.

Sie hörten Betty auf der Treppe herumschleichen. Zögernde Schritte, die immer wieder innehielten. Adrian und Li lagen mucksmäuschenstill da und lauschten. Als sie den Parkettboden im Flur erreichte, lief sie schneller. Ihre Schritte waren kaum noch zu hören, als ginge sie auf den Zehenspitzen.

Adrian fasste einen raschen Beschluss. Er zog die Hose an, streifte sich den Pullover über den Kopf und lief hinaus. Betty stand im Flur. Sie hatte gerade ihren einen Arm in die Jacke gesteckt und schien sich ertappt zu fühlen.

»Er schläft jetzt«, sagte sie.

Es gab so vieles, was er hätte sagen wollen, aber Adrian wusste nicht, wo er beginnen sollte. Betty hockte sich vor die Tür und schnürte ihre Stiefel zu.

»Er muss schlafen«, sagte sie. »Und ich auch.«

Er blieb in der Türöffnung stehen, als sie ihr Fahrrad aufschloss. Draußen auf der Straße winkte sie ihm mit dem Handschuh zu, der Lenker schlingerte, und es gelang ihr gerade noch, einen Sturz zu verhindern.

Adrian kehrte zu Li zurück. Sie gingen die Treppe hinauf, stiegen über Leos Manuskript und lagen dann halb angezogen auf dem Sofa im Wohnzimmer und hörten sich die Doppel-CD *På andra sidan drömmarna* an. Sie waren sich einig, dass Ulf Lundell selten besser gewesen war, obwohl sie auch vom Album *Måne över haväng* völlig hingerissen gewesen waren. Jetzt sprachen sie davon, nach Connemara zu ziehen, als hätten sie das schon immer vorgehabt.

Nach ein, zwei Stunden wollte Li nach Leo sehen. Vorsichtshalber. Adrian lag mit dem Booklet an der Wange da und war schon fast eingeschlafen, gerade lief die zweite CD ein weiteres Mal, und in seinem Hinterkopf erklangen abgerissene Phrasen, Melodieschleifen und Gitarrenriffs.

Am Ende schlief er wirklich ein. Im Nachhinein ließ sich unmöglich sagen, wie viel Zeit vergangen war, einige Minuten oder gar Stunden, eingebettet in Träume. Plötzlich stand Li in der Tür und schrie, dass er kommen müsse, dass sie seine Hilfe brauche. Sie redete wirres Zeug, von dem er nichts begriff, außer dass sie auf keinen Fall in Panik verfallen dürften.

Die Schlafzimmertür stand weit offen. Li war als Erste drin, blieb an der Bettkante stehen und deutete auf Leo. Adrian war noch immer so schlaftrunken, dass es eine Weile dauerte, bis ihm aufging, was los war.

Leo Stark lag reglos im Doppelbett. Es sah aus, als würde er schlafen.

»Was ist denn, Li? Was ist passiert?«

»Er atmet nicht!«

Adrian spürte, wie sein eigener Körper sich in Schwerelosigkeit auflöste. Er konnte nicht einmal seine eigenen Beine spüren.

Neben ihm stand Li, faltete die Hände und murmelte etwas, was an ein Gebet erinnerte.

Adrian atmete heftig durch die Nase. Presste die Hand auf den Mund und ließ die Gedanken fliegen, wohin sie wollten.

Er war noch nie zuvor dem Tod begegnet, hatte sich nie in seiner direkten Nähe befunden. Als er nach Leos Handgelenk griff, kniff er die Augen zusammen, damit er es nicht sehen musste. Er tastete. Suchte und suchte, fand aber keinen Puls. Nichts bewegte sich, nicht ein Hauch von Leben.

Oktober 2008

Es ging den Höhenzug Hallandsåsen hinauf, in dem einzigen Wagen, den die Polizei nicht beschlagnahmt hatte: Adrians. Fredrik und ich saßen schweigend und abwartend da, während Adrian kaum zum Atemholen kam. Als müsste er zwölf Jahre Schweigen kompensieren. Ein endloses Gebrabbel und Name-dropping: Künstler, Schriftsteller, interessante Neudenker. Und sobald im Privatsender ein neuer Song gespielt wurde, federte er auf dem Sitz auf und ab und drehte die Lautstärke hoch.

»Das Stück müssen wir uns anhören. Das ist wirklich groß-artig!«

Im Rückspiegel sah ich Fredrik steif und verbissen mit reglo-sem Blick dasitzen.

Wir saßen aus ganz verschiedenen Gründen in der rost-zerfressenen Blechruine. Fredrik und ich fuhren zu Li Karpe, um unsere Namen reinzuwaschen. Wenn das, was Adrian erzählt hatte, stimmte, ja, wenn nur die Hälfte der Wahrheit entsprach, musste Li uns einiges erklären. Adrian selbst hatte andere Beweggründe. Erst hatte ich gedacht, dass es für ihn ein-fach eine großartige Gelegenheit war, Li Karpe wiederzusehen. Aber nach und nach war mir aufgegangen, dass Adrian auch ein anderes, sehr viel wichtigeres Ziel verfolgte: Es ging um mein Manuskript.

»Stell dir ein letztes Kapitel vor, vielleicht eine Art Epilog, in dem Li Karpe alles enthüllt: Die Wahrheit über Leo Starks Verschwinden. Die Wahrheit über den unschuldigen Mörder.«

Sein Enthusiasmus ähnelte in erschreckender Weise dem eines Straßenverkäufers, der versucht, einem ein unwiderstehliches Angebot aufzudrängen, wobei sich im Kleingedruckten ein Abkommen mit dem Teufel verbirgt.

»Dieses Buch hat alles, was ein Bestseller braucht«, fuhr er aufgeregt fort.

Offenbar hatte eine Verlegerin besonderes Interesse gezeigt und wollte, dass ich ihr baldmöglichst mehr Text zuschickte. Sie war eine der ganz Großen in der Buchbranche. Ich war ihr sogar bei einigen Anlässen über den Weg gelaufen, wenn auch nie in nüchternem Zustand. Mal abgesehen davon, dass ich gute Gründe hatte, den Wahrheitsgehalt von Adrians Darstellung anzuzweifeln, sprach einiges dafür, dass ich mich momentan auf wichtigere Dinge konzentrieren sollte als auf mein Manuskript.

Vor Lis Haus parkten bereits zwei Autos. Diesmal schubste Fredrik mich der Einfachheit halber zur Gartenpforte, auch wenn er inzwischen wusste, dass sich die Hunde, vor denen das Schild warnte, nicht wesentlich vom versammelten Haarabfall in einer öffentlichen Duscheinrichtung unterschieden.

Als die beiden Fellflummis auf meine Knie zustürmten, schob ich sie ganz leicht zur Seite. Auf dem Weg zum Eingang entdeckte ich einen elliptisch geformten Fußball im Blumenbeet, den ich über die Rasenfläche warf, woraufhin die Köter ihm hinterherjagten. Vor mir glitt die Haustür auf.

»Ihr schon wieder«, sagte Li und klang nicht nur skeptisch, sondern geradezu abweisend. »Was wollt ihr denn noch? Ich habe wirklich nichts mehr zu sagen.«

»Es dauert nicht lange«, sagte ich.

Aber Li sah an mir vorbei.

»Du!«, brüllte sie beinahe panisch. »Du darfst nicht hier sein!«

Adrian blieb an der Grundstücksgrenze stehen. Seine Hand ruhte auf dem Gartentor.

»Ich rufe die Polizei!«, schrie sie. »Du verstößt gegen das Gesetz!«

»Was meinst du?«, fragte Fredrik.

»Ihr wisst natürlich von nichts?« Li musterte Fredrik und mich. »Ihr habt keine Ahnung vom Kontaktverbot?«

»Kontaktverbot?«

Offenbar hatte Adrian noch immer nicht alles erzählt. Die Wahrheit ließ sich also noch eine Umdrehung fester zuschrauben.

»Das ist ein Ausnahmefall«, sagte Adrian. »Im Urteil heißt es doch, dass das Verbot nicht den Kontakt umfasst, der unter Berücksichtigung besonderer Umstände eindeutig berechtigt ist.«

»Eindeutig berechtigt?«, sagte Li ehemals Karpe. »Was für besondere Umstände sollten diesen Besuch rechtfertigen?«

Adrian ließ das Gartentor los.

»Ich denke in erster Linie an das Buch, das Zackarias gerade schreibt und das in einem der größten schwedischen Verlage erscheinen wird. Ein Buch, das enthüllt, was Leo Stark wirklich widerfahren ist.«

Li sah nicht sonderlich beeindruckt aus. »Ich habe schon mit Zack darüber gesprochen. Dem ist nichts weiter hinzuzufügen.«

Da trat Fredrik näher, obwohl die Hunde mittlerweile mit dem Ball zurückgekehrt waren und um eine weitere Apportierrunde bettelten. Er schob ganz einfach sein Knie vor und ließ die beiden Köter ins Leere springen.

»Ehrlich gesagt ist mir das Buch völlig egal, aber Zack und ich stehen unter Mordverdacht, und zwar wegen einem Mord, den wir nicht begangen haben. Die Polizei hat unsere Autos beschlagnahmt, und Zack hat vierundzwanzig Stunden in Haft gesessen. Es reicht jetzt. Die Wahrheit muss ans Licht.«

Seine Frustration zeigte ein sofortiges Ergebnis. Li wurde gleich nachgiebiger. Sie sah über die Schulter ins Haus und hielt uns die Tür auf. Sogar Adrian näherte sich dem Haus.

»Ist das wahr? Steht ihr wirklich unter Verdacht?«

Es war nicht zu übersehen, dass Li fieberhaft nachgrübelte, ihre Nasenflügel weiteten sich.

»Okay, dann kommt rein«, sagte sie.

Wir zogen unsere Schuhe auf dem Fußabtreter aus.

»Das ist der reinste Irrsinn«, sagte Li. »Der Fall ist doch längst vor Gericht entschieden. Können die das wirklich machen?«

Sie bot uns Kaffee an, und wir durften uns hinsetzen. Fredrik sah mich an, und ich sah Adrian an, und er sah Li an.

Es baute sich eine sonderbare Stimmung auf, während Li in der offenen Küche herumhantierte und wir schweigend dasaßen. Sie öffnete Schränke, füllte Kaffeebohnen auf, wählte das Geschirr aus. Es lag etwas Schicksalsschwangeres in der Luft, etwas Vibrierendes. Als befänden wir uns hier und jetzt auf dem Höhepunkt. Wir standen tänzelnd im Boxring, und der Gong war bereits ertönt. Wenn wir die Protagonisten eines Romans gewesen wären, hätte die Auflösung des Konflikts unmittelbar bevorgestanden.

Als der Kaffee serviert und die Zimtschnecken in der Mikrowelle erwärmt worden waren und Li sich endlich an den Tisch setzte, schien die ganze Küche Atem zu schöpfen.

»Es ist an der Zeit, die Wahrheit zu erzählen«, sagte Adrian und fixierte Li.

Sie sah ihn verständnislos an. »Die kannst du doch wohl selbst erzählen?«

»Wir wollen sie aber gern von dir hören«, sagte er und legte den Kopf schräg, als wollte er »Los, komm schon« sagen, aber Li schien nicht das kleinste bisschen nachgeben zu wollen. Adrian verdrehte die Augen und schaute Fredrik und mich an.

»Ich mache das nicht für mich. Ich habe schon meine acht Jahre abgesessen, und diese Zeit bekomme ich nie wieder zurück. An eine Rehabilitierung glaube ich auch nicht. Was auch immer in juristischer Hinsicht geschehen mag, ich werde für immer verurteilt sein. Mein Leben wird sich nicht ändern, wenn die Wahrheit ans Licht kommt.«

»Die Wahrheit?«, sagte Li, als wüsste sie nicht, was das bedeutete.

»Ich mache es für die beiden«, sagte Adrian und zeigte auf Fredrik und mich. »Sie haben Angehörige, die indirekt ebenfalls betroffen sind. Sie sind schon in den Zeitungen verrissen worden. Ich will nicht, dass sie dasselbe durchmachen müssen wie ich. Du musst jetzt die Wahrheit erzählen, Li.«

»Wovon redest du?«, fragte sie. Ihr Blick flackerte, und ihre Hand auf dem Tisch zitterte. Ich konnte mich nicht erinnern, dass sie jemals so durchschaubar gewesen wäre.

»Die Wahrheit«, sagte Adrian. »Nur du weißt die volle Wahrheit, Li.«

»Ich weiß nicht, was du meinst. Ich habe alles erzählt. Warum sollte ich etwas wissen, was du nicht weißt?«

»Liebe Li«, sagte Adrian und lehnte sich über den Tisch. »Um Fredriks und Zackarias willen. Sie verdienen die Wahrheit.«

»Jetzt hör schon auf! Fredrik hat es allein mir zu verdanken, dass er nicht in die Sache hineingezogen wurde.«

Sie machte eine Geste in Richtung Fredrik, der sofort wegsah.

»Ich habe deinetwegen gelogen«, sagte sie. »Ich habe niemandem gesagt, dass du in Leos Haus warst. Was glaubt ihr denn, was ich noch verberge?«

Ihre Augen waren feucht. Offenbar konnte man tatsächlich ein neuer Mensch werden.

»Hör auf!«, sagte Adrian schonungslos. »Erzähl jetzt, was im Schlafzimmer passiert ist! Was hast du mit ihm gemacht?«

Li presste ihre Hand auf den Mund, und ihre Augen flackerten kurz auf.

»Meinst du das ernst?«

Es dauerte nur wenige Sekunden. Dann stürzte alles in sich zusammen. In einem einzigen Moment strömte alles Leben aus Adrian. Er ließ sich gegen die Rückenlehne des Stuhls fallen, sein Blick irrte umher, um Halt zu finden, und er murmelte, stotterte, brachte aber kein verständliches Wort hervor.

»Glaubst du, ich hätte Leo getötet?«, fragte Li. »Glaubst du wirklich, ich sei es gewesen?«

Adrian starrte ins Nichts. Er brachte noch immer keinen Laut über die Lippen.

Ich saß da wie versteinert. Fredrik war blass geworden und sah aus, als müsste er sich jeden Moment übergeben.

»Hast du das die ganze Zeit geglaubt?«, fragte Li. »Hast du acht Jahre lang im Gefängnis gesessen, obwohl … Du hast gegen das Urteil ja nicht einmal Berufung eingelegt. Hast du die Schuld auf dich genommen, obwohl du gedacht hast, dass ich Leo getötet hätte?«

Adrian war nur mehr ein Gespenst.

»Ich dachte immer, du wüsstest das, du hättest es längst begriffen.«

»Du hast gedacht, dass du dich für mich geopfert hättest?« Lis Blick flatterte, und ihre Hände tasteten umher. »Deshalb also konntest du nie loslassen? Du warst der Meinung, dass ich in deiner Schuld stehe.«

»Ich war am Boden zerstört, als du nichts mehr von mir wissen wolltest. Dir zuliebe habe ich acht Jahre in der Hölle verbracht. Ich werde nie wieder frei sein.« Adrian legte die Hände auf die Stirn. Sein ganzer Körper bebte.

»Oh, nein«, sagte Li.

»Aber du musst es doch gewesen sein«, sagte Adrian. »Du bist ins Schlafzimmer gegangen und hast ein Kissen über sein Gesicht gelegt. Irgendwas musst du getan haben. Er hat doch noch gelebt, als wir ihn hineingetragen haben.«

Li bekam einen schmerzhaften Zug um die Augen.

»Es war ein heftiger Schlag, Adrian. Vermutlich ist irgendwas im Gehirn beschädigt worden, bestimmt war es eine innere Blutung oder so.«

Still starrten wir auf die Tischplatte. Ich wusste nicht mehr, was ich glauben sollte. Ich begriff immer weniger. Aber eines verstand ich: Die Wahrheit kann sehr verschieden aussehen, je nachdem, wen man fragt.

Der unschuldige Mörder

von Zackarias Levin

29. Kapitel

Februar 1997

Glücklicherweise regnete es am Valentinstag. Die Temperatur war gerade mal über die Nullgradgrenze gekrochen, als Li Karpe am späten Nachmittag das Institut verließ. Draußen auf dem Kiesweg, unter den großen schwarzen Bäumen, hielt sie inne und sah ein letztes Mal zum Backsteingebäude hinüber. Der Schrank war geleert, der Schreibtisch ebenfalls. Obwohl sie eine relativ lange Zeit hier verbracht hatte, über zwei Jahre, fühlte sie sich noch immer wie ein zeitweiliger Gast, als sie ihre Sachen packte und den Ort verließ. Keine Abschiedsgeschenke, kein Kuchen, keine Umarmungen. Höchstens ein »Tschüs« im Vorübergehen.

Es dämmerte schon, ehe der Fahrradstrom von der Universität die Hügel hinuntergeschossen kam, ehe die Autoschlange sich den Tunavägen entlangwand. In dieser Jahreszeit verbrachte man den größten Teil seines Lebens im Dunkeln, was Li immer gefallen hatte. Wie viel leichter war es da, das zu verstecken, was andere nicht zu Gesicht bekommen sollten. Und jetzt kam der Regen hinzu, der so friedlich vom Himmel rieselte, dass er kaum auf der Haut zu spüren war. Er half ihr, die Tränen zu tarnen, die ihr unerwartet, ja, beinahe unerklärlicherweise in die Augen traten.

Sie wollte niemanden treffen, mit keinem reden oder überhaupt einen Menschen sehen. Sie wollte geradewegs nach Hause in die Wohnung, geradewegs ins Bett. Sie würde nicht einmal das Licht anschalten.

Als sie jemand schließlich auf dem Kiesweg einholte, kurz vor dem Zebrastreifen, war Lis erste Reaktion, so zu tun, als würde sie es nicht merken. Am liebsten hätte sie Betty einfach ignoriert.

»Es ist alles deine Schuld. Das ist dir klar, oder?«

Betty war vom Sattel geglitten und schob ihr Fahrrad dicht neben ihr her. Sie musste schnell gehen, um mit ihr Schritt zu halten.

»Warum musstest du mich da mit hineinziehen? Du hältst dich wohl für einen Gott, der mit dem Leben anderer spielen kann. Aber das Leben ist kein Roman, Li! Man kann nichts davon streichen und umschreiben, wenn alles den Bach runtergeht!«

Li erhöhte das Tempo. Die Leute drehten sich nach ihnen um.

»Man kann nicht das Leben von jemand anders zu seinem eigenen machen«, beharrte Betty. »Das ganze Projekt war von Anfang an zum Scheitern verurteilt. Natürlich musste es so enden. Aber warum ausgerechnet ich? Ich kapiere es nicht. Warum sollte ich sein Buch schreiben?«

Li wandte sich um und versuchte, sie mit einem Blick zum Schweigen zu bringen. Das durfte niemals ausgesprochen werden. Alles andere ja, nur das nicht.

»Du hast es auch schon getan, oder?«, fuhr Betty fort. »Du warst es doch, die sein voriges Buch geschrieben hat, gib es zu! Und jetzt wurde jemand anders gebraucht!«

Die Ampel schaltete auf Grün. Eilig drängte sich Li an Betty vorbei und überquerte die Straße. Sie bog nach links ab und blieb stehen, während sich die Umgebung in eine Kulisse verwandelte, mit blechernen Geräuschen und schemenhaften Gestalten.

Atemlos holte Betty sie ein und stellte das Rad ab.

»Warum ausgerechnet ich?«, fragte sie, aber diesmal in einem anderen Tonfall, als erwartete sie keine Antwort mehr.

Li spürte die Tränen auf ihren Wangen und fragte sich, ob der Regen sie kaschierte. Solange sie es schaffte, ihrem Impuls zu widerstehen und sie nicht wegzuwischen, fiel es wahrscheinlich nicht auf.

»Weil ich dir nahe sein wollte«, sagte sie und sah Betty an.

Am ersten Sonntag im Februar war die Polizei gekommen, um Adrian abzuholen. Sie hatten im Treppenhaus gestanden, umgeben vom morgendlichen Kaffeeduft: ein jüngerer, sorgfältig frisierter Mann und hinter ihm zwei kräftige Uniformierte.

»Adrian Mollberg?«

Adrian hatte nur genickt, und der gepflegte junge Polizist hatte die Hand auf seinen Arm gelegt.

»Ziehen Sie sich bitte an und kommen Sie mit.«

Es gebe eindeutige Beweise, ein mögliches Motiv, erschwerende Umstände, starke Indizien.

Li saß in der dunklen Wohnung in der Trädgårdsgatan, schlug sich mit einer ebenso endlosen wie nutzlosen Analyse von Kausalzusammenhängen herum und studierte jeden Artikel in sämtlichen Zeitungen. Die Journalisten hatten den Eindruck, als wären sich Polizei und Staatsanwaltschaft ihrer Sache sicher. Man hatte den Täter. Jetzt musste nur noch Leos Leiche gefunden werden.

»Wir müssen davon ausgehen, dass Leo Stark nicht mehr am Leben ist«, sagte der Staatsanwalt in den Abendnachrichten. »Doch es ist meine feste Überzeugung, dass wir in Kürze Aufschluss darüber geben können.«

Zur ersten Vernehmung erschien Li nicht. Sie war zu krank. Einige Tage später kam die Polizei zu ihr nach Hause und erklärte, dass es dringend sei, sie müsse vernommen werden. Eine Frau mit paprikaroten Haaren und warmer Stimme führte das Wort.

Li erfuhr, dass es Sachbeweise gegen Adrian gebe. Nachdem der Verleger Leo als vermisst gemeldet hatte, war bei der Durchsuchung von seinem Haus im Wohnzimmer des Obergeschosses ein Schürhaken gefunden worden. Darauf hatte man sowohl Adrians Fingerabdrücke als auch Leos Blut sichergestellt.

»Wenn es ein Unfall war, ist es am besten für alle Beteiligten, wenn Sie sagen, was Sie wissen«, sagte die Polizistin. »Haben Sie eine Erklärung, wie Leo Starks Blut auf diesen Schürhaken gelangt sein könnte?«

»Nein, ich weiß es nicht.« Li schloss die Augen und atmete schwer.

»Können Sie es mir nicht erzählen?«, fragte die Frau mit dem paprikaroten Haar und legte ihre Hand auf Lis. Die Geste löste in ihr ein unerwartetes Gefühl der Geborgenheit aus.

»Was soll ich Ihnen erzählen?«, fragte Li.

»Die Wahrheit.«

November 2008

Nicht ohne eine gewisse Enttäuschung schmiss Kommissar Sjövall die Autoschlüssel meiner Mutter auf den Tisch. Er deutete
mit dem Zeigefinger auf das Protokoll und bat mich zu unter-
schreiben.

»Das Auto steht hinter dem Haus«, brummte er.

Ich nahm die Schlüssel an mich und lächelte.

»Was passiert jetzt?«, fragte ich.

Sjövall murmelte, ohne mich anzusehen: »Das muss die
Staatsanwaltschaft entscheiden.«

Ich blieb an der Tür stehen, um ihm die Hand zu schütteln.
So ein handgreiflicher Abschluss hätte sich gut angefühlt. Doch
Sjövall dachte nicht daran.

»Was wird denn jetzt aus Ihrem Buch?«, fragte er.

»Keine Ahnung. Ich kriege das Ende irgendwie nicht
hin.«

Es sah so aus, als verstünde er genau, wovon ich sprach.

»Der Anfang war einfach«, sagte ich. »Aber der Schluss ...«

»Es ist schwierig, den Sack zuzumachen«, sagte der einsich-
tige Kommissar.

»Genau.«

»Ich werde trotzdem nach Ihrem Buch Ausschau halten. Meine Frau kann was Neues zu lesen gebrauchen.«

Ich stellte das Auto meiner Mutter hundert Meter vom Polizeirevier entfernt am Bahnhof ab. Fredrik saß in einem Café und wartete. Er trank aromatisierten Tee und blätterte in einer vom Aussterben bedrohten Kulturzeitschrift. Meinen Smalltalk fegte er beiseite wie einen nervigen Mückenschwarm und schien gleich zur Sache kommen zu wollen.

»Jetzt ist anscheinend die Staatsanwältin am Zug«, sagte ich. »Aber ich glaube nicht, dass noch etwas kommt. Sjövall klang ziemlich resigniert.«

Fredrik lehnte sich zurück und atmete aus.

»Ich habe vorhin mit Adrian gesprochen«, erzählte er. »Offenbar war die Polizei gestern bei Li, aber sie hatte denselben Eindruck wie du: dass die Ermittlungen eingestellt werden.«

Ich stand noch immer vor ihm, halb auf dem Sprung, und er fragte mich, ob ich mich nicht setzen wolle. Für eine Tasse Kaffee sei doch wohl Zeit?

»Leider nein. Ich muss nach Veberöd und das Auto meiner Mutter zurückbringen.«

»Grüß sie schön!«, rief er.

Ich wusste nicht, ob das ironisch gemeint war.

Als ich auf die Straße einbog, in der meiner Mutter wohnte, riss sie gerade die Haustür auf und stürzte in Socken und Morgenmantel heraus. Sie packte meine Arme, sah sich in alle Richtungen um und flüsterte mir zu, ich solle mich beeilen.

»Worum geht es eigentlich?«, fragte ich.

»Du kannst nicht hier draußen stehen«, zischte sie und zerrte mich am Arm.

Sie schubste mich ein Stück vor sich her ins Haus. Die Tür schloss sie so eilig, dass sie sich die Ferse einklemmte. Sie gab eine Tirade von Flüchen von sich, angesichts derer sich die Freundinnen in ihrem Nähkränzchen vor Schreck mit den Nadeln in die Hand gestochen hätten.

»Die Leute hier draußen sind so was nicht gewöhnt«, sagte sie und zog hastig die Vorhänge im Haus zu. »Wir sind hier nicht in Stockholm. Es spielt keine Rolle, ob man unschuldig ist. Den Leuten ist das völlig egal.«

»So beruhige dich doch, Mama. Es ist nur eine Frage der Zeit, bis die Ermittlungen eingestellt werden. Ich war eben bei der Polizei und habe …«

»Völlig egal. Die Ergebnisse der Polizei interessieren hier niemanden.«

Sie schob die Gardine über der Spüle ein wenig zur Seite, um sich zu vergewissern, dass kein Stasi-Nachbar mit zu viel Freizeit in unserem Garten stand.

»Die Leute vergessen nicht so schnell. Christer Pettersson zum Beispiel. Stell dir vor, was der in all den Jahren erdulden musste, obwohl er freigesprochen wurde.«

»Vergleichst du mich mit Christer Pettersson?«

»Du verstehst schon, was ich meine.«

Doch ich verstand es nicht. Jedenfalls nicht ganz. Aber ausnahmsweise war es auch nicht so wichtig, alles zu verstehen.

»Ich habe es so eingerichtet, dass du eine Weile bei Tante Margareta in Genarp wohnen kannst.«

Meine Mutter hatte schon alles, was ich brauchte, in unseren alten Mallorca-Koffer gepackt, und es konnte ihr gar nicht schnell genug gehen, mich ins Auto zu schmuggeln und loszufahren.

Ich drehte die Lautstärke des Schlagersenders auf, während meine Mutter mal wieder herumlamentierte, dass bei mir alles schiefgegangen sei. Es war natürlich die Schuld meines Vaters, im Grunde genommen war er an allem schuld. Und diese alberne Autorenschule. Wenn ich nur auf Lehramt studiert hätte wie ein normaler Mensch oder Diplomingenieur geworden wäre wie alle anderen. Aber ich musste mich ja unbedingt in die dekadente Welt von weltabgewandten Kulturmenschen begeben.

»Wenn du dich nicht mit diesen Bohemiens und Kommunisten eingelassen hättest.«

Ich lachte laut. Die Gruppe Thorleifs sang *Gråt inga tårar*, und meine Mutter fuhr zehn Kilometer über dem Tempolimit.

Tante Margareta war eine alte Schachtel von undefinierbarem Alter, die aus dem Mund nach Kaffeesatz roch und so sprach, als hätte sie vergessen, den Frühstücksbrei hinunterzuschlucken. Schon immer hatte ich die Besuche in ihrem kleinen Häuschen bei Genarp gehasst. An unzähligen zweiten Feiertagen – Weihnachten, Ostern, Pfingsten – hatte ich ihr Gejammer über das Wetter, das Fernsehprogramm und die Politik über mich ergehen lassen müssen.

Sie riss die Tür auf und scheuchte uns in den Windfang.

»Ihr lasst ja die Mäuse herein!«

In dem alten windschiefen Häuschen mit den hohen Türschwellen und den niedrigen Decken war die Zeit stehen geblieben.

»Du willst also ein Buch schreiben?«, fragte Tante Margareta und musterte mich mit skeptisch verzogenem Mund.

»Äh, ich weiß nicht mehr so recht.«

»Aha.« Sie schien kein Interesse an weiteren Erklärungen zu haben. »Denn Lars Norén ist hier in Genarp aufgewachsen. Wusstest du das?«

»Richtig, jetzt, wo du es sagst … Norén scheint ja auch nicht ganz zufrieden mit dem Leben zu sein.«

Tante Margarete grunzte nur.

»Es ist bestimmt inspirierend, hier zu schreiben«, meinte meine Mutter und lächelte.

»Bestimmt«, sagte ich ziemlich uninspiriert.

Tante Margareta starrte meine Mutter missmutig an.

»Wie lange bleibt er denn?«, fragte sie.

Abends kochte meine Tante Gulasch, das wir schweigend aßen. Als Nachtisch stellte sie eine Flasche rauchigen Whisky auf den Tisch, füllte Eiswürfel in große Trinkgläser und schenkte ein, ohne zu geizen.

Wir redeten über amerikanische Politik. Zu meiner Überraschung war Tante Margareta belesen, erstaunlich gut informiert und tolerant.

»Stell dir vor, jetzt kriegen wir einen amerikanischen Präsidenten, der …«

»… schwarz ist?«, warf ich rasch ein.

Sie sah mich empört an.

»Afroamerikaner«, sagte sie mit Nachdruck.

Ich lächelte und prostete ihr zu.

»Wir können die Welt verändern«, sagte Tante Margareta und kippte das goldfarbene Getränk hinunter.

»Yes, we can, Tante!«

Wir lachten miteinander, und das war so schön, dass mir die Brust schmerzte.

Als sie sich etwas später aufs Fernsehsofa gesetzt hatte, ging ich hinaus in den kleinen Garten und beobachtete, wie der Sternenhimmel angezündet wurde. Der Alkohol hatte mich mit Hoffnung und Sentimentalität erfüllt. Von ferne war Pferdewiehern zu hören, die Luft war schneidend kalt, und ich hatte ein großes Loch in der Brust.

Das Handy steckte in meiner Jeanstasche und drückte. Ich konnte es unmöglich ignorieren. Ich wollte Caisas Stimme hören. Ich wollte ihr erzählen, wie sehr ich sie vermisste, dass ich alle meine Fehler und Mängel eingesehen hatte, dass ich ein anderer Mensch geworden war – wenn sie mir nur eine letzte Chance gab.

»Zackarias?«, sagte sie. »Bist du betrunken?«

»Gar nicht«, sagte ich und versuchte, nüchtern zu klingen.

»Ich habe von den Verdächtigungen gegen dich gelesen. Was ist da eigentlich los? Das ist doch total krank!«

»Ich weiß. Aber jetzt scheint sich alles aufzuklären.«

»Schön«, war ihr einziger Kommentar. »Du, ich habe gerade zu tun«, sagte sie dann.

Im Hintergrund waren Stimmen zu hören. Oder besser gesagt, eine Stimme. Die eines Mannes. Der vermutlich direkt neben ihr saß und sich fragte, mit wem sie gerade sprach.

»Wer ist er?«, sagte ich.

»Wir reden ein andermal. Ich habe jetzt keine Zeit.«

In der Leitung erklang ein Klicken, und Caisas Stimme verschwand. Ich starrte das Telefon in meiner fröstelnden Hand an.

Alle Zuversicht verließ mich. Nur ein Klicken in der Leitung. Hatte sie einen anderen Mann kennengelernt? Sofort begann ich zu spekulieren. Hatte die Stimme mich nicht an jemanden erinnert, den ich kannte? Aber ich konnte sie nicht einordnen.

Ich war so tief in meine Grübeleien versunken, dass das Telefon mir beinahe aus der Hand gefallen wäre, als es erneut zu vibrieren begann.

Eine Nummer mit Stockholmer Vorwahl. Ob es Caisa war? Vielleicht war einfach nur ihr Akku leer gewesen? Vielleicht rief sie an, um alles zu erklären und sich zu entschuldigen? Die Männerstimme konnte ja sonst wem gehören. Womöglich war nur der Fernseher eingeschaltet gewesen.

»Hallo!«, antwortete ich fröhlich.

Aber es war nicht Caisa. Die Frau in der Leitung behauptete, dass sie von einem Verlag anrufe. Natürlich erkannte ich ihren Doppelnamen. Es gab nur eine Person, die so hieß.

»Wie nett«, sagte ich und schaltete auf meinen moderaten Skåne-Dialekt und die erforderlichen Höflichkeitsphrasen um. Es reichte schon, wenn jemand dieses große Familienunternehmen erwähnte, und schon geriet ich ins Schleudern und begab mich in Habachtstellung.

»Sie wissen vielleicht, warum ich anrufe?«

Ich hatte natürlich meine Vermutungen, aber wenn ich mich bemühen würde, es in Worte zu fassen, riskierte ich, wie ein Idiot dazustehen.

»Wollen Sie mir vielleicht ein Abo andrehen?«, entgegnete ich stattdessen.

Es wurde eine Weile still in der Leitung.

»Nein, also, ich bin Verlegerin.«

Ich lachte künstlich. »Nur ein schlechter Scherz.«

Sie lachte mindestens ebenso künstlich. Bestimmt war sie es gewohnt, mit seltsamen Schriftstellern zu telefonieren, die sich wie halbe Psychopathen benahmen.

»Ich habe einen Auszug aus Ihrem Manuskript gelesen«, sagte sie und klang wieder geschäftsmäßig. Sie schien in irgendwelchen Papieren zu blättern und las laut vor: »*Der unschuldige Mörder.*«

»Ja, schon, das ist aber nur ein erster Entwurf. Der Text muss noch ziemlich redigiert werden.«

Sie schien nicht zuzuhören.

»Gibt es inzwischen ein fertiges Manuskript? Oder können Sie mir das schicken, was Sie bisher geschrieben haben?«

»Ob es fertig ist, weiß ich nicht. Ist man jemals fertig?«

»Dann schicken Sie doch das, was Sie haben.«

Es schien ihr einiges daran zu liegen.

»Sind Sie in der nächsten Zeit mal in Stockholm?«, fragte sie. »Es wäre interessant, Sie kennenzulernen.«

Ich hatte zwar keinerlei Pläne, nach Stockholm zu reisen,

aber auch nichts, was mich hier hielt. Ich dachte wieder an Caisa.

»Das kriegen wir hin«, versicherte ich. »Ich kann nach Stockholm kommen.«

Sie murmelte zustimmend, als hätte sie nie im Leben mit einer anderen Antwort gerechnet, und das hatte sie natürlich auch nicht.

»Wir haben nämlich die Rechte an einem anderen Manuskript, das in diesem Zusammenhang sehr interessant ist.«

Ich kam nicht ganz mit. Was meinte sie denn?

»Wir werden Leo Starks letzten Roman publizieren«, erklärte die Verlegerin. »Den Roman, an dem er gerade gearbeitet hat, als er verschwand.«

Der unschuldige Mörder

von Zackarias Levin

30. Kapitel

Februar – Mai 1997

Wir ließen die akademische Viertelstunde verstreichen und warteten noch einige Minuten länger, doch Li Karpe tauchte nicht auf. Als das Murren der Bibliotheksmäuse lauter wurde und sie mit dem Zeigefinger auf ihre Armbanduhren tippten, waren schließlich Absätze auf der Treppe zu hören. Ich stand etwas abseits an der Wand bei den Toiletten und war deshalb vermutlich der Einzige, der es wahrnahm.

»Tut mir wahnsinnig leid, dass ich so spät bin. Das soll nicht zur Gewohnheit werden, versprochen!«

Der ganze Kurs starrte die Frau an, die mit einer schlenkernden Handtasche auf der Schulter die Treppe herunterkam. Die Haare waren karottenfarben und der Körper birnenförmig. Um den Hals hatte sie mehrere bunte Tücher drapiert.

»Wo ist Li?«, flüsterte jemand.

»Oh, hat niemand euch informiert?«, sagte sie und wickelte sich ein Tuch vom Hals. »Ab heute übernehme ich.«

Ich setzte mich wie immer nach vorn und spürte die Blicke im Rücken. Der ganze Kurs wusste natürlich, dass Adrian verhaftet worden war. Es wurde auf Hochtouren getuschelt und gewispert, doch jetzt war ich das Objekt ihrer Spekulationen.

»Das wird richtig Spaß machen!«, sagte Li Karpes Ersatz, warf ihre Tasche auf den Schreibtisch und machte eine Geste, als wollte sie das ganze Zimmer umarmen.

Ich sah verstohlen über die Schulter und bemerkte zu meinem großen Erstaunen, dass sich alle meine Kommilitonen erwartungsvoll vorbeugten und umarmen ließen.

»Was für ein Spaß!«, wiederholte die Frau mit den Tüchern und klatschte in die Hände. Sie erklärte, dass sie selbst zwei Bücher geschrieben habe und fürs Schreiben brenne.

»Und sogar ein männlicher Student«, sagte sie, deutete auf mich und sah aus, als wollte sie mich gleich adoptieren.

In der ersten Pause nahm ich Jonna beiseite und fragte sie, ob sie etwas von der Polizei gehört habe.

»Nein«, sagte sie ängstlich. »Haben sie mit dir gesprochen?«

»Sie haben mich zweimal vernommen.«

Sie kaute noch heftiger auf ihrem Kaugummi herum und dachte nach.

»Vielleicht sollte ich mal bei denen anrufen?«

»Ach, die melden sich bestimmt, wenn es irgendwas Wichtiges gibt.«

Eine der Bibliotheksmäuse rief nach ihr. Sie seien auf dem Weg zum Griechen, ob sie mitkommen wolle?

»Willst du nicht auch was essen?«, fragte sie.

»Kein Geld.«

Ich ging mit hinaus und steckte mir eine Zigarette an.

Eine ganze Woche lang versuchte ich, Betty zu erreichen, doch sie ging nicht ans Telefon. Eines späten Abends Ende Februar radelte ich zum Haus Delphi, ihrem Studentenwohnheim. Ich klopfte, bis ein Nachbar den Kopf durch die Tür steckte.

»Sie ist nicht hier!«

Ich musste aufgeben.

Zwei Tage später saß Betty breitbeinig im Treppenhaus der Grönegatan – mit verquollenen Augen, zerzaustem Haar und aufgeschnürten Stiefeln.

»Wo bist du gewesen?«, fragte sie und bürstete sich die Jeans ab, als sie aufstand.

Die Zeit schien stillgestanden zu sein. Wir tranken den starken Kaffee schwarz, bliesen Rauchkringel an die Küchendecke und saßen zwischendurch schweigend da. Betty spielte Dylan auf der Gitarre und schloss sich auf der Toilette ein. Es klang so, als weinte sie, aber wir sprachen nicht darüber.

»Er kommt bald zurück«, sagte ich, bevor sie ging.

Ich meinte Leo Stark, doch vermutlich hatte Betty Adrian im Sinn.

Eigentlich war es meine Schlaflosigkeit, die alles in Gang setzte. Stundenlang wälzte ich mich hin und her, hantierte mit der Decke herum und strich das Laken glatt. Ich trank Wasser, aß Brote, rannte ständig aufs Klo, hatte Magendrücken und Kopfschmerzen. Doch gleichzeitig war ich bis obenhin mit Worten voll, sodass ich mich in den frühen Morgenstunden hinsetzte, um zu schreiben.

Ich drückte den Stift fest auf das Blatt, wollte meine maßlose Wut auf Papier bannen. Ich zerriss es und begann von vorn. Die Wörter kamen wie Nieser, als kleine surrealistische Kunstwerke. Sie saßen schon in meinen Fingern, juckten und schmerzten. Ich musste sie nur aufs Papier spucken. Sie bildeten große unregelmäßige Muster, denen jegliche Reflexion fehlte. Ich kannte mich in der Gegenwartslyrik nicht besonders gut aus, aber ich war mir relativ sicher, dass dies etwas vollkommen Neues war.

Als Li Karpes Nachfolgerin meine Texte zu lesen bekam, brauchte sie lange für die Lektüre. Sie drehte und wendete die Seiten, saß schweigend da, mit der Hand am Kinn.

»Das ist extrem düster.«

»Ja, schon«, sagte ich.

»Aber wovon handelt es?«

Am nächsten Morgen sprang wieder einmal die Kette am Allhelgonabacken ab, weshalb ich das letzte Stück zum Institut zu Fuß laufen musste. In der Luft hing ein schwacher Duft von Fabrikrauch, Metall und Industrie. Ich blieb eine Weile auf der Treppe stehen, während die Studenten auf ihren Rädern vorbeifuhren.

An diesem Vormittag gab ich der Feedbackgruppe mein neues Werk zu lesen. Die Reaktionen waren wie erwartet. In Literarischem Schreiben ging man mit großen Worten nicht gerade verschwenderisch um. Meine Texte waren »spannend, schön, ergreifend«. Ein banaler Interpretationsversuch verließ mein Bewusstsein etwa zur selben Zeit, als ich die Treppe vom Literaturkeller nach oben ging.

Am nächsten Morgen verschlief ich um drei Stunden, blieb mit dröhnendem Kopf am Küchentisch sitzen und entschied, dass meine Zeit beim Literarischen Schreiben abgelaufen war.

Der April wechselte täglich zwischen Sonne und Regen. Dieser Mangel an Regelmäßigkeit übertrug sich auf mein Dasein. Der Grat zwischen Hoffnung und Verzweiflung war ungewöhnlich schmal, und ich balancierte mehrmals täglich hin und her. Das Schweigen im Gerichtssaal war etwas Besonderes. Ich atmete langsam, saß dicht neben Betty und versuchte, der Verhandlung zu folgen, während meine Gedanken mit mir durchgingen.

Nachts schrieb ich weiter meine mörderische Lyrik, kritiklos und automatisch, als würde sie mir diktiert. Ich bekam nicht wie sonst Zweifel, wenn ich meine eigenen Zeilen las, was ich als Garantie für Qualität deutete. Wie bedingungslos liebende Eltern umarmte ich meine Lieblinge fest und schützte sie mit meinem Leben.

Mitten im Gerichtsverfahren wurde ich unerwartet von dem Erasmus-Studenten angerufen, der seine Wohnung in der Grönegatan an Adrian untervermietet hatte. Er hatte soeben erfahren, was passiert war, und erklärte, ich hätte exakt zwei Tage Zeit, meine Sachen zu packen und die Wohnung zu verlassen.

Am nächsten Tag radelte ich zum Kopierservice der Uni in der Sölvegatan und kehrte mit vier zusammengehefteten und in Klarsichtfolie eingeschlagenen Exemplaren meines Manuskripts zurück. Als ich die sechsunddreißig chemisch duftenden Seiten an die Brust drückte, als ich Briefmarken anleckte und Verlagsadressen auf große Umschläge schrieb, geschah das nicht mit der stillen Hoffnung auf eine Publikation, sondern mit der klaren Überzeugung, dass ich etwas Großes erschaffen hatte.

An einem Donnerstag zog ich nach Hause zu meiner Mutter. Während ich den Koffer von der Bushaltestelle zum Haus schleppte, sah ich das Bild eines verurteilten Verbrechers vor mir, der auf freien Fuß gesetzt worden ist und nun reumütig die Gefängnismauern hinter sich lässt.

Meine Mutter öffnete das Hotel Mama, freigebig wie selten zuvor. Sie stand an der Spüle und bereitete mir Leckerbissen zu, während sie die ungewohnte Stille sprechen ließ.

»Kannst du nicht heute zu Hause bleiben?«, fragte sie mich eines Morgens, als das Gerichtsverfahren in seine letzte Phase ging. »Ich möchte so gern, dass du bei mir bleibst.«

Das erdrückende Schuldgefühl in meiner Brust brachte mich dazu, ihr diesen Gefallen zu tun. Betty würde im Gerichtssaal auch ohne mich zurechtkommen. An diesem Tag ging es vor allem um technische Details, und alles deutete darauf, dass Adrian in Kürze von jeglichen Verdächtigungen freigesprochen werden würde.

Ich aß mit meiner Mutter auf der Terrasse zu Mittag, und hinterher saßen wir auf unseren Gartenstühlen, dick eingemummelt in der Aprilsonne, die auf unsere Wangen brannte. Als ich erzählte, dass ich mein Studium in Literarischem Schreiben abgebrochen hatte, sagte sie nichts, aber ihre Art, die Sonnenbrille zurechtzurücken und tiefer in den Stuhl zu sinken, sprach Bände.

Nach der Verkündung des Urteils kam es mir so vor, als würde ich in ein mucksmäuschenstilles, lärmisoliertes Zimmer treten und die Tür schließen. Die Welt verschwand und ließ mich allein mit meinen Gedanken zurück.

Ich rief Fredrik an und saß schweigend am Telefon, während das Leben zwischen uns vibrierte. Ich hatte mich selten so weit entfernt von allem gefühlt.

»Weitermachen?«, schrie Betty jede Nacht in meinem Kopf, bevor mich der Schlaf endlich davontrug. »Wie, verdammt noch mal, soll ich weitermachen, wenn ich es nicht mal schaffe aufzustehen?«

Sie wollte warten, bis der Anwalt Berufung eingelegt hatte. Das Oberlandesgericht würde sicherlich andere Schlussfolgerungen ziehen. Das Leben war nur eine Weile auf Stand-by.

Bei der Berufsberatung wurde mir die Poppius journalistskola in Stockholm empfohlen, und ich schickte eine Bewerbung hin. Lange Zeit drückte ich mich davor, die Sache mit meiner Mutter zu besprechen. Eines Vormittags schlug der Staubsauger nach hinten aus und pustete Staub und Dreck über den ganzen Küchenfußboden. Während ich das Gerät reparierte, zumindest vorübergehend, erwähnte ich die Angelegenheit in einem Nebensatz.

»Stockholm«, sagte sie, als der Staubsauger wieder verstummt war. »Stockholm. Aha.«

Ich spannte jeden Muskel an. Aus neunzehn Jahren Erfahrung hatte ich mir gewisse funktionierende Verteidigungsmechanismen erarbeitet. In der Regel basierten sie auf Nichtwiderstand.

Meine Mutter hielt das Staubsaugerrohr mit beiden Händen fest.

»Stockholm könnte vielleicht ganz gut für dich sein«, sagte sie beinahe desinteressiert.

Ich wartete auf etwas, doch es kam nicht.

»Meinst du?«, fragte ich.

Sie nickte ein wenig distanziert.

»Und es ist ja auch nur für ein Jahr. Ein Jahr geht schnell vorüber.«

Ich dachte an mein letztes Jahr, und es fiel mir schwer, ihr zuzustimmen. Aber um nichts in der Welt wollte ich mich in diesem Moment mit meiner Mutter anlegen.

»Immerhin ist es ein richtiger Beruf«, sagte sie. »Journalist – das ist ein guter Beruf. Ich glaube, du musst mal eine Weile rauskommen.«

Ich selbst sah die Journalistenausbildung eher als ein Nebengleis, einen Zeitvertreib, während ich auf den großen literarischen Durchbruch wartete. Aber darüber verlor ich natürlich kein Wort. Auch nicht über meine Gedichtsammlung. Und als ein Brief aus dem Traumverlag in unserem kleinen Briefkasten landete, warf meine Mutter ihn auf den Flurtisch zu den Werbeprospekten und Rechnungen. Im selben Moment, in dem ich ihn entdeckte, stürzte ich mich darauf und riss den Umschlag auf. Als ich blinzelte, erblickte ich alle meine Träume auf den Augenlidern.

»Mittlerweile haben wir Ihr Manuskript *Wo nachts die Träume hinfliegen, um zu sterben* gelesen. Leider müssen wir Ihr Angebot zur Publikation ablehnen.«

Ich drehte das Blatt um. Die Rückseite war leer. So wenig für so viel.

Ich knüllte den Brief zusammen und warf ihn in den Mülleimer zu den Resten vom Wurstgulasch des Vortags.

Ein Text, ein Leben. Was war das eigentlich wert?

Dezember 2008

Stockholm war bester Laune. Ganz oben im Tegnérlunden glitzerte die Sonne im dünnen Puderschnee, und ich ertappte mich dabei, wie ich vor mich hin pfiff. Weiter unten schallte Kinderlachen wie kleine Sinfonien über den Spielplatz. Ich bog in die Upplandsgatan ein und blieb vor einem Maklerbüro stehen. Warf einen Blick auf meine Armbanduhr. Warf einen Blick auf mein Spiegelbild im Fenster. Ich fühlte mich stark. Ich sah gut aus. Hatte ein paar Kilo abgenommen, aber dafür Farbe bekommen und leuchtendere Augen. Ich wartete an der Kirche, und in der Nullgradluft standen die Atemwolken vor meinem Mund. Ich steckte die Nase in mein Hemd und roch. Caisa hasste Leute, die nach Schweiß stanken. Und fast genauso sehr hasste sie Leute, die zu stark nach Parfüm rochen. Ich fühlte mich im Gleichgewicht.

Es war wichtig, so zu tun, als wäre das Treffen vollkommen zufällig, ein seltsames Spiel des Schicksals, eines der unergründlichen Mysterien des Lebens. Genau so, wie Caisa es mochte.

Fünf nach fünf kam sie wie erwartet um die Ecke, mit der Guccitasche am Arm und der Sonnenbrille im Haar. Vorsichtshalber hatte ich ihr den Rücken zugewandt, und als sie meinen

Namen aussprach, gelang es mir, so erstaunt zu wirken, dass man mich für jeden beliebigen schwedischen Krimi hätte casten können.

»Nein, Caisa!«

Sie hantierte an ihrer Tasche herum, ehe wir uns in den Arm nahmen, viel zu eng und stürmisch. Ein Passant hätte nie geahnt, dass wir uns noch vor einem guten halben Jahr beinahe gegenseitig erschlagen hätten. Ihr Duft war derselbe, und ich nutzte die Gelegenheit, um mein Gesicht noch ein bisschen mehr an ihren Hals zu schmiegen.

»Bist du wieder hierhergezogen?«

»Ich wollte wieder mit einem Mädel aus Stockholm zusammen sein«, konterte ich ausgesprochen lässig. Ich wusste, dass sie den Text hasste. Ulf Lundell in seinen miesesten Momenten, pflegte sie zu sagen. Dann ärgerte ich sie, indem ich seinen Song *Isabella* zitierte, und zwar die Stellen, in denen es darum ging, wer heute noch für Frauen und für die Schwachen in den Kampf zog.

»Alles gut bei dir?«, fragte sie jetzt mit der Sonne in den Augen und legte die Hand auf meinen Arm. »So sieht es jedenfalls aus!«

Und es würde noch besser werden, dachte ich.

Wir gingen an diesem Abend ins Nytorget, nicht weit von der Bleibe, die ich mir besorgt hatte. Es wurde spät und albern und beinahe wie früher, nur besser. Das vergangene Jahr verkapselten wir in eckige Klammern und drückten die Delete-Taste. Es gab Neues zu bereden, Tage, die unberührt vor uns lagen, neue Zeiten, die mit Leben erfüllt werden, eine neue Wahrheit, die aufgeschrieben werden musste.

Einige Abende später lud sie mich zum Candle-Light-Dinner ein. Die Playlist war durchdacht und überraschend zugleich. Doch am meisten fiel mir Caisas neue Art auf, mich anzuschauen, so als umfasste ihr Blick nur mich. Ich wurde in ihre Welt hereingezogen und wollte nichts anderes, als bei ihr zu bleiben und mit ihr alt zu werden. Ich war bereit für ein neues Leben. Und nicht ein einziges Mal im Lauf des ganzen Abends schweifte ich ab – keine Gedanken an den August-Preis oder die Buchmesse oder den *Unschuldigen Mörder*.

Es folgte heftiger Versöhnungssex. Hinterher blieb sie auf dem Kissen liegen und sah mich erstaunt an, ja, sie wirkte beinahe beeindruckt. Ich rauchte und lächelte.

»Voilà«, sagte ich und warf den Entwurf des Verlagsvertrags auf den Esstisch.

Sie überflog ihn mit großen Augen.

»Das ist ja großartig«, sagte sie und strich mit dem Finger über das Logo des Verlags auf der linken Ecke des Blattes. »Jetzt brauchen wir Champagner.«

Die Empfangsdame des Verlagshauses bat mich, meinen Namen noch einmal zu wiederholen, während sie auf der Tastatur herumtippte. Mir fiel es schwer, meine Enttäuschung zu verbergen. Ob Leif GW Persson auch so empfangen wurde?

»Levin, Levin, Levin«, brabbelte sie vor sich hin, damit sie meinen unbekannten Namen nicht vergaß. »So, hier haben wir Sie.«

Sie zeigte auf den Fahrstuhl und sagte, dass die Verlegerin bald herunterkommen und mich abholen würde.

In meiner Anfangszeit in Stockholm war ich manchmal auf der gegenüberliegenden Straßenseite vorbeigegangen und hatte mit verträumtem Blick die Fassade betrachtet. Jetzt stand ich endlich auf der richtigen Seite und schüttelte der Verlegerin die Hand. *Meiner* Verlegerin.

Sie bot mir Wasser aus dem Wasserhahn in einem IKEA-Glas an und streute lobende Worte über mein Manuskript.

»Wir müssen Ihr Buch schon bald herausbringen«, sagte sie. »Der Fall Leo Stark ist wieder hochaktuell, und wir wollen natürlich auch auf dieser Welle reiten. Aber das wird bestimmt kein Problem. Ich habe schon lange kein so fertiges Manuskript gelesen.«

Die Marketingabteilung war offenbar Feuer und Flamme, die Grafikdesigner hatten schon mit dem Coverentwurf begonnen, und man hatte den perfekten Redakteur gefunden, der in meinem Dschungel von Metaphern und kaum verhohlenen Anspielungen aufräumen würde.

Die Verlegerin griff nach einem Buch auf ihrem Tisch.

»Riechen Sie mal!«, sagte sie und schlug es aufs Geratewohl auf. Sie drückte die Nase an die Seiten und schürzte genießerisch die Lippen. »Von diesem Duft kann man nie genug bekommen.«

Und ich äffte sie nach wie ein gehorsamer Hund. Schnupperte an den Buchseiten und setzte mein freundlichstes Lächeln auf.

Meine Verlegerin sah zufrieden und stolz aus.

Das Buch, das sie mir geschenkt hatte, bestand aus vierhundert Seiten, dicht beschrieben mit Text, dicht gesetzt mit schmalen Seitenrändern, leseunfreundlich in jeder Hinsicht. Der Umschlag war einfarbig, orange oder vielleicht hagebuttenfarben, ganz oben stand der Name des Autors in Versalien, die doppelt so groß waren wie die des Titels. LEO STARK. Bald würde die ganze Auflage palettenweise rausgehen, an jeden noch so unbedeutenden Händler. Im Hinblick auf die außerordentlichen Umstände glaubten die Marketingleute, dass man hohe Literatur sogar an die Lebensmittelketten verscherbeln konnte.

»Wir werden extrem schlechte Rezensionen bekommen«, sagte die Verlegerin. »Es gab ja einen Grund, warum wir das

Buch seinerzeit nicht publiziert haben. Die Erzählung ist nicht fertig, es fehlt ein richtiger Schluss. Die Feuilletonredaktionen werden uns als Opportunisten und Profiteure bezeichnen, was nur dazu führen wird, dass wir noch mehr Bücher verkaufen.«

Mit dem Buch in der Hand lief ich die Treppen hinunter. Es juckte im ganzen Körper. Unten auf der Straße sah ich mich um, ging unruhig auf und ab, bis ich ein windgeschütztes Buswartehäuschen mit Sichtschutz entdeckte. Dort nahm ich Platz und zog den Schal enger, ehe ich zu lesen begann.

LEO STARK
  Der letzte Schrei
  1. Kapitel

Lund 1996
  Ich lasse alles hinter mir. Es geht nicht anders. Ich muss neu sein, wie auch die Welt neu ist.
  Elisabeth ist tot. Es lebe Betty!
  Ich poliere mein Äußeres: neue Frisur und neue Kleidung. Ich meide Spiegel und probiere neue Arten zu gehen aus. Ein neues introvertiertes Lächeln. Ich arbeite an dem Rätselhaften, an kleinen subtilen Gesichtsausdrücken. Besuche meine eigene Schauspielschule. Ziehe vierhundert Kilometer weit weg.
  Mit dem Inneren ist es komplizierter. Kann man einen Menschen nach zwanzig Jahren ausradieren? Ich wasche mein Gehirn mit Dan Klorix, schreibe Manuskripte innen auf die Augenlider. Ein Ich besteht aus nichts anderem als Hirnsynapsen und einigen Litern Blut, die durch den Körper gepumpt werden. Ich werde mein eigener Phineas Gage. Ich ramme mir eine Eisenstange durchs Frontalhirn und erhebe mich wie Phönix aus der Asche. Ich bin tot und begraben. Und wiederauferstanden.

Auf der Treppe des Instituts treffen wir aufeinander. Wir
sind alle vier aus demselben Grund dort. Wir glauben, dass wir
dort sind, weil wir schreiben wollen, aber wir sind dort, um zu
fliehen. Wir alle wissen gleich viel voneinander, tun aber so, als
wüssten wir überhaupt nichts.

Damian, der die Finsternis verlassen hat. Erik, der das Licht
der Mittelschicht verlassen hat. Und dann Johannes. Er steht
da, mit einem Fuß auf der Treppe, und raucht mit zitternder
Hand. Er ist erst auf halbem Weg.

Es war Bettys Erzählung. Damit also war sie in all den Nächten
bei Leo beschäftigt gewesen.

Es flimmerte vor den Augen, und eifrig blätterte ich weiter,
verschwand im Universum des Textes und hatte beinahe vergessen, wo ich mich befand, als ein Bus am Rand des Gehsteigs
auftauchte und ein Schwarm eiliger Füße in meinem Augenwinkel vorbeitrampelten.

Meine Wangen wurden heiß, die Augen fühlten sich ver-
quollen an, die Stimmen kamen aus hundert Metern Tiefe, als
stünde ich weit oben auf einem Podest und hätte mein Sehver-
mögen verloren. Ich wollte zurück in die Fiktion, den literarischen Schlaf, in dem jede Zeile einer Dosis Morphin entsprach.

Während eines nicht messbaren Zeitraums blieb ich in dieser
Parallelwelt verstrickt, als würde ich zwölf Jahre in die Vergan-
genheit zurückgeschleudert – ein vierdimensionaler Traum in
HD-Qualität. Es gab noch eine Wahrheit, noch eine Erzählung.
Man konnte sein Leben noch einmal durchleben und ein neues
Leben erschaffen. Man konnte seine Erzählung umschreiben.

In den Neunzigerjahren hatte der Verlag das Manuskript
abgelehnt oder zumindest verlangt, dass Leo es umschrieb.
Vielleicht lag es an Bettys Aura, die allzu sehr am Text haftete,
an ihrer Stimme, die sich ihren Weg bahnte und sich mit Leo

Starks Erzählung biss. Doch jetzt würde das Buch erscheinen, und unsere Erzählungen würden an zahlreichen Stellen
zusammenprallen. Oder vielleicht würden sie sich ergänzen?
Am Ende war es vielleicht so, dass jede Wahrheit ihren eigenen Platz hatte. Denn Platz gab es genug. Und sie alle wurden
gebraucht. Das Leben ist keine Mordermittlung. Es gibt Raum
für Interpretation.

Als ich mich erhob, wäre ich beinahe gestürzt. Ich schwankte
und stützte mich mit den Händen an der Bank ab. Es dämmerte bereits.

Caisa küsste mich lange und winkte durch den Türspalt. Sobald
sie die Wohnung verlassen hatte, stellte ich mich ans Küchenfenster und schaltete die Freisprecheinrichtung an.

Von hier aus sah ich den Riddarfjärden, das Stadshuset und
den halben Himmel. Ich mochte Hügel und Anhöhen, Skåne
war mir zu platt.

»Ja, hallo?«, sagte Henry. »Du bist es, Zack! Wie läuft es mit
dem Buch?«

»Es erscheint im Frühjahr.«

»Glückwunsch! Wie schön.«

Ich versuchte, mich zu bedanken, so wie man es tut, wenn
einem jemand zum Geburtstag gratuliert.

»Mein Buch ist auch angenommen worden«, sagte Henry
aus dem Nichts. »Es kommt im Herbst raus.«

Ich schwieg einen Augenblick, ehe ich »Glückwunsch« her-
ausbrachte. Offenbar waren wir im selben Verlag gelandet, und
das Gefühl einer gewissen Niederlage ergriff mich. Ein muffiger
Neid. Als gäbe es nicht Platz für uns beide.

Ich erkundigte mich nach Betty.

»Sie ist weg«, sagte er.

»Weg?«

Henry murmelte und brummte etwas, schien sich nicht sicher, ob er das richtige Wort gewählt hatte.

»Ehrlich gesagt weiß ich nicht, wo sie steckt.«

»Aber sie kommt zurück?«

Eine Weile herrschte Schweigen in der Leitung.

»Wie gesagt, ich weiß es nicht.«

Er irritierte mich.

»Irgendwas muss sie doch gesagt haben? Leute verschwinden nicht einfach so!«

»Immer mit der Ruhe, ja?«, sagte Henry. »Betty musste mal ein bisschen rauskommen. Es ist ihr in der letzten Zeit alles zu viel geworden. Sie hat gesagt, dass sie Luft braucht.«

»Luft?«

»Ja, Luft.«

Es hatte keinen Sinn. Wir legten auf, wir kämen nicht weiter.

Ich erwischte Fredrik. Er keuchte in den Hörer. Oder der Wind wehte. In Skåne weht der Wind ja ständig.

»Verschwunden?«, sagte er erstaunt. »Und sie braucht Luft?«

»Ich weiß, was Betty abends bei Leo gemacht hat.«

»Erzähl!«

Ich nahm das Buch vom Fensterbrett.

»Ich habe soeben Leo Starks letzten Roman gelesen.«

Ich öffnete das Buch und betrachtete die vordere Umschlagklappe, die von einem großen farbigen Autorenporträt dominiert wurde. Leo Stark lächelte mich versöhnlich an. Er sah überhaupt nicht so aus, wie ich ihn in Erinnerung hatte. Sein Blick war hell und mild, und um die vorsichtig gehobenen Mundwinkel lag ein sympathischer Zug. Er wirkte höchstens etwas müde, aber auf eine angenehm ruhige Weise.

»Ist er gut?«, fragte Fredrik und hörte auf zu keuchen.

»Ich weiß nicht, ob ich ihn gut finde.«

Ich las die Kurzbiografie unter dem Foto. Ein Nekrolog. Leo Stark wurde als einer der größten Schriftsteller des zwanzigsten Jahrhunderts gefeiert, der uns viel zu früh verlassen hatte.

»Er handelt von uns«, sagte ich.

Der unschuldige Mörder

von Zackarias Levin

Epilog

August 1997

Nach der Arbeit in der Streichholzfabrik ging Betty am Eckcafé vorbei. Wenn sie Glück hatte, was fast immer der Fall war, sah einer der Jungs sie durchs Fenster und winkte sie herein. Die wenigen Male, wenn sie Pech hatte und niemand sie bemerkte, blieb sie eine Weile unten am Fluss, um dann umzukehren und ein zweites Mal am Café vorbeizugehen.

Dies war jetzt ihr Leben. Ihr neues. Sie hatte schon einmal das Leben gewechselt und wusste, dass sich der Widerstand, auf den sie zu Beginn stieß, mit der Zeit legen würde. Sie würde den Jargon bei der Arbeit übernehmen, die Blicke würden sich verändern, sowohl die neidischen als auch die schmachtenden. Sie würde sich weiterhin bemühen, und sie würde Erfolg haben. Manchmal reichte ein Lächeln, ein verständnisvoller Blick oder ein Wort zur rechten Zeit. Menschliche Begegnungen waren ein Glücksspiel, nichts anderes. Betty würde abwarten.

Jetzt schlenderte sie über die Brücke nach Hause. Die Sommerdämmerung war ein ausgedehnter Seufzer mit brennenden Schleierwolken im Westen und knisternden Glutflocken im stillen Fluss. Sie drehte sich nicht ein einziges Mal um. Ihr Weg zeigte nach vorn, mehr wusste sie nicht. Nur umkehren konnte sie nicht.

Adrian war alles, was sie noch hatte. Im Besucherraum sah er sie nur kurz an und wandte dann den Blick ab. In der letzten Zeit hatte sie sich oft vorgestellt, wie er als kleiner Junge ausgesehen haben mochte.

»Wie geht es dir heute?«

Er antwortete wie üblich mit einem Achselzucken.

»Wie immer«, sagte er.

»Es wird besser werden.«

Sie berührte seine Hand.

»Das sagst du«, entgegnete er, sah sie aber weiterhin nicht an.

Fast am schlimmsten war, dass er sie nicht mehr ansah.

Eine Weile hatte sie sich ein Leben ohne ihn vorgestellt. Einen wirklichen Neuanfang. Sie war nicht aus Angst bei ihm geblieben. Sie brauchte keine Geborgenheit, und sie hatte keine Probleme damit, aufzubrechen und jede Nervenfaser zu durch-trennen. Etwas anderes, beinahe Unerklärliches hatte sie dazu gebracht, an Adrian festzuhalten.

Nach der Verkündung des Urteils war sie selbstverständlich davon ausgegangen, dass Adrian Berufung einlegen würde. Acht Jahre waren eine Ewigkeit. Sie hatten sich gestritten. Betty hatte geschrien und geweint, während Adrian hohlwangig und zähneknirschend auf dem Urteil bestanden hatte. Sie versuchte es als einen Liebesbeweis zu sehen, als würde er es für sie tun, aber eine solche Interpretation wies zu viele Mängel auf. Adrian musste andere Motive haben. Er und Li hatten dem Gericht zwar die Wahrheit vorenthalten und Betty damit ausgeschlossen. Aber dass Adrian sich weigerte, in die Berufung zu gehen, hatte nichts mit ihr zu tun.

»Ich bin das alles nicht wert«, sagte er jetzt und sah sie noch immer nicht an. »Du vergeudest dein Leben.«

»Warum glaubst du, dass wir nur ein Leben haben?«

Das klang sicher merkwürdig, aber Betty wusste, wovon sie sprach.

Endlich drehte er sich um. Er starrte sie an, als hätte sie den Verstand verloren.

Betty lächelte. Sie freute sich, dass er sie wahrnahm.

Als sie am nächsten Tag in der Streichholzfabrik fertig war, nahm sie den Bus zum Gefängnis und blieb im Wartezimmer sitzen. Sie war zu früh, blätterte in einer Hochglanzzeitschrift und schnäuzte sich mit einer rauen Papierserviette.

Ein Wärter kam, um sie zu holen. Betty legte die Zeitschrift beiseite und wollte sich gerade erheben, als sie ein bekanntes Gesicht entdeckte. Sie war schwarz gekleidet, trug hohe Absätze, und das Haar tanzte beim Gehen um ihre Schultern.

»Li«, sagte Betty leise zu sich selbst.

Sie konnte es unmöglich gehört haben, dennoch drehte Li Karpe sich um. In dem Moment, in dem sie die Tür zur Freiheit öffnete, blickte sie Betty an. Es sah aus, als bitte sie um Vergebung.

Betty ging mit entschiedenen Schritten zum Besucherzimmer. Verwirrt schaute Adrian sie an.

»Du kommst ja früh heute«, sagte er.

Betty hatte nicht vor, Li Karpe zu erwähnen. Das war seine Sache. Sie wartete nur.

»Fühlst du dich hier in der Stadt wohl?«, fragte er. »Hast du tagsüber etwas zu tun?«

Das war eine seltsame Frage, und Betty verzichtete auf eine Antwort.

»Schreibst du etwas?«, fuhr Adrian fort. »Ich würde gerne lesen, was du schreibst.«

Betty verspürte einen immer größer werdenden Druck in der Brust. Etwas wirbelte herum und drehte sich. Ihre Hände verkrampften sich unwillkürlich, und der Puls pochte hinter ihrem Ohr.

»Ich habe sie gesehen!«, sagte sie.

Adrian nickte.

»Das war mir eigentlich klar.«

»Aber warum? Bist du von Li Karpe völlig besessen?«

Sie saßen nahe beieinander, nur ein Meter trennte sie, dennoch schien er sich so weit wie nie zuvor von ihr entfernt zu haben. Er musterte sie, als wollte er sie ganz in sich aufnehmen. Betty fiel auf, dass sein Blick nicht nur traurig, sondern voller Mitleid war.

»Es ist wohl am besten, wenn du nach Hause fährst«, sagte er schließlich.

Betty schluckte schwer.

»Nach Hause?«

Wie meinte er das? Sie war doch bereit, nachzugeben und alles zu vergessen. Sie mussten nie wieder darüber sprechen, nie mehr Li Karpes Namen erwähnen. Alles, nur nicht dies.

»Jetzt ist Schluss«, zischte Adrian und starrte sie an. »Du bist hier nicht zu Hause. Hau ab, solange du es noch kannst!«

Die Tränen stiegen ihr in die Augen. Betty erhob sich und versuchte, ihn mit Gewalt zu umarmen, aber Adrian riss sich los und befreite sich aus ihren Armen.

»Vergiss mich!«, schrie er. »Besorg dir ein neues Leben und denk nie wieder an mich. Du bist frei! Ich verdiene es, hinter Gittern zu sitzen.«

Betty wischte sich die Tränen ab. Erst die eine Wange, dann die andere. Sie sahen sich erneut an. Adrian atmete schwer.

»Denn du hältst mich doch nicht etwa für unschuldig?«, fuhr er fort.

Sie antwortete nicht, starrte ihn an, wartete, bis ihr klar wurde, dass das alles war, dass nichts mehr kommen würde. Er klopfte an die Tür, damit der Wärter die Tür aufschloss.

Erst da begriff sie, dass er nichts verstanden hatte.

Am letzten Abend holte sie den kleinen Manuskriptstapel hervor und blätterte in den maschinengeschriebenen Seiten.

Dies war das Ende des Romans. Sie hatte es immer wieder gelesen. Jedes Wort war ihre Zwillingsseele. So gut kannte sie diese Worte, besser als jeden Menschen. Trotzdem verharrte sie bei manchen Passagen und hielt den Atem an.

Den ganzen Winter 1996 hatte sie mit dem Ende gekämpft. Sie hatte es immer wieder umgeschrieben, bis die Sätze in ihren Ohren klingelten und ihr Magen sich umdrehte. Am Ende hatte sie Leo Stark verstanden.

Jetzt wusste sie, dass ein Text Ängste und Tränen hervorrufen, Löcher in die Brust reißen und irrsinnige Gedanken in den Kopf hämmern konnte. Sie wusste, dass ein Text Leben oder Tod bedeuten konnte, die Finger, die einen im letzten Augenblick über dem Abgrund zurückhielten oder die dunkle Hülle, die sich um die Reste der Seele schloss.

Morgen würde sie abreisen. Die Tasche stand fertig gepackt vor der Tür auf dem Flur. Es gab ein neues Leben, das auf sie wartete und von dem sie noch immer nichts wusste. Nur eines war ihr klar: Sie würde nicht mehr schreiben.

Sie lag im Bett und dachte an alles, was geschehen war.

Als Li Karpe ihr gesagt hatte, Leo brauche Hilfe bei seinem Manuskript, hatte Betty erwidert, sie verstehe das nicht, und Li hatte geantwortet, dass sie es auch nicht verstehen müsse.

Warum hatte sie sich von Li verführen lassen? Im Nachhinein war das schwer nachzuvollziehen, aber sie verglich ihre Beziehung mit einem Sturm. Man konnte nicht darüber verfügen, und er ließ sich erst recht nicht beherrschen. Man konnte Schutz suchen und probieren dagegenzuhalten, solange es ging, aber am Ende wurde man mitgerissen und fiel. Betty war frei und schwerelos gewesen, willig, dem Wind zu folgen.

Jetzt tauchte sie erneut ihren Blick in den Text.

Dies war die Wahrheit. Und es gab nur eine einzige.

Schon in der Nacht, in der Leo starb, hatte sie alles niedergeschrieben. Endlich hatte sie das Ende hinbekommen, um das sie wochenlang gerungen hatten. Das Ende von *Der letzte Schrei*. Das Ende, nach dem der Verlag gefragt hatte, das der Verleger verlangt hatte, um das Buch herauszubringen, das Betty aber nicht geglückt war.

Am Ende hatte es sich selbst geschrieben. Das Leben hatte für die Formulierungen gesorgt.

In tadelloser Prosa, frei von jeglicher Metaphorik, hatte Betty in diesem entscheidenden letzten Kapitel beschrieben, wie sie zu Leo ins Schlafzimmer geht. Li und Adrian bringen zunächst Einwände vor, doch schon bald kehren sie zueinander zurück. Sie hört, wie sie die Treppe hinuntergehen. Ein weiteres Mal haben die beiden sie im Stich gelassen.

Leo liegt mit geschlossenen Augen im Bett. Betty betrachtet ihn im stillen Licht der Nachtlampe am Fenster. Er sieht so friedlich aus, als hätte er endlich Ruhe gefunden. So hat Betty ihn noch nie gesehen. Sie streckt die Hand aus, um ein letztes Mal sein Gesicht zu berühren, und dies ist der Moment, in dem er zusammenzuckt. Sein Gesicht verzerrt und verkrampft sich, der Mund steht weit offen, und aus dem Hals dringt ein Röcheln. Ohne nachzudenken, greift Betty nach dem großen Daunenkissen und sieht weg. Eine harmonische Ruhe breitet sich in ihr aus, als sie das Kissen über Leos letzten Atemzügen festhält.

Bei der letzten Formulierung hatte sie gezögert und herumgebastelt und sie immer wieder umgeschrieben, bis sie endlich zufrieden gewesen war. Einigermaßen zufrieden jedenfalls. Richtig zufrieden war man natürlich nie.

Sie las den Satz ein letztes Mal, dann legte sie das Manuskript aus der Hand. Ehe sie die Lampe ausknipste, entschied sie sich. Ein Gefühl der Befreiung ging wie ein Seufzer durch ihren Körper, die Endorphine und der frische Sauerstoff lösten bei ihr eine Gänsehaut aus.

Wenn sie erwachte, würde sie sie vernichten. Die Wahrheit über den Mord an Leo Stark. Sie würde den Text in kleine Stücke zerreißen und zusehen, wie er verbrannte.

Leseprobe

aus

»Die Bosheit«
von
Mattias Edvardsson

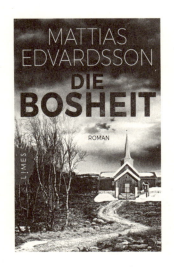

Erscheinungstermin:
November 2021
im Limes Verlag.

I. Mikael

Nach dem Unfall

Freitag, den 13. Oktober 2017

Schon als ich die Tür öffne, höre ich die Martinshörner. Ein Grüppchen Schüler, die noch auf dem Schulhof herumlungern, sehen in meine Richtung und winken.

»Schönes Wochenende!«

Ich klemme die Sporttasche auf den Gepäckträger und lege die Laptoptasche in den Lenkerkorb. Als ich in die Unterführung unter der Ringstraße einbiege, nehme ich die Füße von den Pedalen, und der Wind weht mir direkt ins Gesicht. Auf der Bordsteinkante sitzen zwei Mädchen, die ich von Bellas Kindergarten kenne. Sie formen die Hände zu einem Trichter und heulen wie zwei Eulen. Es hallt in der Unterführung wider, die Mädchen lachen.

Bergauf spüre ich meine Oberschenkelmuskulatur, aber ich trete trotzdem in die Pedale, bis mir der Schweiß herabläuft. Ein feuchter Lederball liegt vergessen auf der Gemeindewiese, und auf dem Spielplatz schwingen die leeren Schaukeln im Wind. Ich begrüße eine Frau, deren Pudel gerade an einem Laternenpfahl sein Hinterbein gehoben hat.

Die Martinshörner kommen näher. Ich werfe einen Blick

nach hinten, sehe aber kein Blaulicht. Hier gibt es keine Auto-
straßen, unser grünes Wohngebiet ist von Gehsteigen und Rad-
wegen umgeben. Das war auch einer der Gründe, der uns dazu
bewogen hat, hierher nach Köpinge zu ziehen. Unsere Kinder
können zur Schule und zu ihren Freunden mit dem Fahrrad
fahren, ohne sich in den Straßenverkehr begeben zu müssen.

Ich atme tief durch und schlucke die frische Herbstluft. Ein
Gefühl von Freiheit überkommt mich, ein ganzes Wochenende
ohne Verpflichtungen liegt vor uns. Ich habe mich so danach
gesehnt, loszulassen und einfach nur das Leben zu genießen.
Mit meiner Familie zusammen zu sein. Vielleicht habe ich ein
paar Stunden übrig und schneide wie versprochen die Hecke,
aber das kann ebenso gut bis zum Frühling warten.

Als ich in den Radweg einbiege, der zu unserer Wohnanlage
führt, kommen mir unsere nächsten Nachbarn Åke und Gun-
Britt entgegen. Mit raschen Schritten, Arm in Arm spazieren
sie den Weg entlang. Es ist einige Tage her, dass ich sie zuletzt
gesehen habe. So ist das hier. Vom frühen Herbst bis zum späten Frühling schließen sich alle ein und ziehen sich zurück. Erst
Ende April ändert sich das. Wenn der Nachtfrost vorbei ist und
sich die Luft mit Pollen füllt, werden die Rasenflächen bevöl-
kert von rollerfahrenden und ballspielenden Kindern, einge-
schmiert mit Sonnencreme und mit Sonnenhüten auf dem
Kopf. Der erste Rasenmäher tuckert über das Gras, ein Nachbar stellt seine Leiter auf und reinigt die Dachrinnen, und dann
geht es los. In einem Garten nach dem anderen tauchen smart-
phonelesende Mütter mit hippen Sonnenbrillen und Väter mit
schlaffen Bäuchen und zu kleinen Shorts auf. Für drei Monate
verwandelt sich das Wohngebiet in ein Sommerland mit Gar-
tentrampolinen und aufblasbaren Swimmingpools. Die Lautstärke steigt, die Tage werden immer länger. Bis Ende August,

wenn die Schulen wieder anfangen. Wind und Herbstferien. Dunkelheit, Regen und Schweigen. Man vergisst die Blumen und das Sommerleben, und es fällt einem schwer zu glauben, dass das Licht jemals wiederkehren wird.

Sogar die Rentner nebenan schließen die Türen ab, wenn sich die Dunkelheit herabsenkt. Åke macht den Garten winterfest, spritzt die Terrassenplatten ab, reinigt jede Ecke von Spinnweben und packt die Gartenmöbel mit einer Sorgfalt in Plastik ein, die jeden Konservator vor Neid erblassen ließe. Und von Gun-Britt ist fast nur noch das neugierige Gesicht am Küchenfenster zu sehen. Sie ist die Bewacherin des Wohngebiets. Nichts entgeht ihr, nicht einmal eine vorbeiwirbelnde Plastiktüte.

»Hallo«, sagt Gun-Britt, als ich mit dem Fahrrad beinahe auf ihrer Höhe bin.

Ich frage mich, ob ich stehen bleiben und ein paar Worte wechseln oder einfach weiterfahren soll. Am liebsten würde ich direkt nach Hause zu meiner Familie fahren. Aber gerade als ich vorbeifahren will, tritt Åke auf den Radweg und zwingt mich zum Anhalten.

»Hast du den Knall gehört?«, fragt er.

»Wir glauben ja, dass es ein Unfall war«, sagt Gun-Britt.

Ich halte an.

»Ein Unfall?«

»Hörst du nicht die Martinshörner?«, erwidert Åke.

Gun-Britt zeigt in die Luft, als würde der Klang über uns kreisen.

»War es hier in der Nähe?«, frage ich.

»Schwer zu sagen.«

Åke nickt zu unserer Wohnanlage hinüber.

»Es ist aus der Richtung gekommen.«

»Vermutlich von der Ringstraße«, ergänzt Gun-Britt.

So nennen alle die Umgehungsstraße, auf der ein Tempo-limit von sechzig Stundenkilometern herrscht und die ringför-mig um Köpinge verläuft, vorbei an Ica und dem staatlichen Alkoholgeschäft und weiter zur E6, wo die weiten Ebenen Schonens beginnen, mit dem Turning Torso von Malmö im Westen und dem Dom von Lund im Osten.

»Es kommt näher«, sagt Åke.

Wir lauschen. Er hat recht, das Heulen der Martinshörner wird immer lauter.

»Kein Wunder. Die Leute fahren ja auch wie die Irren«, sagt Gun-Britt. »Aber mach dir keine Sorgen. Bianca und die Kin-der sind vor einer halben Stunde nach Hause gekommen.«

Bianca. Die Kinder.

Irgendetwas flattert in meiner Brust.

»Okay«, sage ich und setze mich eilig auf den Sattel.

»Dann ein schönes Wochenende«, sagt Gun-Britt, ehe ich weiterfahre.

Das letzte Stück bis zu unserer Wohnanlage rasen die Gedan-ken nur so durch meinen Kopf. Bianca wollte den Wochenend-einkauf machen, nachdem sie die Kinder abgeholt hatte, aber sie sind jetzt zu Hause. Zu Hause und in Sicherheit. Vermut-lich sitzt William mit seinem iPad auf dem Sofa, und Bella hilft Bianca in der Küche.

Die Martinshörner hallen immer lauter zwischen den Ge-bäuden wider.

Meine Schenkel sind schwer, die Waden verkrampfen sich. Noch zwanzig Meter bis zu unserer Wohnanlage. Hinter einem Bretterzaun bellt ein Hund, und im selben Moment registriere ich, dass die Martinshörner verstummt sind.

Als ich um die Ecke biege, blenden mich die kreiselnden

Warnleuchten. Der Asphalt, die Hecken und die niedrigen Zäune, alles ist in flackerndes Blau getaucht.

Ich atme nicht. Meine Füße treten und treten. Ich erhebe mich vom Sattel und starre direkt ins gleißende Blaulicht.

Mitten auf der Straße liegt ein rotes Fahrrad. Es sieht zerquetscht aus, die Räder sind deformiert, und der Lenker zeigt senkrecht nach oben. Daneben steht unsere Nachbarin aus der Nummer fünfzehn, Jacqueline Selander. Ihr Gesicht ist weiß. Ein Schrei ist auf ihren Lippen erstarrt.

Der Rettungswagen hat vor unserer Thujahecke angehalten, wo zwei grün gekleidete Sanitäter hocken. Auf dem Asphalt vor ihnen liegt Bianca. Meine geliebte Frau.

2. Mikael

Vor dem Unfall

Sommer 2015

Fabian und Jacqueline Selander begegnete ich das erste Mal kurz nach unserem Umzug. Bella hatte an dem Wochenende ihren dritten Geburtstag gefeiert, und ich wollte gerade einen neuen Kindersitz montieren, den ich für einen Spottpreis im Internet ersteigert hatte. Die Sonne verbrannte mir den Nacken, während ich gekrümmt wie ein Erdnussflip halb im Auto hing und am Sicherheitsgurt zerrte, der mehrere Zentimeter zu breit war für das erbärmliche Loch, durch das er laut Gebrauchsanweisung gesteckt werden musste. Zischend entwichen mir Flüche aus Nase und Mundwinkeln. Ich merkte nicht einmal, dass jemand sich hinter mir angeschlichen hatte.

»Das ist das neue R-Design, oder?«

Der Gurt rutschte mir aus der Hand, und der verdammte Kindersitz kippte auf die Seite. Als es mir gelungen war, den Oberkörper aus dem Auto zu schlängeln, und ich mir den schlimmsten Schweiß von der Stirn gewischt hatte, entdeckte ich einen Jungen in Shorts mit Hosenträgern und BMW-Cap. Er stand auf unserer Einfahrt und musterte das Auto.

»Das ist das Sportmodell«, sagte ich.

»War mir schon klar«, konterte der Junge. »R-Design.«

Wie alt mochte er sein? Zwölf, dreizehn?

»Diesel«, sagte er. »Plug-in-Hybrid, oder?«

»Stimmt«, erwiderte ich.

Der Junge lächelte.

»Natürlich stimmt das.«

Ich hatte eigentlich keine Zeit, wollte aber auch nicht unfreundlich wirken.

»Ich heiße Fabian«, stellte sich der Junge vor. »Ich wohne auch hier in der Anlage.«

Das Gebiet am Stadtrand von Köpinge war in kleine Wohnanlagen aufgeteilt. Sie bestanden aus einem asphaltierten Innenhof, um den sich vier mehr oder weniger identische Einfamilienhäuser aus der ersten Hälfte der Siebzigerjahre gruppierten. Jede Wohnanlage hatte einen niedlichen Namen aus der Welt von Astrid Lindgren bekommen: Bullerbü, Lönneberga, Saltkrokan und Kirschblütental. Wir wohnten in der Krachmacherstraße. Genau wie Lotta, hatte ich zu unseren Kindern gesagt, die mich verständnislos angeschaut hatten.

»Dann sind wir ja Nachbarn«, sagte ich zu dem Jungen, der Fabian hieß.

»Okay«, sagte er und streichelte mit der Hand über die Stoßstange, als wäre sie ein Haustier. »Du hättest dir lieber einen BMW kaufen sollen. Da hättest du mehr fürs Geld bekommen.«

Ich lachte, aber er blieb vollkommen ernst.

»BMW 530 Touring«, sagte er. »Der hat zweihundertzweiundsiebzig PS. Wie viele hat deiner hier?«

»Keine Ahnung.«

Für mich ist ein Auto ein Fortbewegungsmittel. Ich brauche nicht viel mehr als eine Lackierung in einer einigermaßen neutralen Farbe und einen ausreichend großen Kofferraum.

»Zweihundertfünfzehn«, sagte der Junge.

Er wirkte sehr überzeugt.

Gerade wollte ich mit der Kindersitz zurück ins Auto krabbeln, als eine Frau quer über den Innenhof kam.

»Da steckst du also, Fabian!«

Sie war von einem ganz besonderen Glanz umgeben. Die langen Beine in den kurzen Hosen waren so sonnengebräunt, dass die zahnpastaweißen Zähne und himmelblauen Augen förmlich leuchteten.

»Er mag Autos«, erklärte sie.

»Das habe ich mir fast schon gedacht.«

»Ich mag BMWs«, präzisierte Fabian.

Die Frau, die die Mutter des Jungen zu sein schien, lachte und streckte ihre Hand mit den langen rosa Fingernägeln aus.

»Dann seid ihr also die Neuen? Nullachter, oder?«

Nullachter? Anscheinend gab es noch immer Leute, die Stockholmer nach ihrer Telefonvorwahl benannten. Dabei kannte ich niemanden, der überhaupt noch ein Festnetztelefon hatte. Bald würden Vorwahlnummern wohl genauso vergessen sein wie Wählscheiben und Bakelithörer.

»Ähm, ja, doch«, sagte ich und rieb mir die Handfläche an der Shorts ab, um die Nachbarin zu begrüßen. »Micke.«

»Ich heiße Jacqueline. Fabian und ich wohnen in der Nummer fünfzehn.«

Sie zeigte auf das Haus hinter einer Einfahrt, wo zwischen den Platten das Unkraut wucherte und der meterhohe Zaun mal wieder einen neuen Anstrich gebraucht hätte. An der Wand neben der Haustür hingen ein Hufeisen und ein Windspiel aus Holz, eine silberfarbene Eins und eine Fünf, die ein bisschen in Schieflage geraten war.

Die Metallziffern von unserer Hausnummer hatte ich schon

von der Fassade geschraubt. Bianca hatte eingewilligt, in ein Haus mit der Nummer dreizehn zu ziehen, aber nur unter der Bedingung, dass wir die Unglückszahl gleich von der Wand nähmen.

»Dann hoffe ich, dass ihr euch wohlfühlen werdet«, sagte unsere neue Nachbarin Jacqueline. »Ihr habt auch Kinder, oder?«

Ich nickte. Der Schweiß lief mir von der Stirn, und das T-Shirt klebte in den Achselhöhlen.

»Bella ist gerade drei geworden, und William ist sechs.«

Fabian und seine Mutter wechselten einen Blick.

»Wir müssen weiter«, sagte Jacqueline und winkte. »Man sieht sich!«

Mit großen Schritten überquerte sie den Innenhof, gefolgt von Fabian, der eifrig versuchte, mit ihr mitzuhalten, und beinahe gestolpert wäre. An der Einfahrt zur Nummer fünfzehn drehte er sich um und starrte mich an. Ich antwortete mit einem Lächeln.

Sobald ich den Kindersitz montiert hatte, ging ich ins Haus und erzählte Bianca von unseren neuen Nachbarn.

»Jacqueline Selander? Die hat früher als Model gearbeitet und eine Zeit lang in den USA gewohnt.«

»Woher weißt du das denn?«, fragte ich.

Bianca legte den Kopf schief und sah aus wie in einer dieser Sommernächte vor acht Jahren, als ich ihren Sommersprossen und den Grübchen in den Wangen nicht widerstehen konnte.

»Aus dem Internet, Schatz.«

»Du hast unsere Nachbarn gegoogelt?«

Sie lachte. »Was denkst denn du? Man zieht doch nicht sechshundert Kilometer weit weg, ohne sich vorher zu informieren, was man für Nachbarn kriegt.«

Natürlich. Ich küsste sie in den Nacken.

»Was hat du noch herausgefunden, Lisbeth Salander?«

»Wenig. Die beiden älteren Leute in der Nummer zwölf heißen Gun-Britt und Åke. Sie sind Mitte siebzig und scheinen die typischen Rentner zu sein. Gun-Britt hat als Profilbild bei Facebook eine Blume und mag Schlagermusik. Åke scheint nicht in den sozialen Netzwerken unterwegs zu sein.«

»Aha.«

Ich hatte bis zu diesem Zeitpunkt immer in Wohnungen gelebt und konnte dieses Bedürfnis, alles über seine Nachbarn in Erfahrung zu bringen, nicht ganz nachvollziehen, aber laut Bianca war das in einer Einfamilienhaussiedlung etwas ganz anderes. Hier konnte man seinen Nachbarn nicht so aus dem Weg gehen wie in der Stadt.

»Ich habe ein paar Fotos von Jacqueline Selander gefunden, aber sie war offenbar im Ausland bekannter als hier. Jedenfalls scheint sie allein mit ihrem Sohn in der Nummer fünfzehn zu wohnen.«

»Und in der Nummer vierzehn?«, erkundigte ich mich.

»Da wohnt Ola Nilsson, der im selben Jahr geboren ist wie ich. Über den erfährt man im Netz fast nichts. Allerdings ...«

Sie machte eine kurze Pause, ehe sie die Augen aufsperrte, um zu zeigen, dass sie etwas Sensationelles gefunden hatte.

»... habe ich ihn auf Lexbase gefunden.«

»Wie? Ein Krimineller?«

Denn nur dann landete man doch in der Datenbank von Lexbase, oder?

»Vermutlich nicht«, sagte Bianca. »Aber er ist wegen körperlicher Misshandlung verurteilt worden.«

»Und du hast das Gerichtsurteil gelesen?«

»Natürlich. Wir werden eng mit diesen Menschen zusammenleben. Du bist ein Stadtkind, Schatz. Du verstehst nicht, wie es in solchen Wohnsiedlungen läuft.«

»Vielleicht hätten wir uns doch für ein Häuschen in Lappland entscheiden sollen«, sagte ich.

»Meinetwegen gern. Wenn es da nur nicht so verdammt kalt wäre.«

Ich seufzte. Es war so typisch für Bianca, dass sie sich so viele unnötige Gedanken machte, aber sie hatte nun mal ein extremes Sicherheitsbedürfnis. Da war es kein Wunder, dass sie sich noch mehr Sorgen machte als sonst, jetzt, da wir in eine ganz neue Welt hineingeworfen wurden, in der wir kein Schwein kannten.

Aus vielerlei Gründen hatten wir umziehen müssen, und es war meine Aufgabe, für gute Stimmung zu sorgen. Das war ich Bianca schuldig. Und den Kindern.

Schonen war ein Neustart. Niemand durfte ihn zerstören, am wenigsten irgendwelche Nachbarn.

»Das wird schon alles«, sagte Bianca und legte ihre Hand auf meine. »Ich will dich nicht beunruhigen. Krachmacherstraße dreizehn. Was kann da noch schiefgehen?«

3. Mikael

Nach dem Unfall

Freitag, den 13. Oktober 2017

Der Rettungswagen wendet auf dem Innenhof, und sobald er die Ringstraße erreicht hat, heulen die Martinshörner wieder.

Ich bleibe stehen, umgeben von der gewaltigen Stille, mitten in einem gigantischen Schluckloch, in dem Zeit und Raum verschwinden. Die heulenden Martinshörner rauben alles Licht, und der Himmel verdüstert sich ohne Erklärung. Alles hört auf. Das Einzige, was ich sehe, sind die Blicke der Nachbarn, ausgehöhlt vor Angst, kurz bevor die Panik einsetzt.

»Mama! Mama!«

Vom Gartentor kommen Bella und William in Socken angelaufen. Ich beuge mich zu ihnen hinunter und breite die Arme aus.

»Was ist passiert?«, fragt William. »Wo ist Mama?«

Alles steht Kopf. Ich weiß nicht, was ich tun soll.

»Mama ist angefahren worden«, sage ich.

»Was?«

Bella beginnt verzweifelt zu weinen.

»Sie ist jetzt unterwegs ins Krankenhaus«, antworte ich und umarme meine Kinder.

Es schmerzt in meiner Brust, und ich schnappe nach Luft.

Auf der Straße vor uns stehen Jacqueline und Fabian, erstarrt und schockiert. Hinter ihnen kommt Ola angelaufen.

»Mama«, schluchzt Bella. »Mama darf nicht sterben!«

»Sie stirbt doch nicht, Papa?«, sagt William.

Ihr Entsetzen schießt direkt in meinen Körper. Das darf doch alles nicht wahr sein.

»Warum ist sie überhaupt mit dem Fahrrad weggefahren?«

»Sie wollte zu Ica«, sagt William. »Höchstens zehn Minuten wollte sie weg sein. Ich habe versprochen, so lange auf Bella aufzupassen.«

»Ich dachte, ihr wart schon einkaufen?«

»Ja, aber Mama hatte den Schafskäse vergessen.«

Als ich mich erhebe, schwankt die Welt. Ich halte die Hände der Kinder, während ich blindlings aufs Haus zustolpere.

»Wir fahren dem Rettungswagen hinterher«, sage ich.

Den Schlüssel für den Volvo habe ich in meiner Hosentasche.

»Du wirst doch wohl nicht die Kinder mit in die Klinik nehmen?«, sagt Jacqueline.

Sie sollte den Mund halten. Sie hat gerade Bianca angefahren. Ich bringe es nicht fertig, sie anzusehen.

»Lass sie so lange hier«, schlägt Ola vor.

»Nie im Leben.«

Bellas Gesicht ist verzerrt vor lauter Weinen.

»Wir wollen aber mitfahren«, sagt William.

Ich zögere. Ich bin schon mal in Lund in der Notaufnahme gewesen. Es ist ein Ort, den man tunlichst meiden sollte und der sich definitiv nicht für kleine Kinder eignet.

»Ich hab euch lieb«, flüstere ich an ihrem Gesicht. »Ich glaube, es ist am besten, wenn ihr hier zu Hause wartet.«

Ich bin hin- und hergerissen. Einerseits möchte ich, dass sie bei mir bleiben, damit ich sie trösten kann, andererseits geht es ihnen sicher besser, wenn sie nicht mitkommen.

»Ich rufe Gun-Britt an«, sage ich. »Sie und Åke können bei euch bleiben. Ich bin bald wieder hier.«

»Okay«, sagt William und nimmt seine kleine Schwester an die Hand.

»Kommt Mama gleich wieder nach Hause?«, fragt Bella beunruhigt.

Ich umarme die beiden und versuche, sie zu beruhigen.

Gerade als ich mich ins Auto gesetzt habe, kommt Jacqueline. Sie bewegt sich unendlich langsam, blinzelt, schluckt, hebt die Hand zum Mund.

»Ich … ich … es ging so schnell. Sie ist ganz plötzlich aufgetaucht, aus dem Nichts.«

Ich mache die Tür zu und starte den Motor. Ich habe ihr nichts zu sagen.

Als ich rückwärts rausfahre, muss Ola einen Schritt zur Seite springen. Ich drehe eine Runde auf dem Hof und sehe im Rückspiegel meine geliebten Kinder, ihre verlorenen Gesichter. Sie winken, während der Volvo hinter der Thujahecke in Richtung Ringstraße davonrast.

Ich trete aufs Gas.

Die Arme zittern, die Beine beben. Ich sehe nur den Asphalt vor dem Auto, alles andere ist schief und verwischt. Aber im Kopf drängt sich der schreckliche Anblick auf. Biancas geschlossene Augen, der blaue Farbton ihrer Lippen, die Wunden, die Schwellungen.

Vornübergebeugt lenke ich den Volvo auf die Autobahn. Hupe verzweifelt einen Fiat an, der auf der Überholspur herumtuckert, bevor ich rechts an ihm vorbeiziehe.

Ich wühle das Handy heraus und rufe Gun-Britt an. Eigentlich unvorstellbar, aber es gelingt mir, ihr zu erklären, was geschehen ist. Es wird still in der Leitung.

»Hallo? Bist du noch dran?«

»Moment«, sagt Gun-Britt.

Sie ruft nach Åke. Dabei muss sie die Hand aufs Mikro gelegt haben, denn ihre Stimme klingt weit entfernt. Ich höre sie sagen, dass sie es ja immer gewusst habe.

Was hat sie gewusst?

»Jacqueline war bestimmt betrunken«, sagt sie dann in mein Ohr.

»Meinst du?«

»Sie muss zu schnell gefahren sein.«

Alle, die in der Krachmacherstraße wohnen, fahren im Schneckentempo auf den Innenhof. Alle außer Jacqueline.

»Mein Gott«, sagt Gun-Britt. »Die arme Bianca!«

Ich bitte sie, schnell rüberzugehen, sich um die Kinder zu kümmern und sie von Jacqueline und Ola fernzuhalten. Ich verspreche, mich zu melden, sobald ich mehr weiß.

»Ich werde für Bianca beten«, verspricht Gun-Britt.

Am Kreisverkehr beim Einkaufszentrum Nova wähle ich die Ausfahrt, die in die Innenstadt von Lund führt, und fahre weiter auf dem Nördlichen Ring. Um mich herum bleiben die Leute stehen und fragen sich, was passiert ist. Ein Augenblick der Spannung, eine dramatische Episode in ihrem Alltag. Fünf Sekunden später machen sie weiter wie zuvor, während mein Leben stillsteht.

Wie konnte Jacqueline Bianca nur übersehen? Eigentlich ist es unmöglich, auf unserem kleinen Innenhof jemanden zu übersehen, auch für Jacqueline.

Im nächsten Moment fahre ich selbst zu schnell, verliere die

Kontrolle, sodass der Wagen gegen den Bordstein prallt. Die Einparkhilfe piept, und ich fluche.

Vor mir taucht das Schild auf. *Notaufnahme.*

Rasch reiße ich das Lenkrad herum und fahre versehentlich in eine Einbahnstraße. Ein Typ mit Strickmütze und Koteletten bringt sich auf einer Verkehrsinsel in Sicherheit.

Er gestikuliert empört, aber ich habe jetzt keine Zeit, mir darüber Gedanken zu machen. Ich presse den Volvo in eine Parklücke und öffne den Gurt.

Ein Unfall.

Es muss ein Unfall gewesen sein.

Wenn Sie wissen möchten,
wie es weitergeht, lesen Sie
Mattias Edvardsson
Die Bosheit
Roman

ISBN 978-3-8090-2722-5 / ISBN 978-3-641-25926-6 (E-Book)
Limes Verlag

Verborgen hinter Lügen, liegt eine Wahrheit, die nie ans Licht kommen sollte ...

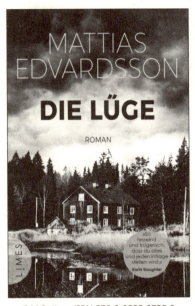

544 Seiten. ISBN 978-3-8090-2705-8

Lund, Schweden: Adam, Ulrika und Stella sind eine ganz normale Familie. Adam ist Pfarrer, Ulrika Anwältin und Stella ihre rebellierende Tochter. Kurz nach ihrem 19. Geburtstag wird ein Mann erstochen aufgefunden und Stella als Mordverdächtige verhaftet. Doch woher hätte sie den undurchsichtigen und wesentlich älteren Geschäftsmann kennen sollen und vor allem, welche Gründe könnte sie gehabt haben, ihn zu töten? Jetzt müssen Adam und Ulrika sich fragen, wie gut sie ihr eigenes Kind wirklich kennen – und wie weit sie gehen würden, um es zu schützen ...

Lesen Sie mehr unter: **www.limes-verlag.de**

J